隐秘人生

余之言 ◎ 著

The Secret Life

人民日报出版社

图书在版编目（CIP）数据

隐秘人生 / 余之言著 . —北京：人民日报出版社，2022.12

ISBN 978-7-5115-7609-5

Ⅰ.①隐… Ⅱ.①余… Ⅲ.①长篇小说—中国—当代 Ⅳ.① I247.5

中国版本图书馆 CIP 数据核字（2022）第 232441 号

书　　名：	隐秘人生
	YINMI RENSHENG
著　　者：	余之言

出 版 人：	刘华新
责任编辑：	陈　红　吴婷婷
封面设计：	刘　远

出版发行：	人民日报出版社
社　　址：	北京金台西路 2 号
邮政编码：	100733
发行热线：	（010）65369509　65369827　65369846　65363528
邮购热线：	（010）65369530　65363527
编辑热线：	（010）65369844
网　　址：	www.peopledailypress.com
经　　销：	新华书店
印　　刷：	大厂回族自治县彩虹印刷有限公司

开　　本：	710mm×1000mm　1/16
字　　数：	310 千字
印　　张：	25
版次印次：	2023 年 2 月第 1 版　2023 年 2 月第 1 次印刷

书　　号：	ISBN 978-7-5115-7609-5
定　　价：	58.00 元

隐秘 The Secret Life 人生

目 录

开 篇 · 外婆其人 001

外婆名叫赵素雅，在不得已的情况下，也曾改名为文傅、梅瑞雪和章萍。这几个真假姓名，像累人的假面游戏，与外婆那扑朔迷离的人生轨迹紧密相连。千真万确的是，外婆一生干了不少不同凡响的事。年轻的时候，她曾在上海繁华街道上，两次枪击共产党的叛徒和国民党特工。她骁勇洒脱的身姿、百发百中的枪法，令目击者过足了眼瘾。这是当时人们看在眼里的外婆形象。

第一章 · 天乳运动 009

广州城，看赵家，开化俏女赵素雅。
娇柔中，透张狂，孤芳自傲藏倔强。
鹅蛋脸，丹凤眼，两弯细眉秋波澜。
高鼻梁，涂洋脂，粉面凝腮秋月喜。
丹唇启，芝麻牙，欲言欲笑春晓花。
围丝巾，长耳环，插簪可心白玉兰。
俏削肩，水蛇腰，丰胸窄臀洋裙袄。

第二章 · 无处逃遁 **071**

赵素雅看到从警察局走出的警察以及跟随其后的父亲，心里就明白自己被陈左军出卖了。她知道自己杀了人，终究是难逃法网的，尤其杀的还是军界王参谋长的公子。她断定自己必死无疑。她回头最后望了一眼陈左军。

第三章 · 月落尼庵 **117**

第二天，素雅早早来到供台前，跪于蒲团之上。安然端着用红布包着的剪刀，方直端着一盆清水，立于素雅两侧。月晋说："留发无佛，皈佛无发，剃度之后，你就是文傅了。文傅，昂起头来！"一阵"嚓嚓"的剪刀声之后，光头的文傅踩着满地黑发站起来，眼里既无泪水，也没有了刚进庵时的怒火。

第四章 · 特训生活 **159**

特训队开训后，并未急着搞业务训练，而是先搞了一个月的保密教育和革命事业心教育。女儿岛上政治工作的威力是巨大的。一个月的教育，把大家投身地下革命工作的决心和保密观念搞得坚不可破，大家为干好这一神圣事业而学习的热情空前高涨。

隐秘人生
The Secret Life

目录

第五章 · 沪上密战 ······················ **201**

　　天黑后，张自量有说有笑地把高革让进包间。张自量刚要张口介绍客人，章萍迅速出枪，直点来者头颅，两声枪响，二人当场毙命。谁料想，跟随高革进屋的还有一个女人。这人便是秋风。秋风还没反应过来是怎么回事，枪口已顶住她的脑袋。

第六章 · 假面谍影 ······················ **299**

　　陈右军凭借密码天分和丰富的密码破译经验，又一次展示了他的神奇。侦收人员一旦把截获到的敌台密码信号交到他手，他则一刻不停地投入研究当中，常常几天几夜不合眼。数月后，公安部门根据陈右军破获的情报，准确将潜伏在大陆的特务一网打尽。

番　外 · 重述外婆 ······················ **355**

　　那一阵，外婆在战场上的骁勇身姿，变成了在电台前一坐十多个小时而不动的闷头匠，耳机不离头，手指不离笔，耳捂里的汗水能倒成水流，手里的铅笔每天要磨秃五六个笔头子，笔下流出的密报纸张日日用箱装。那么，她把空中的无线电波抓在手中、装入脑里，而后会给组织提供些什么呢？

隐秘
The
Secret
Life
人生

开篇

外婆其人

开篇

外婆其人

外婆名叫赵素雅,在不得已的情况下,也曾改名为文傅、梅瑞雪和章萍。这几个真假姓名,像累人的假面游戏,与外婆那扑朔迷离的人生轨迹紧密相连。千真万确的是,外婆一生干了不少不同凡响的事。年轻的时候,她曾在上海繁华街道上,两次枪击共产党的叛徒和国民党特工。她骁勇洒脱的身姿,百发百中的枪法,令目击者过足了眼瘾。这是当时人们看在眼里的外婆形象。

外婆名叫赵素雅，在不得已的情况下，也曾改名为文傅、梅瑞雪和章萍。这几个真假姓名，像累人的假面游戏，与外婆那扑朔迷离的人生轨迹紧密相连。千真万确的是，外婆一生干了不少不同凡响的事。年轻的时候，她曾在上海繁华街道上，两次枪击共产党的叛徒和国民党特工。她骁勇洒脱的身姿、百发百中的枪法，令目击者过足了眼瘾。这是当时人们看在眼里的外婆形象。事实上，人们看不透的另一面才是外婆的原色。这原色，缘自外婆在某个时期与革命机要工作的密切关系。当然，那是多年前的事了，现在了解的人已寥寥无几。正因为世事如烟，经不起世风荡拂，若不尽早用文字记载下来，外婆的一世英明恐怕就难留存于世了。为此，母亲把为外婆写传记当成了家族头等大事，时刻装在心里。

外婆及其周围的那些人，多年从事鲜为人知的特殊工作，是一群通体幽亮却又面目模糊、看上去极为普通却又承载着过多奇诡的神秘男女。他们那些事透明度小、保密性强，在很多时候说不清楚，更难以还原历史真相。近几年，部分革命档案材料逐步解密，书市上揭秘我党战争年代情报工作的书时有见到，但那些都是描写革命重要人物以及著名地下工作者的，只字不提外婆。这也难怪，当年情况非常复杂，某些隐秘行当中的小人物，容易被国家机要档案忽略掉。前些年，母亲对外婆秘密投身革命的事进行过无数次私访。之后，她说："你们的外婆对革命是有功的，她像那些活过来、新中国成立后担当大任的革命者一样，也做出了无畏的牺牲和无私的奉献。细讲起来，你们的外婆，那是多大的志向、多大的气魄！我是没有能力把她写出来了。你们呀，要好好学习，日后学业有成了，可以不当官，不做事，但必须把你们外婆的传记完成。我不求让外婆流传百世，但求还她以真实的历史面目。事实上，一名地下工作者并不比普通大众更铁石心肠，他们同样会受到人类情感的影响。关键之处在于，无论是在事发当时，还是多年以后，他们能在多大限度上克制这些人类情感。所以要记住，一定得从人性角度看待外婆的一生。外婆传记，务必尊重当年战乱条件下的人性特点，写出一个真实丰满、情怀别样、追求崇高的外婆形象。"

　　这里有一个不可回避的问题：写外婆的传记，就必须把外公牵扯进去。当然，作为传记小说的女主人公，也无法不与某个或某些男性联系在一起加以呈现。这在情理之中，也理所当然。外婆与外公是一个不可分割的统一体。他俩的故事，承载了与命运、死亡、爱情、使命、职责等相关的厚重内容。把这些内容从遗忘中拯救出来意义非凡。外公的一生组织上早有结论，对他的评价是实事求是的，尽管因了他所从事的某个特殊行当机密性强，相关评价都是些笼统抽象、外人看不懂的言辞，但在我母亲那里是得到认可的。所以，母亲从不急于让我们为外公写传记，外公没有什么需要靠后代去说清楚的历史问题。然而，写外婆的传记如不大量涉及外公的史实是写不清楚的，她与他的革命道路和情爱历程是粘连在一起的。

　　外婆是在1935年夏天，毅然决然扔下母亲离开苏区的。那时，母亲才满两岁。这次分别是久远的，直到1955年她们母女才得以重逢。1967年夏天外婆去世，这年秋天我降生。显然，我是不可能见到外婆本人的。关于外婆的形象，只能依靠我的想象力，在所掌握的有限逸闻中完成勾画。我知道，一个人的生活在成为历史之前，一切都是没有目录的，是无序的、即兴的、恣意的。但生活一旦成了历史，它就有了章节、有了顺序。你想从哪一页开始观览它，全凭你的兴致。

　　少女时期的外婆，在我头脑里只是一个意象，凭着我对她性格的把握推测出，她是一个白天善于披着灿烂阳光招摇过市、夜晚宁可裹着幽亮泽光数星星，也不甘待在屋里挨寂寞的小人精儿。事实上，这个时期的外婆，已经是众人眼中的另类人物了。她美丽高雅，见多识广，尤其喜好别出心裁，经常做出一些令人瞠目结舌的事来。这和那个时代的人文环境密切相关。那是一个亦旧亦新、渐趋成熟的时代，新潮思想像催生的强劲春风，给压抑沉闷的社会注入新鲜空气和生机活力，一些意在反传统、标榜时髦的新事物时有出现，而我的外婆即是这些新事物的积极效仿者。日常生活中，她对自己从头到脚进行了改良：传统妇女惯留的前额中间又长又密的刘海，被她齐刷刷地一刀剪下，余发笔直而霸道，狠狠地压住眉毛；皮肤保养颇为讲究，以美白为追求目标，春用香水精，夏用爽身粉，秋用鹅脂油，冬用雪花膏；服饰新潮浪漫，风格别致，脖系丝毛长围巾，狐毛袖笼内腕戴新款手镯；在广州城第一个穿起中西合璧搭配的服装，西式上装里面，着一身衩高及臀、腰身紧窄的旗袍，充分展露服装的性感成分；还在众小姐妹被迫缠裹小脚的年月，外婆就拒绝裹脚、以死相抗，从而长成一双天足，蹬上时尚皮鞋，俏走人前人后。最让人非议的是，外婆敢于使往日被紧身褡强压下去的胸脯，傲慢无礼地挺立在无袖旗袍之下。当然，外婆的这一果敢行为，是被那场"天乳运动"逗引出来的。而那场"天乳运动"则是由广东省政府耍出的一个政治手腕，他们为了转移社会视线，使人们尽快忘掉1927年4月国民党屠杀共产党的事实，别有用心地炒作炮制了"禁止妇女束胸案"。我的外婆，却在相当长的一段时间里，沉迷于这一场"伟大的妇女解放运动"中，仅仅认为这一行为是反抗旧秩序、崇尚新自由的象征，而没有看透其深藏的罪恶政治意图，从而更加恣意挥洒自己的天性。针对这场"天乳运动"，鲁迅先生曾有感而发，写下了《忧天乳》一文，慨叹"女性身上的花样也特别多，而人生亦从此多苦矣"。乳房本是人之深层感情的源泉，一旦被赋予政治含义，则会把妇女的私人隐语变成公共话题，失去其原有的意义。

外婆的历史像一艘虚无缥缈、摇摆不定的破船，一路起伏颠簸着来到人生入海口。我决定，放弃那些充斥伤感的没出息的小故事，省去众多无用的细节，去探求反映外婆人性本质的大事件。随着创作的进展，外婆的主体形象逐渐矗立在我的心中。这个形象，与外婆的两帧照片基本吻合。照片是上海有关方面转到我母亲手里的。母亲捧着照片，手颤抖不止，说："你们的外婆，多青春、多漂亮！这真的是你们那个多情的革命外婆吗？昨晚，我做了一个梦，梦见了你们那个意志如钢的外公，却也有柔情似水的一面。他在自己随身携带的钱包里，长年夹藏着你们外婆的照片。你们的外婆，只是属于男人的女人吗？只是令一个男人念念不忘的'赵素雅'吗？也许事实并非如此。在她死后多年，后辈人才有机会在传记中，把她地下工作者的职业形象呈现在世人面前。在历史的云遮雾障中，人们更容易有意无意地忘记许多应该记得的事实。尤其是，你们的外公光芒太过耀眼，容易把外婆湮没在他的背影之中。"

照片已经发黄翻卷。一帧是照相馆里照的肖像照。我见过"电影皇后"胡蝶1933年照的一张肖像照，外婆的这帧照片完全是仿着当时的胡蝶照的，一样的发型、一样的服饰，摆着一样的姿势。更为相像的是，外婆和胡蝶的双颊上都有一对漂亮酒窝。也是因了胡蝶的缘故，那个年代有酒窝的女子都有幸被冠以美女。我纳闷，1927年为外婆画像的画师爷，在那首歪诗中为何没把这对美艳的酒窝描述出来。与胡蝶不同的是，胡蝶眼里空洞无光，直白无物。这种不可靠的神情，显示出她当时生活繁锦却无趣。而此时的外婆，真可谓明眸皓齿，眼神里充盈着刚毅与率真、沉迷与羞怯、专注与多情，内容多多，意韵深深。经验告诉我，拍照时，外婆的对面肯定站着一个她无比钟情的男人。据我推算，那个时期，这个男人应该就是我的外公陈右军。另一帧照片是在外滩欧战和平纪念碑前的小照。外婆的神态很放松，姿态也很自然，没有照相馆里照相时的那种做作。一看就知道是由外婆熟悉的朋友拍的。当时，外婆的战友中有报馆记者，记者为朋友拍张照片不应该算是滥用职权。这帧照片的明显特点，是外婆少了许多脂粉味和文弱气，浑身上下散发着一种精武之神韵。外婆在自己的战友面前，中共地下工作者的职业特征自然而然地显现出来了。青年时期的外婆，其形象由这两帧照片在我脑海里打上了不可磨灭的烙印，确切地说，是这两帧照片固化了外婆在我脑海中的形象：外婆在对敌斗争中，常常把自己的生死置之度外，在刀尖上行走，在鬼窟中潜伏，在战场上迎着枪林弹雨冲锋，从未眨过眼；不怕苦累，不怕艰难，不怕流血牺牲，在队伍里是出了名的。

是的，外婆最终成为一个坚定的革命者，确实经历了一个非常复杂的心路历程；她命运多舛，思想演变和升华过程也极为漫长。所以说，我们得允许她在那乱世中一步一步成熟起来，我们得给她成为一个革命者的足够时间。事实上，对作者来说，如何把握小说（虚构）与纪实（非虚构）之间的尺度，确实是一个挑战。我始终是怀着诚敬之心对待历史素材和小说人物的。然而，常见的一种状况是，从动笔写作一部战争小说到完稿之时，作者将不再是当初的自己。从某种程度来说，写一部战争小说一如一场实战体验，代表了一种永远无法回归原处的结局，正如没人能从一场战争里原原本本地返回一样，作者生命的一部分永远留给了血腥的岁月。这是一组出自我手，却在任何时代都可能出现的故事，它使绽放在隐蔽战线上的爱情之花、信仰之彩异常鲜艳，可视作中国密战版的《乱世佳人》。

愿外婆一世英名由此拙作而传颂于世！

愿外婆在天忠魂由此拙作而得以慰藉！

隐秘
The Secret Life
人生

第一章

天乳运动

广州城,看赵家,开化俏女赵素雅。

娇柔中,透张狂,孤芳自傲藏倔强。

鹅蛋脸,丹凤眼,两弯细眉秋波澜。

高鼻梁,涂洋脂,粉面凝腮秋月喜。

丹唇启,芝麻牙,欲言欲笑春晓花。

围丝巾,长耳环,插簪可心白玉兰。

俏削肩,水蛇腰,丰胸窄臀洋裙袄。

第一章 天乳运动

1

  1927年的春天，对十七岁少女赵素雅来说，是有生以来心情最糟糕的一段岁月。在这个年份的这个季节里，她走到了人生的第一个十字路口。也是在这个年份的这个季节里，国共合作史上发生了一件大事。多少年之后，我坐在南京政治学院的图书馆里研究1927年的中共党史时，曾极力找寻赵素雅的坏心情与这一重大历史事件的必然联系。最终我发现，两者之间确实存在着某种因果关系。

  先是这个年份的4月12日，蒋介石在上海公开背叛革命，发动了四一二"清党"运动。他试图把前几年还在共事的共产党这个还未长大的小兄弟，从国民党队伍中清除出去。他上演了同室操戈的把戏，公开捕杀共产党人和革命群众。紧接着，4月15日，广州国民革命军按照他的指令，组织了反共"清党"活动，伤毙关押共产党人和革命群众数千人。

  那段时间，整座广州城军警密布，枪炮声接连不断。赵素雅的坏心情正是始于这隆隆的炮火声。当时，她还是女子中学的学生，并不怎么懂政治。国共反目为仇，谁是谁非，谁优谁劣，她还不能真正看清楚。这些似乎都与她无关。然而，她最为关心的，是在这场运动中脱不了干系的两个人，两个她无比牵挂的英俊少年。心中的少俊在这场运动中是死还是活，她长时间无从知晓。自此，坏心情便同她缠绵不断。

  赵素雅出生于官宦门第、书香之家。像许多大家闺秀一样，赵家这位独生千金，从小便接受着与这个家庭相称的伦理纲常，对女性的清规戒律，如金枷玉锁一般套在她的脖子上。但是，家庭的特别宠爱和母亲的处处袒护，使小素雅免受了不少禁锢之苦。在很多时候，清规与枷锁对于她形同虚设。

慈善的母亲给了她怜贫悯苦、乐施好善的品行，也给了她不甘逆来顺受的个性。对她影响最大的，还是她年迈的祖父。在外国人聚居的十三行地界上，祖父是少有几个混出大事来的行商之一，在经办洋务方面有着非凡的建树。素雅八岁时，祖父一意孤行，同思想保守的素雅之父赵文礼据理力争，使得素雅学起了洋文。祖父请了沙面最好的外籍英文教师教授素雅英文。聪颖的素雅对学英文的兴趣逐渐高于习学国语，英文水平与日俱增，令精通三国语言的祖父赞不绝口。祖父去世前，给素雅布置的最后一次作业是，在三年之内熟诵英文原版的《莎士比亚全集》。素雅在教师辅助下苦读不止，英文水平因此又长进不少，而对父亲一贯重视的中国古词诗赋毫无兴致，对国文有点儿兴趣的倒是玩些文字游戏。填字猜谜，玩藏头诗，本是国文老师课余松弛学生脑筋的小把戏，素雅却学得上进，众孩童中没人玩得过她。她自拟的一些字谜，竟还时有难倒老师。

崇尚洋务的祖父执意让素雅习学英文，目的是让孙女将来也能在外国人圈子里混出点儿事来。然而，让他意想不到的是，素雅因精通英文而走上了从事地下情报活动的冒险之路。当然，这是几年之后的事了。眼下，"清党"运动这一偌大的政治事件，正在搅动着这个小女子的心。

这一天，天刚蒙蒙亮，赵素雅就走出闺房。她斜倚在游廊漆皮剥落的朱红廊柱上，眺望笼罩着雾霭的远山，心里有一种坚硬的凉意，一股阴森森的气流缠绕着她。她两条腿像灌了铅一般沉重，浑身疲乏无力，冷却后的虚汗湿漉漉地黏在贴身小衫上，让她产生了一种撕扯不清的感觉。她接连打了几个寒噤，用颤抖的纤手想把松开的胸巾束上，却怎么也不能如愿，不得不叫过女佣贴儿帮把手。贴儿说，这束胸巾子越发显短了，素雅该嫁人了。虽为主仆，人前人后贴儿都直呼素雅其名。这是素雅立下的规矩。贴儿开了这么一句玩笑话，本想逗引素雅过来嬉闹追打她，素雅却旁若无人，两眼依旧呆呆地望着远山。

素雅是被噩梦惊醒，迷怔着跑出闺房的。她近来情绪灰灰，姣好的面容越发憔悴，浑身散发着发霉的气息。她时常流露出恐惧无主、张皇失措的神态。贴儿小心翼翼地扶她进屋，撩开帷帐，想让她再睡个回笼觉。

素雅正欲躺下，突然翕动着鼻子问："什么怪味？哪来的死人味？"她发现金猊炉里燃着的香火，叫道："把这枷楠香，把那脂粉香精，统统给我扔掉！把这深宅大院里的死腐败气都给我驱散！"

贴儿急火火地把沉甸甸的窗帘拉开，打开窗户，屋里亮堂了许多。素雅躺在雕花木床上，两眼直愣愣地望着一对飞舞的龙凤，手不由自主地摸出了藏在褥子底下的一张照片。

照片上正是那对英俊少年。素雅蒙眬着双眼摸了摸哥哥陈右军，又吻了一下弟弟陈左军。这时，她冒出了一个无法克制的欲望，用怪怪的眼光看着贴儿，说："快去吩咐管家，给我把城里最有名望的画师爷请来，今天我要画像。"贴儿瞧着脸色苍白的素雅，没有动。素雅大叫一声："还不快去！"贴儿说："要想留个影子，也不用费老大劲画像呀。现在最时兴照相，咔嚓一声就把你装进去了，在药水里一浸，影像就显现出来了。"

素雅又吼了一声："我就要画像！"她坐到梳妆镜前，施红粉，涂鹅脂，处处用心。她端详着镜中人，感到眉宽了些，就让贴儿找把镊子，想把宽余的眉毛拔掉。贴儿忙拦着："使不得！使不得，有剃头剪发的，我还没见过有拔眉毛的。"

素雅一把夺过镊子说："你没见过的事就做不得了？哥杀弟你见过吗？不也刀枪相见了！"她镊着一根带着一截白肉的眉毛，又恶狠狠地说:"这叫斩草除根!"

自从城里的那场大屠杀开始后,赵家老爷便以"兵荒马乱"为由,把素雅禁闭于院子里,不再让她出门同学校里闹事的男男女女纠混在一起。在这深宅大院里,素雅似乎变成另一个人,变成一个神情怪异、阴森可怕的人。

早饭刚过,管家请来的画师爷就到了。

起初,素雅按赵家的规矩与画师爷隔帘而坐。画师爷眯着细眼,透过细竹帘子盯着朦朦胧胧的素雅,画完了一张像。素雅看后冷笑一声,抬手把画从脖颈处撕成两截,扔在地上,又狠狠地踩了两脚,愤愤地说:"贴儿,问问画师爷,这身子怎么就画成了男人的身子。男女都分不清楚,还画什么像?"说完起身进了闺房。

素雅再从闺房出来时,惊得贴儿差点儿叫出声来,她一眼就看出素雅抽掉了束胸巾子。素雅高声说:"贴儿,把帘子拿掉,隔着帘子怎么能画好像?!"

画师爷忙摇手:"使不得,使不得!隔帘而画,无妨,无妨。"素雅说:"帘子碍着眼,怎么会无妨?我可告诉你,这像若再画不好,你这饭碗可就砸啦!"

画师爷画了半辈子的像,还没有见过哪家小姐如此放纵。他知道碰上了开化的女学生,那眼神也就没有了遮拦,直勾勾地盯着画。此刻,素雅留给画师爷的印象是浓云乌发、弯月细眉、瑞雪容颜、笑容可掬。淡蓝色软缎衬绒衣裙舒展地熨帖在高挑身材上,把腰肢衬托得更见纤细,那丰胸也就格外显眼。这素雅如处无人之境,精气神十足。

画完像,素雅端详片刻,笑吟吟地说:"这才是个少女嘛。再画一张侧身像吧。"

画师爷心里暗道:"今天真真是开了眼界。"这个老夫子被赵素雅的美貌和放浪所惊悟，回家后彻夜难寝，伏案作了一首歪诗。

赵素雅那无与伦比的形象，乘着这首歪诗，驶进了广州城那些文人骚客的脑海之中。

广州城，看赵家，开化俏女赵素雅。

娇柔中，透张狂，孤芳自傲藏倔强。

鹅蛋脸，丹凤眼，两弯细眉秋波澜。

高鼻梁，涂洋脂，粉面凝腮秋月喜。

丹唇启，芝麻牙，欲言欲笑春晓花。

围丝巾，长耳环，插鬓可心白玉兰。

俏削肩，水蛇腰，丰胸窄臀洋裙袄。

在1927年这个政治大背景格外特别的春天里，赵氏素雅的两幅画像竟然还能在广州城文人圈子里掀起波澜，可见她那形象的开化感召力，的确不是一般小家碧玉所能比拟的。

前两年，初到少女年龄，赵素雅眼里就时常流露出执拗不驯的神色，美貌一天胜一天，性情也常常烦躁不安。她开始背着母亲偷偷放松束胸巾。她迷恋上了黑夜，习惯了每晚洗浴。她躺在枣红木浴盆里，用香药草浸泡过的澡水啄吻着肌肤，她觉得全身各部位都在自由自在地膨胀，奇特感受激荡着内心深处的隐秘。她抚摸着一天天奇异变化的身体，长时间吮吸着日益浓郁的女孩特有的芳香，惬意地微闭着双眼，俏眉在水雾中微微颤动，双颊泛起红晕，美妙地想着这个年龄少女的心事。

她披着金黄的灯光走出浴盆，拂干身上晶莹的水珠，一进帷帐便急不可耐地把柔滑爽凉的绸缎被单裹在燥热的身体上，这种松懈舒畅的快意感觉，与白天束胸时难挨的感觉形成了极大反差。她开始痛恨束缚她心胸的红带子。这带子压抑着美丽的天性，把正在蓬勃成长的身体，霸道地挤压在每一个昼夜里，摧残着她的身心健康，使她在痛苦中度过少女年华。每次痛恨之后，又不得不把束胸巾重新束上，忍受着难熬的痛楚。她在很长一段时间里都没有想明白：为什么女人非得用这该死的巾子束缚自己，禁锢生活，摧残身心？为什么女人非要做自己不愿做的事儿？

画像后的时光里，她坐在书房里，无心抄录父亲给她圈画的古诗。她拿出那本几乎翻烂了的英文版《莎士比亚全集》。其中多数篇目她早已熟读，有些精彩幕次都能绘声绘色地背诵出来，但她还是不厌其烦地翻阅。这个时期，她在寻找破解作品中的某些密语，一心想找到某些证据，来证明莎士比亚的作品实际上是由伊丽莎白手下的弗朗西斯·培根爵士所写。她这个兴趣缘于英文教师的一句话："多年来，西方一直有人怀疑莎士比亚的作品实为培根所著，即培根用了莎士比亚这个笔名，答案有可能就藏在莎剧的某些台词中。"自此，素雅便开始对"培根化名莎士比亚假说"刨根究底，在莎士比亚作品中寻找英文培根（Bacon）。她想，如果 Bacon 这个词没有公开出现在明文里，那也可能以某种密码的形式隐藏在作品中。这个怪异的念头在她脑子里存在了多年。一旦来了兴致，她就会乐此不疲地拿出《莎士比亚全集》翻找、猜测并试着翻译，却常常是乘兴开卷、扫兴合书。

这一天，素雅同样没有找到可以理解为名字"Bacon"密语的词，就把书扔到一边，拿出自己的一张画像自顾自怜。她满脑子里都在想着怎样才能把画像偷偷地捎给陈氏兄弟，以致父亲大步进屋，她都没有发觉。

赵文礼先是疑惑地看了看痴迷的素雅，然后，不经意地把目光落在了那张画像上，惊得他赶忙跳开眼神，随即却又紧盯了几眼，这才看清这张画像上放荡不羁、胸乳高耸的女子，原来是自己的女儿素雅。

赵文礼怒发冲冠，一把夺过画像，撕了个粉碎。素雅奋不顾身地扑在地上，呜咽着抓捡那些五彩斑斓的碎片。赵文礼见状，愈加恼火，顺手拿起金星砚，拍打着紫檀木书桌，大声训斥起来："伤风败俗，成何体统？辱没祖宗，辱没祖宗呀！"砚被拍断成两截，滚落在地。这砚是酷爱丹青的赵文礼最珍爱的宝物，是祖上用奇石金星石研磨而成，被丹青界誉为"砚中之魁"。赵文礼见砚断落地，已顾不得身份，也像素雅那样扑在地上，抓着断砚痛惜万分，愈加痛斥不守闺规的小女子。

赵文礼气哼哼地出门后，素雅要办的第一件事，就是把还未被发现的另一张画像隐藏起来。接下来的日子，素雅被母亲严加看管起来，越发没了自由空间。她已厌倦陪伴她十几年的书房，时常溜到后花园中的假山上，望着远处如云的山和如山的云出神。寒冷的春色笼罩着寂静的后院，没有变化、没有波折、没有活人生存的气息，甚至连佣人的说话声都没有。她寂寞难忍，就偷偷拿出陈氏兄弟的军装照消磨时光。然后，便是设计填字游戏，写藏头诗。最近，她玩的这些文字把戏，都是要送给陈氏兄弟的，里面的隐语饱含着这个时期她对陈氏兄弟的思恋之情。

母亲过来几次，碰到素雅摆了一桌子的字谜。学识不高的母亲是难以读破其中含义的，就是学富五车而不知内情的父亲也难以破解谜底。因此，素雅写给陈氏兄弟的情书，就大鸣大放地摆在桌子上，家人难知就里。

让赵素雅魂牵梦绕的陈氏兄弟，是一对双胞胎，其父是国民党军队的一个高级军官。兄弟俩天赋过人，学绩优异。俩人从小在同一班级学习，同时两次跳级，是同学的榜样、老师的宠徒，数学成绩尤为突出，令师生们称奇不已。那个时期，人们往往认为数学是抽象的、无用的，因而很多同学重书画诗赋而轻数学这门枯燥课程，学到能算清数、记得账即可，少有深究的。而陈氏兄弟似乎对数学有着与生俱来的天赋和兴趣，课余时间，他们最喜欢玩弄由数字符号组成的游戏和谜语。这些在别人眼里毫无趣味的东西，却给予了兄弟俩一片迷人而无穷的遐想空间，使他们整个学生时代都乐此不疲。

兄弟俩各自用最为喜欢的一个数字代替了自己的名字。当然，这种称谓仅在兄弟俩及其朋友之间传呼。弟弟陈左军给自己起的名字叫"6子"。他说："上帝造物之始，第一天传播光明，第二天创造空气，第三天聚水成海，第四天日月经天，第五天游鱼飞雀，第六天塑造人类与走兽。这时，上帝完成了创造世界，开始了第七天的休息。上帝6天创造了世界，所以，6是最神圣、最理想、最完全的数。其实，我也不必借这个神秘传说来证明6的美丽，6自身就是完美的。6的真因数有1、2、3，三个真因数之和恰好等于6，6是人们最先认识的完全数。我喜欢。"

哥哥陈右军的代号说来话长。他在小学堂时，最喜欢听八仙过海的故事；到了少年时期，家乡流行一种拳叫"醉八仙"，他小小年纪居然跟在乡民屁股后学起了武招。"醉八仙"出自民间，类似醉拳，假以醉态醉意迷惑对方，讲究乘隙而入、指东打西。其实，陈右军着迷的也不是拳武本身，而是那节奏明快、朗朗上口的拳武口诀，说到底还是受八仙过海的影响甚深。

吕洞宾，醉酒提壶力千斤。

铁拐李，旋争膝撞醉还真。

钟离权，跌步抱提窝心顶。

张果老，醉酒抛杯踢连环。

韩湘子，擒腕擎胸醉吹箫。

蓝采和，单提敬酒拦腰破。

曹国舅，仙人敬酒锁喉扣。

何仙姑，弹腰献酒醉荡步。

当学到"张果老"那一句时，陈右军却再也练不对这一节的拳路，便被拳师爷辞学了。而对"醉八仙"拳武口诀，他依然天天不离口，只是"张果老"那一句，再不唱念其半个字，那些口诀在他这里便成了七句。他每天早起依然自己玩练打闹一阵，还做到一周动作不重样。礼拜一，醉酒提壶力千斤；礼拜二，旋争膝撞醉还真；礼拜三，跌步抱提窝心顶；礼拜四，擒腕擎胸醉吹箫；礼拜五，单提敬酒拦腰破；礼拜六，仙人敬酒锁喉扣；礼拜日，弹腰献酒醉荡步。

这拳自然也练不出什么功力，三两年兴趣渐淡，偶尔听得数学老师说到两个神秘数字，便转进到新的迷醉之中。这是两个八位数：24678050 和 24678051。其神秘之处在于，它们每个数位上数字的 8 次方之和，居然都等于它们自身，由此得了个好听的名字"八仙数"，也叫"自恋八仙数"。更让陈右军惊奇的是，这两个八位数，其中一个仅比另一个大"1"，因而又被誉为"孪生八仙数"。他想到，他这个哥哥出生时，比弟弟整整早生了 1 个小时。这下好了，他认为，这对"孪生八仙数"，本就是老天送给他们陈氏兄弟的。加之自己从小就爱听"八仙过海"，大了又迷过"醉八仙"拳，于是毫不犹豫地给自己起了个代号，叫"八仙数"。陈左军也被这"八仙数"吸引，硬闹着要把自己的"6子"同哥互换，哥自然不干，兄弟俩便打了一架。结果是，陈左军被哥哥那"醉八仙"拳打了个鼻青脸肿，之后只能还叫他的"6子"。

后来一段时间，由数字编制演绎的密码，对兄弟俩产生了莫大吸引力。那个时期的报纸上，时有刊登一些加密的私人通信。这种通信以多种形式在报纸上出现，多假以招租广告和寻人启事的方式见报。里面集汉字和一堆乱七八糟的数字为一体。在外人眼里是一则文理不通、似是而非的广告或启事，而在男女双方知情人眼里，则能破解还原成一封充满诗情画意的情书。兄弟俩曾一度以偷偷破译这类密信为一大乐事。

这个时期，兄弟俩只是对由几个简单的数字演绎出的趣味密码有着浓厚的爱好，还没有领悟到数字同加密、脱密技术之间的密切联系，更不会想到将来有朝一日，自己会着手编制和破译军事密码。事实是，数年后，兄弟俩投身与此相关的活动，为各自的党派和军队做出了重要贡献，同时也多次大难临头。

眼下，兄弟俩正陶醉于小儿科般私人密信的窥视之中。他们追踪破译了本市一位年轻女教师和某大学一位谭姓教授在报纸上的密信往来。

从破译的密信得知，24岁的中学女教师陈某与31岁的大学教授谭某相互倾慕，感情日渐深厚。陈进而提出让谭与其妻离婚，同她结婚，被谭拒绝。后陈又提出不要名分，可在外租一房与谭同居，同样被谭拒绝。心灰意冷的陈即在密信中表示，若不能如愿，即以死殉情。

数日不见谭某的回音，首先沉不住气的不是女教师陈某，而是陈氏兄弟。他俩使用陈谭的密码，在报纸上以寻人启事的方式连续刊登了两封密信，极力劝说教授谭某莫负陈某一片痴情，鼓励谭某：真爱是无私无畏的，勇敢地站出来与陈某结合吧；爱与被爱都是伟大的，光明磊落地爱你所爱是神圣的，真爱的双方是没有任何过错的。

陈某见彼此密码被人破译，隐私败露，索性就公开了与谭的密情；谭某权衡一番，也干脆一不做二不休，公然同意与妻离婚，同陈某结合，并先行与陈某同居。

事情越闹越复杂。首先暴跳如雷的不是谭某的妻子，而是民政厅一位张姓职员。因为此前女教师陈某已与张某有过口头婚约。张某得知陈某情变的消息，怒发冲冠，立即在报章著文痛斥谭某的无行和陈女的负义。

舆论哗然，逐渐在广州城引发了一场大讨论。就是在这场关于爱情问题的大讨论中，陈氏兄弟与赵素雅相识的。

这一天，陈氏兄弟俩就读的执信中学附庸趋势，与赵素雅就读的女子第一中学共同组织了一场有关爱情定则的讨论会。

会上，在多数人痛骂陈女变心、斥责谭某利用教授地位夺他人之爱的口诛声中，赵素雅却连珠炮般抛出了自己的不同见解，把会场炸了个人仰马翻。

"父母之命，媒妁之言，婚姻全凭他人定夺，男女双方像牲畜一样被绳索捆绑在一起，这是中国几千年封建社会残留下来的束缚人性的最大障碍。五四新文化运动提出了男女平等、婚姻自由的口号，对封建贞节观展开过激烈批判，妇女解放顺应历史潮流，势在必行，势不可挡。"她停顿了一下，见众人都在认真听她讲演，愈加得意起来："爱情是什么？爱情就是男女之间产生的最最强烈的、最最真挚的倾慕渴求。我举双手赞同一些开化人士的思想，极力推崇爱情三定则。第一，爱情是有条件的。这些条件包括感情、人格、相貌、德才、名誉、财产等项，条件愈完全，爱情愈真挚。第二，爱情是可以比较的。爱情既然是有条件的，那么同时也是可以比较的。以组合爱情条件的多少和浓薄作为择偶标准，是人类心理中的必然定则。第三，爱情是可以选择的。有比较自然就有选择，有选择自然希望善益求善，所以爱情是变迁的，不是凝固不变的。由订婚至解约，成夫妻至离异，用可选择原则实在是很正当的事情。因此，谭与妻离散、谭陈结合是合情合理合法的事，大家不必大惊小怪。"

赵素雅声音未落，陈氏兄弟霍地站了起来，带头错落有致地鼓起了掌，但没能引起众人响应。

赵素雅的目光一下子集中到陈氏兄弟身上，这使她有关爱情定则的思绪在瞬间戛然而止，以至于由她的言行而引起的那些主张旧道德人士的讥诮和训斥几乎鼓破房顶，她都全然未觉。

陈氏兄弟身穿同一款式、同一颜色衣装，同样的神态中透着刚毅和傲气，难以分辨相貌的不同，都是英俊清秀、健壮修长的身材，洋溢着阳光男孩的洒脱。

这对孪生兄弟深深地吸引了赵素雅。陈氏兄弟也对这位新潮异性产生了浓厚兴趣，出了校门，他们在一僻静处等着素雅。素雅并没觉得惊奇，主动上前打招呼。她本来想说一声"你哥俩好帅气呀"，却很正统地说了一句："你们带头鼓掌是对我最大的支持。有志青年都应该为妇女解放助威出力。"

陈氏兄弟彼此看了一眼，很绅士地说："那当然，为妇女解放呐喊助威是应该的。不过，我们可是为你的出色表现而鼓掌的，没想到你年纪轻轻的，会对爱情内涵理解得如此深刻。"

素雅摇头："我讲的观点可不是我独创，我声明过的，我是在推崇开明人士的思想。本来嘛，民国时代了，人人都应该有选择爱情的权利，人人都应该婚姻自主。"

兄弟俩见素雅有意和他们搭讪，兴致更浓，精神越发饱满，言谈举止愈加优雅得体。

旁边的路人在窃窃私语，有几个人还朝素雅指指点点。他们旁若无人，继续交谈。

"你是不是正在恋爱？你是不是有过曲折的感情生活经历？不然便不会对爱情理解得那么透彻。"一个大胆地问，另一个也笑容可掬地"是呀是呀"地附和着。

素雅脸微微一红："哪儿有的事呀。学生嘛，以学业为重，目前还没有恋爱的心境，我只是赞赏爱情方面的某些观点。对我来说，爱情还只是个理论问题。"

兄弟俩对女子中学的一些情况很好奇，就没完没了地问个不停。素雅说："男女分校是封建陋习，早该剔除，男生女生多接触、多交往才是社会进步的表现。"陈氏兄弟颇为赞成。

分手时，陈氏兄弟不约而同地问："我们还有没有机会再见面？"素雅一笑说："天知道。不过，我很想同你们再探讨一些问题，谈话的范围可以再放宽一些，比如，可以谈谈有关民主革命的问题。"

陈氏兄弟乐不可支，看得出他们为认识素雅而兴奋不已："好啊，明天是星期天，我们可以一块儿去郊游，在野外讨论问题会更有情趣。"

"男男女女满山遍野地跑不太雅观吧，还是不去的好。"素雅俏皮地看了兄弟俩一眼。她嘴上虽这么说，可骨子里是不在乎男女同行的。

对于这一点，陈氏兄弟是能揣摩得准的。他们明白，像她这种女孩，会经常自觉或不自觉地向男孩显示其摒弃常规、听任自然，对清规戒律不屑一顾的做派，悠然自得于我行我素的天地之中。这正是她吸引陈氏兄弟的因素所在。

今天素雅卖了个"男女不宜同行"的关子，陈氏兄弟则以激将方式应对。

一个说："星期天连上帝都在休息，何况我等凡身俗人。男女结伴而行，既锻炼了身体、陶冶了性情，又游览了大好山河，何乐而不为呢？看来，你那开化思想是假装出来的。"

另一个见把话说重了，赶紧满脸堆笑："男女总得有别，不好强求。明天不愿去，可以另约时间。对了，我们姓陈，他叫左军，外号'6子'，我叫右军，外号'八仙数'。"陈左军补充说："叫他醉八仙也行。"

素雅说:"收起你俩的把戏吧,不就是男女郊游吗?这有何难!"随即对兄弟俩的外号产生了好奇。兄弟俩便争先恐后地解释了一番。素雅随后也通报了自己的姓名。

陈左军大惊小怪地叫了一声:"呀呀,原来你就是赵素雅?女子中学出了名的女丈夫嘛。听说文字游戏也玩得没人能比,今天不妨见识见识。"

素雅来了雅兴:"你俩能代表执信中学的文字游戏水平吗?这两年流行的那首歌《教我如何不想她》,你们都会唱吧?"

左军唱道:"天上飘着些微云,地上吹着些微风。啊!微风吹动了我的头发,教我如何不想她?"

右军也唱道:"月光恋爱着海洋,海洋恋爱着月光。啊!这般蜜也似的银夜,教我如何不想她?"

素雅鼓掌说:"果然是孪生兄弟,毫无二致的并茂声情,优美的音调真像发自同一个喉咙。对了,这首歌就是一个有趣的算题。"素雅拿树枝在地上画下题目:

$$\begin{array}{r} 她 \\ 想她 \\ 不想她 \\ 何不想她 \\ 如何不想她 \\ 我如何不想她 \\ +\ 教我如何不想她 \\ \hline 何何何何何何何 \end{array}$$

素雅说:"约定在先,相同的汉字代表相同的数码,不同的汉字代表不同的数码。下面,你们开始列算式吧。我把这首歌连唱两遍后,你们当即交卷。"

素雅笑盈盈地唱着,看着兄弟俩手忙脚乱地在地上画。唱完第一遍,俩人还没有思路,都沉默不语。

醉八仙突然说:"'她'字唯一的可能性是等于'6'。这是个突破口,其余的你来算。"

6子恍然大悟,稍作思考:"这个突破口找得好,这道题迎刃而解了。"他快速写下了答案:

$$\begin{array}{r} 6 \\ 36 \\ 836 \\ 2836 \\ 72836 \\ 572836 \\ +\ 1572836 \\ \hline 2222222 \end{array}$$

素雅歌声刚落,兄弟俩答案即出。素雅说:"好,答案出得既准又快,不愧是数学玩家!"醉八仙说:"6子,给素雅同学出道题难难她。"

6子张口说:"100个和尚吃100个馒头,大和尚每人吃两个,小和尚两人吃一个,剩下半个喂狗吃。问:大小和尚各多少个?"

素雅一乐,随口说道:"99个和尚吃99个馒头,还剩下1个和尚、1个馒头。当然,这个和尚只能是小和尚了。他吃了半只,还有半只丢给狗吃。结论是：大和尚 33 个，小和尚 67 个。这题小学生都会，6 子你这不是在哄我吗？"

6 子认真地说："我没有哄你。我若哄你，就给你半个馒头了！"

素雅一听，笑说："6 子你才是小狗，你嘴里吐不出象牙来！"

一来二去，素雅同陈氏兄弟就熟得像老朋友了，当即约好了明天外出游玩的时间和地点。

同陈氏兄弟的来往，使素雅的学生生活充实了许多。那时候男女学生交往已不是什么新鲜事，被人们看作学生的一种开化举动。但在赵家大院这还是一个秘密，为不让父亲知道，素雅未向大院里除贴儿之外的任何人透露一点儿相关信息。

素雅心中渐渐产生了一种童话般的浪漫情愫，同陈氏兄弟的接触愈加频繁。那一年夏天，他们的关系突飞猛进，整个夏天的星期天，他们都是在城西荔枝湾度过的。

这是广州一处有悠久历史、容易让人情怀激荡的消夏游乐之地。素雅用"红、绿、白、蓝"四个字描绘了这里的美景：

> 两岸荔枝红，
>
> 一湾溪水绿，
>
> 泮塘浮荷白，
>
> 客游艇舫蓝。

素雅和陈氏兄弟常常租借渔家游艇，穿梭于波光辉映、五光十色之中。他们满眼枝头红荔，贪婪地吮吸着数里荷香，心情畅快，兴致盎然。他们长时间陶醉于此情此景，靓女的歌声、雅士的弦声、游人的嬉笑声和艇仔的叫卖声交织在一起，时时敲打着他们的心鼓。

在迷茫与憧憬中，素雅开始了她的初恋。她那股强烈的爱恋与日俱增，但左右拿不准这份情愫是来自陈氏兄弟中的哪一位。

陈氏兄弟俩也同时直白地爱上了素雅，但哥俩之间最初采取的是十分友好的态度，不争斗，不诋毁，一切取决于素雅的态度，尊重素雅的选择。

一天，左军付款数角，上岸采摘荔枝。

正是出江捕鱼的渔家人黄昏归舟时，渔歌对答烘托出万般诗情画意，一派荔湾渔唱的美景。素雅情不自禁地用粤剧曲调唱了一曲《羊城竹枝词》：

不养春蚕不织麻，荔枝湾外采莲娃。

莲蓬易断丝难断，愿缚郎心好转家。

荔枝湾外夕阳沉，荔枝湾下野水深，

郎过浐塘莫折藕，藕丝寸寸是侬心。

同坐一艇的右军听罢，两眼泪光烁耀，上前抓住了素雅的手，也即兴编吟了一首：

千树荔枝四围水，江南无此好江乡。

万荷苞叶三重山，塘北绝少俊女嫱。

红荔湾头第一村，绿水百艇独一人。

荔落荷败无奈去，唯我痴心恋花裳。

这时，左军提荔枝上艇，一切尽在眼中。他剥一饱荔递给右军，右军却视而不见，怔望素雅。左军又递一串红荔给素雅，素雅却拂袖说："一湾溪水绿，两岸荔枝红。一心情依依，两人该系谁。"说完，上岸独去。左军笑笑说："你俩未成学士，倒先有了文人的臭酸气，吟诗诵词的，败了大家游玩的兴致。"

素雅在欢乐与痛苦中挨度着学生时代。她一直舍弃不下陈氏兄弟中的任何一个，不想做出对陈氏兄弟带有伤害性质的任何举动，甚至连与兄弟俩单独相处的时间也都是均等的。

她这种难舍左右、六神不定的状态带来的直接后果是：她越是给兄一个蜜枣，又不得不给弟一个甜桃，不忍心怠慢其中任何一个，越是使这兄弟俩神魂颠倒、爱恋有加。

这样的尴尬状态，终于以一种特殊的方式暂告结束。素雅说："你们兄弟俩去参军吧，好男儿志在疆场，老在情场上围着我转没出息。都走吧，都走吧，让我一人静一静。这段时间，我实在是太痛苦了。"

陈氏兄弟对素雅的意见言听计从，不久就都参了军。弟陈左军去了国民革命军第四军士兵一连，兄陈右军去了黄埔军校入伍生训练队。

从军不是儿戏，三人的生活世界从此改写。入伍后陈氏兄弟即在素雅的视野里消失了，从此便长久没有一丝音信。

一年之后的一天，陈左军突然捎信让素雅到荔枝湾的荔园门前见面。去了后，素雅才知道那里还有陈右军，俩人已租好一条游艇在等她。

陈氏兄弟见到她都十分激动，在她上艇时都想抢先一步去抓她的手，但又都明显抑制着情绪。她身体随船晃动了几下，却又无一人搀扶一把。素雅已控制不住自己，紧紧抓住各自一只手，语无伦次地诉说起离别后的思恋。

小艇在来往穿梭的船只间慢行，他们都已经无情趣欣赏这过去百看不厌的水乡风情。在一阵喃喃私语后，素雅感到有些异样，兄弟俩没有像以前那样耐心地听她诉说，而是各站艇的一边，不时气呼呼地怒视对方，显然没在听她说话。

素雅看看这个，瞧瞧那个，不知所以然。陈左军先说话了："素雅，我们不能再这样继续下去，应该有个了断了。你今天明确表个态，是跟我好，还是跟他好？"

陈右军一言不发，用冷峻而炽热的目光凝视着她，等待着她的回答。

孪生兄弟为获得爱情反目成仇，素雅最为担忧的事情还是发生了。手足之情于爱情是何等的渺小啊！素雅在心中一声长叹。

爱情是有条件的，爱情是可以比较的，爱情是可以选择的。此时此刻，素雅已无心思索，也无气力去实践这些爱情理论。她手指陈氏兄弟："你们——我们——哇——"她伏膝而哭起来。

一条卖唱小艇靠了过来，妙龄师娘柔声说："先生、小姐，要不要听唱？"素雅抬起头看了看兄弟俩，起身跨到卖唱的小艇上，不由分说从船家手里夺过船篙，一撑到了岸边，上岸奔跑而去。

她以为兄弟俩会靠岸上来追她，暗想：谁先追到我，我就嫁给谁。兄弟俩却谁也没有动，任凭小艇随波逐流。很快，彼此激烈争吵起来。她听不清他们在说什么，只看到他们挥舞着拳头，都激愤异常。

素雅又返回到湾边，招手让他俩过来。艇还没有靠好岸，兄弟俩便争先恐后地跳到了岸上。

陈右军涨红着脸说："素雅，我是真心爱你的，跟我走吧，我会让你幸福的！"

陈左军一挥手说："见你的鬼去吧！你凭什么能保证让她幸福？连自己的命还不知道能不能保住呢。素雅，还是嫁给我更安全！"

陈右军说："眼下时局动荡，形势不定，这正是考验爱情的最佳时机，何去何从，素雅你要谨慎选择。"

素雅已是泪流满面："我们仨人以前相处得很好，我很幸福。你们兄弟俩我谁都离不开，真的，我爱的是共同的陈氏兄弟，而不是分割开的陈氏兄弟。"

陈左军说："我们已不是兄弟，也不存在共同之处了，二者你只能选择其一。"

素雅哭得愈加剧烈："为了我,你们兄弟何必闹成这样子?你们若是真爱我,就言归于好吧。我决不会选择一个而伤害另一个的!"

陈右军说："我们俩闹翻和你没有任何关系。今天我们就是来听你一句话的。"

素雅大喊一声："你们都给我滚!"

陈左军一跺脚,愤然离去。陈右军也转身走了。

赵素雅靠在荔枝树上放声大哭。卖唱的小师娘高声唱了一首曲调优美的童谣:

> 鸡公仔,尾弯弯,
>
> 做人新抱甚艰难。
>
> 难不难,心里馋,
>
> 夜晚一人凄惨惨。
>
> 没人疼,没人怜,
>
> 侬家船上似家还。

船家老汉却铿锵有力地吼了一嗓子:

> 两叶轻舟去——
>
> 人隔万重山——

素雅止住了哭声,抬头张望,却不见了陈氏兄弟的影子。

2

沉寂难熬的日子延续了多日。这一天,贴儿探听到,赵文礼因忙于政务，已有四五天没有回家了。素雅大喜，便让贴儿纠缠住母亲，只身偷偷溜出了后院。她雇了一辆黄包车，直奔城南南关戏院。

南关戏院空无一人，里面弥漫着浓浓的血腥气。守门老头说，这里前几天刚关押过六百多个闹事的学生和工人，已有几日没唱戏了。素雅问："茹芸最近有没有来过这里？"守门老头一阵儿哀叹："多日没来了。这年月唱戏的没心思唱，听戏的没情趣听，可苦了我这孤清的老头子了。"

素雅改道去了茹芸家。

茹芸是素雅最要好的同学。茹芸的父亲曾是戏班的琴师，茹芸小时候常跟父亲去戏院，在戏班上认识了一个叫海云的名角。这人见小茹芸睿智颖悟、模仿力强，有一副天生的好嗓子，就教她唱了几段粤曲。她一听就能有板有眼地唱下来，一些难唱的唱腔也能模仿得惟妙惟肖。海云甚是喜欢，选了个黄道吉日，收她做了干女儿。海云喜欢这孩子的灵性，但并不想让她跟着学戏。海云说，要想当个现代人，就得去学堂学知识，将来干些大事情。世上有三丑：王八、戏子、吹鼓手。学戏是下九流。咱唱了半辈子的戏，受了半辈子的气，不能再让干闺女当一辈子戏子！海云出钱送茹芸上了第一女子中学。茹芸却天生是个唱戏的坯子，一边上学，一边缠着闹着跟随海云学唱，学会了《卖荔枝》《昭君出塞》等剧目中不少唱段，有时还悄悄登台客串。她咬字清晰，嗓音豁亮，穿云裂石。非但嗓音好，做派也出神入化，韵味十足，无懈可击。中学还没毕业，就唱红了半个广州城。

素雅刚进胡同，就听到一阵儿凄恻的琴声从茹芸家飘出。素雅叩门，没人应声，琴声依然。她推门而进，琴师方才收起胡琴和素雅说话："烦闷哪，茹芸找海云闲吊嗓子解闷去了。这好好的怎么就动起枪炮来了，没听令尊大人讲这是为啥事打起来的？"素雅转身往外走："我也多日不见父亲了。我在家被关了一些时日，外面的事一点儿也不知道。我去找找茹芸。"

素雅找到了海云住处。海云正在听茹芸唱戏，忙打手势让素雅坐下来。

素雅对名角海云并不陌生。素雅父亲是海云多年的戏迷，海云常到赵家去唱堂会，素雅父亲也常去南关戏院听海云的戏，和海云过往甚密。

此时，茹芸正如醉如痴，饱含泪花，甚是凄惨。"落花满天蔽月光，借一杯附荐凤台上……"这是粤剧《帝女花》里的唱段。素雅虽不好戏，但街知巷闻，耳濡目染，对粤剧并不陌生。这一唱段说的是明朝公主和驸马在洞房花烛夜双双喝毒酒殉情殉国的故事。茹芸每每唱到这一处都入戏很深，难以自拔，下得场来，久久不能愉悦。海云说：茹芸进戏快，进得去就出不来。这处《帝女花》唱一回苦闷好几日，戏里男女又没死成，白白伤心。她仅这一点就不像咱唱戏的。

茹芸坐下来，用手帕擦眼泪，看着素雅不说话。素雅把她拉到僻静处，问起眼下局势。茹芸说："光知道军队前段日子打起来了，还抓了不少人，但不知详情。师父这段日子没有间断在外应酬，她会了解一些，可以问问她。"

海云不想提起外面的事，又经不住茹芸缠磨，就把她所知道的讲给了素雅，并拿出几张报纸给素雅看。

素雅脑袋轰然炸响，手忙脚乱地翻着报纸，想从上面找到有关陈氏兄弟所在部队的消息。果然，有两则消息使她震惊万分。

一则是：

十五日晨二时许，第四军士兵一连，保安队三百名，先到黄沙汉路，围缴该路工人枪械，结果，缴枪数十，捕工人二十余，伤毙六十余人。

另一则是：

十五日，黄埔要塞司令吴思豫下令收缴黄埔军校政治部及入伍生训练队的枪弹，为防止共产党反抗行动，还将炮枪机栓卸下。十八日，李济深参谋长派舰队包围了黄埔，虎门要塞司令下令开始搜捕共产党人。军校当局设下圈套，将全体学生骗到俱乐部开会，当场逮捕共产党人二百余名，用兵舰押送到南石头监狱、虎门炮台等地囚禁。二十日，广东当局继续在军校清党，先后扣留共产党人、共青团员、积极分子数百人。

陈氏兄弟分别在士兵一连和入伍生训练队服役，看来都与这次"清党"活动有直接关联，况且还不知陈氏兄弟是不是共产党。素雅心一阵怦怦乱跳，拥在茹芸身上抽泣。茹芸深知素雅与陈氏兄弟的关系，理解她的心情，又想起《帝女花》的戏境，便和她一起痛泣起来。

哭完，素雅说："我得想办法找到陈氏兄弟。"茹芸说："眼下局势乱得很，人们都有意躲避这是是非非，你怎么能在这节骨眼上惹火烧身？"素雅倔强地说："只要能见陈氏兄弟一面，即使砍了头我也认了！"茹芸用手点了她的头："你呀，活脱戏里的那主，我倒是服了你。"

素雅说："陈氏兄弟不能出事。茹芸，你和我一起去找人打探消息吧？"茹芸说："陈氏兄弟与我何干，竟拉我去冒险垫背？"素雅说："单是为我还不够吗？你肯次次为那戏里的痴情男女落泪，就忍心看着你的好姐妹活活憋闷而死呀。"茹芸笑笑说："我跟你去冒风险，你怎么报答我？把陈氏兄弟分给我一个如何？"

"除非我死了，才有你填房的份。"素雅推了她一把，俩人追打着出了院门。她俩雇了黄包车，跑遍半个广州城，找了好几个认识陈氏兄弟的人，都没得到什么准信儿。有人倒是说，在4月27日"拥护中国国民党清党运动及庆祝国民政府迁宁大会"上见到过一个人，像是陈左军。

茹芸说："找到陈氏兄弟的最好办法是到陈家大院去打探。陈家父亲是上层军官，应该知道自己儿子的去向。"素雅站住脚："我可不去见那老杂毛，他反对右军、左军和我来往，说我是广州城第一疯女。"茹芸转身就往回走："不见老杂毛，你就别想找到小白脸。"素雅拦住她："那好，不入虎穴，焉得虎子。"

素雅以赵家大小姐身份进了陈家大院。陈父正欲上车出门，素雅走过来，很有礼貌地打了招呼，说："我想见见左军、右军。"陈父一摆手钻入车中，说了声"他们都死了"，疾驰而去。

素雅愣在那里。茹芸说："看那老杂毛脸子，铁板一块，陈氏兄弟真死了才好呢，好让他老杂毛断子绝孙。"素雅说："你胡说什么呀，哪能就真的死了！但有一点是肯定的，陈父对左军、右军有气。"

素雅和茹芸回到赵家大院。母亲正在为素雅溜走而急得团团转，见素雅进门，就劈头盖脸地训斥了一番。素雅从没见过母亲发这么大的火，心中便有了怯意，站在一边一言不发。茹芸有些尴尬，就独自进了素雅的闺房。

这时，赵文礼回了家。他看上去兴致不错，见到素雅很亲切："这段时间我忙于政务，对你关心不够。你瘦多了，是不是病了？"

素雅坐到赵文礼身边，娇声说："身体还好，只是在家闲待着有些烦闷。"赵文礼抚了她的头："过几天就是你十八岁生日了，家里要好好庆贺一下。"素雅淡淡地说："这年月兵荒马乱的，哪还有心思过生日？再说，父亲这些日子够劳累的了，不能再让父亲操心。"

赵文礼说："局势已稳定，该轻闲几日了。为父历来思想守旧，对你管束太严，难为你了。现在时局变化很快，政府对女界又有了开明政策，作为政府要员，我理应带头效仿。这个生日要过，而且要过一个隆重而开化的生日！"说完，背着手踱出屋去，随身带的文件包忘在了桌子上。

看得出，父亲很兴奋，很激动。看来，今年的生日会过得有声有色，可以借此痛快地玩几日了。素雅心胸随即舒展开来。

素雅拿起文件包欲送还父亲，一份文件飘然落地。素雅捡起，只不经意地看了一眼，就被深深吸引住了。

这是国民党广东省政府委员会第33次会议文件。

代理民政厅长朱家骅

关于禁止妇女束胸的提案

（委员会第33次会议通过）

为提议事，查吾国女界其摧残身体之陋习有二：一曰缠足；二曰束胸。缠足之痛苦，二十年前经各界之痛阵，政府之严禁，业已除解，惟间接感受之痛苦比缠足为甚者，厥为束胸。盖缠足陋习，不过步履不便，其痛苦只及于足部。若束胸则于心肺之舒展，胃部之消化，均有妨害。轻则阻碍身体之发育，易致孱羸，重则酿成肺病之缠绵，促其寿算。此等不良习惯，实女界终身之害，况妇女胸受束缚，影响血运呼吸。年来女界风气已开，但仍有束胸为美观者，不知欧美各国女子无不注意胸部发达，并以丰满隆起为合卫生而美观者。限三个月内，所有全省女子，一律禁止束胸，倘逾限仍有束胸，一经查确，即处以五十元以上之罚金，如犯者年在二十岁以下，则罚其家长。

素雅接连看了三遍，全身便有了异样的感觉。她拿着文件，进里屋让茹芸看。素雅说："这是政府促进妇女解放的重大举措，合乎历史潮流，定能得到有识之士的拥护。"茹芸说："这可是天大的新鲜事儿，不几天就会轰动全城的。"提到束胸,俩人相互取笑一阵,又说了一会儿悄悄话。茹芸见天色已晚,便起身告辞。

刚出屋门,迎面碰上了赵文礼。他说:"你是茹芸姑娘吧?常听海云夸奖你。我这个戏迷早就想听听你的戏了!"

"我只是模仿师父学唱几个剧目,功夫还差得远,哪敢劳赵伯的神。"茹芸有些不自在地说。赵文礼说:"这样吧,过几天素雅生日,邀请你过来捧场。你不会不给素雅面子吧?"素雅附和:"她若不来,我便与她断了姐妹情义。"

庆贺素雅生日活动很快进入程序,宴会舞会堂会等大项活动方案都是赵文礼亲自把关定夺的。那一天,宴会舞会豪华奢侈的程度令宾客们咋舌,但更让人们开眼的是生日系列活动的女主角赵素雅的风姿。

宴会定在傍晚时分开始。早在午饭时赵文礼就叮嘱女儿:"宴会前,你的主要任务就是装扮自己,新青年新学生要有新思想新形象,衣着一定要新潮,让老派人看看,赵家素雅才是民国最时髦的女性。"素雅被数月来少有的亢奋冲击着,脸上泛起红晕,细声说:"这么说今天我可以自己支配自己了?"父亲笑说:"那当然,今天你自由了。"

素雅早早离开餐桌,上楼进了闺房。她推开窗子,望着外面的风景,真想放开喉咙欢叫几声。她干脆坐上了窗台,久久陶醉于浓烈的花香之中。

多日来,陈氏兄弟的消失使她原本活泼的性格变得沉默异常,父亲为她庆贺生日的举措和宽仁的放纵又使她恢复了本性。此时此刻,一些新奇怪异的想法充盈了她的脑海。她想做的第一件事就是放胸,穿上新潮的衣裙出现在众宾客面前。

她关上窗子,插牢房门,脱掉外衣,走到衣镜前,久久注视着自

The Secret Life

己，注视着这个被那对孪生兄弟同时爱着的妙龄女子。她扭转着身体，做着各种各样的动作，有些举动曾是以前被自己视为不雅的动作，今天看来却极具美感。她对自己的身体并不陌生，脸上没有露出丝毫羞涩，坦然得令自己吃惊。

今天怎样穿戴才最能彰显自己的魅力呢？她耐心地试穿完衣柜里的每一件衣服。整个下午她都在做这项工作，待宴会开始前五分钟，才款款下楼来到宴会厅。这之前，贴儿不下十次过来敲门，传达太太应穿什么衣服的旨意，她都闭门不开。太太说："这疯丫头不知又搞什么新花样，今晚高朋满座，别做出什么伤风败俗之事。"赵文礼说："由她去吧，也该让她放纵一下了。"太太不满地说："这几日你像变了一个人似的，对她以往的禁严态度哪去了？我真想不明白！"赵文礼说："都民国了，新时代了，老思想旧道理该退出历史舞台了！我是政府要员，除陋习、开女界之风气，当从我女做起呀。"

当素雅出现在宾客面前时，大厅里发出了一阵惊叹声，接着一片刺眼的闪光灯笼罩了她。她身着一件开口较低的紫红色无袖短裙，白皙的脖子、丰腴的臂膀、修长匀称的裸腿，都得到了最大限度展现。尤其换掉了束胸巾，胸坚挺而饱满。她身段曲线流畅、婀娜多姿，全身都洋溢出勃勃生机。

在众人窃窃私语中，首先失态的是太太，她在一阵眩晕之后，生出了懒洋洋的困倦感，不由得瘫坐在椅子上。赵文礼早已意识到素雅今天会有出格的装扮，甚至猜到了她定会换掉束胸巾，但没想到她会如此肆无忌惮。赵文礼毕竟是见过大世面的人，他稍作镇定，微笑着牵起素雅的手，端着酒杯走到众宾客面前，开始主持宴会。按常规，他把女儿介绍给大家后，应该围绕女儿生日本身的话题略说几句，然后同众宾客一起干杯，他却不合时宜地讲起了民国的大好形势，讲起了政府的开明政策。在渲染了一阵国泰民安之后，他又富有激情地讲起了前不久政府通过的《禁止妇女束胸案》，还具体介绍了自己是如何一贯给女儿素雅以充分自由，长年坚持倡导开女界之风气的。

素雅愕然，众宾客则对素雅今晚如此装束找到了缘由。几个政界老友深深理解了赵要员为女儿举办生日宴会的良苦用心。

好友茹芸被素雅今晚的表现弄得眼花缭乱，整个宴会她都身不由己地陪在素雅身后应酬众宾客。酒过三巡，有些客人的眼睛开始在素雅胸上瞟来瞟去，素雅愈加昂首挺胸、视而不见，毫无拘束地与熟人说笑着，有意把自己的快乐分享给朋友。

同素雅相比，茹芸这个时常出现在舞台上的"戏子"反而拘谨了许多。她衣着厚重，束胸隐背，没有滞留下多少男人的目光。

宴会高潮过后，众宾客见主家如此开化，便也放开了自己，开始寻求饮酒之外的刺激。有些开化的客人还大声地开起露骨的玩笑，颇具下流味道。几个老派的客人却把素雅今天的表现视为大逆不道，对赵要员更是私下恶语评说，借着激愤情绪多喝了几杯，都有了浓浓醉意，竟然高谈阔论起女人的缠足小脚。一个迷恋小脚女人的文客，堂而皇之地把随身所带的心爱之物——几双绣工精巧、大小不等的各色小脚鞋摆到了酒桌上。有人找来笔墨，在每条裹脚布上题诗联句，几人轮番吟咏，品头论足。一时间，这桌上响起了"香钩儿、亲钩儿"的嘻叫声。众人知道"钩儿"是裹足小脚的隐语，便一个个眉飞色舞地凑过来看热闹。

赵文礼对"钩儿钩儿"的笑闹声大为不满，见天色已晚，便露出了送客之意，众人这才收敛兴致，纷纷离席。

茹芸是最后一个离开赵家的客人，素雅和赵文礼亲自把她送到大门外。

赵文礼对茹芸说："素雅的生日还有一项活动，我已和你师父约定明晚来唱堂会,你要一起来。我要好好品味品味芸姑娘的唱功。"

没等茹芸答话,素雅先拍手叫好,并说了一句悄悄话。茹芸听罢,打了她一下:"我可没你那么开化,也没你那天地不怕的胆子!"素雅说:"不按我的话办,明晚把你打将出去!"

3

堂会设在一楼大厅。应邀而来的海云刚唱了一段粤剧《紫钗记》,大家就嚷着让今天的主人公素雅点戏。素雅点了茹芸的剧目《卖荔枝》,这是父亲最爱听的戏。素雅对戏不感兴趣,今日装出兴致勃勃的样子,全是为了让父亲高兴。

果然,茹芸唱罢,赵文礼满心欢喜,连连叫好。接下来赵文礼又相继点了茹芸的《西施》《杨贵妃》中的唱段,倒把海云冷落在一边。素雅悄声对父亲说:"让茹芸姑娘歇息歇息,该让你捧红的名角海云多唱几出。"赵文礼摆摆手,大声说:"还是茹芸姑娘唱得有韵味,真是青出于蓝而胜于蓝。海云你功不可没呀。"海云并未因受到老相好冷落而沮丧,反而笑说:"这全是茹芸自己的造化,她对戏悟性极高,日后还要靠赵要员多多捧场。"赵文礼说:"那还用你说,这个角我是捧定了。"说完又连点了茹芸的两出戏。

素雅见茹芸累得动作有些变形,便找了个借口把茹芸领到楼上。赵文礼见茹芸一走,觉得时候也差不多了,就吩咐准备夜宴,款待戏班子。

进了素雅的闺房,茹芸一下瘫坐在床上,抱怨起来:"令尊大人真是头号大戏迷,哪有这样捧角的?往死里点戏,让人下不得台!"素雅说:"还不是喜欢你的戏?！最近局势紧张,他难得放纵一下自己。我替父亲给你这大名角道歉了。"茹芸说:"去你的,有师父在此,我算哪家子名角?呀呀呀,你看弄出一身大汗,难受死了!"说着,起身卸装。素雅趁她擦汗,冷不防抽掉了她的束胸巾,把湿漉漉的巾子攥成一团,藏在身后:"好啊,你把我昨天的叮嘱全当成耳旁风了,竟然还裹这劳什子!最近,政府在明禁妇女束胸,你就不怕受处罚?没想到,你这唱戏的思想还这么老派。"茹芸双手抱胸,红透了脸:"唱戏的怎么啦?唱戏的自有戏德,咱们卖的是艺,又不是靠这奶子吃饭,快把巾子还给我。"

素雅嬉笑着躲闪:"你过来抢呀,抢到了就还你。"茹芸伸手就抓,没有抢回,就说:"咱唱戏的不能太张狂,你敢放胸上台唱戏,不三不四的戏迷就敢寻机掏你的胸,信不信由你。好了,再闹我真的不理你了。"素雅说:"你先去洗个澡,这一身臭汗,一会儿怎么上席吃饭?"

洗完澡出来,素雅早已为她备好了一套艳装,不管茹芸同意不同意,就给她套在身上。这时,贴儿敲门叫下楼吃饭,素雅乘机拥着茹芸出了房门。刚走下楼梯,茹芸猛地站住了。刚才素雅一阵儿手忙脚乱给她穿新衣,那束胸巾竟忘记裹上!茹芸转身往回返,被素雅一把抓住,恳切地说:"今夜的晚宴,是父亲吩咐专为犒劳你们的演出而准备的,没有陌生人的。再说宴会又不是舞台,何必这样束紧自己?你就轻松一夜吧,权当为我做个伴。你这么美的身段,不展示一下太可惜了。"茹芸无奈,红着脸步入餐厅。众人目光一下子集中到茹芸身上。海云正满面笑容地同赵文礼聊天,见茹芸如此招摇,脸就沉了下来。

堂会散后,一位戴眼镜的记者没有离去,不知什么时候悄悄混进餐厅,见风采夺人的茹芸走过来,他眼睛一亮,迅速向前跨了一步欲拍照。这时,海云突然有些失态地挥舞起双手,左右晃着身子去挡那记者

隐秘人生
第一章
天乳运动

The Secret Life

的镜头。有人把记者推出了餐厅。那记者临出门又死死地盯了茹芸一眼,像是要把她的影像刻在脑子里。

宴席一开始,赵文礼便同海云、茹芸频频碰杯,兴奋之情溢于言表。素雅情绪颇佳,也连连和她师徒二人喝起了红酒。

饭后,素雅意犹未尽,就拉着茹芸到后花园散步。

静夜散发出浓郁的香气,月光笼罩着花果草木,梦幻般美妙。后花园对素雅来说,是心底的天国所在,她酷爱这里的色调,尤其是夜间景色。晚饭后到这里散步游玩,成了她生活中必不可少的内容。

这二人本来都有些醉意,经香柔的夜风一吹,心情觉得舒畅了许多。茹芸时而弯腰嗅花,时而振臂阔胸,放胸后无拘无束的豁达感觉令她心旷神怡。她用手指弹掉挂在树枝上的败叶,问:"素雅,你说这束胸巾能像这败叶一样被彻底拿掉吗?"素雅把一片叶子上的露水滴在胳膊上:"难!正因为难,大家才应该共同为禁除这封建陋习而抗争。"茹芸伤感地说:"谈何容易,明天不是还得缠裹上那布巾子?!"素雅耿耿地说:"事在人为,你不裹谁又能奈何得了你?别忘了,咱们有政府的号令支持哪。"茹芸苦笑一下,不再说话。

远处小路上,有一团阴暗光影在移动,茹芸不由得抓紧了素雅的胳膊。素雅说:"不要紧张,这是私家花园,进不来生人。"果然,走过来的是赵文礼。赵文礼对素雅说:"你母亲有事找你谈,你先回去吧。我也散散步,顺便陪陪茹芸姑娘。"

赵文礼引茹芸走向玫瑰花丛,这是他最喜爱的花,进园必到这里观赏。在朦胧的月光下赏花,别有一番意味在心头。赵文礼向茹芸介绍着玫瑰花的习性,情绪颇为亢奋。

他二人绕过荷花池,来到一排荔枝树下,这里香甜的气味最浓烈。茹芸莫名其妙地想起赵文礼在酒桌上看她的眼神,心里便产生了某种焦恐和惶惑。果然，赵文礼谈起了有关妇女禁止束胸的话题，还是昨晚宴会上所说的大致内容，但此时他的语气和节奏有了浓浓的柔意。

赵文礼让茹芸坐在长椅上，踮脚摘下一串荔枝，掏出银白色手帕擦拭干净，亲手剥一粒递给茹芸。他挨着茹芸坐下，开始赞誉她的美貌和风姿。茹芸嗅到了酒气和花香混杂的气味，恐惧已使她无力和这位越凑越近的老者对话。她本能地想离开这里，但为时已晚。在她站起来的关口，那双老手顺势把她揽到怀里。他没有像年轻人那样急不可耐地撕扯她的衣装，而是在茹芸虚弱的"不、不"声中，慢条斯理地解开了她的衣扣，颤抖着嗓音说："放心，我只想看看。别动，千万别动！否则，便会一损俱损！"

茹芸胸乳上洒满了月色，犹如玉雕般美艳，随着喘息上下起伏，更富有生命的动感魅力。赵文礼不动声色地凝视着。茹芸泪如雨下，身如筛糠。事实上，赵文礼并非只是看看，他抚摸着，吮吸着，一遍又一遍。末了，他为茹芸擦去泪水，威严如冰："今晚的事你知我知，如让第三者知道，必定你死我活！只要你肯听我的话，我会把你捧成广州城第一红角。我向来是说一不二的，你可要牢记在心！"

回屋时，太太、海云、素雅还在聊闲话。说是闲话，其实都没离开让素雅收敛野性的话题。太太把素雅叫回来，就是嘱咐她，借过生日已放纵了几日，这放胸、穿无袖衣装的勾当今后不许再发生。素雅满嘴应承，可故作娇憨的脸上那双任性的眼睛分明在说，太太的叮嘱是徒劳的。

茹芸头发凌乱，遮住了她洁白的前额。素雅见她脸色不好，忙问是不是身体不舒服。赵文礼搪塞说："我们正在花园里悠闲散步，突然从脚前蹿出一只野猫，差点儿吓掉茹芸姑娘的魂。"说完，发出一阵惬意的笑声。大家取笑一阵茹芸胆小如鼠后，便送她师徒上了车。

第二天的晚报上，登出了题为"要员小女开女界之风，宴会放胸实为开化行动"的文章，在醒目的位置还配发了素雅宴会上的照片。

这些天，为配合政府实行《禁止妇女束胸案》，报界推波助澜，将之渲染为"天乳运动"，重点报道各界落实这一禁令的情况，社会上一时被搞得沸沸扬扬。谁家女乳大、谁家女乳小、张家女乳挺、王家女胸平，孙家有女放胸后足不出户、李家有女拒不放胸被罚款……有关女乳的新闻趣事成了街头巷尾、茶余饭后的一大话题。有些不安分的男士走在街上，眼睛就不够用了，合法而大胆地在各色女人胸上瞟来瞟去。

素雅拿着报纸端详半日，照片上的她把一个十八岁少女的青春魅力展现得淋漓尽致。又和存留下的那张画像相比，才感到画师爷远远没有画出少女的韵味和美妙。她把这张照片从报纸上剪下来，视为珍品，小心地收藏起来。

素雅打听到，拍摄照片的那个记者是本市报界才子高势能，便前去与他取得了联系，请他把那张照片放大后加洗两张。这高势能便是那位被推出赵家门的记者。他满口答应免费为素雅加洗照片，又不失时机地为穿戴时髦、胸乳高挺的她另照了一张相，并约她撰写一篇有关禁止妇女束胸政策体会的文章。

素雅欣然应允。高势能在她面前摧眉折腰，极尽奉承之能事，纠缠着问了不少他感兴趣的问题。素雅并不烦这个高势能，他说话很是入耳入脑。他围绕着妇女的天乳、天足、发辫等话题，天南海北地好一通阔论，其中充斥着素雅爱听的开化思想。告辞前，素雅说："知中华妇女之痛苦者，势能也。"

同素雅的交谈中，高势能还问及茹芸的一些情况，很为没能抢拍上茹芸放胸后的玉照而惋惜，一定要素雅引见，认识认识茹芸。素雅答应，明日领他去找茹芸。

第二天，素雅见到茹芸，气氛有些压抑。茹芸话也没说一句，就阴沉着脸进了屋。高势能欲跟进去，被茹芸毫不客气地推了出来。高势能尴尬地看着素雅，素雅也莫名其妙地望着他。

素雅进得屋来，像往常一样扶住茹芸的肩："今天是不是吃错了药？进门就甩脸子给人看，好没道理呀。"茹芸一转脸："没道理的事多着呢，谁能说得清？谁又敢说得清。"

素雅说："好了好了，你也别给我摆谱了。今天我一不求你去唱堂会，二不求你陪我聊天解闷，只是想给你引见一个朋友。多个朋友多条路，这个朋友是报界的才子，神通广大着呢。"茹芸说："神吹海捧天乳的下三烂，什么大不了的人物！我不见！"

素雅说："人家报界也是在为妇女解放而出力，你大可不必这个样子。"茹芸说："什么妇女解放？什么天乳运动？一帮淫荡之徒，一群吃饱了没事干的野狗！老的少的、文的武的，都盯着女人的乳房转，天下哪还有正经人？！"素雅见状，只好退出屋来，冲高势能摇摇头。

不几天，晚报显要位置登出了素雅题为"天乳天性天意"、副标题为"我之放胸之感想"的文章，再一次配发了素雅的照片。

这张照片比上一张更加光彩照人，舒展的长裙把腰肢衬托得更见纤细，熨帖的上衣使胸部越发突显。一头乌发垂在削肩上，一双雪白纤手卡在腰际，姿态秀丽，风度娴雅。那双美丽的眼睛里流露出的光芒豁然直达，看得出，她未丝毫掩饰少女热情奔放的天性。

素雅一时成了广州城开化女性的楷模。

这一天，陈氏兄弟的父亲突然捎信来要见素雅，这使得素雅大为惊讶。她不知如何是好，便去找了茹芸，想让她陪着去见陈父。

茹芸似乎还窝着无名之火："别让我再见那些达官要员，天下老杂毛一般黑，没有一个好东西，我是不去见的，想去你自己去。不过，我提醒你一句，小心你的乳哟，否则一损俱损！"素雅说："想去就去，不去便罢，怎么就扯到乳上了！"无奈，素雅又回府拉上贴儿，一同前去陈家。

陈父已等在书房中，见素雅进来，上下打量了几眼，微笑说："的确是开化女性，你可成广州城的大名人了，男界女界都关注呀。"素雅不自在地说："禁止妇女束胸，是要把妇女从残酷的压迫中解放出来，政府这一举措，对妇女来说总归是一件大好事嘛。我只是被解放的一分子罢了，没有什么可让人关注的呀。"陈父说："咱们不谈天乳运动好不好？今天请你来，只想问一下，你知不知道左军、右军的情况？"

素雅突然意识到，多年前自己就对摧残妇女的种种封建习俗怀恨在心，现在政府给了宣泄这一怨愤的机会，自己义无反顾地积极响应，把很大心思都牵扯在放胸这件事上，这段日子很少再想起陈氏兄弟。她如实地告诉陈父，自己并不知陈氏兄弟的下落。

陈父击节："天乳运动这阵风刮得猛烈，老老少少男男女女都在局中迷呀。同室操戈，相煎何急！"素雅望着百感交集的老人，愣愣地说："我听不明白你的意思。左军右军怎么样了？他们在哪儿？"陈父说："鬼晓得他们在哪里！好好的亲兄弟都刀枪相见了，急死人呀。"

素雅冷静下来问："陈伯，左军、右军他俩谁是共产党呀？"陈父说："眼前最忌讳提这事，实话说我也摸不清他俩的真实情况，但无论怎样，他们都是我的亲骨肉。我的心在流血呀！"

素雅是跌跌撞撞地走出陈家大院的。她头晕目眩，思绪繁乱，心力不支，回家后便待在闺房，多日没再出门。

4

　　近日来,城里局势有所缓和。赵文礼对素雅放松了禁管,见她躺在床上懒得动,又没看出有什么病,就三番五次地动员她去外面走走,会会朋友散散心。

　　赵文礼说:"现在正是你们年轻女子最开心的时候,老在家里闷着干啥?政府开明,妇女解放,女性大福呀。你妈她们这一辈什么时候有过这样的好日子?她受了一辈子封建陋习的苦禁哟。"

　　素雅翻身坐起来,欲言又止。她想起陈父让她迷惑不解的话,想问问父亲眼前的局势到底是怎么回事。但又想到父亲是政府要员,官场多险恶,弄不好会祸及陈父,就没多问。她知道自己一时难以弄清这些重大政治问题,眼前急需知道的是陈氏兄弟的下落。

　　素雅下床洗漱完,吃了点心,便叫上贴儿出了大院。刚走几步,却又让贴儿回去,她只身去了茹芸处。

　　茹芸还是那般苦相脸,不冷不热地说:"你彻底解放了,看得出你很快活,连奶子尖上都顶着一海碗的幸福,白天黑夜热腾腾地冒着香气,正等着不正经的男人当下酒菜呢!"素雅说:"少冷嘲热讽的。快说,我这阵子惹你哪块儿不痛快了?你这样给我脸子看,我受不了!"

　　茹芸不语。素雅突然把手伸到茹芸腋下抓挠起来。茹芸"吱吱呀呀"地叫着,满屋子里乱躲。见躲不掉,干脆一把扯掉了胸衣,那双乳便霍地突现出来。"一对不值钱的脏东西,再怎么遮着掩着也干净不了了!"

　　茹芸一贯视胸为宝,就连好姐妹素雅也从未见到过庐山真面目。今天的玩笑也是往日常开的,茹芸从未恼过,现在她却气愤地把瓷白白的胸亮在素雅的面前。素雅一阵惊慌，忙把她的胸衣合上，满含歉意地说："你这是何必呢？我只是想逗你开心一下。你最近是不是遇到了什么麻烦事？"

茹芸直视着她，突然"哇"的一声，扑倒在她怀里大哭起来。素雅劝阻不下，也陪着她落了半天泪。可茹芸最终没说出缘由，只是说这几天身体不舒服，心里烦躁。

哭够了，茹芸说，昨天那个叫高势能的记者又来找了她，说是想多结识几个新潮女性，搜集一些新闻素材，没有其他意思。她见他确实没什么歹意，就留他聊了一会儿。尽管他极力夸赞茹芸的美丽，但临走她也没答应让他拍照。

素雅说，记者嘛，好奇心都强，总想从一些明角暗落里挖掘出大新闻来。有兴趣就应付应付，不高兴就别理他。反正当记者的都脸皮厚，你怎么冷落他都不恼。

素雅向茹芸讲了陈父所言。茹芸说："咱们对局势捉摸不透，一些情况不了解，不妨去问问那高势能，他当记者的耳目长。"素雅说："好主意，说去就去。"

出门前，素雅说："你既然不愿放胸，就披件厚衣遮掩一下，不然到外面要惹麻烦的，不放胸罚你五十大元，哭都来不及。"茹芸听罢，拿了件披风出了门。

高势能是个擅长写花边新闻的记者，缺乏政治敏锐性。他说，目前局势很好嘛。禁止妇女束胸，乃政府英明之举，你们妇女背地里偷着乐去吧。素雅见高势能这样说，也就没再深想这事儿。

高势能居住的是一间朝阴的房间。桌上床上到处都堆着图片、报纸和稿件，散发着一种呛人的气味。素雅说："这屋里很有记者的职业特点嘛，味道虽不佳，内涵却蛮丰富的，这里大概装着一座广州城吧。"

接下来，她从高势能采写的稿件和抓拍的照片上，看到了有关"天乳运动"的一些情况，着实吃了一惊。

可以看出，"天乳运动"在广州城掀起了好大的一场风波。政府一方面在舆论上大肆宣传鼓动放胸，另一方面派出督查人员沿街查纠，发现有没按规定放胸者，严加处罚。社会各界对此反映强烈，有拥护的，有反对的，也有中立的，各持己见，争论纷呈。

茹芸满嘴讥讽口吻："看来妇女的乳不仅是那些好色之徒的眼中宝物，更是政府的摇钱树呀，这一场运动下来不知政府能收得多少罚金。政府在发女乳之财！"

高势能柔和地看了一眼茹芸，慢声细气地说："茹芸，可不能这样看问题。政府明令在先，有人拒不执行，不从严处治，能把这英明之举落到实处吗？看来，推动历史进步的确不是一件容易之事。你们看，我昨天抓拍到这样一条新闻，一张姓族人受封建习俗影响颇深，竟然同政府的政策对着干。凡是放胸的张姓女子，族里一经查获，一律鞭打五十。尽管恶鞭毒打，但还有女子照样放胸。"

"对这些不拥护政府禁令、残害妇女的人，应该绳之以法，让他们去坐牢，枪毙他们都不冤枉！"素雅气愤地说。

"看来，想求得妇女真正解放，让妇女享受天性之乐，是要付出重大代价的。"茹芸叹口气说，"何为妇女解放？何为妇女幸福？"

高势能不失时机地说："芸芸，只要你自己解放了自己，幸福就在眼前！"茹芸脸一红，说："高势能，你叫我什么来着？芸芸？芸芸也是你叫的？"

高势能谦和地笑了笑："你看你，多小家子气，像胸乳不能总束缚在巾子里面一样，这爱称也不能总让某一个人叫，凡是爱慕你的人都可以公开地叫。都什么年代了，爱慕之情还总窝在心里？应该大胆地喊出来，让所爱之人听真切。芸芸——"

素雅在一旁跺脚："社会果真开化了！这谈情说爱的，连人都不避了，都肉麻到骨头里去了！才认识几天就如此多情？不愧是浪荡才子、风流记者呀。"

"一场天乳运动，把人们都搞疯了。女乳一如那馒头，竟轻易挂在嘴上，不分场合随意说来。真真不要脸面了！"茹芸嘴上说着这话，心里却别有暧昧。以前，她只在戏里体会过男女相恋的角色，却从未遇到过哪个男子对她如此大胆地表达爱慕之心。此刻，她脸红得炭火一般，光彩照人。

素雅又想起陈氏兄弟，情绪顿时消沉下来，便催着茹芸回去。茹芸还沉浸在微妙心情当中，躲闪着高势能炽热的目光，却移不动脚步。素雅说："看样子是想留在这儿了？那我先走一步。"茹芸回过神来，打了她一下："留你个鬼！我是想让高势能帮你个忙。高势能，你不是神通广大吗，能不能帮着找找陈氏兄弟？你不会忍心看着素雅这样痛苦欲绝吧？"

"不瞒你们说，整个广州城没有我走不通的路。但对军界我一贯是敬而远之，当兵的蛮不讲理，咱当记者的可惹不起他们。"看得出，高势能很为难。茹芸不高兴了，拉起素雅就走："我看你是怕惹火烧身吧！"

高势能向前一步："茹芸交代的事我哪能不管？给我几天时间，容我想想办法。"茹芸说："那好，三天之后听你消息。"高势能说："你不能就这样走了哇，你得让我拍张照，不然你那女性之美就被埋没了！"茹芸说："休想！"高势能说："那陈氏兄弟的事，也休想！"茹芸这才整了整桃红披风，摆好了姿势。高势能直摇头："这样子有什么好照的？"茹芸脱掉披风，又摆好姿势。高势能还是摇头："女为悦己者容。你什么时候肯展露出你最动人的一面，让我称心如意地拍几张照片？"

候地，茹芸脸露愠色："天下的男人都一样恬不知耻、自不量力。你以为女人天生就是为男人而活着？你以为天下的女人都乐意在臭男人面前搔首弄姿呀？"高势能没有察觉到茹芸眼中的一团火焰，还在兴致勃勃地说："大概如此吧。女人裹足修眉，扎耳朵眼，戴耳环，搽脂抹粉，天天弄得千娇百媚，哪个不是做给男人看的？相传……"

没等他说完，茹芸拿起披风摔门而去，走了两步又折回，大声叫道："让你的'女为悦己者容'见鬼去吧！这胸我束定了，你去告我吧！让政府来罚我的款、挖我的乳！"

"干吗老盯着人家的胸脯子？若是对人家真有情，就朝那芳心上下功夫。别让茹芸真把你看成炒作天乳运动的下三烂！"素雅冲着愣怔的高势能说道。

5

"天乳运动"在广州城引起的躁动，持续鼓荡着人们的情趣，"清党"运动的影响渐渐散去，社会基本上趋于稳定，各种娱乐场所已开始营业。赵文礼频频去听海云、茹芸的戏，并想了一些法子大捧特捧茹芸，茹芸的名声大有超越师父之势。有两次听完戏，赵文礼还单独约茹芸下了馆子。

之后，海云跟茹芸有过一次长谈。茹芸只是长哭不止，却只字不提赵文礼的事。海云说："我结识姓赵的多年，他那副烂心肝肺我是再清楚不过了，那些事儿你说与不说都一样。从古至今，戏子让人作贱的命是改变不了的。你好自为之吧。"

近来，高势能频繁来找茹芸，茹芸也渐渐向他诉说一些烦恼之事。高势能很有一套宽女人心怀的功夫，见面时还满脸乌云的茹芸，分手时总是满脸堆笑，有时还有些恋恋不舍。

高势能终是打探到了陈左军的消息。陈左军前段日子调防外地，刚刚归营就被高势能托的朋友堵在了门外。高势能问了陈左军的军差情况。陈左军只说他现在从事电讯通信工作，属军界机密，不可多谈。高势能也就没再多问，二人商量好与素雅见面的事后，又去找了茹芸。

就是在这一天，茹芸和高势能正式恋爱了。高势能郑重地吻了她，激情当中不小心碰到了她的胸，被她狠狠地打了一记耳光。高势能望着那双深不可测的眼睛呆愣了，茹芸也被自己莫名其妙的愤怒吓了一跳。她转身跑掉了。

一记耳光并未中断这二人的恋情，高势能对此事毫不计较，眼见着对茹芸的爱恋一日浓似一日。但他没敢贸然动她的胸，连给她拍照片的事也没再提过。

这样的局面，在茹芸一次给赵文礼唱堂会回来后打破了。茹芸主动把高势能的手引导到她胸上。茹芸紧紧抱着他的头，双手抓着他坚硬的头发始终没有放手，生怕初恋之人的唇过早地离她而去。

那一天，素雅与陈左军是在泮溪酒家见的面。这是一家园林式酒家，曲折的廊桥直伸到荔湾湖中，尽头是一座舫楼。

素雅远远见到一身戎装、帅气十足的陈左军站在舫楼前，竟一下子没有回忆起兄弟俩那难以分辨的容貌特征。还没等她确认眼前的这位是左军还是右军，就被那人儿迫不及待地裹进了怀里。素雅身如筛糠，靠勾在对方脖子上的双臂支撑着身体。她满面泪水，喃喃地呻吟着"左军、右军""右军、左军"。

二人坐在廊桥靠椅上,她依偎在他身边,剥开他的脖领,去寻找脖根后那颗米粒大小的黑痣。她说:"这是分辨陈氏兄弟最显明的标志,没有这颗可爱的小东西,今后生活中不知会发生多少误会和尴尬。所以说,为了避免这种不愉快的现象发生,我必须同时爱着你们两个,同时拥有你们两个。大家不分彼此,三者合一,一切一切就都无所谓了。"

陈左军瞪大眼睛,咬牙切齿地说了四个字:"荒谬透顶!"又搂紧素雅的双肩,开始尽述多日来的离别之情。素雅却挣脱开来,问起了右军的情况。左军颇为扫兴,懒散地说:"好长时间没有他的消息了。目前,军内各部混乱至极,同部兵刃相见的事天天发生。右军生性好强,真不知会生出什么是非来。"素雅听罢泣哭不止,摇着左军的肩膀,呼唤着右军的名字,一派凄惨景象。

陈左军没有被素雅的泪水打动,推开她说:"我问你,你推崇的爱情定则哪去了?你要比较呀,你要选择呀,再不能脚踩两只船了。现在右军已不知去向,我俩应该建立起二人世界来。不可再让第三者搅扰我俩的生活!"素雅抽泣着:"那些爱情定则在我们这个特殊的情感关系网里,已失去了它的效用,我无法做出选择,你们兄弟俩我谁也割舍不下。我的感情生活里不能没有陈氏兄弟!"

陈左军盯着她的眼睛:"素雅,这种感情是不健康的,是畸形的。哪有一女同时拥有二夫的?"素雅瞪大眼睛:"我不想拥有二夫,我只想同时拥有两个情人。你们都是我的情人,一个也不能少。"

陈左军一腔真情哀求说:"素雅,我俩结婚吧,我不能再等了!"素雅很固执:"我们不能就这么结婚。我在用心地爱着陈氏兄弟,我在专心地等着陈氏兄弟!直觉告诉我,右军还活在世上,我要等他!"

陈左军见在这一话题上难以统一思想,就把话题转到了"天乳运动"上。素雅脸上有了笑意:"你见到报纸上我的照片没有?见到照片怎么不来找我?让我想死你们了!"陈左军说:"清党之后,我就被派到外地执行通信公务去了,整天被禁在密室里公干,哪能看到城里的报纸?"

素雅说:"我的苦心算是白费了。我就是为了让你俩看到才把照片登报的呀。今天照片没带在身上,可我带来了这个。"说着,掏出了那张画像让陈左军看。陈左军一阵惊呼:"这么张狂呀,这画师真敢画呀!"

素雅扬扬得意:"这画像还不如那张照片新潮,我已经放大加洗了两张,等右军回来我送你们每人一张。你可不知道那张照片有多美,比我本人还要美,就这样。"她站起身,斜弯下腰,右腿伸直,左腿弯曲,右手按在右膝上,左手撑在微微翘起的臀上,胸部就十分显眼地突现出来。

陈左军痴痴地凝视着素雅,久久不语。素雅见陈左军如此动情地欣赏她,就把这一动作定格了好大一会儿工夫,脸部表情也越发生动。陈左军不顾一切地冲上去,把素雅按倒在如毯的草坪上,伸出手去剥她的胸衣。素雅下意识地把他推倒在一边。

素雅尽管思想开化,与陈氏兄弟过往甚密,但她的胸从未被他们碰过。她曾幻想陈氏兄弟触及它们时的感觉,但在交往中一旦发现他们有了这个企图,便把自己严严实实地包裹起来。

素雅望着倒在地上的陈左军问:"右军在哪儿?我要去找右军。"陈左军本来还想再冲上去,一听素雅这颤语抖音,一下子就冷缩下来。他坐在草地上,看着素雅站在那儿,紧紧地抱着胸,心里便生出了一种莫名的坚硬。

素雅过来拉他:"我们什么时候去找右军?"他一甩手:"你能不能

不提他？你能不能在这样的情景下不提他？"素雅从背后搂住他的腰，一用力把他拖了起来："越是情意绵绵的时候，越容易想起右军，我也管不住自己。你怎么还吃右军的醋呀。"

陈左军愤怒地挣脱素雅，独自走了。

报纸上又营造了新一轮声势，"天乳运动"进入了高潮。有人借此再次兴风作浪，城内被搅得沸沸扬扬。

这一天，茹芸随戏班到九重天大厦为慈善募捐唱戏。戏班把茹芸放到最后压轴，她唱了一首《万恶淫为首》。这是一首乞讨时陈述惨情的曲子。每逢募捐活动，戏班必安排最有实力的戏子在最后唱这支曲子。这是筹款必杀技，是最有效的杀手锏。多年来，此曲一出，必定群情激昂，有钱人纷纷慷慨掏钱，没钱人极力欢呼叫好，情景很是动人好看。今天，茹芸精神抖擞地走上台，一曲既出，效果空前，使募捐活动达到了高潮。

海云站在台下，看到茹芸把她唱了多年的《万恶淫为首》唱到了极致，兴奋得泪水都流了出来。

根据组织者安排，茹芸一边唱，一边抱着捐款箱走下台去。开始时秩序井然，但等她抱着捐满钱款的箱子正欲上台时，观众中出现了混乱，有人朝前拥挤，试图接近她。茹芸以为这些人是冲钱而来，便下意识地抱紧了钱箱。

这时，有人朝茹芸身上扔投顶着红枣的白馒头。她躲闪着，顺势把钱箱递给了海云。随后，就有人喊："茹芸放胸！茹芸放胸！"茹芸这才知道这些人并非冲钱而来，忙转身向台上退去。早有几个汉子堵住了后路，紧紧围住她，开始动手动脚，淫言相袭。

高势能见势不妙，冲上去阻拦："你们这群流氓，光天化日下污辱妇女，天理不容！"两个流氓上来就把他摔在了地上，还冲他脸上狠狠地跺了一脚。

组织者赶上前去，打躬作揖，劝众人散开。有人扯起组织者的脖领子，叫道："你别不识相，我们在替政府执行公务，快滚开！不然一把火烧了你的九重天！"

来看茹芸唱戏的赵文礼，见状大吼一声："不得无理！"有人认出了他，说："赵要员，我们有理呀。禁止妇女束胸是政府的号召，全民皆知呀。你身为政府要员，理应支持才是，怎么倒阻碍起我们来了？莫非这束胸戏子是赵要员的相好情妇？难怪你拖着老体每场必到呢！"

赵文礼无地自容，见局势已无法控制，后退几步躲在了一边。众流氓更加放肆，把茹芸的双臂反背身后，把她胸部高高顶起。有人撕扯开她的戏装和内衣，扯掉了束胸巾，一对丰乳一下突现在公众面前。众人瞪大双眼，张大了嘴巴。不知是谁先试探着摸了一把那乳，其他几人便大起胆子，一拥而上，大肆抓摸起来。

混乱之中，赵文礼见一红巾子甩在了他的脚下，知道这是茹芸的胸巾，便乘人不备，把那巾子揣在怀里，转身走了。

场下一片混乱，众女人慌不择路，拼着性命往外挤，便有人趁机掏她们的胸，尖叫声、怒骂声连成一片。

巡警赶来，众流氓一哄而散。

茹芸面无表情，紧闭双眼，仰面躺在地上。她衣服凌乱不堪，双乳被抓挠得一道道血印子。

高势能见状，已顾不得口鼻流血，想上前扶起茹芸，但又想起了什么，转身拿起相机，快速地给躺在地上的茹芸拍了几张照片。

海云领人把茹芸扶到了后台。

高势能愤慨之情难以言表，前几天那种社会局势一派大好的印象一扫而光。他提笔急就一篇题目为"解放女性乎？摧残女性乎？"的稿子，对这种无耻行为进行揭露，对政府不能有效控制"天乳运动"局势、造成社会混乱的做法提出了质疑，就如何引导"天乳运动"朝正确方向发展，才能达到真正解放妇女的目的，谈了自己的想法和建议。写完稿子已是深夜，他头脑胀痛，昏昏欲睡。突然想起在出事现场拍的照片，又强打着精神把照片冲洗出来。

高势能久久凝视着茹芸上身赤裸的照片，睡意全无。他吃惊地发现，茹芸一只乳头若即若离地附在抓痕斑斑的乳房上，一时难以判清是流氓抓挠所致，还是照片冲洗有问题。他下床又冲洗了一张，端详许久，还是分辨不清乳房受伤程度，顿时对茹芸的惦念倍增。他装好稿子和照片，骑了辆破自行车，连夜赶到报社。

第二天，登有高势能那篇稿件和照片的报纸，在广州城引起一番轰动，给关注"天乳运动"的人们又打了一针兴奋剂。随即，社会上就有歌谣传唱：

> 白白的馒头红红的枣，
> 戏子的奶子惹娃闹，
> 娘娘问娃为啥哭，
> 娘娘的奶子不翘翘。
> 该死的巾子几十载，
> 日日夜夜肉里绕，
> 酒盅里蒸馍发不大，
> 借来假乳哄娃笑。

广州城的东西几样好？

> 天上的飞机国军的炮,
>
> 九重楼前又现宝,
>
> 茹芸的奶子娃儿要。
>
> 红白尤物真太少,
>
> 抓摸一把赶快跑,
>
> 跑得慢了鞋挤掉,
>
> 戏子的红枣扎破脚。

素雅泪眼汪汪地看完报纸,气冲冲地把正在午睡的父亲吵了起来:"这种残害妇女的事件政府到底管不管?"

赵文礼一脸苦相:"素雅,这事我比你还急!茹芸出了事,我会好些日子听不了她的戏。我找过警察局,可局长说,他也没办法,严禁妇女束胸,是政府的明文规定。流氓虽有过分之举,但茹芸在公共场合束胸,也是违法之事,不好处理。"

素雅听罢,顾不了大家闺秀的身份,大骂一声:"放他妈的狗臭屁!流氓在公共场合行凶闹事,他警察局不管谁管?天乳运动是政府发起的,现在搞乱了社会,政府要负责任!"

赵文礼从床上坐起来:"不许撒野!大呼小叫、骂骂咧咧的,你这是在和谁说话?政府为解除妇女之痛苦,才搞了天乳运动,现在出现一些局部混乱,也在所难免,况且这也不是政府的本意。"

素雅气势未减:"有人滋事,有人捣乱,政府就该果断行动,控制局势。不然,政府养你们这些官员干什么?白吃着皇粮,满街看女人乳玩呀!"

"你再说话没有遮拦,我缝了你的嘴!"赵文礼颤抖着下地,可脚怎么也穿不进鞋里。

"缝了我的嘴我也要说!有人唯恐天下不乱,有人幸灾乐祸,有人别有用心，有人利用妇女的乳房大做文章，有人杀人不眨眼。"素雅摔门而去。

素雅来到医院时，高势能正坐在茹芸的病床前。这几天，素雅每天都到医院陪茹芸。

茹芸已判若两人，脸庞明显消瘦，两眼无神，面无表情。听护士小姐说，她拒不进食。素雅俯在床前，抓着茹芸的手哭泣，声调不大，但让人听了有种撕心裂肺的感觉。茹芸平静如水，眼无泪，口无言，只是微微侧脸看了素雅一眼。

这时，有几个记者闯进病房，举起了照相机。高势能拦住了他们。高势能认得这几位同行，就说："人都这模样了，还有什么好照的？你们快走吧，让茹芸好生休息。"

那几个记者却不买他的账："势能，你别假模假样了，你上了整整一个版面的文章，又登了那幅震翻整个广州城的裸胸照片。你名扬天下了，好处都让你捞走了，却不让我们喝碗稀的。你小子太不仗义了！"

素雅走上前，叉腰挺胸，寒气逼人："知趣的赶快走，不然我让你们好看！"记者们认得赵要员之女，知道她是广州城有名的开化女性、天不怕地不怕的女丈夫，大家都惧怕她几分，但又不愿放弃这次采访的机会。有人大着胆子上来恳求："现在社会各界都在关注茹芸姑娘，我们得给市民一个交代。"另一人却急不可耐地问："茹芸姑娘的那只乳头还在不在？看照片像是被抓掉了。"没等这人说完，素雅向外一推，大吼一声："滚！"

茹芸挣扎着坐起来，用近乎绝望的眼神瞪着高势能，问："你把这事报道出去了？还登了我蒙羞的照片？"素雅忙说："没有的事，没有的事！记者嘴里的话你也信？！"茹芸抓住高势能的手，狠狠地拧了一把：

"快把那张报纸拿来给我看看，不然我立马撞死在你面前！"

高势能不得不到护士室拿来那张报纸。茹芸看罢，仰面倒在床上，几乎晕过去："你还嫌我丢人丢得不够哇？你怎么忍心把我的惨相公之于天下，把我亮给全城的那些臭男人？"高势能慌里慌张地说："我是想以此激起公愤，为你讨回公道呀。"素雅顿足："普天下哪里有公道可言？弱肉强食，女不聊生！"

高势能和素雅离开病房时，茹芸嘴唇哆嗦着，泪如雨下。俩人又坐下，想再陪她一会儿，她却挥挥手，苦苦地笑："天不早了，都走吧，明天再来看我。记着，明天都来呀。"

第二天上午，当高势能再去医院时，已不见茹芸，医生护士却围住他问茹芸的下落。高势能这才知道，茹芸已于昨夜悄然离去。没人知道她去了哪里。之后，他找遍了广州城，也没有找到。

几天后，有人在荔枝湾水塘中发现了一具女尸。高势能、素雅和海云急忙赶去，发现尸体已面目全非，但从身高和身上的碎花旗袍看，很像茹芸。

高势能情绪悲恸，指着尸体手腕上的玉石手镯说："这是我亲自买来，亲手戴到茹芸腕上的。你们看，这手镯上还有一处梅花状的瑕疵。我挣钱少，买不起好玉，就给茹芸买了这块有瑕疵的信物。当时，茹芸还安慰我说'玉有瑕疵也斑斓'。茹芸呀，你怎么会做出这等傻事来呀！"说完，号啕起来。

赵素雅悄然掀开女尸衣装，看清其乳抓伤累累，一只乳头缺失，满胸血糊一片。

茹芸后事是海云、素雅和高势能一起出面办理的。海云显得异常平静，没有扶柩号哭，也没有掩面长泣。她在茹芸坟前长坐不起，任凭素雅怎么劝，她都是那句话："再送她一程，再送她一程。"

高势能连夜奋笔疾书，含着泪水把题为"天乳运动用意歹毒，良女茹芸受辱惨死"的文章和茹芸的尸体照片交给了主编。

主编拍了拍高势能的肩膀："天乳运动中，你的稿子篇篇像颗炸弹，炸得全城火烧火燎的，这正是政府想要的效果，你为政府立下了汗马功劳。"高势能不贪这个功："我是为了茹芸！"主编说："不仅是为了茹芸一人，你是在为广大妇女的解放而做工作。"高势能说："起初是这个意图，现在不是了！"主编拍拍手中的稿子："无论怎么说，你采写的稿子我不看就知道是优质稿，我一个字都动不得哟。"

第二天，当稿子见报时，题目却被改为"天乳运动意旨良好，茹芸执迷不悟轻生"，文章有关指责"天乳运动"的内容全部删去，基调也被歪曲，变成了对"天乳运动"的歌功颂德。高势能去找主编，主编说："你吃豹子胆了，那样的内容你也敢写？"高势能愤然："这就是事实真相，为啥不让见报？是不是捅到政府痛处了？！"主编摆摆手："你也别在这里废话了。我们已经开会研究过了，既然你不再与政府配合，就不适合再做记者工作，你被辞退了！"

高势能临走时，把门摔得山响："老子正想不干了呢！你们制造虚假新闻为天乳运动炒作，卑鄙无德，无耻至极！"主编说："是你害死了茹芸，还不让报界宣传？岂有此理！"高势能说："你胡说！是天乳运动害死了茹芸！"

素雅又一次找到父亲，她想让父亲出面为茹芸讨个公道。这次，她拿着报纸直接进了父亲的办公室，见面就嚷："她死了！她死了！"

赵文礼掩上门："这有什么大惊小怪的，死了一个戏子就塌天了？"素雅一跺脚、一挥手："简直！真是！"赵文礼说："这是办公室，不许张牙舞爪的。"素雅饱含泪水："我的好姐妹死了，她死得那么惨，难道我激动一下都不行吗？你还是人家师徒多年的戏迷呢，看来是迷人不迷心。"

赵文礼似乎没有听见素雅这番话，从抽屉里扯出一条束胸巾，不小心带出一双小脚女人的绣花鞋。他悄悄把那小脚鞋往桌底下踢了踢，但还是被素雅看到了。他把束胸巾扔给惊讶不已的素雅："本来我是想亲手还给她的，失之可惜呀。"

素雅把那胸巾子慢慢揉成一团，一把投到父亲办公桌上："天下的男人都一样无耻透顶！"

素雅摔门离开好大一会儿，赵文礼才醒过神来，叫道："素雅！素雅！"

茹芸的死没有像高势能想象的那样，引起公众对"天乳运动"走向极端的抗议，只是作为笑谈热闹数日，便忘却了。

高势能愤愤不平："死人的乳多没意思？天乳运动的热闹在活人身上！昨天，王家有女放胸后进店购金器，售货生竟然看直了眼，忘了收银，被经理罚金开除。这样的事才新鲜，人们才爱听呢！"

6

伤心至极的素雅，一去便没有再进赵家门。她找到已无事可做的高势能，问他愿不愿意帮她去寻找陈右军。

高势能正在焚烧前些日子写下的废稿和图片，一听这话，一脚踏灭灰火说："这是一件很有意义的事，我愿奉陪你去寻真爱。我已失去了茹芸，你不能再见不到右军！"素雅长叹一声："看来，这世上只有恨和爱能把人折磨得死去活来!"

去找陈右军前,素雅先把陈左军约出军营。陈左军见到素雅后做的第一件事,就是热烈地拥抱她。坐在一边的高势能干咳了两声,陈左军这才发现与素雅同来的还有高势能,悄声说:"真败兴,怎么带了他来?"素雅说,他是帮着去找右军的。

陈左军说:"看来找不到右军你是不甘心的,那我实话告诉你吧,他在虎门炮台。"素雅说:"前几次我那么急着缠着问你,你都不说,为什么这次你就讲了?"陈左军说:"告诉你不也是白告诉?那地方水路不通、戒备森严,纵使你有天大的本事,也不可能找到那里。况且右军是死是活还不知道呢。"

素雅扳起陈左军的肩膀:"这是怎么回事?他跑到那鬼地方去干啥了?快告诉我!"左军脸色灰暗:"别问那么多,你如果对他一往情深,那你就去找他好了。你如果对他死了心,就留下来,和我好好相处。"说完坐在一旁,等她下决心。

高势能听了陈左军的话,联想到前一时期的战事,心里就明白了,上前和素雅耳语了一阵。

素雅拉着高势能离去时,陈左军骂道:"妈的,半路又杀出个程咬金!高势能,你个落魄记者,胆敢来纠缠我的素雅,找机会老子非宰了你不可!"

素雅见陈左军痛心疾首的样子,又顿生爱怜之心,忙又跑回来,柔声说:"我会回来的,等找到了右军,我领他一同来见你。好好等着我呀。"说完,又抚摸了一把他的头,才去追高势能。

两天后,素雅终于等来了机会,一艘军舰要去虎门炮台送给养。瞅准机会,她和高势能大摇大摆地往舰上走,一名年轻军官拦住了他们。

"我是赵要员之女赵素雅，你难道没有接到上司让我搭船的通知？我要去虎门炮台会一个朋友。张三贵这个糊涂蛋，光贪心捧着新姨太的三寸金莲做美梦了，定把本姑娘这事忘干净了！你叫什么名字呀，叫王东？想起来了，好像听张三贵提起过。"素雅这一番话，把这个叫王东的家伙给镇住了。王东想，顶头上司张三贵最近偷娶小脚姨太的事，一般人是不知道的。赵素雅能把这事捅出来，说明和上司的关系不一般，况且说话的口气这么大，一定是确有此事。他就没有再阻拦，放他们上了舰。

素雅举手投足颇具新女性做派，言语中透着新思想新观念，说了不少顺王东心窝子的话。一路下来，他浑身便有了许多异样的感觉，心里也就痒痒的，总想做点儿什么。素雅看出了他的心思，也就不远不近地和他搭讪着。到下船时，王东竟挽起了她的胳膊，轻声细气地提醒着："赵小姐，慢点儿，慢点儿。赵小姐，我们什么时候还能见面？你是不是还搭我们的船回去？"素雅一笑："如果事情顺利的话，我当然要搭你的船回去。"王东更乐颠了："欢迎欢迎！虎门这儿我熟悉，赵小姐有什么需要帮忙的，尽管吩咐！"素雅往紧里挽了他的胳膊："我不会客气的，咱俩一路谈得投机，我很欣赏你。咱们是朋友了，我定要在张三贵那里多美言。"王东说："劳你费心，劳你费心。"分手时，素雅把几块大洋悄然塞进王东衣兜："让弟兄们喝几杯去。"

到虎门炮台，素雅和高势能绞尽脑汁地转了半天，也没有机会接近禁地，无奈又回到舰上找王东。王东说："多大的一点儿事，好办得很哪。那里我有几个兄弟，他们官都不大，但个个都是用得上的人物。"

寻找的结果不尽如人意，被关押的名单上有"陈右军"的名字，可这里没有这个人。再追问下去，个个避而不答，一副秘不可宣的神态，问急了人家便下了逐客令。

素雅云里雾里地上了船。她情绪低落到了极点，坐在船头一言不发。王东过来把她安排到一间卧室里，让人热饭热汤地好生照料。素雅满脑子都是有关陈右军各种各样的猜想，一时难以平静下来。高势能帮她分析了一番，也没弄出个所以然。素雅说，还有半天工夫才靠岸，势能你去找个地方休息休息吧，我也睡一会儿。

　　昏睡中，素雅觉得有人在动她的衣裙。她猛然睁开眼，看到那王东正在解她的胸衣。

　　"姓王的，你要干什么？"素雅欲坐起来，被王东重重按在铺上。"这还要问吗？上了我的贼船，就由不得你了！老子整天在海里颠来簸去的，连女人的影子也难见到。今天你主动送上门来犒劳哥哥，哥哥哪能不领情？"素雅咬牙切齿地说："姓王的，小心下了船我让张三贵砍你的头！"王东并无怯意，拿出两张报纸："我是从报纸上认识你的。这姓高的记者照相水平也太高了，看把你弄得有多美，尤其是这对奶子人见人爱。寂寞的时候，我常反复地看这两张报纸，越看越寂寞，越看越饥渴难忍。我曾幻想，要是哪天这照片上的人儿能下来该有多好哇。想着想着，这不就来了？今天我办了你，死了也值了。我舍得用我的小命赌一场风流！"说完，便又动手撕扯她的衣裤。

　　素雅镇静下来，想使个缓兵之计，就说："王哥呀，你这样生拉硬扯的多没意思，咱们先聊聊天，酝酿一下感情好不好？"王东并未停止撕扯："老子等不及了！实话给你说吧，我手下几个好弟兄每人都有登你玉照的报纸，你一上船他们就瞄上了，他们也都在等着哪！"素雅见哄骗无望，就高喊起来："高势能，高势能，救救我！"王东冷笑一声："你喊破天也没人来救你，那姓高的早让我的弟兄捆绑在甲板上喝海风哪。来吧，美人儿。"

　　素雅打了他一记耳光，冷冷一笑："姓王的，姑奶奶在广州城是出

The Secret Life

隐秘人生
第一章
天乳运动

了风流名的，你不就是想玩玩吗，何必这样大动干戈？你让开，我自己把衣服脱光！"王东半信半疑地看着她。素雅摸一把他的脸说："姑奶奶玩过的男人有一个连了，还在乎你这一个班？其实呀，你不急着过来，我也会去找你的，这一路你难道没有察觉出我对你的好感？"

这一番话下来，王东似乎放松了警惕："我正纳闷呢，敢把乳挺到报纸上的主，怎么会这样扭扭捏捏？"他站起身，自顾脱起衣服来。素雅猛然蹿向门口，那王东也算手疾眼快，跨前一步抓住了素雅衣领，并掐住了她脖子，叫道："再骗老子，我掐死你！"素雅与他扭打在一起，渐渐被按在铺上。她觉得自己快被掐死了。猛然间，王东不动了，一把尖刀扎进了他胸口。自从茹芸在戏院被污辱后，素雅就把这把尖刀带在身上，今天果然派上了用场。

素雅一手按着胸口，一手捂着嘴巴，急促喘息了半天，才镇定下来谋划眼前局势。她把门打开一条缝，先娇声娇气地哼唧了两声，又"啪啪"拍了王东身子几掌，然后把胸衣弄凌乱，探出头去，冲两个不远处把门的士兵喊："王长官说了，靠岸之前不要来打扰我们。你们把高记者安排一下，让他吃饱休息好，下了船好有精力给我去跑腿。"说完，似是娇羞地遮掩了一下胸衣，关上了门。

下船前，素雅把王东用被子盖好，锁了门，乘人不备，把钥匙连同那把尖刀扔到了海里。她找到高势能，高势能正欲张口问什么，素雅狠狠点了下他的额头，大声说："王长官可是个真格的男人哩。看来呀，是个男人都比你强，没用的东西！"说完，抢先几步下了船。船上的士兵一阵哄笑。

素雅拉着高势能快速离开码头，叫了辆黄包车，向城里飞奔而去。下了车，她才把船上的事一五一十地告诉了高势能。

高势能感到事情闹大了，军界不会饶过赵家的。二人一商量，便悄悄离开广州城,到乡下高势能远房亲戚家躲避起来。之后一些日子,高势能几次让亲戚进城打探消息,回来都说警察局和军界一直在缉拿杀人凶手赵素雅。

一天半夜,高势能被一场噩梦惊醒,大汗淋漓地坐起来,敲开素雅的门,神秘地说:"你知道政府为啥要搞那场天乳运动吗?这里面有很深的政治目的!他们是为了冲淡那场清党运动,转移社会视线,让人们尽快忘记那场大屠杀!"

素雅披衣出来,长叹一声说:"你说得有道理,我早想到了这一点。罪恶至极,罪恶至极呀。不过,我们区区小人物,又处在这样的惨景之中,管不了那么多。不知左军、右军怎么样了?"

7

几个月后,素雅和高势能转移到了兴隆镇,以夫妻的名义租房开了个照相馆。

不久,素雅不听高势能的劝阻,悄悄进城去找了陈左军。陈左军在军营外一个茶楼里见了她。陈左军一脸惊恐:"你怎么还敢到这里来找我?你知道你在船上捅死的那个王东是谁吗?他是司令部王参谋长的公子。那参谋长抓不到你,正暗中和你家老爷斗得激烈呢,并且已经引起了政府内部两派之间的明争暗斗,这个问题被政治化了。杀死王公子是导火索,你就是促使党部分裂的罪魁祸首,只有抓住你伏法,这场争斗才有可能平息。"素雅听罢,一蹾茶碗:"我何罪之有?那流氓要羞辱我,还差点儿掐死我,我不杀他,自己便会惨遭强奸。"陈左军说:"这年月到哪里讲理去？连你家老爷都不讲这个理了，他为了维护党内团结，正一门心思地想抓住你大义灭亲呢。现在，双方都在组织力量到处缉捕你！"

素雅沉思良久，叹了口气说："我顾不了那么多，你告诉我右军现在怎么样了？他在哪里？我要去找他。"陈左军紧紧抓住素雅的手，眼里含满泪水："有我一人你还不够吗？找到他我们仨人怎么相处，怎么生活？"素雅抽出手："我也不知道，反正我要找到右军，你必须给我把他找回来！"

陈左军一口气喝下满满一杯茶："看来，我是不能把右军从你心里抹去了，你想他念他随你去！但我确实不知他的下落，如今国共闹翻，局势越来越复杂，一时难以找到他。这样吧，我尽快通过各种渠道去打探，我先给你在城里找个地方秘密住下来，咱们慢慢等消息，好不好？我俩好不容易见了面，不能再分开了。"素雅见没有别的好办法，就依了陈左军。

陈左军在城里一个可靠的朋友家里找了一间房，安排素雅住了下来。这期间，高势能悄悄来这里看过她两次。

陈左军经常晚上过来在素雅的房里缠磨，有时想留下来过夜。素雅说："实话告诉你吧，找不到右军，咱俩的关系都得另说。"陈左军抓了素雅的胳膊："找到右军后我们仨人的问题怎么解决？"素雅说："找到右军自然会有办法的。但有一个原则在我心里是早就明确了的。我和陈氏兄弟中任何一个都成不了夫妻。因为，我太爱你们了。"陈左军说："病态逻辑！荒唐透顶！"素雅说："左军，一天找不到右军我就一天不安心，如果永远找不回右军，我的心也就死了。"

几天过后，陈左军仍没有带回陈右军的消息。陈左军感到素雅在渐渐疏远他。他说："我现在真不知怎么跟你解释这事才好，我说找不到右军，你怪我没尽力；我说右军已不在人世，你又不相信。你告诉我，我怎么做才能如你的愿、称你的心？"素雅说："找到右军就什么都有了。"

陈左军说："你不能这样对我，我是真心爱你的。你不能把找回右军当作爱我的条件，这太不公平！"素雅说："没办法，我也左右不了自己。"

一天晚上，陈左军喜滋滋地来找素雅："告诉你一个好消息，右军已有下落，他被囚禁在南石头监狱，我已疏通了关系，明天我们就去探望。不过，你要好好化化装，以我表妹身份去探望，否则，非让人抓了不可。"素雅半信半疑："上次去虎门炮台没见到人，还碰上了死鬼王东。这次不会有什么闪失了吧？"陈左军胸有成竹："这次的消息绝对可靠，去了便能见到他。"素雅异常兴奋。陈左军说："明天要早早动身，我今晚就不回去了，不然明天会来不及上船。"

半夜时分，素雅被弄醒，陈左军变成了一头狼。她反抗一阵，胳膊被扭伤。她知道大势已去，任何力量都不能阻止他的欲望了。她下意识地到处乱摸，可怎么也摸不到那把尖刀，这才想起那刀杀完王东后被扔到了海里。此时，如果真抓起一把尖刀会怎样？眼前的左军一如淫贼王东罪该万死吗？她不敢再想下去，便一口咬住了左军的胳膊。一股浓浓的血腥气弥散开来，她死死地咬着那块腥肉，始终没有松口。

第二天早上，素雅静静地躺着，迟迟不肯起床，任凭陈左军怎么叫，她都一动不动。陈左军粗鲁地把她拉下床："再不走，就耽误探监了。"素雅哑着嗓子说："我都这个样子了，见不见右军已无关紧要了。"陈左军把她推出门外："去也得去，不去也得去。我费了这么大的劲才找到他，你又不想见了，你就这样对我？！"

出了院门，素雅见一辆吉普车已等候在门口，心里就有了不祥之感。

这时，高势能来找素雅，见她上了陈左军的车，就跑过来阻拦："素雅，快下车！他不会让你见到右军的，快下车！"

陈左军走过来，很亲热地搂着高势能的肩，却恶狠狠地说："老弟，为什么你总是拦我的路、坏我的事？素雅心里已装了两个男人，你还嫌不够热闹吗？"说完，朝高势能脸上打了一拳。素雅想开门下车，司机说："小姐，你最好不要动！"车子朝市区方向开去。素雅探出头冲高势能喊："势能，一定要找到右军，说我爱他，说我心里早就只爱他一个人！"高势能爬起来，跟着车跑了几步，张了张嘴，没喊出什么。

车子在警察局门口停下。素雅看到父亲和一群穿警服的人迎面走来。她疑惑地看了陈左军一眼。陈左军面无表情，凑近她耳边说："对，是我，是我把你交给了当局。我得不到你的心，别人也休想得到你！实话告诉你吧，前些时候，黄埔军校被抓的军人都被送到虎门炮台关押，可右军在去炮台前就跑掉了。我知道，你一直爱着的是那陈右军，你嘴上不说，心里却只装着他一人，可我偏不让你们如愿！还有，你杀了人，引发两派争斗，两败俱伤，我不把你交出去，我陈家便难保自身。那右军已经把我陈家连累得够惨了，我老父又固执己见，不肯让步。那我只有牺牲你赵素雅了，就算你为你所爱的右军补偿一下陈家吧。"

素雅扬起手，陈左军下意识地躲了一下，他以为她会狠狠地打他一记耳光，她却轻轻拂了他前额的一缕头发，张了张嘴没说什么，把流到嘴边的几滴泪水舔到了嘴里。

隐秘
The Secret Life
人生

第二章

无处逃遁

赵素雅看到从警察局走出的警察以及跟随其后的父亲,心里就明白自己被陈左军出卖了。她知道自己杀了人,终究是难逃法网的,尤其杀的还是军界王参谋长的公子。她断定自己必死无疑。她回头最后望了一眼陈左军。

第二章 **无处逃遁**

8

赵素雅看到从警察局走出的警察以及跟随其后的父亲,心里就明白自己被陈左军出卖了。她知道自己杀了人,终究是难逃法网的,尤其是杀的还是军界王参谋长的公子。她断定自己必死无疑。她回头最后望了一眼陈左军。

陈左军还愣愣地站在那里,刹那间,心里泛起了阵阵悔意。他让司机把车开到江边,下车在沙滩上狂奔起来。

爱情是什么?爱情是魔鬼,它会使聪明的男人变成一头蠢猪;爱情是无情兽,它会使多情的男人在瞬间变成冷血动物。他向苍天发誓:"我明明是深爱着素雅的呀。"其实,爱之极就成了恨之极,他痛恨迟迟不给他真爱的赵素雅。

那一刻,赵素雅走进了警察局大门,眼睛同父亲的目光相撞。父亲眼神异常复杂,她费力去解读,却读不懂。她想张口说点儿什么,父亲却抢先对身边的警察局长说:"人我交给你了。从此,我便没有这个女儿了。你尽管以党国大局为重,依法办事,私情无碍。"说完,转身登车离去。

赵素雅在父亲上车关门的瞬间,大喊了一声:"替我照顾好母亲!父亲死掉了,可母亲永远是我的母亲;也要善待贴儿,贴儿左右伴我十几年,我们情同手足!"

赵文礼探出头,愤愤地说:"既然没有了父亲,哪还有你的母亲!"说完,"哐当"一声关上车门,扬长而去。素雅打了一个寒战,又喊道:"这就是我那混迹政界多年的父亲吗?一个十足的政治恶棍罢了。"

这时,一个军界要员模样的人从内屋走出来,上上下下打量着赵素雅，冷笑一声："果然是风骚狂野之辈，骨子里都往外透着淫荡。你竟然敢勾引我的东儿，并残忍地杀害了他！我不管你是谁的千金小姐，我定要剥了你这身骚皮，让东儿在九泉之下瞑目！"

赵素雅迎着寒气袭人的王参谋长，一副不屈不挠的劲头："那王东本是无耻之徒，他妄图强奸我，还勒掐我脖子，他死是罪有应得！"

那王参谋长指着素雅的鼻尖叫道："你才是放荡无耻之辈！你把那乳都挺到报纸上去了，还怪男人垂涎奸淫于你？"赵素雅也不示弱："那报纸也是受你们官方之意，才海吹胡捧了天乳运动。你们还有脸怪天下的无辜女子？！"

"你一个破烂之身，竟然为护身而杀人。你的贱身浪命怎能抵得了我儿性命？你死到临头，还如此狂野，定是受了那共党分子的教化！"王参谋长举起了政治棍棒。

"我只俗人一个，从不问政治。我不知道谁是共产党分子、谁是国民党分子，我只知道那个人是我最爱的人。"素雅泰然地说。

王参谋长简直暴跳如雷了："那你就到阎王殿去爱吧！"随即，他急催警察局从严从快处治罪犯，莫要顾忌赵家势力。

赵文礼是国民党广东政府资深官僚，他对同共党分子陈右军纠缠不清的女儿早已丧失了信心。前些时候，在国民党内部争斗异常激烈的关口，她竟然又刺死军界王要员的爱子。官场上都知道，那军界王要员近年来一直与他赵文礼为敌，积怨颇深。赵素雅所为正为赵王关系雪上加霜、火上浇油。前不久，蒋介石向国民党内部各界下达了"精诚团结"的指示，并一再过问赵王两位要员的关系。一向对党国忠心耿耿的赵文礼，鉴于目前女儿杀人之事实，首先表示出了高姿态，他要尊示令、顾大局，把亲生女儿的生死置之度外，任那王要员依法处置。他不想为女儿之事，进一步加深同那王要员的矛盾。他心里明白，他没有这个能力，也找不到任何理由来挽救女儿性命。杀人偿命，天经地义，尤其她竟然还与共党分子陈右军有染。这是"清党"运动之后，国民党内部最忌讳的话题。自己的女儿同共党分子有牵连，在这个节骨眼上，可是一件要命的事儿。因此，赵文礼当机立断，声明与赵素雅脱离父女关系。他以大义灭亲的胸怀，拥护政府依法行事，严惩杀人凶手赵素雅，从而使痛失爱子的王要员找不到任何借口同他赵文礼闹事。

老狐狸赵文礼连女儿的性命都不要了，王要员结果也只能是杀了赵素雅，而动不得他赵文礼半根毫毛。因此，王要员心里积愤难平，觉得就此罢手便便宜了赵家。他找来幕僚商议，一定要找到赵文礼操纵支持赵素雅通共杀人之事实。然而，内部政治斗争变幻莫测，赵王之斗即将引发的紧张局势，因蒋介石关注的一件要事而有了转机，使俩人的关系不得不缓和下来。

事情缘于四一二反革命政变和四一五广州大屠杀之后，蒋介石为了进攻武汉国民政府，对付退守长江北岸的军阀孙传芳，急需大量军费。蒋介石要求上海各银行先行垫借资金的同时，也授意广州国民政府和军界筹措部分款项。

赵文礼是广州政府主管金融的要员，他和多数官员一样，对蒋让广州垫借款项是有看法的。明眼人都看得出，这钱是借得出而收不回来的。因此，广州各部门虽不敢明顶，下面却采取一些措施进行暗抗。

那王要员是主张讨阀孙传芳的，也是蒋介石暗谕军界操办此事的负责人之一。因此，他对蒋介石要求广州垫借款项之事，态度是极其积极的。但他深知其中关节，筹借之事不可操之过急，军界需要先行缓和与地方政府的关系。否则，一旦社会金融界发生问题，势必筹垫无门、险象环生，于军事前途影响甚大。显然，在这方面，王要员是有求于赵文礼的，他是要主动同赵文礼缓和关系的，而他手中一个重要筹码，便是那赵素雅的性命。他暗中示意，如果赵文礼能促成政府配合军界筹垫经费，他可想办法免赵素雅一死。

人非草木，孰能无情？前段时间，赵文礼虽对素雅之事不管不问，扬言断绝父女关系，那是政治上的需要，而他内心是不忍眼睁睁地看着女儿性命被残害的。在这个时候，为垫借款项之事，王要员向他示好，赵文礼心里好生掂量了一番。垫借之事，于广州社会金融及政府前途影响尤甚，务必谨慎行事，不可轻易垫借，否则，自己将成为广州政府的千古罪人。女儿之命于垫借之事小之又小。故此，他没有接受王要员的美意，又一次声明：关于小女素雅，政府理应按律行事，严惩不贷。我赵某决不以任何借口干预此案。垫借款项之事，自然没有大的进展。

不久，蒋介石又电示：上海中国银行方面方可垫借，广东政府何故阻碍革命？有意附逆者，党国不饶；态度暧昧、行动迟缓者，将受到军界严查！很快，蒋介石在上海历时两个月逼榨中国银行垫借事件的详细经过，也传入广州政府各要员的耳中。大家深感大势已去，垫借之事非办不可。

既然广州政府不敢抗令，又无人拿出拒垫借之良策，赵文礼身为主管金融之要员，只有按示令着手办理垫借之事了。他态度之积极、办事效率之高，出乎王要员的意料。他这样做，既显示出自己效忠党国，又做了王要员顺水人情，还搭救了女儿性命。

事实上，赵素雅杀死独子一事，王要员是极其痛心的，但为了尽快筹措到款项，他不得不在处置赵素雅的事上妥协。王要员在广州城是举足轻重的人物，面子总归是要的。于是，他责令警察局对赵素雅案子进行重新调查，调查结果是真凶另有其人，随即向全市下达通缉令：捉拿杀人真凶高势能。

高势能得知被通缉的消息，自知天下没有说理的地方，最好的办法是在这个世界上消失。又一想，自己被通缉，对素雅来说是一件好事。既然当局说是我高势能杀了王东，那素雅就彻底解脱了。从这个意义上讲，高势能还是愿意被通缉的。

高势能在城里城外东躲西藏，但最终也未潜逃到外地。他不想远走高飞，他放心不下赵素雅。

9

赵素雅被无罪释放，被送回了赵家西关大院。当天晚上，赵文礼摆宴为女儿压惊洗尘。整个宴间赵素雅没说一句话，任凭父亲好说歹说，她就是不开口。

赵素雅心里彻底没了这个政棍父亲。

母亲和贴儿一边进食一边问寒问暖，唏嘘不已。素雅精神恍惚，只是用爱恋的眼神无声地看着她们，并不回答任何问题。宴终，母亲抱着木人般的素雅号啕大哭起来。她担心往日里天真活泼的女儿，从此会迷心不醒，成为呆痴女子。

赵素雅在昏昏迷茫之中过了数日。这天，陈左军突然找上门来。陈左军没有想到，赵素雅杀死王东一案会有这样一个结局。从根本上讲，他是愿意看到赵素雅被无罪释放的。自从素雅进了局子，他再也没有过过一天安生日子，每天在心里责骂自己无情无义。他想，如果日后有机会，一定要加倍偿还素雅的感情。

陈左军惶恐不安地进了赵家门，做好了任素雅打骂的准备。然而，素雅像不认识他似的，毫无表情地望了他两眼，便进了自己的闺房。

陈左军欲跟进去，被赵母扯住，重重挨了两记耳光。赵母骂道："是你毁了素雅。你强暴了她，又把她送进局子，你简直就是个畜生！"

陈左军红涨着脸："我是真心爱素雅的。正因为我痴爱于她而不能自拔，才做出这等有悖天理的事来。我发誓，我以前爱她，现在爱她，将来也永远爱她。伯母，你让我娶了素雅吧。今后不管她是呆是痴，我会好好待她一辈子的！"赵母把他推出了大门。

当陈左军第三次来赵家相求时，赵母说："既然生米做成了熟饭，只要她父亲同意、她本人愿意，我不反对。那你自己去向素雅说。"

素雅听完陈左军的表白，依然面无表情地看了他两眼，就走开了。待陈左军又来赵家，素雅一阵号啕，狠狠打了他几个耳光。赵母进屋把素雅劝下："素雅，我看他也是真心喜欢你的，就嫁了他吧。不嫁又能怎样呢？"素雅把母亲和陈左军一起推到门外，大声喊道："休想！再提这事，那你们就等着收尸吧！"

这之后，赵家没有人再敢提及此事。素雅每天照例一声不吭、度日如年。贴儿左右不离和她厮守在一起，说尽了满腹知心话，可就是唤不出她一句话。赵家上下惊恐不安，担心素雅自此真的成了痴呆女子。

陈左军还算痴心，又几次登门求亲。赵母说："素雅生性叛逆倔强，历来不甘逆来顺受，是一个撞到南墙都不回头的主。你把她伤害得太深了。现在她成了一个呆女，就是你不嫌弃她，可她不认你这个人。现在没有人敢去给她提这婚事。否则，会出人命的。"陈左军说："让我进去看她一眼吧。我保证一句话不说，看看就出来。"

陈左军进得素雅的闺房。素雅和贴儿静静地坐在床边，谁也不说话。贴儿用哀怨的眼神盯着陈左军。素雅把怀中花猫抱紧，一动不动与猫眼对视。陈左军的进入，没有使她的表情发生任何变化。陈左军看了一会儿就走了。之后，他隔三岔五地来一次，每次都是这样，静静看一会儿就走。

终于有一天，贴儿跳起来，一反常态地夺过素雅怀中的猫，狠狠地向陈左军身上掷去，吼道："都是精神病！"猫"吱"一声蹿出了闺房。素雅一惊，站了起来，脸上出现了惶恐之色。这是她回到赵家大院后，少有的一次剧烈的神情变化。

陈左军走后，素雅终于说话了。她把贴儿扯进帷帐，小声说："贴儿，你想办法到外面找到高势能，让他想办法把我弄出去，我不能这样死待在这深宅大院里！"

听完此言，贴儿激动得泪流满面。她知道小姐思维清晰、心智明白，不会成为呆女了。贴儿说："这些日子，我在咱大院门口看到过高势能两次。他装扮成收破旧年画的，在咱门前叫喊过。前些时候，你痴呆呆的，我没敢告诉你。"

素雅脸上出现了兴奋之色："贴儿，你留心点儿。势能再来门前，你便以卖旧年画为名把他叫进来。我有话对他说。"

自从素雅回府后，赵文礼便严令家丁看紧大门、盯紧素雅，不得让她离家半步。素雅虽表面上痴呆如傻女，可心里跟明镜似的。她一直在找机会溜走，从此不进赵家门。

几天后，素雅与进院收购旧年画的高势能相见，俩人定下了一个计谋。

这天，陈左军看到素雅脸上有了一丝温和表情，不由心中一喜。这时，素雅说话了："左军，我本来对你是死了心的。这些日子，你无数次地来看我，无数次地向赵家求亲，可见你对我是真心的。你具体有什么打算，就直说吧。"素雅突然开口说话，陈左军有些不适应，结结巴巴地说："完婚，完婚，我们完婚。"

素雅平静如常:"完婚是迟早的事。我早已是你的人了,也不想再嫁别人。你对我这么有耐心,我是受了些感动的。我答应你。"陈左军泪眼婆娑:"我知道你迟早会醒悟的。这些年,我一直真心地爱着你。我们选了吉日结婚吧。"

素雅脸露悦色:"那好!我在这赵家大院也受够了,你尽快把我娶走吧。不过,你要明媒正娶,八抬大轿把我抬到陈府,你要给我办一个全广州城最隆重的婚礼!"陈左军说:"那当然。要西式的婚礼,还是广州本地传统婚礼?你说了算。"素雅说:"西式的太简单,还是老式的好。你好好准备准备,陈家可不能冷落了我!"

陈父本来对陈左军与素雅的婚事是极力反对的。一是碍于素雅与陈氏兄弟俩都有暧昧关系,外界已风言满城,陈家不能不顾名节真娶素雅;二是性情狂野的素雅杀了王要员之子,案子虽另有结论,但历史往往是翻来覆去的,不知哪一天案子又落到素雅头上,陈家岂不遭牵连?可陈左军本人非素雅不娶,多日来把陈府闹得不得安宁。陈父也只好随他去了。

婚礼在十月初十举行。当天,陈家派来彩轿和乐队到赵家迎亲,而赵家亲朋姐妹按婚俗将迎亲队伍拒之门外,等陈家送上"利是"后,方把队伍笑颜迎进门。时辰一到,素雅把其他姐妹都支出闺房,只留贴儿给她做最后整装。

当新娘头顶红罗帕走出闺房时,早有大妗姐等在那儿,背负新娘出门,坐入花轿,踏上婚程。队伍吹吹打打抵达陈家。兴奋异常的新郎官上前打开轿门,用花伞向新娘身上轻轻连击三下,再由大妗姐背着新娘跨过门口放置的火盆,直入陈家大门。接下来是拜堂仪式,一拜天地,二拜高堂,夫妻对拜。

新婚夜,陈家大宴亲朋宾客,人人皆大欢喜。酒席阑珊,曲终人散,陈左军进入洞房,掀开新娘子盖头,却大惊失色。眼前坐着的并非赵素雅,而是颤抖不止的贴儿。

眼睛猩红的陈左军气急败坏,狠狠地打了贴儿一记耳光。贴儿被逼到新床一角,用惶恐的眼神望着陈左军。突然,她从怀中掏出一把剪刀,指向自己的脖子。同时把一封信扔给陈左军。信是赵素雅的手迹:

左军:

我选择这一下下策是万不得已的事。一来,趁婚礼之乱可有充足的时间逃走;二来,以如此隆重的婚礼出你的丑,目的是让你的亲朋好友知道,我素雅是不爱你的,是永远不会嫁给你的。让你从此对我彻底死心。

当你看到这封信的时候,我已经远走他乡,你永远不会找到我了。我背井离乡干什么去了?没错,我去找右军了!只要他还活在世上,我就要找他到永远!

贴儿比我的亲姐妹还要亲,是她死缠着要冒死顶替而掩护我逃跑的。你不可难为贴儿,好好地放她走。否则,只要我还活着,我就不会饶了你。我虽是女流之辈,可我敢作敢为的脾性你是知道的。我说话算数!

把我从心里彻底抹去吧,放下情感的包袱,去好好奔你的前程。

我再一次恳求你,放过我的贴儿。

素雅亲手 即日早

陈左军把信撕了个粉碎,掷到贴儿脸上,恶狠狠地说:"好一个狠心无情的赵素雅!好一个忠心耿耿的小女佣!贴儿,你不是甘心情愿替素雅当我的新娘吗?为何还舞刀弄枪的?你应该老老实实地躺到新床上，把新娘当到底！"

贴儿把剪刀指向靠过来的陈左军，继而又把剪刀放到自己脖子上："你若过来非礼我，我就死给你看！"陈左军后退一步，冷笑一声："我对素雅的感情你是亲眼所见的，我心里只有素雅，不会再有其他女人。你以为我会要你，做梦去吧！一个自以为是的小佣人，谁稀罕？！这辈子我非素雅不娶！"

陈左军取过酒壶自斟自饮，痛哭流涕地哀怨着素雅、咒骂着素雅。末了，他举起酒壶摔在桌上，说："贴儿，你对素雅是真心的，我对素雅也是真心的。如今，她离我们而去，我们都是苦命人。所以，我今晚不会难为你。你趁夜黑快走吧。"

听罢，贴儿下床来，扔下剪刀拔腿想走，可为时已晚，陈左军一把抓住她："我的新婚之夜，不能让我独守空房。如果说今晚之前，尽管素雅一再拒绝我，可我对她一直没有死心。因此，我从没有逛过妓院，也没交往过别的女人。可现在不同了，她利用我对她的真情，让我操持这么大的婚礼来戏弄我，这次我对她彻底死心了。我没有任何希望得到她了。我发誓终身不娶，可从今以后我要玩女人，要玩遍全广州城的漂亮女人。这是她赵素雅逼我的。贴儿，你有很多的理由成为我要玩的第一个女人。因为你是我八抬大轿抬进家门的新娘；因为你与那素雅厮守十多年，身上留有素雅的体香；因为你虽为下人，可长得如素雅一样漂亮。所以，今晚你要陪我。"

贴儿拼死反抗，最终还是难逃魔掌。

接下来，陈左军做出了更为疯狂的举动。他把新娘的盖头点着，扔到新床上，对缩在床角的贴儿说："我要把与素雅的情爱做一个了结，让一把火把过去烧个干净。你快穿起衣服逃生去吧。"火烧着了床上新被，贴儿却卧在床角一动不动。已经跨出房门的陈左军又踅回来拉她。

贴儿挣扎着说："我不想活了，你让我烧死好了！明天你可告之天下，你的新娘赵素雅不幸烧死在洞房之中，让小姐在陈赵两家彻底消失吧，让她自由自在地过自己的生活去吧！"陈左军说："死到临头，还想着你的主子。"说着，拉贴儿跨出了房门。乘陈左军不备，贴儿又一头扎进熊熊大火之中。她在大火中喊了一声："素雅，你好好的！"就再没有了声息。

如贴儿所言，陈赵两家都真的以为赵素雅在洞房花烛夜，不幸死于火灾。碍于自己面子和陈家声誉，也源于对贴儿忠诚秉性的敬重，陈左军未向任何人说破事实真相。

陈家头一天办了一场体面的婚事，第二天不得已又办了一场庄重的丧事。那具被烧焦的尸体放入棺木，在陈家灵堂安放了七天七夜。

从此，陈左军便很少回陈家大院。他白天忙于军务，晚上常去泡酒楼、逛妓院，过上了醉生梦死的生活。

10

那天，在贴儿顶替当新娘被抬走后，赵素雅听到房里人声寂静了，才悄悄从床下爬出来。大院里一些人随送亲队伍去应差，剩下的家佣也都放松了警惕。素雅装扮成佣人模样溜出家门，上了高势能早已等在那里的黄包车。高势能拉起车，飞奔去了城外。

他们没有再投靠任何亲朋好友，也没有去兴隆镇，而是逃到了远集新荷镇，用素雅带出来的银两，化名租了房，以夫妻名义开了家照相馆。

新荷镇虽远比不得广州城繁荣，但也不是穷镇。高势能只有照相这门手艺可以维持生计，其他大小买卖都是做不来的。但他们开的照相馆是这镇上有史以来第一家，人们都觉得很新鲜，生意还算不错。

生活安顿下来，赵素雅托人打探过陈右军的消息。有人说，陈右军在"清党"运动中逃脱后，又参加了年底那次著名的广州起义。在国民党军队和英美日等帝国主义的联合抗击下，起义只维持三天就失败了，革命者死伤无数，陈右军就是其中一个。有相熟的人曾看见陈右军的尸体，与众尸首一起被挂在城门上示过众。

高势能化装潜回广州城，找了些旧报纸回来，上面有广州起义失败的相关报道。在几张报纸上，登有未及撤离的起义军惨遭杀害、悬尸示众的照片。在一张照片上，赵素雅一眼就认出了陈右军，一头晕倒在地。

之后几天，赵素雅痛不欲生，寝食难安。高势能说，破旧报纸、黑白照片，影像不是很清楚，说不定那人不是陈右军呢。赵素雅说，看右军我还能看错吗？！说完，依然泣哭不止。

高势能百般劝说都无效果，最后他提到了茹芸："茹芸刚惨死那阵子，我也想不开。可又一想，自己就是哭死饿死也无济于事，那正是死去的人所不愿看到的。真的，死了的已经死了，活着的应该慢慢忘却他们，好好地向前看、向前走。"赵素雅抬起头："什么叫死了的应该忘却？我怎么觉得你像在幸灾乐祸？"高势能红了脸："素雅，你都有些不讲道理了。我冒死陪你去寻找右军，成了你杀人的替罪羊，到现在还被当局通缉着；我又冒死救你逃离左军，一心陪你在这小镇过荒凉日子。我这样做，还不全是为了你我之间的友谊？怎么就幸灾乐祸了？"

赵素雅见自己把话说重了，就说："势能，这几天我心情不好，你莫怪我。"高势能说："我们相识多年，我不会记怪你什么。咱就这么假夫假妻地过着，只要能平平安安就好。"赵素雅看了他一眼，就低下头没再说话，接过他递来的饭，狼吞虎咽地吃起来。看到她肯吃饭了，他也就放下心来。不知怎的，他又不合时宜地多说了一句："有时，我就觉得茹芸她没有死。我没有亲眼看到她尸体的面容，心里就接受不了她死去的事实。是的，我常梦到茹芸她还活着。可那具尸体，那身段、那碎花裙，尤其那只手镯，上面一处梅朵一样的瑕疵，我又依此断定那就是茹芸。"赵素雅放下饭碗，说："人是怪物，心里若总想着某个死人，那死人便永远活着。好啊，死人活在心里，是好事、是支撑、是念想。"

假夫假妻的日子就这么过着。一日一日的，一年一年的，也没生什么变故。不知从哪一天起，二人在某一个问题上渐渐有了共识："死了的依然活在心里，活着的也该有新的生活。二者并不矛盾。都年纪还轻，心不能让死去的禁锢死。这也不是死去的人所希望看到的。"有了这个共识，后来屋里就添了个儿子，赵素雅给他起名叫"高军军"。高势能说："军军就军军，以后当个像他右军叔那样的军人也好。我看这名起得不错。"赵素雅脸红了一下："怎么又扯到右军身上去了？我给儿子起这个名字可没有其他意思。"高势能笑笑："有其他意思也无妨，每个人心里都有自己珍藏的一份感情，不管用什么方式表达出来都没有错。"赵素雅把头埋进他臂弯里，没再说话。

两年后，新荷镇上驻扎了一支队伍，是共产党的部队。仅三天的工夫，一个戴眼镜的军官就把高势能的心说动了。高势能执意要跟着这支队伍走。他对素雅说："这支队伍是革命的队伍，跟它走是很有前途的。再说，我想当记者的瘾又犯了。那首长说，部队上眼下正缺随军记者，迫切需要我这样的人参加革命。"素雅说："你走了，我和军军怎么办？"势能说："这几年开照相馆也赚了一些钱，你就在镇上开个小杂货店吧,活不重,也能维持你娘俩的生活。"素雅想不通,挡着不让他走。势能急了:"我不能就在这个小镇上开一辈子小照相馆,我要到外面世界去闯荡一番事业!再说啦,这支队伍上可全是好人,个个都像右军一样,革命意志坚如铁。"就这一句话,素雅放高势能跟队伍走了。之后,他便没有了音信。革命是极其残酷的,素雅拿不准高势能是死还是活。

这一天,一支队伍追赶几个军人到了新荷镇。一个军官骑着高头大马,带人在镇里搜了一遍,没有抓到逃窜的军人,就把全镇老百姓集合在菜市场上。那军官训话说:"那几个军人是共产党,这几个月来,白天藏在你们新荷镇,夜间到城里活动。刚刚,他们跑进了镇里,却不见了人影。你们把人交出来,什么事也没有,不然我就开杀戒了!给你们最后十分钟。"

十分钟过后,骑马军官扬鞭围着人群转了一圈,然后指了指一个男童和一个老汉,马上有士兵过去把一老一小拖了出来。男童正是素雅的儿子军军。素雅上前撕扯,被士兵打了两枪托子,摔倒在地。

一个士兵举起了马刀。素雅拼命地喊了一声:"军军!"随即刀砍了下去,军军一只胳膊落了地。军军挣扎了两下,连哭都没哭出来,就昏死过去。马上军官似乎愣了一下,又喊道:"快交出那几个共党,不然,下一刀就是这孩子和这老汉的脑壳了!"

素雅挣脱士兵跑上前,抱起军军号啕大哭起来。当抬头怒骂那军官时,她惊呆了,马上之人竟然是陈左军!素雅扑上去,抱着陈左军的腿就咬。上来两个士兵把她拉开。

陈左军似乎也认出了素雅。他很快恢复了常态,对众人说:"今夜如不交出共党分子,明早就会有人人头落地!"然后,带着队伍撤出镇外,把小镇包围起来。他要放长线钓大鱼。他以为素雅找到了陈右军,那叫"军军"的正是他们的孩子。他由此推断，那几个共党分子中有一个必是陈右军，并住在素雅家。

素雅在众人帮助下，请来镇上的老中医为军军进行救治。军军醒来，发现少了一只胳膊，吓得都不会哭了。素雅也不知怎么安慰孩子。这时，几个士兵闯进她家，一阵翻箱倒柜，然后骂骂咧咧地走了。

陈左军让人在素雅住处外暗守了一夜，也不见陈右军和几个共党的身影。房里一整夜都没有间断素雅母子的哭泣声。

陈左军没有想到会在新荷镇遇到素雅，心绪很乱。他没再开杀戒，布下几个暗哨，就带队伍回城了。他想，只要素雅和孩子在，总有一天陈右军会露面的。

这个时期，陈左军还没有对国民党军队失去信心。多年后，当他人性复苏，回想起在处理赵素雅和军军问题上的无情时，肠子都悔青了。

军军伤口感染，在小镇上又得不到很好医治，十几天后便死去了。素雅像只失去幼崽的母狼，拿了一把菜刀，一路哭喊着、怒骂着向城里奔去。她徒步走了三天三夜，脚底板都磨烂了，总算到了城门。把门的卫兵拦着不让进城，她拿着菜刀狂舞，被士兵一次次用枪托打倒在地。

素雅在门前哭喊了一整夜，也未见到陈左军出来。有好心的熟人，好说歹劝把她弄回了镇上。

素雅在镇上又住了数十日，待身体和元气恢复之后，变卖了家产，夹起包裹上路了。她离开这伤心的新荷镇，毫无目的地向北走去。几个月前，她看到高势能跟着队伍就是朝那个方向走的。她踏上了寻找高势能的漫漫长路。

11

在新荷镇出现的那几个共产党中,并没有陈右军,那只是陈左军的一种推断。陈右军在几年前确实参加了广州起义,但他没有死,而是负了重伤。他随同起义部队残存人员逃出广州城,往北撤离了。

经过一个多月的急行军,陈右军胯部炸伤,大面积感染,已经不能随队伍继续前行。队伍决定留他在一个小镇隐藏下来养伤。陈右军拒不接受组织安排,坚决要跟着队伍走,几个人七手八脚硬把他按在担架上抬走了。

当陈右军被抬进弥漫着甘陵酒香的张家大院时,已是黎明时分。清新的早晨使这甘醇的芳香更加醉人。陈右军并没有闻到这浓烈的酒香,只顾歇斯底里地吼叫:"放我回去,放我回去!"他挣扎着从担架上摔下来,受伤的左胯重重地砸在地上,随即就昏死过去。

这张家大院人称"张老爷"的主人叫张轩意,来送陈右军的人对他明示,这个受伤伙计就留在张家了,保护得好,队伍会给张家记上一功。一个士兵给张家大院拍了照片,又拉张轩意和姨太太俊蓉照了一张相说,队伍手里有张家的照片,日后来找,若见不到这个伙计,拿张家人抵命。

张轩意生活在这偏远小镇,对外面队伍的性质不甚了解,但不与任何队伍对抗是他多年来的原则。他一辈子迷信,觉得眼前这支队伍上的红旗是交好运的兆头。所以,当让他收留陈右军时,他满口答应,并保证万无一失。队伍走时,给他留下了些许钱财和陈右军所需药品的单子。

陈右军一醒过来,便觉得有一股浓烈酒香钻入他心肺。回想起所发生的事情，他嘴里不停地嘟囔："我的伤不重呀，我能跟队伍走，为啥把我留下？"被张轩意安排伺候人的长工阿宝替陈右军脱下衣服，看到他胯部有碗口大的烂伤正流着脓血，还隐约看见有蛆虫在蠕动，急忙给他请大夫。陈右军又昏睡过去。

甘陵镇是一个拥有一千多居民的山区小镇，坐落在古水河畔的一个半山坡上。整个镇子上空都散发着高粱和小麦混合物发酵时的酒糟气味。这里的村民以酿酒为生，几十家作坊分布在小镇的各个角落。张家开的是镇上最大的作坊，雇了三十多个酿酒工，酿的酒远销江南各地。

张家有三进深大院。家人居住前院，酒工住后院，中间院落存放家产和甘陵陈酒。陈右军被安顿在中院的东厢房，厢房收拾得干净明快，宽敞舒适。

阿宝请来大夫，却发现陈右军不见了。张轩意慌了手脚，叫苦不迭，没有了人怎么向队伍交代？姨太太俊蓉眼尖，发现地上有爬行的痕迹，顺印迹找到存放陈酒的老屋。她向酒缸里一瞧，不禁失声尖叫起来！陈右军正赤身裸体地昏睡在酒缸里，他紧闭双眼，下嘴唇已咬出了血。多半缸陈酒混杂着脓血和数十条白蛆尸体，正随着他灰黑的胸膛起伏颤动。阿宝和大夫把陈右军提出酒缸，背回东厢房。张轩意圆瞪双眼，山羊胡子抖动着："他疼痒得受不了，在给自己疗伤哩。"

没有麻药，大夫硬是从陈右军烂肉里扒拉出七八块弹片。陈右军牙咬得咯嘣响，却不叫一声。俊蓉望着那古铜色的肌肤，深深吸了口血腥和酒精的混合气体，嘴里发出"啧啧"的声音。这才叫真格的男人哩，好一条硬汉呀。张轩意回头看了一眼俊蓉，训斥道："开眼了吧？看够了吧？快回你前院去！"俊蓉说："真汉子看不够哩，哪像你个没用的，看一眼就不想瞧第二眼！"张轩意一跺脚，吼了声："滚回去！"

大夫说伤势重急，左胯骨有裂缝，伤口已深度感染。张轩意掏出三十块银元，大夫嫌多不接。张轩意说："治疗费绝对优厚，病人伤愈后还要额外奖赏你。但有一点要说清楚，这个老弟是张家的酒工，干活时摔伤了，我不想让外人知道此事。"大夫连连点头说，明白，明白。张轩意又补充说，谁要走漏半点儿风声，我不分亲疏远近，断他的子孙后代！阿宝心里一颤，他还从没见过老爷这样威严过。

接下来的日子，陈右军就躺在东厢房里养伤。阿宝晚上睡在这里，白天做完差事，也过来照料陈右军。开始一段日子，陈右军发着高烧还算安分，可退了烧头脑一清醒，就烦躁起来，常常唉声叹气。他躺在床上，隔几天就擦拭一遍手枪。这几年，他手中有两件宝，一件是他的书和资料，都是有关数学知识、游戏和数字密码方面的。在各种艰苦环境中，他总是想方设法全力保护这些宝贝，时常拿出来翻看。另一件便是他珍爱的手枪。只要这枪在，他的心就不会死去。阿宝说，我知道大哥的心事，在想队伍呢。老这么闷着，养好了伤也会憋出心病来的。陈右军说，我懂这理，可心收不回来，不知部队到什么地方去了，又打大仗了没有。阿宝说，这山区都是别家队伍的地盘，又不能去外边乱打听，小镇上连张报纸也买不到，我看你就别操那份闲心了。

按张轩意的吩咐，中院已不允许外人随便出入，院里整天闷声少响的。天气好的时候，阿宝就背陈右军到院里晒晒太阳。陈右军常常半天半天地望着远山出神。日子孤寂，他常靠中学时代的数学游戏打发时光，对编制数字密码的兴趣也日渐浓厚。这种兴趣不仅是源自早年对数学游戏的爱好，他在部队时一位领导的一句话，更使他对这一爱好进行了重新估价。那位领导说："革命队伍已经有了自己的电台，有了电台就得有密码，就得有编制密码的人才。你陈右军对数学游戏和编码早有兴趣和研究，这可是个宝，得继续往深里钻，总有一天会派上大用场的。"陈右军由此推断，自己脑子里的数学知识以及对密码的爱好，将对他未来的军旅生涯产生重要影响。现在养伤，闲来无事，自己总得做点儿有价值的事情。于是把研究数字密码当成唯一差事和乐趣，他几乎到了痴迷的程度。

张轩意外出跑生意时，俊蓉时常过来看望陈右军。看得出，她对他是很敬重的。她一再吩咐阿宝要好生伺候，老爷吃啥饭食就给陈大哥吃啥，不能委屈了好汉，现在能文能武的男人可是少见得很。

陈右军心性敏感，看到俊蓉用爱怜的目光注视，就低下头，很少和她说话，心里却明白这姨太太有一副慈善心肠。阿宝说，老爷前几年丧妻，去年才续了这房山外来的姨太。不知为啥，打姨太过门，这个家就没安生过，她常和老爷吵吵闹闹。

一天，陈右军正躺着闭目养神，听到门响了一声，以为是外出抓药的阿宝回来了，就没有动。等了一会儿没动静，他扭头一瞧，俊蓉正站在门边直愣愣地看。陈右军脸一阵臊红，慌忙拉过床单，盖住了只穿着一条短裤的身子。

俊蓉轻轻走过来，坐到床边，话如游丝："别说你一个当兵的硬汉子，就是我这柔弱女子，整天闷在这深宅大院里，也烦死个人哩。老爷和阿宝去外镇办事了，怕一时半会儿回不来，我就陪你说说话、解解闷儿吧。"

陈右军一脸窘相："我的伤让老爷太太费心了。"俊蓉说："老爷为你操心，是怕照顾不好你，日后队伍来了枪毙他。可我不是为这个，我是打心眼里盼你快些好起来，少遭些伤痛。老天不长眼哪，怎么难为起英雄好汉来了呢？"

陈右军看到，俊蓉那纤细白净的手在微微颤抖。他不知所措，躲闪着她直率的目光："我受不起太太这份关心，我是队伍上的人，打仗是分内的事。"俊蓉声音有些发颤："我不管你是分内事还是分外事，也不管你是哪家队伍上的人，我只知道你是个真格的汉子。"说着就掀开了陈右军身上的床单，"让我看看伤口好了没。"

陈右军猛然坐起，胯骨一阵剧烈疼痛。俊蓉没有看见，陈右军由于疼痛而大动作地咧了一下嘴，只顾抚摸他那透着红肿的伤处。片刻，陈右军感到那双柔软的小手在用力捏他的胸肌，少妇诱人的气息冲击着神经。这时，他闻到一股浓烈的酒香，不由得打了一个冷战。他把那藕节般的白臂拿到一边，说："别这样，你把我看成什么人了？"

俊蓉如梦初醒，泪眼婆娑："你打仗都打成铁石心肠了，你莫把我看成放荡的女人。我今年才二十三岁，守着个半死不活的老头子，每天都在苦度日子哩。"眼泪滴在陈右军伤口上，有一种说不出的疼痒。他缓缓地说："我知道你的苦处，可我帮不了你，你不晓得我的心事，也解不了我的闷。"俊蓉近乎恳求地说："你能帮我，你真的能帮我，我有的是钱，我不图你啥，就图你是个真正的男人，等你伤好利索了，咱俩一起离开这山沟小镇，外边的天大着呢。"陈右军摇摇头："你不晓得我的心事，我还有好多大事要做，我帮不了你。"

俊蓉哭出声来，不顾一切地扑在陈右军身上。他动不了，就这么尴尬地仰坐着。不知是她压疼了他的伤口，还是这女人的诱惑难以克制，他像大夫给他疗伤时那样咬紧牙关，一副痛苦不堪的表情。

俊蓉冷静下来，看到陈右军嘴角渗出血丝，那紧闭的双眼、浓黑的双眉、粗深的额眉沟，痛苦地拥挤在一起。她用手帕轻轻擦拭陈右军嘴角上的血丝和额头上的汗珠，用爱怜的目光久久地看着他。

当俊蓉带着哀怨的目光离开厢房时，陈右军仍紧闭双眼，保持着原来仰坐的姿势。"我真的帮不了你，帮了你就会瞎了我的事。"俊蓉站在门口，抽泣着："我真摸不透你心里到底装着啥，我不知道真格男人的心是不是都这样硬。你怎么连看都不看我一眼呢？你不知道，你越这样,我越舍弃不下。"俊蓉走远,里面又传出那句让她琢磨不透的话:"我帮不了你,帮了你就瞎了我的事。"

陈右军在张家大院的日子里,张家上下都把他当作上宾,好吃好喝伺候着,只是后来俊蓉不再进东厢房。听阿宝说,俊蓉也不和老爷吵闹了,一天到晚不出自己的屋,也不和人说话。听了这话,陈右军面无表情地"嗯"了一声。

阿宝床前灶后地侍候着陈右军。陈右军那阴森森的脸,从没露出过笑容。阿宝似乎并不怪他。在这难熬的日子里,陈右军时常想起素雅,想起同她在一起的美好时光。这种时候,心里往往更多的是酸楚。因为他听说,素雅已经被陈左军明媒正娶到陈家了,并在新婚之夜被火烧死了。他想不明白,素雅怎么会愿意嫁给那陈左军?洞房花烛夜怎么又会遭了火灾?他心里常念叨:素雅死得好惨呀。

12

沉寂的时光,终于在某一天被打破。

那天中午,陈右军正躺在床上想着心事,屋外传来一阵嬉笑声,是那种无忧无虑的清纯女孩的笑声。陈右军很久没有听到女孩的笑声了,像银铃,像木琴,又像小河流水,世上竟然还有这般美妙的笑声!阿宝说,是在城里上学的大小姐秋月放假回来了。提到秋月,阿宝滔滔不绝。说她知书达理,社会上的新鲜事儿知道得多,没有大家闺秀的娇骄二气,对下人很善待;说去年他家中老母病重,她还私下拿出二十块银元给了他。

陈右军让阿宝扶着站在窗前往外瞧了瞧。后来陈右军说，这一天，他看到了离开广州城以来最美的景象。

金黄的阳光笼罩着一架秋千，背景是院中郁郁葱葱的杉树。秋千上坐着一个妙龄少女，白皙的玉臂和黑粗的秋千绳绞在一起。白衣黑裙绿绒绣花鞋把她装扮得典雅文静。一只藕荷色的发卡恰到好处地把刘海整齐地钳在额前，有神的大眼和洁白的牙齿组成了欢快的面容。和煦的微风吹来，轻轻掀着她的裙裾，一双秀腿忽上忽下，泛着银白色的光。秋千越荡越高，每到高处，她就夸张地欢叫几声。

陈右军轻叹一声："你看这张秋月多像林中百灵啊。"他目光很快又暗淡下来，感到自己像一只关在铁笼子里的伤鹰，欲死不忍、欲飞不能。这时，秋千慢慢停下来。那秋月朝厢房这边张望，喊了一声："谁在厢房里说话？"阿宝忙跑出去："小姐，按老爷的吩咐，我和一个受伤的酒工住进了厢房。"

"伤得重吗？"张秋月下了秋千，向这面走来。她进来时，陈右军已躺在床上。她看到那副忧郁肃穆的脸，不由得打了个寒战：好冷酷的一个下人哟。还是安慰说："做工受了伤，让你受苦了，阿宝要勤找医生来看看。"说完，又出屋荡秋千了。

陈右军问阿宝："我的事还瞒着小姐？"阿宝告诉他："老爷说过，小姐在城里交往的人杂，又年轻嘴浅，不能让她知道真相。"

后来的几天，张秋月又有事到厢房找过阿宝几次，每次都对陈右军问候一声。陈右军也只是木然地点点头。

一天，阿宝拿来两张报纸。陈右军如获至宝，如饥似渴地读起来。阿宝说："这报纸是秋月从城里带回来的，看完扔在了垃圾筐里，我捡回来给你解解闷。"

突然，陈右军兴奋地叫起来："有消息了，队伍有消息了！国民党当局说，从广州起义中撤出的共产党部分武装，早已转战到了东江。"说着，他下床走动起来。

阿宝见状，惊喜地喊起来："大哥能走路了！"陈右军下意识地停住脚步，发现自己确实走下了床，同时也感觉到胯部隐隐作痛，但很快又被这激动淹没。

整整一天，陈右军精神亢奋，和阿宝说话也眉飞色舞起来："阿宝，我的纸笔玩数学游戏都用完了，快找些笔墨来，我要给队伍写信。"阿宝说："就两百字的小消息，看把你兴奋的，像遇到了天大的喜事。"

阿宝去前院取纸墨，老爷不在，他就找秋月要。秋月问："阿宝你斗大的字不识一筐，要纸墨干什么？"阿宝说："那受伤酒工闲着闷得慌，想学写字。"秋月说："好啊，劳苦大众学点儿文化才能解放自己。"

拿回纸张笔墨，陈右军立刻趴在床沿上动手写信。这时，张秋月敲门进来，陈右军忙把信纸掖到被中。张秋月看到床上的报纸说："这是两个月前的旧报了。国民党的报纸没什么看头，上面的内容，除了年月日是真实的，其他都是虚假的。"

陈右军忙问："你是说这上面的消息都不是真的？"张秋月看了他一眼："实在没有多少真事。你不是刚学写字吗？怎么还能看报？"阿宝忙打掩护："他不认报，这是我拿来包烟叶的。"张秋月说："我正好放假，闲着没事做，就每天教你俩认字吧。"阿宝说："我不学，一个下人学字有啥用？"张秋月说："穷苦人为啥受穷？那是因为没有文化。现在应该提倡提高全民族的文化素质，有了文化才能觉醒，才能起来解放自己。"阿宝摇头说："我听不明白。"

陈右军很惊讶，望着张秋月说："好深的道理哩，小姐懂得真多。"张秋月说："那当然，不然白读了那么多书。"张秋月伏到床边，提笔熟练地写下了"新青年"三个字，然后教怎么念、怎么写。临走时说："阿宝得空从前院搬张单桌过来，床上不能写字。"

陈右军望着"新青年"三个字出神。他知道《新青年》是一本传播马列主义、宣传共产主义理论的期刊。

第二天，阿宝外出抓药，陈右军正在想报纸上关于队伍的那则消息是真是假，听到张秋月在院子里走动，就以问字为借口，把她喊进了厢房。

陈右军看到张秋月手里拿着一本叫《共产主义ABC》的书。这本书，他在部队时已经熟读过多遍。他心里一亮，这张秋月莫非是位进步青年？于是，就想探探她的口气。陈右军先问了什么叫"新青年"。张秋月说："给你说你也不懂，这是一本进步刊物，现在可是禁书哩。"

陈右军望着那本《共产主义ABC》，说："秋月，咱俩玩个游戏吧。我有特异功能，你把书装在口袋里，我能认出书上的字来。你信不信？"张秋月睁大眼睛望着陈右军，看到那张没有一丝笑意的脸上泛着铁板一样的光，就摇摇头说："你也会开玩笑，也会逗人玩？"

"你不相信我的功夫？那我就说给你听。"陈右军思索着说出了第一页的第一行和最后三行字。

张秋月拿出书翻开第一页，说你再说一遍。陈右军又说了一遍，说的和书上的一字不差。张秋月仔细地打量了陈右军一番，又拿起陈右军练过的毛笔字看了看。陈右军又说："你若不相信，我还有绝活，你做过的连老爷都不知道的事，我也能掐算出来。你信不信？老爷让你进城好好读书，你却和一些学生在学校闹事，还违反校规偷着和共产党人见过面，对不对？"

这时，张秋月脸上已经没有了刚才的惊讶之色，嘴角微微露出几丝让人捉摸不透的笑意，装出老成持重的样子，倒背着手绕着陈右军转了两圈，然后说："我也给你掐算一番。你听着，受伤的酒工大哥，你并非一字不识，而是学问高深。你毛笔字写得见功力，说明你上过多年学。你能从我的言谈和我所看的书目中，推断出我参加过学生运动，并受过共产党人的影响，这说明你见多识广，有一定的分析问题、判断问题的能力。你能熟记共产党的书，说明你肯定是共军一分子，更确切地说你是个共军逃兵。由于共军正在遭到国民党军队的围追堵截，处境危难，你怕死怕苦，意志薄弱，信仰不坚定，逃离了队伍，躲到张家大院做酒工来了。我说得对不对？"

陈右军望着她的樱桃小嘴出神，铁板样的面孔慢慢显现出复杂的表情，惊讶、兴奋、赞许的目光，随着她柔细而坚定的语调颤动着。她这突如其来的攻势，使他一时难以反应过来，他站在那儿，张了张嘴，不知说什么好了。

张秋月愈加得意起来："傻眼了吧？你想唬住本小姐，还得进学堂再学几年。既然话说到这份上，那我就给你说个明白。有一点你说对了，我是和共产党人见过几次面。我敬仰共产党人，但我鄙视像你这样的不坚定分子！"说完，轻蔑地看了他两眼。

陈右军明白了眼前的一切。他要给她彻底摊牌，好从她嘴里了解外面队伍上的消息。他说："秋月的嘴巴好厉害，真不愧是个洋学生。不过，你就那么自信？你的推论就那么正确？你就确信我是个共军脱逃分子？"

张秋月斜了陈右军一眼："以科学推理来说，应该是这样的。"陈右军露出了少有的微笑："张秋月，你错了，我不是一个脱逃分子。"说着，他把从伤处取出的那七八块小弹片"哗啦"一下倒在桌子上，然后从枕头底下摸出他的手枪，往桌上一拍。张秋月大惊失色，刚才的自信顿失："这是怎么回事？阿宝，阿宝！"陈右军说："小姐，你不要怕。我来慢慢告诉你。"接着，把自己是如何在广州起义中受伤、又为何留在张家大院的情况，对她讲述了一遍。

张秋月听完，愣愣地站在那里。突然，她一把抓住陈右军的手，急切地说："你真是共军英雄？你真是共产党？"由于激动，她的脸绯红不褪："真是踏破铁鞋无觅处，得来全不费工夫！自从在学校和共产党人见过两次面后，就再也没有找到过他们。我很想听他们演讲，可是不容易寻见。这下可好了，在我家大院里就藏着一个共产党人。真是太戏剧化了！"

陈右军感觉到张秋月的小手在微微颤抖，他轻轻地抽出手："这很正常嘛，我们的队伍在这一带留下了一些重伤员。"他开始询问他所关切的问题："你回家前，有没有听到有关共产党队伍的消息？"

"从学校进步人士那里听到过一些。听说，广州起义失败后，共产党部分武装在红四师师长叶镛和参谋长徐向前的率领下，已转战到了东江，在彭湃领导下继续英勇顽强地战斗着。"她语调抑扬顿挫，颇具感染力，"共产党了不起，共产党真伟大呀。"

陈右军听着，神情专注而激动。张秋月话一讲完，他就站起身来，两手搓着，满脸涨红，嗓门也提高了："太好了，真是太好了，我们的革命队伍很快就会壮大起来的！"

张秋月注视着陈右军。她发现一提到队伍上的好消息，他就像换了个人，那张肃穆的脸很快就生动起来，连嘴唇线条也格外分明坚定，在眼睛深处，还剧烈地燃烧着一种扑不灭的火焰。这个伤者，好像突然间有了饱满的精神和充沛的精力，浑身上下积聚起了无穷的力量。

张秋月看得出，陈右军是那么牵挂他的部队、崇尚他的信仰。她知道，这是他精神支柱之所在。她不好意思地笑了："你不会怪我吧，刚才我还指责你是不坚定分子呢。"陈右军仰脸大笑起来。这笑声如奔腾的洪水，一下子穿透了张秋月的心。这一笑，使陈右军吐出了胸中积蓄已久的郁闷和烦恼，浑身有说不出的轻快。

张秋月的心在猛烈地颤动。眼前站着的是一个多么充实的人呀！这是一个用坚定信念武装起来的真正英雄！陈右军停住笑："我怎么会责怪你呢，感激还来不及哩。你带来了我最关注的重大喜讯。还结识了你这位有正义感的进步学生，我高兴啊。"

在剩余的假日里，张秋月几乎天天到陈右军屋里去，俩人之间的拘束逐渐消失。陈右军身上自然而然地展现出一种坚定与率真的气质，他最乐意谈论的是有关共产党的话题，对武装革命的前景倾注了专一而持久的激情，他的每句话都流露出一种深思熟虑的民族责任感。张秋月对谈论共产主义理论和将来中国的前途很感兴趣，敢于发表自己的见解，她身上透出了一个典型的进步学生那种忧国忧民的可贵品性。双方都觉得，宏大的共同话题，已经把俩人的心紧紧联系在一起。

有一天，张秋月进屋时，陈右军正在聚精会神地把玩数字密码。张秋月很好奇，看不懂他在搞什么。他对她说是一种特殊的数学游戏，一种将来能用于军事通信的电码。他极为认真地给张秋月介绍了数字密码的神奇。张秋月虽在上学，但她从未对课堂作业之外的数字游戏产生过兴趣，因此听得一头雾水。他依然用心解说他这一爱好，目光随着亢奋的话语跳动着，里面透着浓浓的坚定与执着。张秋月的目光落在他的胡须上，它们短粗黝黑地直立着，显示着男主人的强壮与刚毅。

张秋月想到，相处快一个月了，居然还不知道他的身世；陈右军觉得，没有必要再向这位热情奔放的进步青年隐瞒什么。他向她讲述了自己的过去，从学生时代讲到成为黄埔军校的先进分子，从在广州国民党"清党"运动中死里逃生，讲到舍命参加广州起义。他还讲了他与赵素雅的爱情，讲了她死于她与陈左军完婚的洞房里。张秋月对陈右军的革命作为很是钦佩，她崇尚他的尚武精神和远大追求，对他与素雅的爱情乃至素雅在洞房里的死深表惋惜。

一天，陈右军半认真半开玩笑地说："你现在掌握了一个共产党人的全面情况。如果哪一天大小姐不高兴了，到国军那里告密，这可有足够的证据了。"张秋月的脸顿时沉了下来，眼里噙了泪水："闹了半天，你还不相信我！你以为我对共产党的敬仰是虚假的？你连一个热血青年都认不准，还算什么共产党人？"说着，呜呜地哭起来。

这下，陈右军慌了手脚，忙解释说是跟她开个玩笑。"你想想，我不信任你，能把我的情况都告诉你吗？"张秋月这才止住哭声："不知怎么了，这几天我特别想哭。过两天我就要返校了，以后就不能再听你讲革命道理了。"

陈右军深深地低下头。张秋月的情绪感染了他，勾起了他那种连日来若明若暗的感觉。他理了理心绪，觉得那种感觉是一种依恋。他的伤还没有痊愈，她这一走，他又要过那种孤寂无聊和无所事事的生活了。是她弥补了自己精神上的空虚吗？不！绝对不是。在自己孤独的时候，俊蓉那更为直率和炽热的情愫，就从没有在自己内心激起过这种感觉。自己从这个进步青年身上找到的是共同语言，看到的是中国革命的希望；从这个用远大理想和可贵的追求精神塑造成的美丽少女身上，自己感受到了生命的崇高价值和更深的人生意义。也正是这些因素，才更加坚定了自己的向往和追求，进一步增强了自己走向革命道路的信心。她是多么好的一个进步青年啊。

张秋月走过去，坐在陈右军的身边，幽幽地说："人家心里难过，你当大哥的也不安慰安慰，除了讲那些革命道理就是沉默不语，你就不能说点儿别的什么？大哥，你不知道我心里有多么矛盾，我有时就不想去继续读书了！"

"那怎么能行？在学校能学到更多的知识，也能更广泛地接触革命人士，这对你的进步是大有好处的。"

"和你这位大英雄接触，不也一样有更大进步吗？"

"我肚子里就这点儿货了，倒空了就没什么了。被困在这与世隔绝的深宅大院里，像个囚犯，我还能教你些啥？"

"反正我心里很矛盾，又想去上学，可又舍不得离开这里。"

"这没什么可矛盾的。当前，对你来说，学业第一，拓展眼界第一，更多地接受进步思想第一，这才是一个新青年务必要做的。而这些，在这山区小镇上毫无得到的可能。"

"我明白了，走出去，继续走出去，到广阔的天地里，去实现心中的这些第一！"

"这就对头了嘛！谁能保证，这张家大院里，将来不会走出一位伟大的革命者呢！"

"肯定会的。那就是你陈右军喽。当然，还有我张秋月！"

张秋月就要返校了，陈右军再三嘱咐："学校在白区，要处处小心，凡事要多动脑子，不要感情用事。如果你打听到我们队伍的确切消息，要想办法给我捎个信来。我的伤再有一段日子就痊愈了，一有消息，我就设法去找队伍。"

张秋月含泪点头："找到队伍是你心中的头等大事，我理解你的心情。有了准信，我就会尽快捎给你。"她停顿了一下："我有个大事要对你说。我快要毕业了，那时，你的伤也全好了。我和你一块儿去找共产党的队伍，好吗？"陈右军沉默片刻，说："你想过没有，队伍要打仗，处境既艰苦又危险？"

张秋月笑笑："有你在，我不怕。不是说榜样的力量是无穷的吗？英雄的感召力是不可低估的。"陈右军郑重地说："那好，今后就共同用实际行动去实现我们的理想，但你目前的任务是好好完成学业。"

"我全听你的。你搭什么桥，我走什么路。我认定了你这个革命的引路人！"张秋月深深地点了点头。

13

在张秋月返校前一天晚上，一个突如其来的变故，使张秋月不得不中止了返校行程。

那天深夜，陈右军被一阵喊叫声惊醒。他立即下床跑到院里，听到声音是从前院传来的。他判断是张轩意父女出了事。他回屋拿出手枪，几下便蹿上前院房顶。他看到，俊蓉已被人扭出了院门，张秋月被人反拧着也正往门外走。张轩意被按在地上，脖子上架着一把大刀。一个人恶狠狠地说："老东西，是把银元交出来，还是让我提了你的人头走？"张轩意争辩了两句，则被人往死里踢了两脚。

陈右军明白，张家被土匪打劫了！近年来，世道纷乱，军阀混战，土匪横行，大户人家被劫并不是什么稀罕事。有些大户人家为保家护院，不惜钱财购置刀枪，自家办起了"挨户团"。

陈右军判明情况，当机立断，举枪瞄准射击，张轩意身边两个土匪被击伤。众土匪一下就乱了，胡乱放了几枪，放开张家父女，背起受伤的两个土匪，扯拉起俊蓉，慌忙逃窜。陈右军又朝逃跑的方向打了两枪，才回到张家父女身边。

张家父女抱作一团，大哭不止，陈右军和阿宝把腰骨受伤的张轩意背回房中。张轩意闭着双眼一言不发，任凭张秋月怎么叫喊就是不开口。大家一直守在他身边到天亮。

张秋月打发阿宝去请医生。张轩意睁开眼说了一句话，把大家惊呆了。"这伙土匪是那臭婆娘勾搭来的。昨晚土匪打劫时，我听到一个土匪情不自禁地悄声叫了一声'莲莲'。莲莲就是那臭婆娘的小名。"

俊蓉原是山外一大户地主的千金，私下却与家里一年轻雇工相好。俩人偷偷摸摸做了男女之事，后来又约好私奔，被家人抓回。年轻雇工被打得半死扔到野外。之后，年轻雇工暗地里并未间断与俊蓉的勾搭。这家老爷便派人到处搜寻这年轻后生，要把他置于死地。同时，尽快把心野了的俊蓉许配给了山里的张轩意做了姨太太。

俊蓉到张家后，并没安下心来同张轩意过活，经常同这个老男人闹别扭。陈右军进张家养伤，这女子又爱慕上了这个硬汉男人，但陈右军坚决不接受这份情。孤寂的她就时常想起那年轻的雇工，每天过着难挨的日子。就在这个时候，已当了土匪的年轻雇工也寻到了她的下落，在这个晚上领众匪抢劫了张家。

张轩意腰骨被打断，又被抢走了姨太，精神遭到重击，心气一时难以硬撑起来。张秋月自然不能在这个时候弃家去读书，张轩意也只好同意她暂时留下来照顾他和家务。

陈右军关键时刻挺身而出，凭着自己的胆识和好枪法，挽救了张家父女的性命和家私。全家人对他更加信任，在某种程度上讲，他成了张家的依托和主心骨。

那天晚上，陈右军奋力蹿至房顶后，胯部伤口隐隐疼痛了几天，却无大碍，他因此断定自己的伤基本好了，但他并没有急着去找队伍。一是现在没有队伍的确切消息，孤身一人到处寻找，无异于大海捞针；二是张家对自己有留养之情，在张家祸事临头的关口，他不忍心离去。那帮土匪被打伤两个弟兄，又没有抢到钱财，肯定还要寻机来报仇。他想帮张家渡过这一难关再走。

他同张秋月经过几日商议，决定动员张轩意也像其他有钱人家一样，训养武装部分家丁，担起看家护院、保护买卖的职责。多日愁眉不展的张轩意一口应承下来。他这些天正在苦寻一个万全之策，心中办"挨户团"的想法也日渐明朗，没想到同陈右军、张秋月想到了一块儿，这训练之事办起来就顺畅多了。

家丁主要从自家酿酒雇工中挑选，枪支由张轩意托熟人购置，训练之事由陈右军负责。自此，张家大院就热闹起来了。陈右军对这些家丁一律军事化管理和训练，并处理好训练与做工的关系，做到了练兵与酿酒两不误。张秋月也配合陈右军训教家丁，教他们学习一些简单的文化。张轩意深知这支武装对家道兴旺的重要意义，也就舍得拿出一些钱财善待家丁，加之陈右军科学训练和张秋月真心教字，队伍士气高涨。

这期间，那帮土匪又夜袭过张家一回。众匪还未摸进家门，却看到院内灯光通明，家丁训练喊杀声四起，便在门外放了几枪，就溜回去交差了。众小匪向土匪头子报告了张家练兵的情况，俊蓉那个相好土匪不服气，非要亲自带人再劫张家。俊蓉极力劝阻，说那陈右军神通广大，枪法百发百中，又是一个刀尖对准心窝子都不眨眼的硬汉子，并有多年的战斗经验，他训出的家丁肯定个个是强手，谁去谁白白送死。众匪听了俊蓉的话，未敢再贸然行动。

陈右军击伤两个土匪和严格训练家丁的传闻，使甘陵镇一带土匪闻风丧胆，张家过了一段安生的日子。

张轩意伤病有所好转后，张秋月便进城继续读书了。不久，她从城里托人捎来一封信。信中说，她在城外见到了一小支共产党的队伍。陈右军看信后一夜未眠。第二天，他找到张轩意，说要去找队伍。张轩意坚决不同意，说不见队伍上的首长，决不能放人走。张轩意又增派了两名家丁住进厢房，以防陈右军偷偷溜走。

陈右军沉住气安定了数日。一天晚上，他以解闷为由同阿宝及家丁喝酒，把他们都灌醉，便翻墙逃走了。天一亮，张轩意发现不见了陈右军，立刻瘫坐在地上。两个家丁把他抬到床上，半天才顺过气来。

这些时日，张轩意腰伤虽有所好转，但要完全治愈，重操酒业和家事，已是不可能了。他的精神也远不如以前，明显感到力不从心。尽管有家丁为他守家护院，但世事多变，夜长梦多，担心不知哪天会再出些大事。

这期间，张秋月返乡一次，对陈右军不辞而别伤心至极，又为张家今后营生担忧，面容日渐憔悴。事情明摆在这里，既然张家已没能力操持偌大家业，秋月还要完成学业，并无心日后继承甘陵镇的家业，一心想到小镇外闯荡世界。那只有一条路可走了，那就是变卖家产，到城里置办家宅，把张轩意安顿到城里过清闲日子。城里生活和医病条件比山里好，更主要的是到城里住相对安全，可免于土匪的骚扰。

事宜早不宜迟。张家变卖处理完甘陵镇上的一应事体，父女俩便携资进了城。

陈右军弃张家而逃，也就宣告了他在张秋月内心世界的消失。张秋月自以为理所当然的哀怨，实际是对陈右军的误解。陈右军逃出甘陵镇的第二天，本是想进城找张秋月一同去寻队伍的，但在路上偶遇了一股土匪，他那包着书和手枪的包裹引起了众匪的注意。交手后，众匪的兴趣却从那包裹转移到了陈右军的功夫上。他们看出陈右军身手不凡，就把他带回了土匪山寨。土匪头子不像小匪一样只看到陈右军的身手，更对他既能看得大书、又能玩得了快枪很是欣赏，并对他的身份产生了好奇。任凭如何盘问，陈右军却只字不谈自己来自何处。

山寨里抓来个奇人，传到了一个风骚女子那里。她出于好奇，来见陈右军。这一来，陈右军身份不攻自破。这女人正是俊蓉。陈右军这才知道，遇上了打劫张家的那股土匪。

大头子很有远见地把陈右军当作上宾好生服侍，明示让他归顺，和他一起统领匪事。陈右军自然不会和土匪同流合污。众匪动用酷刑，也没有使他屈服。他被关入了地牢。

这期间，俊蓉来看过他几次，那是百般劝说，万般柔情。陈右军自始至终没有跟她说一句话。土匪见招降不成，便决定杀了他，以除后患。

俊蓉的男人已是土匪中的一个小头目，很受大头子的器重。大头子一是赏识俊蓉男人的胆识，二是赏识俊蓉的姿色。大头子是个淫荡无度的人，常把俊蓉男人派出去做活，而自己留在窝里同俊蓉鬼混。俊蓉的男人虽晓知此事，但也只能睁一只眼闭一只眼。大头子对他有收留提拔之恩，且心狠手辣，做事决绝。他打碎牙吞进肚里，从不敢为俊蓉的事招惹麻烦。俊蓉知道陷入土匪窝，自己的男人难以把自己当回事，自己也就自得其乐，每每同大头子逢场作戏。众匪深知其中关节，也就对俊蓉毕恭毕敬，任她在窝子里为所欲为，没人敢招惹她。

杀陈右军的日子定在大头子成婚大礼的那一天。大头子把五羊寨大户李家千金抢到了山上。这千金在众匪连吓带哄之下，不得不同意做土匪窝里的压寨夫人。大头子对这绝色女子爱恋万分，要举行寨子上有史以来最隆重的婚礼。他设计了众多内容为他的婚事添彩，其中最后一项就是在他和新娘子入洞房之前，把陈右军点了火球，再乱箭穿心。

大头子所干行当是玩命冒险的事业，变着花样寻刺激是他的一大嗜好。如果时间允许，杀人他从不一枪毙命，要么砍其四肢让人在痛苦中慢慢死去，要么取其眼球、挖其口舌、剖其胸腔致死。他给陈右军设计了一个非常"红火"的死法，以给他的喜事红上加红。烧人之前，他还要戏弄陈右军一番，让俊蓉假装趁婚夜之乱放他逃生，在逃出山寨的必经之路上设下埋伏，先用松火油泼于他身，再让众火箭手万箭齐发，火烧其身。大头子则携新娘子坐在山坡暗处，观人在红火之中身亡的经过。

婚礼当天没派俊蓉其他差事，只让她一心完成密诱陈右军进入埋伏圈。俊蓉全天都在为这一行动做准备。上午她先做了一个看似与此事毫无关联的举动：她趁全寨上下忙于大头子的婚事，悄悄约了一个一直对她心怀鬼胎的年轻小匪。

这小匪对她倾慕已久，一次曾在背地里大胆抓了她胸一把。她呵斥他："谁的女人你都敢动，你就不怕我男人断了你的烂手？"那小匪脖子一挺："为啥大头子动得我却动不得？大头子和你男人对你都不是真心，只有我对你才是真心！你不知道，我夜夜想着你，觉都睡不香。"她说："你这小命来到世上不容易，别为你这淫心而赔了性命。这次先饶了你，不许再有下回！"那之后，这小匪看她的眼神照样淫邪无遮拦。

今日，那小匪见俊蓉主动来亲近他，就兴奋得没有了自己，好生乱抓乱摸了一气。俊蓉说："大头子今日娶亲，有了新娇以后他就不再恋我，我那男人又从不把我当人看。今日，我心情憋闷，就想起了你。"那小匪说："我知道你的苦处，我身强力壮，知冷知热，今后与我相好，保你天天好心情。"俊蓉摸了他脸一把："这正是我所盼的。只不过事一定要做秘密，不然你我都活不成。"那小匪哪还有自己的性命？紧气急火地就上手撕扯她。她把他推了个趔趄："青天白日的，就真的连命也不要了？你就不能耐心等到晚上？今晚是大头子洞房花烛夜，他同新娘热乎，我俩也不能冷闲。今晚我俩到山坡方竹林草亭里相会，好好聚聚。"她同小匪约好步骤，便去了陈右军的牢房。

她和往常一样把看门的两小匪支开，把牢门关紧，先表白了一番对陈右军的依恋，诉说了大头子对她的欺凌和那无能男人的窝囊。然后，就详细地透露了今晚大头子设计取乐残害于他的阴谋。

陈右军出了一身冷汗，他看得出她说的是真话。入牢后，他就知道自己迟早会被处死，却没有想到会是这么个死法。

俊蓉说："如果你相信我对你是真情真心，那你就听我安排。咱们将计就计，我偷偷把你营救出去，然后我俩双双逃走。我在这土匪窝子里实在是受够了，宁肯出去和你一块儿过清贫日子。你就答应我吧，为了能和你在一起，我甘愿付出性命！"陈右军说："这样看来，你虽是放荡女子，但还有些人性。你放我走我乐意接受，你和我一块儿逃出这非人之地我也同意，你要跟定我同我过生活那行不通，我宁可让土匪火烧了。"

俊蓉泪流满面："你真铁人一个，我真是拿你没办法了。"陈右军缓和了口吻："我了解你的苦处。但还是那句话，在这方面我帮不了你。我心里已经有女人了，素雅在我心里，够我受用一辈子的了。"俊蓉说："那又有何用？她已经死了呀。"陈右军说："死了的比活着的还珍贵。"俊蓉听罢，狠狠地打了他一记耳光："你这个没良心的冤家！那就定一个君子协定：今晚我帮你逃出，你带我远走高飞。等我躲过土匪追杀，以后再不缠你！"陈右军横下心来："反正也是一死，那我就按你说的拼一把。你要记住一件事，一定要想办法把我的包裹弄到手。枪可以不要，但我那些书纸必须带走，否则，我不能离开这里。"

之后，二人仔细推敲了逃跑的具体步骤，感到没什么漏洞了，俊蓉才走出牢房。

晚饭前，俊蓉又把那小匪叫到没人处，又仔细叮嘱了几句，把约会线路、地点、时间和预防措施强调了一遍。那小匪兴奋地在她屁股上捏了一把。

为使火烧陈右军的活做得刺激而富有戏剧性，这事只有几个土匪头目和俊蓉知道，就连新娘子事前也不晓知。大头子是想给新娘子一个惊喜。挑选出的十多个火箭手也不知事情真相，仅让他们知道在那个时间、那个地点，见孤身黑影一出现就泼油射箭。大头子嘱咐俊蓉："这戏一定要演得真。如若提前露了馅，在新婚之夜败了兴，你看我怎么处置你！"俊蓉说："你个没良心的，刚有了新欢，就想对老娘动狠。不过你放心，戏弄你们臭男人是老娘的拿手好戏。你和新娘子就等着看好戏吧！"

晚宴结束前，俊蓉乘人不备，又对那小匪说："没记性的，别忘了咱们的好事。过一会儿，我在路口等你。到时不见人，我可就走了。日后你别想再招惹老娘！"那小匪嘻嘻地笑："忘了俺亲娘，也忘不了俺姐你的盼咐。盼这一天俺都盼了半年了！"

时间一到，俊蓉就去牢房把陈右军带了出来。走到黑暗处，陈右军一转身就藏到了俊蓉事先找好的地方。俊蓉继续往前走了一段，那小匪也正好悄悄走过来。她悄声说："我俩分头行动，把帽檐压低点儿，沿黑暗道儿走，别让人看见。你先走一步，把方竹林草亭里柔草弄舒服等着我，我随后就到。"心痒难忍的小匪精神头十足，一蹦三跳就朝方竹林方向奔去。

黑夜中，等在远处的大头子见有两个人影晃动，一会儿便有一人朝前奔来，就知道陈右军已被俊蓉诱骗到此。大头子看到那人影快速移动着，兴奋得几乎要笑出声来。那人影刚到预设地点，突然蹿出两个人来，提桶向人影泼了油，转身就跑掉了，还没等他明白过来，两边山坡上已飞出十数条火舌。他惊叫两声，身上刺痛钻心，随即全身火起。他哇哇乱叫着，在地上翻滚着，折腾了好一阵儿，便没有了声息。

大头子和新娘子在众匪簇拥下，哈哈大笑着来到被焚者身边。有小匪踢了两脚烧焦了的死者，捂鼻躲远。大头子又哈哈一笑，把新娘子扛到肩上，乐颠颠地走了。

躲在暗处的陈右军和俊蓉目睹了整个烧人过程。俊蓉说："可惜了一个痴情后生。"陈右军说："死一个就少一条祸害百姓的狗！"俩人乘夜色向北奔逃而去。

几天后，到了一座叫高州的山城。陈右军帮俊蓉租了房，说："该分手了。你带出了不少银两，就做个小买卖度日吧。土匪是不敢进城寻你的，你就在这里安心过活，我要找队伍去了。"俊蓉拉着不让走："我救你一命，你就这么报答我吗？"陈右军说："我会日后回报，但现在得去找队伍。"俊蓉说："你带我一起走吧。不成夫妻，当作兄妹也行。"陈右军说："开什么玩笑？我带你这样的一个人到队伍上去，大家会怎么看我？你在这里先安顿下来，日后形势好转了我再来找你。"

俊蓉蹲到地上号啕起来，陈右军趁机转身走了。俊蓉止住哭声，仰天大骂："陈右军，你个没良心的铁狗子！"

14

直到第二年春天，陈右军也没有找到队伍。这个时期，蒋介石力量不断壮大，革命形势正处于低潮，白色恐怖笼罩着城镇乡村，反共标语随处可见，不少城门悬挂着装有血肉模糊人头的木笼。

陈右军悄悄去甘陵镇走了一趟。听说张家父女已搬走了，去了哪里无人知道。这张家大院，前些日子又遭到了土匪打劫。陈右军猜测，那是冲着他和俊蓉来的。

陈右军在万般无奈之下,又回到了高州城。这时,他身上已无分文,只好又去找俊蓉。俊蓉似乎过得还算滋润,重活累活她干不了,又懒得做个小买卖,就当起了舞女。这个时期,上海、广州等大城市跳舞之风正盛,舞场营生进入黄金时代。这高州城虽比不得大城市繁华,但开化之风也时时刮来,休闲跳舞成了有钱人的时髦事。俊蓉虽已非妙龄,难同红舞女争宠,但凭着姣好面容和少妇风姿,也很少坐得冷板凳,收入微丰。

陈右军好马吃了回头草,俊蓉好生得意:"我知道,你在外面实在混不下去了才来找我,但凡有一线希望,你也不会着我的面。我的心你是知道的,无论怎么样,有我吃的就不能饿着你。你那脾性我是领教过的,我不会再强求你什么。你今天就给个明白话,咱们是做兄妹还是称夫妻?如果做兄妹,我借给你钱款做个营生,各算各的账,各过各的活,彼此照应着,相安无事地生活;如果称夫妻,钱款不再分你我,我的就是你的,你的就是我的,我跟你死心塌地过日子,后半生跟个好男人混我也不吃亏。"

陈右军说:"几月不见,你倒成了爽快人。既然让我挑,我就选个兄妹情。你若手头紧,就借我个小钱,我做个小买卖渡渡难关;你若私存丰厚,又肯真帮我,那就多借给些款项,我想在城北开个书店。这个城里文风浓厚,开个书店能赚些文明钱。"俊蓉说:"我从心底里难以接受这个兄妹情。我对你早已没有了二心,我的钱就是你的钱,你需要多少,只要拿得出,我全力支持。我知道你是个正经人,不会乱使钱财。要帮你就帮彻底,谁让你是我的冤家呢!"

陈右军说:"书店会成功的,我会尽快还你的钱。我不是那种贪占女人便宜的男人。"俊蓉说:"你个没良心的,从来就不会说句柔情话。

听你这个口气，我借给你钱，好像是我上辈子欠你的。"陈右军笑笑："我是从心底里感激你的。真的，你这样对我，我没有理由不感动。我表面上不冷不热的，可我心里记着你的好哪。"

俊蓉抓了他的手："这是我听到的最柔情的一句话。你就不能经常这样说说？"陈右军拿开她的手："我俩的关系就是兄妹关系，你真的不能再有其他想头，不然，你这钱我是不能借的！"

俊蓉打了他一下："就依了你。兄妹就兄妹，总比什么关系也没有好。我真是个下作的女人，拿着大把的钱上赶着人家，人家却不领这份情。"陈右军说："我记着你的好，救命之恩更不能忘。"俊蓉白了他一眼："光记着有个屁用？和没记着有啥两样？"

经过一段时间的筹备，书店开张营业了。在这之前，陈右军做了些宣传，一开张便势头不错。

陈右军心里的那桩大事始终没有放下过，他不敢明里打听共产党队伍的事，可耳朵时刻在搜寻着相关消息。他之所以不做其他买卖而选择开书店，就是想着来书店的知识分子多，得到消息便利。日后若真的同共产党取得联系，这书店就是一个很好的掩护场所。果然，三个月之后，陈右军就设法与高州城地下党取得了联系，书店自此成了党组织的联络点。陈右军的精神又振奋起来。

俊蓉晚上去舞场，白天常来书店坐坐。她看到书店人来人往，就知道陈右军生意做得顺当，便常向这个大忙人送上爱慕的目光。在她眼里，陈右军是个了不得的人，世上没有他做不成的事。但她无论如何也不会想到，陈右军在这白色恐怖当中、在革命处于低潮的关口、在如此短暂的时间内，就与共产党人取得了联系。

之后，俊蓉又几次向陈右军示爱，都被他婉言谢绝。俊蓉很气愤："我知道你一直嫌我脏。你个没良心的，以后我不会再求你了！天底下心最硬的就是你陈右军了！我真摸不透你到底是个什么样的人了！"

不久，俊蓉在舞场与一杨姓国军军官勾搭成对，俩人过了一段甜蜜生活。半年后，俊蓉发现怀了孕，她想向杨军官索要一笔钱，了结此事。那杨军官先是不给，并躲着不再着面。她几次找上门去，他才勉强同意赔她一笔钱，约好到城外河边交接。有好友劝她，那河边去不得，那钱也要不得，早有两个怀孕的舞女姐妹，被军官们扔到河里淹死了，名为"种荷花"。

俊蓉不敢再招惹杨军官，但心里窝了一肚子火。正在这个时候，发生了一场舞女暴乱。

由于方方面面的原因，近来国民党部分官兵士气低落，以致影响了部队战斗力。为了整饬军纪，回升士气，禁止军人进舞场跳舞，驻军与当地政府首先从舞女身上开刀。他们颁布公告，责令舞场全部停业，却不对舞女生活做任何安排，把众多舞女及其家属推到了死亡线上。

为了生存，全城200多名舞女在广场集会请愿，天天高举着"向当局要饭吃"的横幅游行。政府出动军警拦阻，双方发生了争执。争执的主要原因是军警趁阻拦之机，掏舞女们的胸乳。众舞女见当局不但不给任何答复，还受军警们侮辱，一气之下，就以旗杆为武器，与手持警棍的警察对打起来。有警察被打得头破血流，舞女也被打得哭天喊地。这时，混在舞女队伍中的俊蓉，匪性被勾了出来。她想到自己被玩弄，怀孕没人管、没人问的情形，气更不打一处来。她带众舞女冲到政府楼上，砸坏了社会局局长的桌椅、电话和门窗，撕毁了桌上公文。后众多军警赶到，抓捕了一些舞女。带头打砸的俊蓉第一个被逮捕，送进了牢房。

尽管这次舞女暴乱的原因一目了然，完全是当局不管不问舞女死活而造成的，但军警还是煞有介事地对闹事舞女进行了审问。一阵棍棒后,他们让俊蓉说出这次暴乱是如何策划的,支持者是谁。俊蓉一再说,游行示威是有人召集过的,而打砸事件纯属偶然,大家不肯忍受军警掏胸抓摸,一时性起就和军警对打起来。军警问:"你最近常和什么人接触?是谁授意你打砸政府的?"俊蓉说:"在高州城,我孤女一个,并不认识谁。"军警说:"你常到一家书店去,还说不认识谁?"俊蓉说:"开书店之人,与舞女游行之事毫无关系。"军警问:"那个陈右军是干什么的?"俊蓉说:"开书店的呗。"

军警一心想为舞女闹事案找个什么背景,以欺瞒社会舆论,便派两个警察对陈右军书店进行了暗查。俩小警察本来就没抱什么希望,只想随便查查,应付下公事。因为他俩知道,这舞女案本来就没什么重大背景。可这一暗查,却发现这家书店背景很深,常来常往的人成分颇为复杂。警察局便立刻对陈右军书店进行了突击搜查,查出了几份共产党文书,抓了一个地下党联络员。陈右军正在外地进书,躲过了这场灾难。第二天,通缉陈右军的布告就贴满了大街小巷。

陈右军再一次潜逃了。军警对俊蓉又上了一番刑,见确实从她嘴里弄不出什么东西,就想处理掉她。再怎么说也是砸社会局的主犯,不能轻易放过她。警察局长暗示:一个舞女有了身孕,留在局子里是个麻烦事,总不能让她把孩子生在牢里。

一个夜晚,两个警察把俊蓉用绳绑了,嘴里塞进一双臭袜子,拿麻袋装了,拉到城外河边,悄无声息地把她"种了荷花"。

隐秘 The Secret Life 人生

第三章

月落尼庵

第二天,素雅早早来到供台前,跪于蒲团之上。

安然端着用红布包着的剪刀,方直端着一盆清水,立于素雅两侧。月晋说:"留发无佛,皈佛无发,剃度之后,你就是文傅了。文傅,昂起头来!"一阵"嚓嚓"的剪刀声之后,光头的文傅踩着满地黑发站起来,眼里既无泪水,也没有了刚进庵时的怒火。

第二章 月落尼庵

15

狂泻的大雨下到半夜,达胜庵住持老尼真姑听到了一种异样的声音。这是入夏以来头场大雨,来得异常猛烈,给她那本就翻江倒海的心,又平添了些许烦乱。

这些日子,真姑一直在为达胜庵三十三个尼姑的温饱问题发愁。战事频繁,兵荒马乱,世风日下,民不聊生,众尼到外招徕佛事和沿门托钵化缘募米,常常是空手而返。在数月前,庵里就已经由每日三餐稀粥减为二餐稀粥了。还时有年少妙尼向她哭诉,在外被社会上的恶棍流氓调戏。昔日相安无事的尼庵,今天到了难以维持的地步,真姑心焦如焚。她默言三天三夜打坐蒲团之上,静心思量对策,最终也没有想出个所以然来。当她摇晃着极度饥饿的身体站起,发布的号令依然是那句话:"泰然留下,其他人都去化缘吧。"

众尼本来指望住持静默三天三夜能谋划出一个求生之道,岂料盼来的还是那道有气无力的指令。小有文化的小尼姑安然小声说了一句:"与其到外面跑得饥肠辘辘空手而归,倒不如坐在庵里静坐省下点儿气力,少进半碗稀粥。"真姑有失身份地回了一句粗话:"闲屁淡话能顶饭吃?今日若是再去而无获,小心我撕烂你那张贱嘴!"安然又顶了一句:"这张贱嘴留着有何用?只管每天吞下庵里两碗稀粥,撕了也就撕了!你再逼我,我就去卖!"

真姑一股气运到掌上,狠狠地打了安然一顿耳光。这是真姑入庵多年来第一次如此凶猛地打人。安然嘴被打出了血,但话还是硬邦邦的:"就是被活活打死,我也不能眼看着姐妹们活活饿死。今日我若不能用我这张俏模样弄回几两银子来,我就毁了这张中看不中用的脸皮!"

真姑又打了她两记耳光，命两老尼把她锁进房里。安然的俊俏美貌是庵里首屈一指的，她深知自己这张脸的价值。因此，她才自信地认为，靠这张脸是能换回银子的。安然的倔强令真姑头疼，她是庵里敢顶撞住持的两个人之一。另外一个敢在住持面前为所欲为的，是住持的贴身小尼泰然。

尽管内心烦躁难忍，外有狂风暴雨，真姑还是在这个夜晚捕捉到阵阵沉重的敲击声。她抬头唤了几声靠门床上的泰然："去看看是不是安然那小尼子又在砸东西。"泰然贪睡，不想动，就说："你打她的脸，还不让她砸？她饿急了眼，谁还能挡住她砸？我看该砸！"真姑生气了，坐起来说："泰然，你越来越不像个出家人了！今后你要收敛一些，不可像安然那样心浑！"泰然往被窝里缩了缩脖子："安然脸俊，心也活泛，又肯为庵里尽力，明天你就放她出去，不管用什么法子，能弄回银子米面就是好姑子。"真姑下了床，边往外走边说："泰然真是不知轻重了，没个是非观念。自明日起，命你面壁三天，不进盐米！"泰然愤愤地说："你就眼睁睁地看着三十几个姑子活活饿死吧！"

真姑气冲冲地出了屋，密集的雨点把她打了个趔趄。泰然撑把伞跟了过来。她们来到关锁安然的房门前，却听到砸击声是从身后的大门传来的。她俩走近大门，这才听清一个沙哑着嗓子呼救的女人声。

真姑打开门，一个浑身湿透的女子顺势倒在了脚下。俩人手忙脚乱地把人抬进屋内，欲为她脱下湿衣去寒，她却死死地抱紧怀里的包袱不肯放手。泰然说："你不放开包袱，怎么能脱下衣服？换下湿衣，捂上被子，才能缓过劲来，不然你会落下病的。"真姑看出了来人的心思："我们是出家人，眼无身外之物，你包袱里纵然有千贯金银，我们也不会动它一指的，你就放心松手宽衣吧。"这女子睁眼看了看，觉得两尼姑确无恶意，就把包袱小心地放在身边。

就是这个突如其来的女子，就是这个沉甸甸的包袱，解决了眼下众尼的温饱问题。这女子在真姑答应允许她削发为尼后，便拿出二百银两捐给庵里。她是在身边无人时解包取银的，但还是被暗地里的泰然看见。泰然惊得差点儿叫出声来，她看见了那包袱里的金银首饰和用干油纸裹着的银票。从来没有见过那么多钱财！泰然把这一秘密告诉了真姑。真姑镇静自如："一包粪土罢了。"

一天，这女子一早携包而出，太阳落山前才空手而归。她多日凝重的脸上有了些许暖色。一个月后，真姑为她举办了削发仪式，封尼号为月晋。

这月晋的身世颇为神秘。任凭安然、泰然如何打探诱导，她都守口如瓶，只是说："遁入庵门，前世如何已无关紧要了。我们还是好生考虑一下尼庵今后的营生吧。"

这月晋确实不是一般良家女子。她原名可宜，本是苏州、上海一带的名妓，后来嫁给了广州巨富赵方生为妾。可宜嫁过来不久，赵方生因案破产，扔下她独自逃离了广州。她身有丰厚私蓄，如何保全这万贯钱财，成了她最大的心病。她思来想去，最后决定入庵削发为尼。她认为这是保全性命和钱财的上上策。她选择了离广州城数百里的达胜庵为宿身之地。入庵后，她身边除稍留一点儿钱财外，其他银票便在某一日藏于庵外深山之中。

月晋曾混迹于风月场上，社会阅历丰富，工于心计，善于应对，手里又有一些私蓄，在众尼难以维持生计的时候，时常拿些银两来救急，自然俘获不少人心，威望一天高于一天。终于，在住持真姑一场大病难以治愈后，这月晋便顺理成章地掌管了庵内大权。

月晋当了住持，她做的第一件事，就是解决尼庵的生计问题。自己的私银总不能没完没了地拿出来供庵里销度，这样迟早会坐吃山空。她要动员众尼想一个万全之策、定一个长远之计。

月晋对已成为她心腹的安然、泰然说:"达胜庵只有一条活路可走了。那就是像城里城外的北药庵、无意庵、花衣庵那样,做挂着羊头卖狗肉的营生。说白了,就是要把达胜庵办成游宴娱乐式名庵宝刹。人家那几家尼庵早在几年前就这样干了,现在都发达了。我有信心把达胜庵办得更好!"

安然、泰然低头不语。

月晋说:"现在摆在众尼面前的只有两条路:要么活活饿死,要么变相求生。如今就这世道,大家都要想开点儿,保住性命才是根本。"

正在这个节骨眼上,两小尼外出化缘,被一股士兵轮奸,一小尼还被先奸后杀,吓得庵里众尼数日不敢出门。月晋抓住这个有利时机,一方面不再动用自己的私蓄为庵里买米,使众尼多日无粮下肚;一方面百般规劝,万般诱导,力争扰乱众尼凡心。

几天粮米未进的尼姑们,起初对月晋的阴招难以接受,到因饥饿而昏昏然的时候,就不得不同意她的主意。首先是安然、泰然,坚定地站在了月晋一边。

月晋又狠心拿出自己的一些私蓄,为众尼购置了衣物,对庵里硬件设施进行更新改造。然后,对庵中三院做了重新布置调整。为掩人耳目,前一院同普通尼庵无异,指定部分无姿色小尼在这里诵经斋醮做功德,适时外出交接,招徕一些无关紧要的佛事,使外人一看便知这是一座普通尼庵;而隐藏于山里茂林之中的后两院,经营游宴娱乐的设施一应俱全,一些颇有姿色的妙尼在其中承揽游宴娱乐营生。在开业之前,月晋还秘密到社会上网罗了十名绝色才佳的歌女,削发充当妙尼,在后两院驻扎下来。

月晋住持的达胜庵在短短几年内得到快速发展,一时在上流社会声名大振。一些军政要人对达胜庵越来越有好感，有的长期把这里作为休憩之地，还有的索性把达胜庵当作办公行署和私邸。尤其是各路军阀混战凶猛的那些年，达胜庵等几家尼庵就成了某些官僚、政客、军头等隐晦潜藏和逃避追捕的安全场所。这些神秘使者为掩人耳目，不住旅馆酒店而专住尼庵，足不出户，有时一年半载不见外界，时有秘密活动，或军机大事，或肮脏阴谋，均在庵中运行成交。

就是在这种暧昧幽冥的背景之下，一些该来的、不该来的都来了。

1931年春天的一个早晨，达胜庵前庵小尼方直诵完规定的经目，做完功德，照例去打开庵门。庵门刚打开一人宽的缝，一个女人便一步跨了进来，把毫无防备的方直撞了个趔趄。来人头发凌乱，花布破衫已被露水打湿。面部不施粉黛，污垢隐现，神色却刚毅异常，眼里喷射着扎人的寒气。方直不禁打了个冷战，忙双手合十："施主，是来交接佛事吗？"来人没答话，直愣愣地盯了她两眼，就径直往里走。方直上前拦住："施主，要交接佛事吗？"来人站住，生硬地说："难道到你庵里来的都是交接佛事的吗？"方直不悦："有沿门托钵乞讨的，可你不像；有进庵烧香许愿还愿的，你也不像；有入庵削发为尼的，你更不像。你眼里尘事未尽，心中尘缘未断，胸有怒火万丈，怎能当得了姑子？"来人又向前跨步："当得了当不了，你说了不算，快快把你庵中住持叫来，就说有人要入庵为尼！"方直见来者如此唐突，也就不再客气，用身体挡住去路，几乎脸贴脸地大声说道："我们住持本就不轻易见客。再说，她住在离这里半里远的大后院，晌午之前她都在睡觉，这个时候她是不来前庵的。谁敢去叫醒她？谁叫谁自讨苦吃！"来人不屑地说："什么稀奇尼庵？什么德行住持？竟然大白天睡大觉？简直荒唐透顶！"方直忍无可忍，推了她一把："哪来的野妇？如此口吐狂言，无行无礼，你快快离开我庵！"来人也推了一把方直："难道达胜庵就是这样对待施主的吗？把你庵主叫来！"

正当俩人推搡之时，后院妙尼安然有事来到前庵。安然审视了来人一会儿，说："施主，莫要动气。本庵师姑已满，已不再剃度收徒。请施主另谋出路吧。"来人火气更急："这不是废话吗？！能谋得出路之人，谁还到你这里偷生？女人不到绝路上，谁肯入你庵门？！"安然说："那就不关我的事了。你快快走吧，我庵是不留人了。"

这时，病恹恹的老尼真姑走过来，说："这位施主，如你真心遁入庵门，就请跟我到上房吧。我佛宽大为怀，凡自愿入庵者，我等都不能拒人门外。"真姑在做庵主时，安然就经常顶撞她。现在真姑已不主庵事，安然也成了新庵主月晋的红人，就更不把真姑放在眼里。见真姑同自己唱对台戏，就嚣张起来："老尼，现如今比不得昔日，你别想再自作主张。这妇人不得入庵为尼！"真姑口吻果决："施主有难，走到绝路，自愿入庵，理应收留。这前庵之事，你少搅和。你快回你的后庵做营生，我眼不见为净。"安然说："你死撑什么？若不是月晋日夜操持后院，若不是我等妙尼苦心经营，你等老丑尼、扎裤尼早已饿死病死了！"真姑扯了来人的手，边走边说："还有脸面提这档子事？我都替你等脸红！小尼子不要再说了，别脏了新施主的耳朵，人家可是心纯脑净之人。你也休要挡我的事，快快让开我的路！"

安然遭到如此数落，气涌心头，一把把真姑推倒在地。真姑半天才缓过气来，指着安然颤抖不止，一句话也说不出来。

小尼方直见闹出了事，连忙跑到后院叫人。月晋匆匆赶到，上前扶起真姑，连连嘘疼问病。然后，当着众人面把安然训斥一通。两小尼把真姑扶进内房。

月晋问清缘由，还未发表意见，安然就说："这施主不能收。进庵横冲直撞，目中无人，一身傻愣之气，没有半点儿气质，更无一丝姿色，一个破烂乞讨之人，收了她为庵尽不得一点儿力，只是多一张吃饭的嘴罢了！"说这话，安然并不回避来人，甚至故意说给她听，成心气她。

来人向月晋施礼，态度已温和许多，说："请庵主为妇人做主。"

月晋仔细打量一番来人。月晋眼毒，几眼就透过此人的破衣烂衫和脸面污垢，看到了她不俗的春华和俏丽的容颜。这人虽比不得少小妙尼们年轻，却有着成熟少妇的韵致，尤其是一举一动中流露出大家闺秀和知识女性的做派，此等尤物，正是当下后庵所缺少的。月晋为印证自己的眼力，问了一句："识得字画，练过书法？"来人不假思索："自小混在书房，长大后念得学堂，没别的本事，出阁之前全是做的书中事。出阁不久，家中蒙难，剩下独妇寡人，无路可走，故此投奔贵庵。"月晋暗喜，说："留下了！安然，领施主在前庵安顿下来，好生款待。"安然不满："看不出哪一点让庵主上心了。"月晋笑笑："安然眼浅如碟，这位施主强你双倍。"安然不服气，"哼"了一声，先前走了，来人跟随其后。

来人正是走投无路的赵素雅。她的爱子被陈左军所属士兵刀伤致死后，就卖掉家产，走上了寻找夫君高势能之路。她沿着高势能当年跟随队伍离家的路线，一路找去，却数月没有寻到半点音信。

后来，她依人提供的线索找到沅湖山区，几个村镇的百姓都说了一个让她难以接受的事实：前些日子，这里驻扎过一支共产党的队伍，也确实有一个戴眼镜的高姓记者。在百姓眼里，与枪支相比，照相机更是稀罕物，所以，摆弄照相机之人他们记得更清楚。从几个百姓的描述中，赵素雅确定这记者就是高势能。可不幸的是：这支队伍就在沅湖镇旁的山沟里，被一支大部队偷袭，全军覆没，没有留下一个活口。

赵素雅心灰意冷到了极点，想到爱子和几个亲近的人——高势能、陈右军、茹芸、贴儿都先后离开了人世，自己也穷途末路，身陷绝境，便生了脱离尘世的念头。她离开那条血腥的山沟，毫无目的地四处奔走。她想好了，遇到的第一个尼庵，便是自己后半生的安身之处。她踉踉跄跄地走了两天两夜，也不见有一尼庵，心里便生了无名之火。自己落到如此地步，谁之过呀？她边走边想，越走越急，越想越气。猛然抬头，见到一尼庵，门额上镌刻着三个大字：达胜庵。进得庵去，火气还一时未消，便与方直和安然两个小尼发生了冲突。

月晋选择了一个吉日良辰，给素雅剃度赐名。在这一日的前一天，素雅最后一次对镜梳妆，想到秀发俊脸俏身从此便不值分文，就流了一阵眼泪，把随身带出的方镜摔了个粉碎。然后，掏出包裹中一摞照片仔细端详。这些照片有"天乳运动"时高势能为她拍摄登报的那几张，也有后来高势能为她拍的各种各样的时髦照。有些照片是无旁人在场时，高势能为她专拍的私照。各种姿势也都是高势能和她精心设计的，因为是他俩自己拍，又是自己看，一些动作就有些放肆、大胆。高势能跟队伍走前，另加洗了一套带在身边，他说想她时拿出来看看，便如近其身、如亲其人。高势能还笑说："亲亲照片，如亲素雅芳唇一样妙不可言。"素雅却掉下泪来："再怎么亲，那也是无温无情的一张纸！"

如今，时过境迁。素雅把照片一张张排在床上看了，又一张张收起来，然后咬着唇，端一脸盆出去。她要烧掉这些照片，把过去的美丽化为灰烬，把往事留在昨天。正巧碰见月晋前来找她。月晋看了照片，眼睛发亮："果真是一个奇妙女子，可见我看女人的眼力还是蛮厉害的。这些照片我替你去烧了吧。"月晋接过照片，又说："我今天找你，是想最后一次问，你是否真的断了世俗尘缘？现在后悔还来得及。"素雅说：

"已无他路可走，我决心已定，活是达胜庵的人，死是达胜庵的鬼。明日就给我剃了发吧。"

素雅把系在腰间的一个小包裹解下说："这是我进庵前多年的一些积蓄，现在把它全部交给庵里，添些香火钱，为众尼购些粮米。既然已决定为尼，便无身外之物了。"月晋说："现在庵里并不缺你这点儿钱花，你不妨自己存着。"素雅说："自己存着钱财，心就不诚了，就难当好姑子。"月晋说："也是，我倒忽视了。"素雅把包裹打开，把那本多年随身带着的《莎士比亚全集》取出，把银票递给月晋，说："这本书留给我吧。这里尽是谜，以后在庵里全靠它解闷了。"

月晋看了几眼满是洋文的书，惊奇地说："你还识得洋文，真是稀奇了。连洋文都读得懂的尼姑，我是从没听说过的，我达胜庵真是烧了高香了！"说完，接过包裹，拿着那些照片走了。

第二天，素雅早早来到供台前，跪于蒲团之上。安然端着用红布包着的剪刀，方直端着一盆清水，立于素雅两侧。月晋说："留发无佛，皈佛无发，剃度之后，你就是文傅了。文傅，昂起头来！"一阵"嚓嚓"的剪刀声之后，光头的文傅踩着满地黑发站起来，眼里既无泪水，也没有了刚进庵时的怒火。安然悄声说："剃度时不流眼泪的，今日我是第一遭见。"月晋怒喝道："休得多嘴多舌，小心我把你缝了！"安然吓得脸一白，缩头站在了一边。

月晋在庵中是极其威严的，尤其对违规越位者和多嘴多舌者的制裁是十分严厉的。她严格规定了各类尼姑的行动范围。前庵的尼姑不得以任何理由进入后两庵，后两庵的妙尼们未经庵主许可，也不得在前庵露面。后两庵妙尼相互之间也不得串行，各居其位，各司其职。不得随意议论庵中之事，后两庵游娱之事更是不能言表。尤其是前庵尼姑，万不可打听后两庵的事，相互间有闲言议论的，一旦被庵主知晓，轻者掌嘴至肿胀三日不消，重者用针缝了，多日不得张口进食。开始时，被掌掴者有数尼，被针缝者也有三五个；后来，庵中任何人不敢再多嘴多舌，包括原庵主真姑。月晋专给真姑谈过一次话，口吻凶恶："真姑，庵中之事你不可多言，后两庵就是污秽到天上去也与你不相干。你若好好配合，我则把你当亲姑亲姨敬着，让人好生侍候，为你医治病体，保你安度晚年；如若处处与我对抗，你则死无葬身之地。我说话是算数的，你要好自为之！"真姑闭眼静听，没有说话，但在庵中也没有做过违背月晋意愿的事，月晋果然对她很好。文傅入庵后，月晋又专门交代，任何人不得向新到尼姑提及后庵之事，大家要一心帮助新尼修行功德。否则，庵法伺候。对违规者行使庵法的，是月晋专门训养的十八名粗憨力壮的尼姑。这些尼姑看家护院，维持庵内秩序，只听月晋一人使唤，个个心狠手辣，把惩治叛逆尼姑当作乐事来做。月晋通过她们，把前庵尼姑们调理得服服帖帖，把后两庵整治得戒备森严，井然有序，既保证了前庵日常佛事，又暗护后两庵营生顺利进行。

月晋虽然一眼看准文傅是她理想的招财佳尼，但并没有急于把文傅安于后庵，而是把她安顿在前庵先做一个普通尼姑。一来这文傅非贫困潦倒的穷人家女子，性情叛逆，不好驯服，若急于让她入后庵，唯恐难以就范，反而闹出乱子；二来月晋有更长远的想法，她要借助文傅文化素养极高的优势，带动众尼习训提高，使更多的妙尼具备大家闺秀的风范和气度，以待日后博取贵客、求见者的赞赏，再度提高达胜庵在行内的知名度。

为此，月晋做了周密的安排。一方面，责令真姑专职教导文傅诵经念佛做功德，培养她作为尼姑应具备的基本素质。真姑传经带徒是分内之事。她入庵多年，带过无数弟子，近年身体每况愈下，这文傅便是她的关门弟子，真姑拿出百分的诚心和精力培养她，每天教她读佛经道典，甚是上心。真姑记住月晋之言，只字不向文傅提起后庵之事，她怕脏了文傅的心。另一方面，月晋安排文傅教庵中小尼学字、练写、习画、吟诗。跟文傅习训的八个小尼，都是月晋从后两庵挑选出的头脑机灵、原本就识得几个字的妙尼。这些小尼晚上陪宴游娱，上午睡觉，下午两个时辰才是规定的学习时间。小尼们学得认真，嘴极严；文傅教得仔细，也不多问学习之外的事，对她们在后两庵干的营生毫不知情。文傅对月晋让她教别人习字心甘情愿，认为这是庵主抬举她、重用她。自己已为削发之人，能用自身学识为庵里做些事，是有百益而无一害的。文傅对月晋的好感颇盛，觉得一个庵主能让尼姑们学文化，无疑是高明之主。

待文傅习训众妙尼有了一定基础，月晋又有跟进动作。她厚礼聘请城里的三位名师，前来教授书画和棋艺。月晋的目标是教出几位能写蝇头小楷、能画潇洒国画、能同客人对弈的名尼。文傅对月晋的最终目的自然不知，对月晋不惜重金聘师教练众尼学艺甚是赞叹，跟几位名师学练，兴趣自是日益浓厚。在庵中少了世上繁杂之事，全部精力都集中到习训上，加之又有深厚的文化底子，文傅的学习进步最快，自然成了众尼的模范。文傅山水画练得十分刻苦，深得教画师傅的赞许，象棋也能与教棋师傅对弈，偶尔也挫败师傅一两局。

月晋多次拿文傅为榜样来训斥众小尼。这些小尼在后庵养成了好吃懒做的习惯，娇骄二气极浓，习练吃不得苦，坐不下来，远远比不得文傅上进，月晋几次对她们动用了庵法。习训是在前庵进行，为的是不在名师面前暴露后庵营生；教训小尼则在后庵进行，由月晋亲自主持，十八粗尼执法，只打得几个习业不长进的小尼几天屁股坐不得床。

16

　　文傅对神秘的后两庵产生好奇，是在她入庵半年多后开始的。前些时候，她只顾全心跟真姑学经业功德，教小尼们学诗画，跟名师练技艺，很少想庵里的杂事。有一天，她突然想到，怎么从来没听人提及过后两庵的事？小尼们进前庵习训也闭口不谈相关话题。她又联想到前庵尼姑不得进后两庵的规矩，就愈加觉得蹊跷。这天，她悄悄溜出前庵，走了半里路程，到了后两庵，却被把门的粗尼粗鲁地挡在了门外。再见到月晋时，她问月晋自己被拒之门外的缘由。月晋冷冷地说："难道你忘了庵规？文傅你给我听好了，别看你学业高强，受宠于我，可庵法不会厚此薄彼，以后不许再多嘴多舌、问这问那，更不得脱离自己庵位而乱行后庵！"之后，文傅不敢再问，只是越发觉得后两庵神秘非凡。

　　后来发生的事，使文傅百思不得其解。一天，文傅在练习一幅名为《深山尼庵》的山水画。她尽兴画来，众小尼赞赏不已，但自己不满意，连连把三张习作揉搓了，扔入纸篓中。几个小尼一拥而上，抢拾她扔掉的纸团。文傅想起前些时候，也发生过众小尼抢她扔掉习作的事，就放下画笔，问小尼们这是干什么，小尼们慌忙闪开，避而不答。只有一个叫细虾的小尼不躲，直冲她"嘻嘻"地笑。她知道这细虾性子泼辣，胆子忒大，时有违犯庵规而受皮肉之苦。文傅趁人不备，把细虾叫到没人处哄问。细虾见平日里文傅对她很好，旁边又没人，就说："你不晓得，你扔掉的废画拿到城里也值大价钱哩。有小尼偷偷捎出去卖你的画，有人愿意出大钱买的。"文傅再问详情，细虾便死活不再开口。文傅说："这样好了，我正经画好这幅《深山尼庵》送给你，卖了钱全归你。"细虾高兴得几乎跳起来。文傅说："你得告诉我这画是怎么卖出去的。"细虾说："那我就不要你的画了。"文傅说："等你卖了画，告诉我卖了多少钱总可以吧？"细虾说："这当然可以。"文傅精心作了一幅《深山尼庵》，悄悄送给了细虾。几天后，细虾把文傅叫到一边，压抑不住兴奋的心情，说："你那画装裱成轴，拿到市上一亮相，好事男人纷纷争购。最后谁也没有想到，竟然以三百八十块钱的高价被一个有钱男人买走了。可这钱全被月晋收去了！这月晋真不是东西，是她暗示我，托我的熟人拿出去卖的，却又不给我一块钱！"文傅更为好奇："说起你的熟人，你脸都红透了，他是个什么样的人？难道是老相好不成？"细虾脸更红了："我的熟人是谁你就别管了，反正人家帮咱把画卖了个高价。"三百八十块钱，这是前庵众尼半年的斋饭钱。文傅迷惑不解，知道自己的画并非好到让人抢购的地步，这里面一定有什么名堂。细虾跪下恳求："你不要向任何人问及此事，不然我就没命了！月晋平时不让我同我的那位熟人接触，好几次为这事打我，现在却又让我托那熟人卖你的画。"文傅等着她继续说下去，她却起身跑了。

第二天，细虾来前庵习训时，满脸泪迹，一直站着不坐，显然是屁股挨了打。这之后，细虾多日再不敢同文傅说话。文傅再习画时，就有意把习作搓烂，不留下一张成品。

数日后，文傅知道了后庵真相，才晓知了习作《深山尼庵》的相关情况。

原来这是月晋起用文傅前的一个重要铺垫。去年，月晋并没有把文傅入庵前的那些照片替她烧毁，而是适时散发给了几个可靠的有钱有势的常客。意在宣传达胜庵藏有文傅这样的多才多艺、多姿多色的妙尼，以吊客人胃口，从而奠定文傅将来入后庵做营生的高额身价。文傅的几幅习作接二连三流落到庵外客人中间，也是月晋巧妙安排的。好事无聊的闲客们争购那幅《深山尼庵》，把文傅的宣传推向了高潮。几个财大气粗的常客几次向月晋表示，要不惜重金晤见文傅。月晋这时便卖关子："人家文傅可是大广州城里来的大家闺秀，能文赋诗，琴棋书画、歌乐舞蹈样样精通，还是个入过大学堂的洋学生。近年，又经我庵高师调教，满腹经纶不说，又多了浓浓的妙尼气息。告诉你们，集名阁闺秀、艺饱学女、精通洋文、经深德高于一身的妙尼文傅，可不是什么人都能晤见的，也不是给个仨瓜俩枣就可以晤见的！"

月晋苦心经营文傅许久，觉得已水到渠成，该让文傅出山了，便选择了一个"走马观花"的方式向文傅摊了牌。

这是一个花好月圆的晚上，月晋领文傅逐一参观了后两庵的各尼香闺。文傅被眼前的景象惊呆了。昔日同自己一起习训的妙尼们，都在各自香闺里，同客人们拥坐一隅，或围茶呢喃燕语，或奉酒软声温言，或抚琴吟唱小曲小调。

当文傅走到安然的香闺时，安然衣饰凌乱地端杯酒过来拉扯她。文傅狠狠地扇了安然一记耳光，然后，端起桌上一杯酒，泼了月晋一脸，抬腿跑出了庵门。月晋喊："抓住她！"立刻就有三粗尼上前把文傅按倒在地。文傅声音颤抖着哭叫："温柔堕落的尼庵，丧尽天良的住持。月晋，你厚颜无耻！你不得好死！"月晋骂道："把这个假正经的骚尼，给我在后屋柱子上捆了，饿她个三天三夜！对她不要鞭打，也不用棒敲，不能破了她的相，烂了她的皮，留着她俏脸细皮还得给我见客呢！"

文傅三天三夜没进一粒米，没说一句话。脸脱了相，眼红得似烂桃，却没有半点儿屈服的迹象。月晋从窗户里偷窥了几次，见这文傅确实不是容易屈服的普通小尼，不得不退让了一步。她亲手为文傅解开绳子，给她煮小米粥送到床前。文傅对月晋的好感，在参观后两庵后就一扫而光了。月晋耐着性子坐在她床前，说尽了她行此下策的种种理由，一再辩白，她组织众尼陪宴游娱，不是恶事而是善事。

第四天，文傅终于说话了："无耻月晋，我被你绑着想了三天三夜。我告诉你，想让我入后庵，除非我死了！我是逃生无门才入庵为尼的。削发时我说过，生是达胜庵的人，死是达胜庵的鬼。现在，我同样不会从达胜庵逃走，另寻活路。天下没有干净的地方，逃到哪里都是死路一条。如果你不再逼我，我还会在达胜庵暂且偷生。说实话，我也不想死，尽管这个世界上已经没有多少牵挂。"月晋说："文傅，你要理解我的苦处。"文傅说："我知道你会说，你把尼庵变成酒肉娱乐之所，是为众尼寻条活路，是不得已而为之。众尼之所以肯跟随你、屈服于你，也正是想活下去。月晋，你和她们如何谋生，我管不了那么多，但我是不走这条路的。"月晋说："你入庵后，我全心全力培养你、宣传你，提高你的知名度。现在你却拒绝我，你真让我失望！"文傅苦笑一下："你的确在我身上下足了功夫。真相大白之前，我对你心存百分感激。现在，你在我眼里已成了下作之人。"月晋说："不管你怎么低看我，但有一条是肯定的：我这样做不是为了我自己，是为了全庵几十口子。况且，我只是让她们陪酒游宴、拥舞唱曲，又没操持皮肉行妓生意。"文傅说："别把自己看得那么高尚，我不会被你感动的。今后我有两条路可走：一条是让我在前庵跟真姑一起，当一个名副其实的尼姑，除诵经、做功德、招徕佛事外，其他不得体之事一律不做；另一条是在达胜庵、在你眼前一死了之。尽管我说过我不想死，但连一个干净的尼姑都做不成时，我也只有死路一条了！月晋，你给我选一条路吧。"月晋叹口气："你真是一块难啃的骨头。我调教十个小尼也没费这么多的心！那好，今后你安心当你的前庵尼姑。达胜庵没有大难大灾，我不会再求你了！"

月晋是不能让文傅死的，死了就白费了她的苦心，死了达胜庵就少了最有影响力的"红牌妙尼"，达胜庵的营生不允许，上流社会的爷们不答应。暂且稳住她，让她在前庵当她的尼姑，留着树根在，不怕不发芽！

文傅又得以跟真姑一起，宿居前庵一心做佛事。一天深夜，文傅把后庵真相告诉了真姑。真姑听罢，怒火万丈，直奔后庵而去。文傅死死拉住，不让真姑去，真姑不知哪来的劲，几次都把文傅推倒在地。真姑用头猛撞后庵门，叫着骂着要见月晋。月晋出来，还未张口，真姑就蹿将上去，撕扯住月晋，愤愤地说："你带你后庵尼姑做什么营生我管不了，前庵的尼姑你一个不能再动她们。文傅是我最称心的关门弟子，你更不得打她的歪主意。今后你再威逼文傅，我就跟你拼了这条老命！"众粗尼上来把真姑推到一边，解了月晋的围。月晋暴怒："我是达胜庵住持，你休要多管闲事！这前庵后庵没你说话的份，你只管好你自己就行。达胜庵培养文傅数时月，她理应为我庵出力，达胜庵不能白养她这个闲人。要不是看你在达胜庵当住持多年，我也早就把你这个只吃闲饭、爱管闲事的老尼赶将出去了！真姑，你给我听好了，你闹事我不打你、不骂你，却利用你的善心折磨你。从你这次闹事算起，你闹一次事，你前庵尼姑就会有一人遭难。我知道，你平时最心疼前庵的小尼们。你不怕她们倒霉你就由着性子闹吧。我月晋是从不说空话的。"说完，转身离去。众粗尼轰的一声关上了大门。

三天后，前庵小尼方直莫名其妙地失踪了。文傅问月晋方直哪去了，月晋冷冷一笑："这要去问你师父真姑，方直大概到她该去的地方享福去了。"

数十日后的一个夜晚，前庵传来敲击庵门的声音，真姑和文傅开了门，见方直痴呆呆地立在那里。把她领到屋内灯光一照，真真吓了一大跳。方直已瘦得没有了人样，任凭真姑怎么发问，她都不说一句话，只是"哧哧"傻笑。自此以后，方直哭笑无常，生活也不能自理，成了十足的傻子，只有靠真姑和文傅照料着。

从方直成了傻子返回前庵那天起，真姑早晨诵经前就加了一项内容。她把木鱼敲得山响，嘴里嘟嘟念念半个时辰。她心里在咒骂月晋，咒她不得好死。这是她唯一的反抗方式，她不敢再找月晋大闹，她怕前庵再出现第二个方直。这次，她深深领略了月晋的歹毒。

文傅全心跟真姑学经，空余时间照料方直，变着法子逗方直高兴，哄着方直听话。她把对月晋的恨变为对方直的爱。说到底，方直也是为她而遭难的。

作为世俗凡人的品行素质，文傅在入庵前自身就具备了；作为尼姑的修养德行，文傅在真姑的教导下，也达到了炉火纯青的地步。一眼望去，文傅已是一个从里到外都透着出家人绝好气质的妙尼了。月晋看在眼里、喜在心头、计在脑中，逐步加大了在城里上流社会对文傅的宣传力度。月晋早已暗下决心，一定要使色艺俱佳的文傅屈服，真正成为她后庵的当家王牌。

17

月晋首先拿小妙尼细虾开了刀。

细虾年方十九，天性活泼，容貌俊美，尤其身材绝佳。一次，细虾同另一小尼在床上打闹。那小尼用手挠细虾的痒，细虾痒得在床上恣意翻滚，身体一屈一挺，活似一只刚刚捞出水面的细虾。这一幕正好被月晋看见，当即就确认她是一个难得的宝物。但这细虾中看不中用，性情刁野，难受拘束，常常违犯庵规。最让月晋不能容忍的，是细虾拒不入后庵陪宴。月晋知道细虾敢于对抗她的根由。细虾城里有人撑腰。

前几年,达胜庵还未经营酒宴娱业时,常常派出尼姑到城里招徕佛事、化缘,维持庵内生计。一来二往,小尼细虾被一贵妇看中,接二连三把细虾接到城内陪守。贵妇也因此施舍了达胜庵一些银两。达胜庵历来是以巴结社会上一些贵妇,求得她们做佛事,来巩固庵堂地位的。月晋对细虾的所为颇为满意。这贵妇就是细虾对文傅说过的她那位熟人。

庵中经营酒宴娱业后,情形发生了根本性变化,月晋已不把靠化缘、做佛事讨来的微薄银两看在眼里,她要调动庵里一切积极因素,繁荣酒宴娱业,赚大钱。所以,当细虾屡次拒绝入后庵后,月晋就不依了,经常对她鸡蛋里挑骨头,动不动就用庵规整治她。可细虾依然我行我素。在一个深夜,月晋亲领几个粗尼把细虾拖到山沟里,破了她的相,断了她的十指。细虾的惨叫声在山沟里飘荡了半夜。尼姑们隐隐听到那似伤狼般的号叫,浑身颤抖不止。文傅直直地望着闪烁不定的香火,久久不能入睡。

接下来由文傅引起的一个事件,又一次震撼了达胜庵。

对文傅仰慕已久的几位酒客,被月晋吊足了胃口,却迟迟见不到文傅真面目。一天夜间,几位相约来到达胜庵后庵,月晋派去的几位妙尼都被他们打得头破血流,连滚带爬地逃出香闺。他们推搡着月晋说:"这几年,我们哥几个对你达胜庵可是不薄,给你扔足了银子,不但没有给你找过麻烦,还动用关系,力保达胜庵平安无事,替你消了不少灾。你月晋却不仗义,庵中藏娇,迟迟舍不得让那文傅见我们。你达胜庵就是这样对待老主顾的?"月晋连连作揖,哭丧着脸说:"不是我舍不得她,是她不肯干这酒娱歌舞营生。"几位说:"她肯不肯那是你的事。你在我们面前吹嘘了这么久,现如今又见不得人影,你把我们当猴耍呀?告诉你,今晚打伤你几个小尼,这是给你个面子。下次再来若还是见不到文傅，达胜庵就会死两个小尼，我们要搅得你做不成营生！如果永远见不到文傅，我们就一把火烧了达胜庵！"

送走几位富爷，月晋没有立刻去见文傅，而是去了后庵长住客曾有胜的房间。

这后两庵也分前院后院。前院设置了众多香闺酒席，是专为接待临时来客用的。来客与小尼酒宴舞娱一番，随即起程返城。而后院则是为那些把达胜庵当作长期休憩或藏身之所的非凡人物用的。这后院房间设施也好于前院。办公备了酸枝桌椅，卧房用的是罗汉床，壁间字画皆为名流所作，冬季壁炉、夏季风扇等一应齐备，极尽豪奢，大有城里富户人家的风格。陪这些贵客酒宴娱乐的小尼也都是达胜庵最俏的。如前院后院同有客人要同一小尼，自然先紧着把小尼送入后院。后院长住客皆为身份显赫、背景神秘、修养颇高之人，从不像前院男客那样对小尼时有动粗。他们与众妙尼友好相处，有的还结成了"方外交"。感情日渐深厚，欲娶某妙尼为妾的也有发生。因此，小尼们也都愿到后院服侍客人。

月晋前去求见的曾有胜，便是个背景极深的大人物，也是她心中第一神。曾有胜嗜酒成性，与月晋私交甚好。在达胜庵有难的时候，曾有胜自然也是全力相助。前两年有军队要筹措军费，规定庵堂寺观及产业一律充公。当时有些庵寺被变卖了，只有达胜庵等几座庵得以保存下来，活动如故。其中，这达胜庵的力保者就是曾有胜。月晋并未见曾有胜出庵，他在不知不觉中就保下了达胜庵。这更增加了曾有胜在月晋心中的神秘感。因此，月晋把曾有胜当作神来敬。凡庵中大事，月晋都要来找曾有胜商议。

这一次，月晋把文傅不肯入后庵、几位酒客扰闹的事，向曾有胜说了一遍。曾有胜却说："对付你的尼姑我可没有好办法。事情明摆着，你已对文傅动过硬,没有使她屈服,看来这不是上策。不妨你再一次施软法子,文傅是极重感情之人,她不忍心看到达胜庵众尼遭殃。你就利用这一点,让她清楚地看到因为她的不配合,众尼安危和生存受到严重威胁。你再组织众小尼一起去跪地求她。"月晋奉承说:"还是你有办法。"

几天后,月晋调唆几个酒客又闹了一次事,达胜庵营生即刻消沉了几日。月晋不失时机地把消沉缘由归罪于文傅身上。她在众尼中散布说,是文傅不肯出面见客而滞碍了客源,并动员众尼去求文傅。

这天早晨,文傅起床准备去诵经,却被后庵众尼堵在了门口,几十人齐刷刷地跪倒一片。月晋跪在最前头,哀声说:"现如今我也顾不得脸面了。这眼见着连饭都难以糊口的人,哪还有脸皮?我作为庵主,理应保证庵业繁荣,而如今客人不断闹事,打伤我姐妹,砸坏庵内设施,还扬言要我庵中小尼的性命。这些无耻之徒是说到做到的。达胜庵众尼都应在这危难之时,为我庵尽力。现在,只有一个办法可以奏效,那就是文傅出面见客。文傅,你不会不顾众姐妹死活,而一再洁身自好吧?你也不想看到达胜庵回到前些年那种饥寒交迫的境地吧?文傅,我给你磕头了!"众尼也齐刷刷叩地有声。

这时,唯独没有跪地的安然蹿将上前,在文傅光头上狠狠扇了两掌,硬硬地说:"我安然上跪天皇老子,下跪父母大人,入庵后跪的只有住持月晋。庵主这几年苦心经营,不辞劳累,把我们从饿死的边缘拖了回来,给我们饱饭暖衣,让我们花天酒地,我跪她跪得心甘情愿。文傅,我凭什么要跪你这个骚货?!你以为你清高、你干净?前几年你把乳都挺到了报纸上去,让全广州城男人都亲遍了,成了全城眼中第一骚女。今天你却跑到达胜庵来装假正经,招祸给众尼。今天,大家跪都给你跪了,你若遂了大家愿,今后你就是我们的亲姐亲娘;你若再不通情达理，小心我们剥了你的皮！"说完，又狠狠推了文傅一掌。月晋站起来，拦住安然，训斥道："安然休得无理！文傅比不得你们，她是上过学府的文化人，你得容她好好想想。"

众尼走后，月晋扶文傅坐到床上："你不能一点面子都不给众人。"这时，病身在床的真姑幽幽地说："月晋，达胜庵已经没有几个干净之人，你不能再拉文傅下水。我老尼求你了。我要能下得床，我就给你跪下了！"月晋一变以往对真姑的温和，恶狠狠地说："真姑，你休要躺着说话不腰疼。文傅不去见客，你老脸老皮地去见客呀。凭你这老身能挽救达胜庵吗？"说完，摔门而去。文傅泪眼婆娑："师父，你就别管达胜庵的事了。这月晋从头到脚、从皮肉到骨子里都浸满了毒液，我们斗不过她。今后，你要安心静养，别再为我的事操心。我的事我会处理好的。"

数日后，文傅答应了月晋和众尼要求，开始入后庵见客，从此搬离了前庵。

就在文傅入后庵的第一个晚上，真姑撞墙而亡。文傅又返回前庵，在真姑尸体前哭守了三天三夜。

18

月晋起用文傅的同时，她预谋提高后庵营生文化含量的一揽子措施也一并出台。她利用前一个时期众妙尼练就的歌舞琴棋书画之特长，为客人献上形式众多的技艺。月晋严格规定了妙尼见客的程序，按客出资多少给以不同内容：资薄者给一茶，资厚者施一弈，更厚者作一画，或赋诗一首，或吟唱一曲。重金相送者，则宴舞全程相陪。

文傅见的第一位客人是城里第一大富商刘某。月晋设计了"四部曲"以尽其兴。

第一部是"畅茶"。规定文傅俗装迎客。她身着富家少妇的艳装，戴假发，画蛾眉，点绛唇，亮鼻粉脸，明眸皓齿，宛如名伶粉墨登场。刘某携好友三人，被文傅导引的三妙尼迎入香闺。茶烟果品上桌，妙尼回眸一笑，倾倒众生。而后，文傅陪了主客刘某，三妙尼陪了主客三友，各自缩坐一隅，呢喃燕语。文傅久而没有温言软语，心里很是不能适应，就心不在焉应酬了一通。刘某是后庵常客，知道文傅是首次见客，不自然是正常的。于是，他主动套说文傅感兴趣的话题，文傅才渐渐有了谈兴。

第二部是"赏艺"。文傅先同刘某对弈，头三局文傅寸步不让，以两局取胜，后三局二人杀得不可开交，刘某兴趣甚浓，最后险胜文傅。文傅又即兴作画，还时而让刘某添上一笔，以示画龙点睛之意。画毕，文傅在画上书诗一首。接下来，各自相拥跳舞，文傅入庵前是学过交际舞的，且舞技较高，直跳得刘某满心欢喜。

第三部是"雀战"。见时候已到，文傅等尼换得清装。足登丝履，手持佛珠，头戴尼冠，身着玄色丝罗。刘某等人眼睛已不够使，心也不够用。月晋见机又安排了三圈雀战。文傅等四尼坐于桌前执牌，刘某等四人坐于各自之后指点。牌毕，文傅等尼又搓鸦片烟膏，给刘某等人提神。

第四部是"饮宴"。按月晋要求，刘某等人要出资宴酬后庵妙尼。宴席间，群芳皆食，文傅费了好大心计，才躲过酒客们的手脚侵犯。刘某似是还满意，对月晋说："你把达胜庵治理得蛮有品位，我要替你广为宣传。下周日我还来，让文傅等我。"月晋笑说："文傅天天等着刘公。"文傅不笑，心说："恶心至极！"

同意见客后的文傅，没有像其他初次见客的妙尼那样时常泪水涟涟。既然自己做出了决定，又何必饮泣以鸣自己的冤屈呢。她以木然的心态与客人逢场作戏，一颦一笑的背后隐藏着深度的迷茫。

一般的客人文傅是不见的，凡所要见的都是头号贵客。这是月晋给她规定的。客不能见泛了，不然就显不出文傅这头牌红尼的身价。月晋说："文傅要学会摆派，派摆得越大，显得品位就越高，对客人吸引力就越大。你不能像那些逆来顺受的小尼，要时刻保持着你作为达胜庵头号妙尼和上层贵妇的高贵气质。这是你的优势。"文傅又说："恶心至极！"

月晋给了文傅高于其他妙尼的自由度，允许她到庵外散步，同客人或上山游玩，或湾边垂钓。文傅对垂钓的兴趣是陪长住客曾有胜钓了两次鱼后产生的。鱼上钩的感觉妙不可言，文傅自此对垂钓深度着迷，时而或独自或陪曾有胜到湾边垂钓。

文傅对上钩之鱼的处理很是古怪。她拿一根针在鱼背翅上穿系一条红线，然后再放回湾水中。她说："我等出家尼姑，虽干的不是出家人之事，但不杀生这一条还是要遵循的。"有一次，她竟然钓上一条穿着红线的鱼。她望着这条鱼沉思良久，最后把它放入了曾有胜的鱼篓，说："这条鱼二度上钩，这就怪不得我了。曾公，把这条没记性的鱼赏你下酒吧。"

文傅屡次垂钓，都在湾边一棵垂松下，因此，后来又钓到过两条带红线的鱼。她"哧哧"地笑，自言自语地说："鱼儿呀鱼儿，人儿呀人儿，皆为经不起诱惑的蠢物。"她逮了一只虫子，用沙土圈了。当这只虫子在圈内顺一条路爬过来时，她用一根树枝迎头挡了一下，虫子即刻另行其道。然后，她守着这虫子观察了大半天。这虫子在圈内爬呀爬,爬出了无数条路,可它再也没有走曾遭到树枝挡过的那条路。她说:"我从书上看见过介绍,这种虫叫知错虫。它知道这条路受阻走错了,就绝对不再犯同样的错误。"曾有胜笑说:"看来,鱼儿人儿都比不得这虫儿。人一生不知要犯多少次同样的错误。"

文傅突然沉默不语了,因为又有一条系红线的鱼上了钩。她提了这条二度上钩的鱼,沿湾边走了几分钟,送给了一位黑衣垂钓者。这黑衣人也经常在距她数百米的一块巨石上垂钓,可从没见过他有鱼上钩。不论什么天气,这人都习惯戴一顶宽檐斗笠,因而文傅从没有看清过他的面容。文傅走过去,悄悄把鱼放入黑衣人鱼篓中。待她刚离开几步,黑衣人则把那条鱼的红线解下,扔入水中。文傅回头看了下,黑衣人把斗笠压得更低,继续聚精会神地钓他的鱼。

文傅回来对曾有胜说:"那黑衣人真是个怪人。"曾有胜说:"黑衣人同是达胜庵的长住客,住这里已经快一年了。他从不同其他住客往来,也未见他同尼姑宴娱。他一年四季时常到这汇泉湾垂钓,却又很少钓到鱼。他似乎心不在垂钓结果,乐趣全在垂钓过程。我看,这才是真正的钓鱼人。"文傅好奇地问:"黑衣人是何方人士?他真像个独行侠。"曾有胜说:"这世道很乱,长住达胜庵的客人背景都复杂,身份都神秘。但有一点大家是共同的,住达胜庵都是在寻求一种幽静隐秘的心境。因此,谁是谁,都与己无关,也都懒得打探。"

文傅看到黑衣人收起渔具,从另一条路返回了达胜庵。

文傅和曾有胜回到达胜庵时,已是傍晚时分,就见月晋房中传出阵阵吵闹声,有几个小尼围在月晋门前窃窃私语。文傅走过月晋房门,只往里匆匆一瞥,心就轰然狂跳起来。她在人缝里看到了一身阔少打扮的陈左军。她急匆匆回到香闺,坐到床上急喘不止。她头脑中在急速寻找着对策。

这时，月晋推门而入，拍手叫道："文傅，你可回来了。你再晚回来一会儿，那客就要放火烧庵了！城里发达银号的唐老板点名要你见客。你陪曾公这些日子，他来过多次，都被我搪塞过去。今天可挡不住了。他听说你钓鱼去了，很是恼火。说那文傅有空钓鱼，却没心见他。说文傅的钓鱼竿卖不卖，一千二百块大洋他买下了！文傅，舍得花大钱买你的鱼竿，可知他见你的心是多么急迫。文傅，这钱我已经收下了，这鱼竿我得拿走卖给他，你也得跟我去见他。"

文傅说："鱼竿我有好几根，你随便拿一根卖给他好了。今天身体不舒服，我是不去见他的。"月晋说："发达银号的年少老板，财大气粗，霸道蛮横，达胜庵得罪不起。再说，我们也没必要得罪他，这种出手豪阔的客打着灯笼也难找，何况送上门来了。"文傅把手指放入口中狠劲咬破，把鲜血抹满尼冠，递给了月晋："你去告诉那阔少，就说我钓鱼不小心滚下山坡，摔破了头，近期不能见客！"

月晋只好拿着带血的尼冠去见唐老板。唐老板信以为真，详细问过伤情，浓兴难平："文傅虽见不得，今晚也不能白来一趟。庵主，你把庵里众妙尼都叫来，我要挑几个如意的。今晚，庵里所有空余香闺我全包下，按全额宴席付钱。总之，只要文傅伤好后肯陪我，我会大把大把地往这里扔银子！"

发达银号唐老板，在城里城外公众场合，一再施展这种奢侈的散钱方式，其豪阔很快名噪一时，赢得了包括月晋在内不少富人的信任，为这些人日后惑于他豪阔的声誉，纷纷把款银存于他银号打下基础。后来，人们才明白，当初唐老板在城外达胜庵和城里妓院大把大把散钱，全是为了有朝一日大把大把地捞钱骗财。

名为唐老板的陈左军，在广州军界已混出一些名堂，掌管军队很有发展前途的电讯通信建设。军队对通信建设的重视，使得军费向这些部门大力倾斜。他巧妙避开军纪军规监督，利用上司对他的信任，贪得一大笔军费用于吃喝玩乐。后来，他索性采取了一个更隐秘的大胆举动，悄然以另一种身份，在距广州城数百里的笨安城建起了自己的安乐点。他打通各种关系，在城里开了一家发达银号，委托他人经营。工作之余，他便时常溜出广州城，到笨安城照顾业务，更多的是来此豪吃狂乐。有朋友向他介绍说，笨安城外有一家达胜庵，里面有众多尼姑妙不可言。尤其头号妙尼文傅色艺俱佳，上流社会一般玩客难以晤见。这种传闻逗引出他的浓厚兴趣。他舍得钱财三番五次亲临达胜庵，且每次都冲妙尼文傅而来。文傅那次假称受伤，使他暂且安定下来，他要等待时日再去会那文傅。这个时期，他并不知道文傅就是赵素雅。前些时日月晋散发出的素雅照片，已落入上流社会的贵人之手。这些人在文傅同意见客后，大都已晤见过她本人，因此她的那些照片大概已落入箱底，社会上已没有流传。陈左军也就无从知道文傅的真实面目。

19

这一天，文傅独自去汇泉湾边垂钓。在钓到一条鱼起钩之时，突然脚下一滑而跌入湾中。文傅是不会水的，她在水中几番惊呼挣扎，渐渐下沉。

黑衣人远远看见文傅落水，开始以为她能自己爬上岸而坐着未动。在看到她确实难以自救时，才扔下鱼竿飞奔而来。他跳下水连拖带抱，把她弄上了岸。文傅被水所呛，已轻度昏迷。他把她放卧在膝盖头，控倒出一汪黄水，见无生命危险，便把她平放在平石上，自己又回去钓鱼了。

文傅在太阳烘烤下苏醒过来。她想起落水过程,又看到自己躺在平石上,就知道有人把她救上了岸。她看了看四周,只有黑衣人在垂钓。她依稀记起在水中挣扎时,好像有人跑过来。

文傅整理了湿透的衣衫,向黑衣人走去。她站在黑衣人身后,双手合十:"这位施主,搭救小尼一命胜造七级浮屠。请施主留下姓名,日后我在庵中天天为您祈祷。"

黑衣人好像没有听到她说话似的,继续钓他的鱼。文傅又说:"施主,早知道我们同住达胜庵。本来未可知悉你情,现在你救了我性命,我虽无钱财答谢,可从今天起,本尼每天要为你上一炷香。能否告诉我名氏,且一见尊容呢?"

黑衣人说话了:"我并没有救过你,那是路人把你救上了岸。"文傅说:"这儿没有正经路,很少有过路人。你衣服透湿,显然是刚下过水的。"

黑衣人头也不回:"我也是不小心落入水中的,湿衣与你无关。请走开吧,别惊了鱼上钩。"文傅说:"像你这样的人是永远钓不到鱼的。你慈悲为怀,岂容得鱼儿上钩。再一次感谢救命之恩。施主,你的斗笠扔在了我落水处的岸上。还给你吧。"

黑衣人下意识一摸,这才想起救人时把斗笠扔了,但依然没有回过头来。文傅拿着斗笠,走上那块巨石。黑衣人声调紧张:"莫要过来!我湿衣把石弄滑了,你会滑下水的。"文傅脚就真的一歪坐到石上,快速滑向水中,被黑衣人一把抓住了胳膊。

文傅抬起头,看清了那张脸。她脑袋轰然炸响,不由得叫了一声:"右军!怎么会是你?"陈右军毫无惊恐之色,扯着她胳膊走到岸上,冷静地说:"右军还是右军,可素雅已不是素雅了。你我依然是陌路人,谁也不认得谁。"

文傅激动之情跃然脸上，一把抓住他胳膊："你不是死了吗？好几个消息都说你在那次广州起义中死了。"陈右军说："是的，陈右军早已死了。你我在彼此心里都已不复存在。我到达胜庵避难不久，就知道你在这庵里了。在此之前，我一直以为你在那洞房里烧死了。刚窥到你在后庵同那些人寻欢作乐时，我痛苦不堪。后来知道你也是万般无奈，我也就慢慢想开了。可我心中的那个素雅再也不能复活了！"

文傅泪水唰唰流下："在月晋无数次逼我见客时，我都是以死相抗的。我不应承月晋，是因心中还有你。虽知你死了，但在一起的那些美好时光，我永远忘不掉。"陈右军说："现在的你，不配说这些话！"

文傅沉默下来，半天不语。陈右军说："快回你位置上钓鱼去吧，那里有很多鱼儿等着上钓哪。"文傅说："右军，什么也别说了。还能见上你一面，我死不足惜了。"说完，猛然向一巨石撞去。

陈右军一惊，一把没拉住。文傅血流满面，昏死过去。他抱起文傅向达胜庵跑去："这么多年磨难都过来了，如今见了面却又要死。"

没走多远，文傅苏醒过来，弱声弱气地说："你放手吧，我慢慢走。让人看见抱着个尼姑，别坏了你名声。"陈右军说："素雅，你不该再这样寻死觅活。"文傅说："我苟延残喘活到今天，是多么不容易！可现在心里那唯一念想也没有了，活着还有何用？"

陈右军依然抱着她走："入庵后，你肯定也是吃了不少苦头，才答应那庵主见客的。可看见你在这庵里人不人鬼不鬼的，我心里承受不了。"文傅在他怀里挣扎着："我头撞得好痛。我怕痛，不会再寻短见了。你放下我，让我自己走。"

他放下她。俩人谁也无话，顺湾边小路默默走着。到了一处路险水深地段，趁他不备，她又一头扎入湾中。他愣怔一下，也一头扎了下去。他在水下奋力抓摸，几次浮出又几次潜下，都没抓着人。在他感到没了希望，潜下去做最后一次努力时，才在一片水草中碰到了她的身体。

文傅苏醒过来后，一直在哭泣。陈右军也泪流满面："我们曾生生死死地分开，现在又奇遇相见。这注定彼此要厮守一生。素雅，答应我，还俗吧。"文傅冷静下来："今天我与死神失之交臂，说明老天在留我。至于今后怎么个活法，是继续混迹达胜庵，还是跟你走，你得容我想几天。"陈右军急了："这还用想吗？！"

文傅钓鱼不慎落水受伤，月晋自然安排她休养几日。这几日，发达银号唐老板又来过一次，月晋让他在窗外看了看。文傅正侧身脸朝里睡着，唐老板看到的是她头缠绷带的侧影。他扔下一些银两给月晋："看来文傅伤得不轻，这些钱给她治伤。日后我再来会她。"月晋感激不尽："文傅伤好后，我尽快安排你们见面。唐老板真是宽宏大量之人。过几日，我还想把我个人和达胜庵众尼的银两，都存入唐老板银号呢。"唐老板似是迟疑一下，说："也好，反正存哪家银号也是存。为了文傅，我可给达胜庵最优厚的利息。"月晋更是喜不胜收，对文傅愈加体贴。

文傅养伤期间，曾几次悄入陈右军房里。她决计跟他逃离达胜庵。但眼下还不能走，一来外面风声依然很紧，也无队伍上的消息，陈右军出去难以找到出路；二来离庵后尚需银两维持生活，而文傅入庵时带来的钱财和入庵后的薪银还都在月晋处存着。月晋为防妙尼钱财丰厚后逃走还俗，规定庵中尼姑的钱财，都由她记账代为保管。没有特殊理由，是从她手里要不出钱来的。文傅要等待时机，弄回自己的钱再走。

这一天，月晋又给文傅提那唐老板的事："我不能再瞒你了。达胜庵得罪不起唐老板的，前几天我把个人私蓄和众尼薪银都存入了发达银号。我们要让唐老板高兴，他高兴了才能给我们最高利息。"

文傅一惊，月晋这一举动是她没有想到的。她早已把唐老板就是陈左军的情况告诉了陈右军，现在又急切地把月晋存钱之事告诉他。陈右军分析："这些年，左军人性已失，在笨安城到处招摇撞骗，大肆散钱，制造豪阔假象，其真实意图是为更多地骗钱。等搞到巨额钱款后，他会远走高飞，逃离笨安城。"文傅说："这黑心月晋的钱骗走也就骗了，可众尼的血汗钱不能被他骗走。不然，尼姑们只有死路一条！"陈右军说："对左军这种人讲道理、讲良心是没用的，也甭想阻止他做恶事。"文傅说："我打算同他见一面，劝他把众尼的钱还回来。无论是面对以前的赵素雅，还是现在的文傅，他都不会无动于衷吧。"陈右军不放心："你同他见面不会有闪失吧？"文傅说："他多次威逼月晋要见文傅，我再不出面也说不过去。我觉得有希望说服他。我见机行事，不会有大的危险。"陈右军说："我现在难以把握左军的秉性，他变得让我不认得他了。你一定要多加小心。"

20

这一夜，月晋又进了曾有胜的包房。这次，她为讨好曾有胜，把刚入庵的一个小尼姑送到他面前，说："曾公，你见过如此水灵鲜嫩的小尼姑没有？还是个黄花闺女哩。"曾有胜正在看书，摆摆手没理她。月晋悄然退出。小尼留下侍候茶水。

第二天一早，另有小尼去给曾有胜房间送餐，敲了一阵门，里面没有回音。小尼叫来月晋，月晋把门敲得山响，里面还是没有半点儿动静。月晋感到情况不妙，令粗尼把门砸开。月晋只看了一眼，就吓昏过去。曾有胜赤身裸体地躺在床上，胸口插了一把尖刀。那陪曾有胜的小尼已不知去向。

安然含口凉水把月晋喷醒。月晋已不知所措。安然还算安定，说："庵主，先不要慌张。肯定是那新来的小尼杀了人。这曾公一年半载也不出去一趟，很少见有人来找他。他现在死了，我们不能报官，报了官就等于把达胜庵封了。唯一办法是把曾有胜悄悄埋了，先蒙混一天算一天。"月晋想了想，说："也只能如此了，先埋了再想办法。"很快，安然领几个信得过的粗尼，把曾有胜包裹了，悄悄弄到庵外后山坡上埋了。

安然对那小尼姑的情况进行了暗查。几个小尼反映，那小尼入庵这些日子，曾私下打探曾有胜的情况，还偷偷溜到后院，远远瞧过曾有胜几次。这小尼身手不凡，前几天有粗尼欺负她，她三招两式就把两个力气最大的尼姑给打惨了。那俩被打尼姑吓破了胆，也没敢声张。现在，大家才感到，那小尼入庵就是为刺杀曾有胜。月晋说："这小尼的确是冲着曾公来的。曾公是隐身大人物，看来这小尼也非等闲之辈。这些日子，全庵尼姑都得小心从事，以防再生不测。"

这天晚上，唐老板又来到达胜庵。月晋就给文傅跪下了："达胜庵再也担不起事端。今天你非出面不可了！只要想办法把这个唐老板稳住，让他不再闹事，日后在庵里你可尽着性子耍，我不会拦你。这私钱我也会翻倍赏你。"文傅说："那好，你去安排一下，我和那唐老板在房里，无论有什么动静都不要让人来打扰。"月晋这才有了几丝喜色。

唐老板进得文傅香闺。灯光把香闺照得通亮，文傅脸朝里坐在床边。唐老板走近文傅，搭手于她肩上。文傅猛然转身，用眼死死地盯着他。唐老板倒吸一口凉气，愣在那里一时说不出话来。文傅恨恨地说："好一个发达银号的唐老板，一千二百块大洋买我一根鱼竿，多大的气魄呀。你惦记我多时，今天终得一见。陈左军，我俩是生来有缘呢，还是冤家路窄呀？"

陈左军后退两步："太突然了，达胜庵头牌红尼怎么会是你赵素雅？你怎么削发为尼了？"文傅收起笑容，怒声道："这要问你自己！你让人砍死了我的军军，害得我没有了亲人，不削发为尼，我怎么活？你个狼心狗肺的，也真下得了手呀！"

陈左军说："当时，我并不知道那孩子就是你的孩子呀。况且，我只是让那士兵吓唬吓唬那一老一小，谁想到他真会举刀砍人？"文傅说："可你很快就知道了被砍者是我的孩子。你并没有出面救治，让他活活伤痛致死！"陈左军说："那时我正恨你恨得要死，见你痛苦我才快乐。"文傅控制着自己的情绪："你恨我，我恨你。可今天又见面了，你说怎么办吧。"陈左军说："该怎么办就怎么办！"

文傅从枕头下抽出一把尖刀，说："是我捅了你，还是你捅了我？"她把刀子扔过去。陈左军出了一头冷汗，脖子一梗，把刀子又扔回来："由你选择。如果捅了我能解你心头之恨，你就下手吧。我现在是没心情捅你，对你的恨早已淡化了。这些年，我也是人不人鬼不鬼地混年月，爱与恨都随时光飘散了。想杀我，就快下手！"

"按以往，杀子之仇不报不是我赵素雅的性格。我该见面二话不说，上去就给你一刀！"文傅缓了口气，"可我现在是出家之人，杀了你会脏了我的手。我不杀你，老天也会报应你的。"接着，她问："这么多天，你找我做什么？"陈左军说："我并没找你赵素雅，我找的是文傅。你说，我找文傅还能干什么呢？"文傅说："我早已不是赵素雅了，现在只有文傅的身份。你想要文傅相陪可以，但文傅是有大价码的。"

陈左军说："我不隐讳，我很无耻，我会把你当作一个与我毫不相干的文傅来把玩的。现在，我手里有的是钱，你开个价吧。"文傅说：

"把月晋存在你银号里的钱还给达胜庵,你不能骗这些尼姑的血汗钱。你可别说你是正经银号,我早知道你的意图,你到庵里来是散钱更是聚财。把一些不明真相之人的巨款骗到手后,你必会逃之夭夭。"

陈左军冷笑:"你真是把我看透了。这正是我本意,现在银号里的钱已够我消受几辈子了。不久,我将在筚安城彻底消失。"文傅说:"你这样做会害死很多人的。"陈左军不以为然:"我比你更清楚这样做的后果。这世道,你不害人,你就会被人害。这事我做定了!不过,你刚才的条件我答应你。达胜庵的这笔小钱儿可由你来处理。但是,这三五个夜晚,你要陪我!"

文傅说:"难道你真成了一具没有人性的行尸走肉?你知道吗?你的哥哥还活着。"陈左军并不惊讶:"我一直感觉他并没有死,但好几年下落不明,这和死了有什么区别?况且,你已削发为尼,以前的红尘情恋早已绝断。你心里既然没有了世上情爱,那你就仅是达胜庵的头牌红尼了。出钱消遣达胜庵的任何妙尼,我都没有心理障碍!"

文傅说:"那我告诉你,我已决定还俗,并且将成为你的嫂子。前不久,我见到了右军,彼此盟誓终生相爱!"陈左军一脸痛苦,狠狠捶着自己脑袋:"看来,是老天注定你同右军会成为夫妻的!以前我同右军誓不两立,一因分属异党,政见不同;二为我和他都想得到你的爱。现在,这二者都已不存在了。我对国民党失去了信心,成了内心没有任何政治信仰的混混。对一个女人真挚的爱,也早随那场洞房花烛夜的大火消失殆尽,我不会再追求一种固定的爱情。你与右军相爱,我不会再阻拦了!"

文傅说:"你现在让我相信你的话很难。今晚怎么办?"陈左军说:"今晚我回城。我知道,你接下来会问我,那达胜庵的存款怎么办?我可以告诉你,在社会上,我骗钱骗多了,不差达胜庵这几个小钱。放心，我会分文不少地给你！"

文傅说："你不想见见右军？"陈左军说："我知道右军是不肯见我的。我也不想见他，我这具行尸走肉，已经没有兄弟亲情了。"文傅说："你想见他，我也不会告诉你他之下落。我怕你到国民党那儿把他出卖了。"陈左军笑笑："你真是太了解我了！如果我现在需要钱花的话，我会靠他赚得一笔赏金的。这是我的真实想法。可现在我并不缺钱花。所以，眼前，我对右军的下落不感兴趣。至于以后没钱花了，那就不好说了。"

文傅说："我看你现在除了钱和女人，眼里再没有任何东西。你觉得在纸醉金迷里生活很有乐趣，是吗？"陈左军说："我是怎样走上这条路的，你应该很清楚。这都是你逼的！"文傅大叫道："你真是个无耻小人！这种无耻之言你也说得出口？你把自己的罪孽归于一个无辜女人身上，你还有一点人性吗？"

陈左军答非所问："我想得到的，我永远得不到。但我要不惜采用任何手段，全力去得到我能得到的一切！"文傅说："我不得不再一次承认，你陈左军是这个世上最无耻、最没人性的人！"陈左军说："我无耻，我没人性，我知道你恨我都恨到骨子里去了。其实，我早揣摩准，若不是你想从我手里弄回达胜庵那些钱，当你从枕头底下摸出那把尖刀时，就一刀捅死我了！"文傅狠狠地说："没错！本就是这样的。"

21

文傅同陈左军摊牌后第三天，十几个警察突然拥入达胜庵。小尼们吓得四处躲藏，月晋忙出面相迎。她以为曾有胜被害案泄露，达胜庵要大祸临头了。月晋忙把警察们往上房里请。警察把她推到一边，急匆匆直奔后院。他们没有进曾有胜住过的房间，而是拥入了黑衣人的住处。恰巧，黑衣人去汇泉湾钓鱼了，警察们扑了个空。然后，又挨房间搜寻，也一无所获。

文傅很快看明白，这帮警察是专程来抓陈右军的。文傅计上心头，悄悄把月晋叫到一边："现在情况已经明了。那黑衣人也犯事了。他们抓到与抓不到黑衣人，达胜庵都是脱不了干系的。现在只有一个办法，那就是把曾公尸体充当黑衣人尸体。警察们也不知道曾公隐藏本庵数年且已被害的事。这尸体也掩埋了多日，早已面目全非，警察是认不清谁是谁的。我们就说那黑衣人早在庵外山上被人杀了，与达胜庵不相干。这是蒙混过关的妙计。不然，达胜庵窝藏当局要犯，肯定会遭大难！"

警察没有找到人，把月晋叫过去问情况。月晋吞吞吐吐按文傅的话讲了一遍。警察让她带路，去了庵外山坡。

当文傅明白了警察是来抓陈右军，第一个念头就是：陈左军出卖了陈右军。她悄悄溜出庵门，准备跑到汇泉湾给陈右军报信。可她刚一出门，迎面碰上一辆车，正好停在她面前。陈左军从车里下来，看到文傅，笑笑说："达胜庵第一妙尼文傅，你这是去哪里呀？我可是专程来找你的。"

文傅强压怒火没有发作，悄声骂道："狗！你就是一条恶狗！"陈左军似乎一愣，看见在山坡上的警察，就问："达胜庵出事了？怎么来了这么多警察？"文傅又骂："陈左军，你就是条六亲不认的恶狗！"

这时，文傅看到了从小路上走过的陈右军。陈右军提着渔具慢慢走过来，全然没有发现眼前的危险，已经走近庵门了。很快，他看见了文傅、陈左军和远处山坡上的警察。他突然明白了怎么回事，心里有些慌乱，脸上却安然若定。他瞥了一眼陈左军，继续往庵门里走。文傅失态地抓住他的胳膊："你快跑，陈左军带警察来抓你来了！"

这时，警察已经从山坡上冲了下来。陈右军扔下渔具，拉起文傅，转身想跑。陈左军手疾眼快，一手一个抓住他俩，压低嗓门说："要想活命，快上我的车！"说着，连拉带扯把人推进车里，车子飞离了达胜庵。

车子离开达胜庵一段路，又突然掉转车头，从岔路上朝城里相反方向疾驰而去。

警察在山坡上挖出那具尸体后，带队警察很快就揭穿了月晋的谎言。因为这尸体身高与警察所掌握的陈右军身高极不相符。警察留下人继续验尸，其他人迅速冲下山坡。

警察看到有人上了唐老板的车急速离去，便急命警车去追。警察留下人看住达胜庵，控制了三庵各门。

警车向城里方向急追而去。这样就与陈左军他们距离越来越远。陈左军开到两百里外一个小城，找了一家饭馆，让大家吃了顿饱饭。面对突如其来的变故，陈右军和素雅沉默不语。

陈左军说话了："右军身份暴露与我无关，文傅却骂我是条狗。我确实做过猪狗不如的事，但这次文傅冤枉了我。我不想做更多辩解，今天只能把你们送到这里，我还有事急着去处理。我也很快会在笨安城销声匿迹，不然警察不会放过我，迟早会捅到广州军方那里去。"他拿出一个袋子，"这些钱是达胜庵的存款，我答应过要给文傅的。你们拿这些钱找个落脚的地方，安安稳稳过日子去吧。右军，你千万不要再去找共军。丢掉你那共产主义信仰吧，不会有前途的。当然，国民党军队也同样不会有什么希望。做个买卖挣些钱，好好生活才是根本。"说完，开车走了。

望着陈左军的车远去，赵素雅说："说心里话，放这个浑蛋就这么走了，我不解恨。我本来想，在索回达胜庵的那些钱后杀他的。可我对这个浑蛋越来越看不透了。他居然真的退回了那些钱；他不但不再追杀你我，还在危急时刻出手相救。他真真成怪人了。"

　　"行尸走肉没灵魂，在他心里一切都无所谓了。你说，这是导致他成为怪人的缘由吗？我也搞不懂了。"陈右军说，"看来，这次出事确实与他无关。我预感，这件事与那杀曾有胜的小尼有关系。那小尼背景很深，说不定是哪个党派、哪股力量派来杀曾有胜的。小尼在庵中发现了我，回去便报告给了上司。她的上司不知是谁，却是他们把我藏身达胜庵的消息传给了警察。"赵素雅说："看来，这次达胜庵凶多吉少了。那些小尼今后怎么过活呀？"陈右军说："我们眼前还是先找个不惹眼的小店住下来，看看动静，再谋出路。"

　　二人在小城住了数日，见风平浪静，又没打听到共产党队伍的消息，就租下两间铺面，开起了杂货店。开张前一夜，俩人打扮一新，拜了天地。没有人证婚，也没有亲朋好友祝福，俩人说了一整夜的话。

　　三个月后，素雅按捺不住对达胜庵众小尼的惦记，悄悄去了趟庵里。她带去了本属于小尼们的那部分私蓄。

　　素雅没敢白天进庵，她隐藏在山坡树林里待到天黑，才去敲了庵门。来开门的是安然，她惊叫一声，忙把素雅拉进门去，又快速关紧大门。

　　安然向她诉说了达胜庵的遭遇。警察开车追到城里，没有追到唐老板的车，就又返回庵里，好生把月晋拷打了一番。月晋把曾有胜被杀和黑衣人的相关情况全招了。警察查抄关封了达胜庵三院，把月晋带回了警察局。达胜庵营生干不成了，前几天又听说还要把达胜庵变卖充公。庵里前些年的盈赚和小尼们的私蓄，都被月晋存到了发达银号，全被那唐老板骗走了。月晋被关在监狱里一直没被放出来。

"你不知这三个月我们是怎么过来的。小尼们前几年过惯了花天酒地的生活,现在突然到了无衣无食的地步,大家实在受不了了。泰然和一个小尼受不了这个罪,前几天都寻过一次短见。这样的日子可怎么过呀?"安然的哭诉,引得素雅也满脸泪花。众小尼听说文傅回到庵里,就都过来看她。一时间,庵中一片泣哭声。

素雅劝住大家,说:"达胜庵被当局封了,大家已经做不成佛事,庵里的温饱没有了保证。如果再把达胜庵变卖充公,当局很快就会把众尼驱散,这等于没有给姐妹们留条活路。现在只要你们肯听我几句劝,以后能下狠心改掉好吃懒做的毛病,靠劳动养活自己,我就给大家指条活路。"众尼都说,只要能活下去,大家都听文傅的。安然也说:"这些日子大家吃了不少苦,再一次经历了生活的磨难,只要给条活路,大家会珍惜的。文傅,你有什么好办法就说吧。"

素雅说:"这也不是什么好办法,却是眼前的唯一出路。这里有一些银两,我分给大家。这些原本应是属于你们的,是我从唐老板手里要回来的。你们分得这些钱,尽快离开达胜庵,到社会上找点正经事干,用这些钱做个小买卖也是足够的了。你们要记下我的话,到社会上一定要好好做人!"

众尼跪倒一片给文傅叩头。素雅组织众尼做了最后一次佛事,祈求上天保佑每个姐妹平安无事。然后,把钱平均分给了每个尼姑。

第二天,天还未亮,素雅没同任何尼姑打招呼,就悄然离去。

不几天,达胜庵已空无一人。

隐秘
The Secret Life
人生

第四章

特训生活

特训队开训后,并未急着搞业务训练,而是先搞了一个月的保密教育和革命事业心教育。女儿岛上政治工作的威力是巨大的。一个月的教育,把大家投身地下革命工作的决心和保密观念搞得坚不可破。大家为干好这一神圣事业而学习的热情空前高涨。

第四章 特训生活

22

陈右军携素雅从达胜庵逃出，在吴晗镇开了半年夫妻店，终是按捺不住急迫心情，又一次提出要去找队伍。

在这毫无外界干扰的半年里，陈右军得以在数字世界里随心所欲地把玩。趣味横生的数字游戏，已不能满足他对数学未知领域的好奇心。用变幻莫测的数字编织密码，成了他生活中的莫大快乐。他这种令人费解的行为，一是缘于对数学的爱好。一张纸、一支笔，就能畅游奥妙无穷的数字世界，这个世界让他心醉神迷。二是他深知密码对军事行动的特殊作用。他的目标是编制三套密码，有朝一日献给他投身的共产党队伍。这个梦想对他颇具吸引力。这几年，他把握着自己所处的环境，如痴如醉地编制着密码天书。在甘陵镇张宅，他编写出了第一套密码，已刻在他脑子里；在尼庵中，他完成了第二套密码，也已烂熟于心。这前两套，只需给他纸笔，他便能完整地默写出详尽原理、框架结构和加密脱密的操作程序、具体步骤。第三套是在吴晗镇着手进行的。这一套集他数学知识与文字功底之精华，由密中套密的方式架构而成，是他的得意之作。这是一套极其复杂的传统手工密码，靠脑子是背记不住的，他写在了半包草纸上。

陈右军完成这套密码后的第二天，就提出要去找队伍。这些时日，素雅正沉醉于幸福的夫妻生活之中。况且，陈右军于她是生活中的唯一。她越来越真切地感受到，学生时代的激情积聚，逃亡途中无畏杀人，尼庵里誓死守身，都是因为对陈右军情有独钟。现如今，经过非凡磨难，终于有了朝夕相处的二人世界，这个男人却又三番五次地要弃之而去。尽管她深知找队伍这件事在陈右军心里的分量，但无论如何也还是不愿接受他的这种选择。

"我们就这样过下去不好吗？我们不要孩子，不交朋友，就我们俩人，就这样在这里安安生生过一辈子不好吗？"

"你怎么像农妇一样容易满足？这哪像一个知识女性说的话？人生在世，难道仅仅是为了爱情吗？"

"这几年分别的痛苦，使我太向往恩恩爱爱的二人世界。痴情女子的心，难道就这样不容易被人理解吗？"

"我们去找队伍，不是同样朝夕相处、恩恩爱爱吗？"

"外面兵荒马乱，哪还有现在的爱情生活质量？"

"你若真爱我，就得爱我所爱。你知道，回到队伍是我多年的志向，也是我的所爱。我是横下一条心要走的。"

"右军，再过半年再去找队伍好吗？让我们再过半年这样的生活吧。"

"我们抓紧时间把店盘出去，过几天就走。就这样定了！"

几天后，夫妻俩打点行装准备上路。陈右军说："要想找到队伍，最好先去找张秋月。她消息灵通，并且也早有参加革命队伍的愿望。"

这一下，给了素雅一个无理取闹的借口。她几乎脸对脸地逼视着他，一字一句地说："我现在才明白你为什么要急着离开吴晗镇了，原来你一直想着出去找她。快告诉我，在甘陵镇张宅那些时日里，你俩做了什么见不得人的事？"陈右军说："我和她在一起确实做了不少事情，但绝对没有做过你想象的那种事。"素雅说："鬼知道你们做了些什么，反正不能去找她。如若去找她，我就再去做尼姑给你看！"

陈右军沉默了，三天三夜没同素雅说一句话。素雅当然也不会主动示好。她依仗着陈右军这半年对她的爱恋，不失时机地向他彰显着娇气和霸气。她揣摩准了这个男人的心理，知道他喜欢她这种不甘逆来顺受的叛逆个性。

陈右军坚持不开口讲话，素雅就沉不住气了。她拿出那本《莎士比亚全集》，没话找话："我在这书里找到了暗示培根的词语。"陈右军看都没看她一眼，继续做着自己的事。

素雅翻开剧本《空爱一场》第四幕第三场中的几行字，说："But with the motion of all elements—Courses as swift as thought in every power—And gives to every power a double power。从第一句的第一个字母和第二、三句中的前两个字母可以得出：B—CO—AN。我认为，这就是弗朗西斯爵士姓名中的字母。"

陈右军觉得该给她个台阶下了，就说："凭这点东西，还不能令人信服。我看你待在这吴晗镇，干的都是些毫无意义的事。再待下去，你就真的让人空爱一场了。"素雅见右军有了好脸色，就说："空爱一场也不走。我得在这里把谁是莎士比亚作者这档子事弄清楚，才能跟你走。"

第二天一早，陈右军提起行装，一把拉起她，声色俱厉地说："跟我去找张秋月！"他大步出门，把素雅带了个趔趄。素雅嘴上说着"我不去，死也不去"，脚步却小跑般跟着他往前走。

陈右军回头看了素雅一眼，见她脸上并无不悦之色，笑笑说："本来是件顺顺当当的事，为啥非要搞得别别扭扭？张秋月可是一心向往共产党的人，把她输送给革命队伍是一种贡献。我们去找队伍，为何不捎上她？做人要学会与人为善、成人之美。"

素雅甩开他的手："鬼知道你打的什么主意？告诉我，你在成谁之美？"陈右军说："打什么主意？打革命的主意！成谁之美？成革命之美！"

俩人一旦上路，素雅很快就步调一致地去寻找张秋月了。而寻找张秋月的过程，比他们想象的要简单一些。他们在张秋月就读过的学校，找到了她的老师。她的老师引见了她的同学。那个同学便领他俩见到了张秋月。在市北街道一座小院里，张秋月诉说了她的丧父之痛，并很快同右军、素雅商定了找队伍的方案。

一切安排妥当，他们信心十足地上路了。对陈右军来说，寻找革命队伍的过程，要比寻找张秋月的过程复杂得多。他既要分析判断消息来源的准确性和队伍在某一方向出现的可能性，还要拿出心思来圆润这两个女人之间的关系。他担心素雅与秋月会争风吃醋。他时常运用自认为巧妙无比的手腕，来促使这两个女人像亲姐妹一样友好相处。实践证明，他这种担心和举动是多余的。当两个女人看透他这种意图，便开始合伙捉弄他。她们采取的办法很简单，就是在他面前故意闹矛盾，有时板着脸谁也不理谁。私下里，却看着他苦恼的样子暗笑开心。

事实上，素雅与秋月一见如故。都是知识女性，思想开化，又有着许多共同语言，在这种特殊环境里，很容易就处得亲如姐妹。只是在陈右军面前，故意装作不冷不热，偶尔还吵几句嘴，引得他很紧张地过来劝解。她俩这种把戏，给这次寻找队伍的艰难历程增添了些许乐趣。陈右军迷在局中，两个女人乐在其中。

这种两个女人捉弄一个男人的局面，在他们找到革命队伍后被打破了。挑破这个迷局的不是两个女人，而是陈右军。他眼里闪着洞察一切的光亮，一语道破天机："你俩这点鬼把戏，我早已破译。维持两个女人之间的微妙关系，我是高手。"

陈右军看着两个女人的古怪表情，露出无比得意的笑容。两个女人一嘀咕，对陈右军进行了报复，使他一个多月未能接近素雅。因为，两个女人白天形影不离，晚上共睡一室。

队伍上的领导很快弄清了这三人的身份和来历。他为他们在革命处于低潮时期，不畏艰险、长期寻找革命队伍的举动而感动，也很欣赏他们的知识和才华。他说:"我看得出,你们不是一般的知识青年,陈右军同志有着好几年的革命经历,这很难得。革命队伍正需要你们这样的年轻人。放手干吧,这里有你们的用武之地!"

很快,这三人被当作人才,送到广东东南部一支大部队上。在那里,他们遇到了一个不错的发展机遇。此时,这支部队正遵照中央苏区的指示,组建一个特别训练队。训练内容具有较高的知识含量,需要参训人员有较高的文化素质和革命的坚定性。他们成了特训队的最佳人选。

很快,他们就搞清习训的是做地下工作的基本技能。训练期间,由部队一些行家里手和苏联专家教授课程,进行秘密技术和工作纪律培训。当他们真正弄懂从事地下工作的重大意义时,简直要热血沸腾了!他们决心刻苦习训,将来为革命大干一场!

据说,特别训练队总负责人,是一个即将从苏联培训归来的情报专家,名叫高革。此人是一年多前由军委秘密送到苏联,专门学习做地下工作的。

这个高革回国后,很快就接见了新组建的特别训练队三十名学员。

这天上午,天下着雨。高革一进屋,后面为他撑伞的战士,就挥手示意大家鼓掌欢迎。高革走到讲桌前,并不看大家,先吹了吹桌上的尘土,然后拿起粉石,在黑板上写下了九个大字:"把自己的一切交给党。"写完字,拍了拍手上粉末,推了推金丝眼镜,这才用凄冷的目光扫视了每一位学员。

在扫视过程中,高革的眼神异乎寻常地跳动了几下。他伸手向身边的同志说:"花名册!"他接过花名册,急速地看了几眼,一句话没说,便匆匆离去。

学员们悄悄议论起这位气度不凡、举止怪异的负责人,唯有赵素雅一言不发。她满脸惊诧，慌乱的眼神不知往哪儿落。

这时，进来几名全副武装的战士，把陈右军、赵素雅和张秋月叫了出去。走在后面的赵素雅，还被战士粗鲁地推了一把。他们被领到隔壁房中，里面坐着几个领导模样的人。高革慢条斯理地说："你们仨人就是被下面部队专程送到苏区的知识分子？你们把自己的简历和这几年的情况，都详尽交代清楚。"

仨人已经给各级领导汇报过多次，就又按照原先的思路说了一遍。高革凝视着他们说："单独谈话！"说完，起身走了。

陈右军、张秋月先后被叫了出去。最后才叫到赵素雅。进屋后，高革让旁边的几个人都出去了，只剩下他和赵素雅。

高革静静地看着赵素雅："说说吧。"赵素雅已语无伦次："怎么会是你？你不是被打死在山沟里了吗，势能？"

没错，高革就是高势能。

几年后，赵素雅还清晰地记得高势能此时此刻冷漠凝滞的表情。当时，她怎么也想不明白，高势能在一个意想不到的环境中，见到几年未见，同他有过夫妻生活，并为他生过孩子的女人时，怎么会那么寒若冰霜、镇定自若。后来，她明白了，做过夫妻、生过孩子，并不一定就有爱情。他高势能从来就没有真正爱过她！

此时，赵素雅难以冷静，把军军的死和自己苦苦寻他未果，在尼姑庵落脚偷生以及同陈右军在吴晗镇的生活，都如实地告诉了高势能。

高势能并没有问这问那，一切都在他心里瞬间凝固。他把头靠在墙上，闭起双眼，猛劲吸烟。最后，他一字一句地说："请你记住，我俩是从今天才开始相识的。过去的一切，不许再对任何人提起。赵素雅同志，我再强调一遍，我是高革，不是什么高势能。我俩之间的关系，是纯粹的同志关系。"

"要把过去一切清零,你我做得到吗?军军,我们的军军,他死得好惨哟!"赵素雅看到,高势能眼里的泪水在打转。

"为了革命特情工作,过去的要让它过去,必须过去!但是残杀军军这一笔账,会永远刻在我心里!"说完,高革离去。

赵素雅坐着未动,她想到了陈右军。陈右军是知道有高势能这个人的,但他与高势能从未谋过面。她不说,陈右军是不会知道高革就是高势能的。她决计按高势能所说,不把眼前的真相告诉任何人,包括陈右军。

赵素雅进课堂时,脸色僵冷异常。陈右军悄悄问:"你没事吧?"她摆了摆手。高革重新走上讲台。

"刚才,我们找几个学员个别谈了话,目的是把每一位同志的情况了解清楚。请同志们理解组织的良苦用心,我们为什么不厌其烦地对大家进行政治审查?就是因为我们现在正在做的和将要做的工作实在是太重要了!我们必须保证在座的每一位同志政治上绝对可靠,否则后患无穷!现在,我欣喜地告诉大家,经组织审查和研究,三十名同志全部政审合格。接下来,我们将迁移到一个既安全又隐秘的地方去学习和训练。那是一个十分艰苦的地方,但有利于排除敌人干扰,有利于集中精力学习本领,尤其是那里的地理环境有利于我们架起设备,安全展开训练项目。"

赵素雅心情是极其复杂的。她看着站在讲桌前的高革走神,听不清他那冷酷的双唇里流出的话语。

不久,这支由三十名特训队员和十名管教人员组成的小分队,乘着夜色出发了。这是一支神秘的小分队,除部队上几位重要首长之外,没有人知道这支队伍要到哪里去,特训队员们也不知道目的地在何方。他们不敢多问,只管背着必需的装备,跟在管教人员后边,昼伏夜出,悄然前行。

二十多天后,小分队来到大海边,有一艘大渔船早已等候在这里。高革带大家上了船,又颠簸五个多小时,才在一个岛上靠了岸。这个时候,船上近半人都已吐得一塌糊涂。赵素雅四仰八叉地躺在甲板上,一副奄奄一息的样子。她吐净了胃,流干了泪,目光黯然失色,嘴角勉强露出一丝苦笑,冲高革弱声问道:"我们什么时候才能到达目的地?我快坚持不下去了!"高革一脸凶相,吼道:"天知道!"赵素雅脖子一歪,又"哇哇"呕吐不止,这次连苦胆汁都倒出来了。

上岸后,赵素雅被陈右军、张秋月搀扶着,似乎明白了什么,盯着高革问:"刚才我问你时,船已经在靠岸了,你为什么不鼓励我一下,再坚持一会儿,而是凶巴巴地说天知道,害得我差点儿吐死?"高革一甩手:"如果你连这点儿罪都受不了、这点儿苦都吃不下,日后你能在这个行当里干成啥?如果我没记错的话,你现在还没有入党。我现在提醒你,你要时刻记着追求崇高,时刻以一个真正共产党员标准要求自己!"赵素雅说:"共产党员也有生理极限,难道你就没有生理极限?"说完,甩开搀扶,只身朝前走去。

这个岛占地约有六平方公里。两座大小一致的山头矗立在岛上,一如少女的胸乳,山因此而得名叫双乳山,岛因此而得名叫女儿岛。一如它好听的名字,女儿岛上的风景也美丽如画。双乳山不是那种光岭、秃山头、水贵如油的穷山,山上长满了枝繁叶茂的大树,树的品种不详,枝头跳跃着从不鸣叫的鸟,人称无名鸟。侧耳细听,远处低谷中还有持续不断的泉水叮咚响。

后来,一向对山水湖泊、草木鸟虫感兴趣的张秋月,给这儿的自然环境下了一个结论:"女儿岛多情,双乳山性感,群树无名,众鸟不鸣,泉水叮咚没源头。概括起来两个字,神秘。"

再后来，还是这个一向对神秘东西不甘寂寞的张秋月，对无名树进行了考究，发现其中部分树是荆棘树，以此又推断出一些鸟叫荆棘鸟，并赋予了这种鸟一些多情的寓意，演绎出一个传奇的故事。她对女儿岛的概括又进行了添修：神秘而多情。张秋月说，荆棘鸟一生只鸣叫一次，声音比世界上任何生灵的歌声都好听，是专为自己的情人歌唱的。一旦它要为钟情者殉情，就会离巢去寻找荆棘树。它飞呀、飞呀，找呀、找呀，最终找到了荆棘树。它毫不犹豫地把自己钉在最尖最长的荆棘刺上，在树林里婉转啼叫，放歌长鸣。它超越了垂死的剧痛，以生命为代价，为情人献上千古绝唱。它的歌声胜过了百灵和夜莺，整个世界都在屏息聆听。惊天地，泣鬼神，使天下的有情者无不动容，使天下的无情人每每汗颜。

后来，张秋月对荆棘鸟的传说又做了进一步的演绎。她说，很久很久以前，有一个渔家姑娘叫荆棘。她丰润多姿，漂亮多情，声音甜美悦耳，但她只肯为她的情人阿哥歌唱，其他任何人都未曾听到过她的歌声。一个恶棍渔霸看上了荆棘姑娘，要霸占她为妻。在一个暴风骤雨即将来临的晚上，这渔霸逼派她的阿哥出海捕鱼，许诺她的阿哥，只要这夜能打回满舱的鱼，便可成全荆棘姑娘与阿哥的婚事。阿哥无奈，起锚出海。荆棘姑娘站在这个岛的最高处，朝着阿哥远去的方向唱了一夜的歌。荆棘姑娘决绝的歌声，盖过了一夜狂啸的怒涛浊浪。天亮的时候，狂浪疾风仍不见停息，荆棘姑娘断定这样的夜天被逼出海，阿哥必死无疑。她流干了眼泪，哭瞎了眼睛，倾尽生命的力量唱完最后一声，喉嗓撕裂，跳海身亡。树林里的众鸟，被荆棘姑娘的一夜绝唱震撼，以至相形见绌，从此岛上的鸟平时再不鸣叫，直到生命最后一刻才鸣叫一次。人们给这些鸟起名叫荆棘鸟。那夜暴风骤雨之后，本无泉水的岛上，第二天却不知从哪儿流出了泉水。人们说，这是由荆棘姑娘哭干了的眼泪，滴入石土中滋长出来的。荆棘姑娘的阿哥，斗风雨，战恶浪，终于在风息海静的中午时分满舱而归。当阿哥知道心上人已经随大海而去，悲痛欲绝。他对大海高喊："荆棘姑娘呀，是你的一夜绝唱和忠贞的爱情给了我强大力量，才使我死里逃生，浪里返航。心上人呀，等等我，我随你而去！"说完，阿哥便在岛上树林中自缢身亡。从此，岛上便怪树成林，人们再不知群树的品种和名类。为纪念为爱情献身的荆棘姑娘，人们给这个岛取名叫女儿岛，给岛上两座山取名为双乳山。

张秋月演绎这个故事的时候，是在一年后特训队临近毕业的某一天。

23

三十名特训队员的安身之处，是左乳山上绿荫环抱的一个大院。十几座茅草房高低不平地散布在山坡沟底；多条羊肠小路弯弯曲曲、上上下下，很随便地搭串在茅草房之间；高高的土围墙，美女蛇般围成一个地图样的形状，上面架着黑乎乎的铁丝网。

岛上的环境极为简单，富饶的岛上，除这个大院之外，再没有一户居民。据说，岛的周围水域人为隐设下了永久性障碍，除留一处大院作为专用码头外，船从其他各处都靠不得岛，因此渔民也极少上得岛来。

显然，在特训队到来之前，已经有部队到这儿做了先期工作，完成了基建工程。

特训队开训后，并未急着搞业务训练，而是先搞了一个月的保密教育和革命事业心教育。女儿岛上政治工作的威力是巨大的。一个月的教育,把大家投身地下革命工作的决心和保密观念搞得坚不可破,大家为干好这一神圣事业而学习的热情空前高涨。

赵素雅说:"我真的喜欢上了这一行当,很革命、很神秘、很神圣、很神奇、很过瘾。你想啊,除军中统帅能影响战争胜负之外,有如此威力的第二类人就是我们谍报员了,一纸重要的情报能影响战争的胜负,有时还能决定历史进程。统帅我是当不上了,但我要立志当一名出色的谍报员!"

张秋月说:"一纸重要情报,等于前方增加几十万大军。我要豁出去大干一场!"

陈右军胸怀激荡着春风,叫道:"我和你们有共同的感受。我们居然能把历史掌握在自己手中,多么令人神往的事业呀!"

高革说:"你们如此理解革命特情工作,虽说有些简单化、概念化,听上去也有些生硬,但意思是大致没错的,尤其由此衍生出的革命激情,正是眼前必需的。"

陈右军声调越发高扬:"这里是我们创造辉煌历史的起跑线。我要在女儿岛上起跳,我要在双乳山上腾飞,我要当特别训练队第一!"

赵素雅一笑:"可惜,历史不是喊出来的。谁是特训队第一?咱们走着瞧!"

赵素雅的高涨热情,很快被特训队的一纸规定给降了温。高革宣布了一条铁律:任何人不许谈情说爱,违者以破坏革命工作论处。

赵素雅私下找了高革,问:"我和陈右军是不是也在你的铁规之内?"

高革盯着她看:"你说呢?双乳山上的鸟,女儿岛里的鱼,都不许谈情说爱。何况男女特训队员?!"

赵素雅说:"我和陈右军是夫妻,大家都知道的。"

高革说:"特训队有特殊的规定,纪律面前人人平等。"

赵素雅转身走了。她找到陈右军,想听听他的意见。陈右军说:"特殊时期有特殊约束,谁都要在这个圈圈里行事,不得出格。你我必须以大局为重,舍弃儿女情长。"

赵素雅二话没说,又去找张秋月。张秋月一副幸灾乐祸的样子,笑说:"是夫妻也不能搞特殊,是夫妻也没有什么了不起的。忍忍吧,忍忍吧。"

接下来,高革分编桌次又引起了赵素雅极大不满。高革把陈右军和张秋月分在了一桌。赵素雅断定,高革这一安排是别有用心、不怀好意。她对高革的怨恨由此又加深了一层。

高革把张秋月放在陈右军身边的真实意图,是赵素雅苦苦思索后推断出来的。

事情是这样的。这三十名特训队员是十七男十三女,在同一教室学习。高革的分桌原则是同桌必须同性。"同性相斥,异性相吸"的原理,他自以为研究得很透彻。排定八对男生、六对女生之后,还剩下一男一女必须同桌。在排定这对异性同桌上,高革绞尽了脑汁,最终把张秋月和陈右军分在了一起。他强调:"队里要不惜任何代价,坚决杜绝恋爱现象的发生,其原因既复杂又简单。你们将来要从事的是一项极为特殊的事业,工作环境会极为复杂,复杂得不可想象,复杂得队员之间不能有特殊的情感因素,复杂得从现在起就不能因谈感情而种下不利于将来事业发展的祸根。这一点你们自己去慢慢琢磨,碍于有关保密规定,我还不能给你们点破迷津。理解的要执行,理解不了的也要不折不扣地执行!"

赵素雅不买高革的账,私底下又找到他,一字一句地说:"你明知道陈右军和张秋月互相之间有好感,却偏把他俩弄成同桌,你到底想达到什么目的？"

高革冷着脸："我真没看出谁和谁之间有什么好感，我一心想把男女队员之间发生私情的概率降到最低。在这三十人当中，陈右军是最早参加革命的，他的觉悟最高，有控制自己情感的能力。我相信他，所以，把最漂亮的张秋月放在了他的身边。"

赵素雅说："可我对他们不放心。"

高革说："那是你的事，与我无关。"

赵素雅说："你别有用心。你想让张秋月夺我之爱，你想看我遭受感情折磨。"

高革说："随你怎么想，反正任何人都不得违背队里规定。"

赵素雅说："你这人太绝情了。"

高革苦笑了一下，不再理她。高革严格地做到了与素雅保持纯粹的同志关系，同她交往，丝毫不流露出他们曾是老相识。这高革，俨然不是前几年背架照相机到处乱跑乱撞的记者高势能了，他具备了控制自己情绪的极高能力。

高涨的情绪平静下来后，特训队队员们逐渐进入了具有极大挑战的专业领域。他们以严谨的学风和积极的态度，投身到紧张的习训生活之中。第一学期，队里就开设了十五门课程，所涉内容都是保密的，其中就有收发报基本技能和编码破译等基础训练课。

自1844年人类发明了摩尔斯电报后，世界各个国家相继把它应用于通信之中，收发报、编制密码、破译密码成了其重要组成部分。窃听敌方通信信息、破译敌方密码也成了不宜言表的公开秘密。但是，这类机构的具体情况，在每个国家每支军队都是绝密级的，驻地地点、编制人数、工作方向、工作内容、工作手段、运行方式等都鲜为人知。

待赵素雅、张秋月等了解了这些职业背景和情况后，对女儿岛所营造的神秘氛围就都理解了。接下来所要做的，就是集中精力，全身心地应对学习和训练。

第一学期刚结束，陈右军和张秋月这对同桌，就显示出了超强的实力。他俩有着超乎寻常的竞争，同时也有着密切而良好的合作。在只需单兵习训、仅靠个人实力争高低的项目上，俩人暗中较劲，互不示弱，几乎包揽了各科目的前两名。他俩的竞争，只在谁是第一、谁是第二之间进行。在需要俩人共同合作的项目上，他俩又能体现出同舟共济的团结协作精神。合作效果之所以每每高于其他学习对子，主要取决于他俩之间的超常默契和坚忍不拔的毅力。

在合作训练项目中，最能体现默契程度的是发报中的"手迹"训练。发报员用电码发报时都有自己的"手迹"，也就是说，每一个电报员敲字母"嘀嘀嗒嗒"的节奏，以及字母与字母之间的时间间隔，都有自己不同于他人的特点和固有习惯，标志着坐在发报机旁的发报员是A而不是B。运用和识别"手迹"，对发报员和收报员来说都十分重要。例如，甲国某个间谍一直安全地生活在丙国，并定期秘密发送其活动情况电报，如果他被丙国发现逮捕，由丙国人以他的身份发送迷惑甲国的假信息，甲国收报员应该能通过"手迹"变化而识别出来：自己人被捕了。甚至当一方间谍被俘，敌方强迫他亲自发送假信息时，他也可以故意改变节奏，变换"手迹"，以此作为信号，告诉自己人不要相信这一信息。一个报务员要达到这个水平是不容易的，只有优秀者才能准确无误地识别出他人的"手迹"。

陈右军和张秋月是被高革指定的训练对子，彼此务要十分熟悉对方的"手迹"。这是这一训练科目必须要达到的标准。学习的目的在于实践运用，训练的目的在于实战需要。显然，这预示着现在的训练对子，将来要天各一方，维系他们的将是永不消逝的电波。眼前的一时合作，是为了将来永久性分离。训练时接触最频繁、合作最密切的伙伴，却是将来互不相见的人。

当赵素雅了解了这一工作性质后，对高革当初排桌的怨恨有所减弱，但对陈张二人训练中不得已的密切接触，仍心存芥蒂，盯得越来越紧。

当多愁善感的张秋月悟透这一性质的深层含义时，心里很不是滋味，感叹道："多么残酷的事业，多么无情的合作呀。"

陈右军却说："正因为如此，我们在合作中要斗气斗狠，多闹别扭，多在对方面前暴露丑陋的一面，让对方厌烦你，以免互相生情，今后难分难解，让人死不了活受罪。"

张秋月斗气地说："陈右军，你可别误会，我发感慨，是针对全队学习对子而言的，而不是说的我与你。毕业后，我永远见不到你才好呢，我可惹不起赵素雅那个醋罐子！"

陈右军说："希望我们能成为事业上最优秀的合作伙伴，将来为革命事业做出重要贡献！"

陈张二人在协作上确实令人刮目相看。他们收发报训练异常刻苦，相互间心有灵犀。高革称他俩的默契度，在女儿岛上无第二对。高革采取了一个从未采取过的测试方式：把陈右军一人拉到右乳山上架起机器收报，剩下二十九名队员在左乳山的教室里轮番给他发一组报，他竟然能在二十九种不同的电码声中，准确地把张秋月的"手迹"识别出来。反之，张秋月也能一下子把陈右军拎出来，反复测试，无一例外。而陈张收发报速度之快、准确度之高和辨别率之强，在特训队也是独一无二的，因此，被队里人称为报务训练上心灵感应最敏锐、最灵通的"金童玉女"。

这二人的优秀之处还不仅于此，他俩把收发报练习与编码破译的基础训练有机地结合在一起。他俩互相自编密码，用发报机发给对方让其破译。后来一段时间，他们之间的练习稿，全部是自己编制的以身边事为内容的密报。这大大提高了习训情趣。而其他学习对子，只是用教官指定的练习码练习。用教材上规范的练习稿，是教官的一贯要求。在打基础阶段，教官不允许学员用不规范的自编密码练习。而陈张认为，编制与破译密码，最忌讳的就是打常规战。兵者，诡道也；形与迹，异者胜。要干好这一行，吃好这碗饭，必须出奇兵，走独路，行诡道，干绝活。于是，俩人背着教官长时期热衷于自编自发自破。

陈右军有好几年自编密码和破译的经历，在这方面，他远远超过任何一名队员。他与张秋月成绩骄人，与此有密切关系。尤其，特训队挑了八名优秀学员，专门由一名苏联密码专家进行重点培训。这八名学员编码与破译方面的训练内容，是各科目重中之重，队里拿出充足时间给予保证。苏联专家执教严苛残忍，一丝不苟，对每一个学员都有不同于他人的训练计划和方案，训练标准也都相当高。而在这八名学员中，就有陈右军、张秋月和赵素雅，这三人成绩一直名列前茅，在手工密、半机械密和机械密等编破技能方面，都有长足进步，吃的苦也最多，被苏联专家敲打得也最为严厉。但赵素雅的成绩，一直未超过陈右军和张秋月，这使她始终耿耿于怀。

24

赵素雅对陈右军及张秋月的突出表现心生妒意，不是一天两天的事了。她时常缠着陈右军，让他帮助自己学习提高。陈右军自然真教，而她也自然真学。她编码和破译技术因此又有长进，而收发报科目一直成绩平平。因为，收发报训练，依赖于训练对子长期不懈地互助练习，而赵素雅的训练对子是一位女队员，陈右军在这项业务上无法提供直接帮助。

在这样的环境中，赵素雅对与陈右军的情感生活失去了想象。对爱情充满渴望的她，想不出有什么好办法来应对自己燥热的心境，以唤起陈右军对她心灵的感应。于是，她选择展现和深化自己的强项业务，来填充心灵的空虚。她拿出相当的精力，来打实她的英文水平。凭她的基础，稍一用功，就很容易在队里占据英文成绩的霸主地位。这方面，她是无与伦比的。她以诵读英文原版世界名著来显摆自己的实力。几年前，她早已能熟读甚至大段背诵英文《莎士比亚全集》。现如今，在学习空隙，她时不时地给大家表演一段莎氏剧目。同时，还在众目睽睽之下诵读英文原版《尤利西斯》。这是英语文学丰富遗产中一部最伟大的小说。她的目标是在女儿岛的一年间，弄通这部内容庞杂的巨著的原文和精神。她在两种语言的交流和转变过程中沉迷不醒，以此来体验女儿岛上孤寂的生活。

在众人面前几次捧读大部头《尤利西斯》后，她暗自叫苦。这部英文原版巨著，较《莎士比亚全集》难读难懂得多，但她还是通晓了全部内容。她开始私约陈右军共同提高英文水平。他们用英语对话。她借用《尤利西斯》中的原话抓挠他的心窝窝。

她说："**带酒窝的脸蛋儿，头发都是一卷卷儿，你的脑袋直打旋儿。女郎们，女郎们，可爱的海滨女郎们。**右军，你的目光经常被你周围的女郎吸引，唯独不肯在我身上停留。"

他说："队有队规，我们也有自己的学业。如果不克制自己，那就有可能在儿女情长上翻船。"

她直视着他："感召你的，是荣誉；迷住你心窍的，是事业。我们总是忠于革命的。在我们看来，成功了，才智才学才是完美的。这些，我都懂。况且，现在，我赵素雅的革命性和革命的彻底性，一点不比你和那个张秋月差。可是，现在，我需要感情上的完美。"

他说："你刚写了入党申请书，不能犯组织纪律。我与你，心里要时刻装着组织和队规。"

她说：**"翘起嘴唇，对法庭做傲慢的微笑。"**

他说："面对你这种状态，我可笑不出来。"

她对他的愤怒无动于衷。**"她用镶金的小牙齿轻轻地咬他的耳朵，送来一股陈腐难闻的大蒜味。蔷薇花丛分开，露出一座陵墓，里面埋着国王们的黄金和骸骨。"**

他对一脸痴迷的说书人大喊："你全身都充满陈腐气和大蒜味。"

她狂笑起来。**"将把我的心带来给你，将把我的心带来给你，那和煦的晚风呀，将把我的心带来给你！"**

他不想再和她斗气。"多舒服的晚风呀。可这风摇响了队规警示的风铃。"

她抓一把晚霞抹在脸上。**"小呀小呀可怜怜的小娃娃，天天晚上卖猪脚，给他两个先令吧。"**

"你别在这里给我生搬硬套《尤利西斯》中的台词了。"他推了她一把，"你这种样子，没法让人理解，难以让人接受！"

她指着他的鼻子大叫道："陈右军，你终于说出了心里话，你说你接受不了我了！你是不是真的不爱我了？"

他转身就走。"你说不爱就不爱。"

她坐在地上不走。"你发誓决不当负心郎，没承想你心狠把我诓。**哼着我的土啦仑、土啦仑、土啦仑。陈右军，我把你装心里这么多年，你就这样对我呀？"

他脚下生风："你到底想干什么？再闹，我俩以后就没得交往了。"

她跟上来，摇着手让他停下。"**爱笑的妖女！摇摇摇的手。不跟你走跟谁走？跟谁走？跟谁走？跟谁走你都逃不出我的手。**"

他停住脚步，一本正经地说："素雅，你钻进《尤利西斯》里出不来了！不要再看那破书了，小说能解决当前特殊环境中的个人情感问题吗？今后，你要放下闲书，集中精力学习本职业务。业务素质和基本技能不过关，以后到工作岗位上会出乱子的，甚至会丢了自家性命。性命都没有了，还谈什么爱情？你真是不知哪头重，哪头轻！"

她不再纠缠，悄声跟在他后面溜回大院："我哪是在看闲书哟，我是在借助英文原版小说，提高英文水平哩。右军，别把我看得那么没觉悟好不好？我现在已经是一个高尚的革命者了！"

赵素雅想找准一个机会，好好表现自己，不能让陈右军小瞧了。不久，在射击课和爆破课上，她就完全不顾自己了。哪儿危险她出现在哪儿，什么活危险她抢什么活干。射击练习，她白天黑夜趴在地上，跪在障碍物旁练瞄准。实弹射击，枪枪击中要害。她把大枪小枪玩得烂熟。

对赵素雅这一超强表现，高革很满意，说："这种刻苦练习的态度才对头嘛。枪法百发百中是这个行当最基本的技能，每个队员必须学到手。"

陈右军脸上也露出了笑容，心想：某些人之常情，完全可以理解。特殊时期的特殊规矩，牢不可破。挺住呀，我们！

不久，队上却传出陈右军和张秋月个人关系超乎寻常的消息。依据是，有人破译了他俩之间的自编密码。

陈右军与张秋月就此进行了一番对话。

张秋月说："我俩发给对方的密码报常常难倒对方，班上还没有破译水平能高过我俩的。谁想破译我俩的密码，窃得我俩的秘密，他还得再学几年。"

陈右军纠正说："你没说到点子上，不是别人能不能破译我们密码的问题，而是我俩之间根本就没有什么见不得人的秘密。你说，我俩互发的电报，什么时候涉及过工作学习之外的内容？"

张秋月装糊涂："没有过吗？我记不得了。按队里的传说，我俩之间好像有不可告人的秘密。"

陈右军说："这叫什么话？有没有你我还不清楚吗！"

张秋月说："我有办法识破别人是否破译了我俩的密码。明天，我发给你一个密报，约你周日上午偷溜出去，到右乳山北侧蛙石礁附近钓鱼，并带上泳衣，咱俩中午游泳。队里有明文规定，不许男女队员私自出大院，更不许私自去游泳。这可是一个无比刺激的约会。如果我们的密码被截获并遭遇破译，准有好事者跟踪我们去瞧热闹，甚至给高革打小报告。否则，就表明没人破译我们的密码电报。"

陈右军一听很兴奋，也没多想，便说："有趣，好玩！那我们就演一回戏，试探一下虚实。"

张秋月在练习课上，给陈右军发了一封密报，并连续发了三遍。

周日上午，他俩按电报上说的，带了渔具和私下自缝的泳衣，潜出大院。开始时，他们并无心钓鱼，只顾在蛙石礁附近爬上爬下，一边采着野果子玩，一边观察这一带的动静。一个多小时过去了，并没发现异常。没人跟踪，就少了些许刺激，俩人又甚觉无趣，便开始钓鱼。

这一带山坡陡立，水深浪平而暗涌多，少有渔民出现，因此鱼儿很活跃。远处有船经过，后面竟然有海豚跟着浪花玩耍跳跃。海豚追船玩的景象，在这一带时有出现，但今天，当远处有海豚跳跃时，还是引来张秋月一阵夸张的惊喜叫喊。

快到中午时,他们已经钓了一大网兜子鱼。把网兜放在水里,鱼"刺刺啦啦"闹得欢。张秋月说:"钓这么多鱼有什么用?又不敢带回队里。我们一边钓鱼,一边练习发报吧。用嘴发,用嘴回。"于是,俩人就"嘀嘀嗒嗒"地发起了报。陈右军还不时地把钓上的鱼用力甩到海里玩。

这时,奇迹出现了。眼前海面上突然蹿起一条大鱼,准确地接住了陈右军甩出的小鱼儿。

俩人都惊呆了。陈右军醒过神来,又甩出了一条鱼,那条大鱼又腾空而起。从惊吓中反应过来的张秋月,结结巴巴地说:"海豚,是海豚。"她也抓起一条鱼甩出去,海豚同样跃到空中。

陈右军说:"咱俩甩鱼的落点不是一个地方,可都有海豚出现。可能不止一只。下面,我俩同时扔鱼。"果然引出两条海豚同时跃起。他俩每人手里又各拿了两条鱼同时甩出去,跃起的还是两条海豚。俩人把所有的鱼都甩到了海里,看了一场万分刺激的双豚表演。

海面平静下来,俩人呆呆地望着海豚出现的地方出神。走时,张秋月恋恋不舍,一步三回头:"只有两头海豚,说不准它们是一对夫妻呢。"

陈右军装作懂行地说:"海豚是兄弟姐妹成群,夫妻才成对。这两头肯定是夫妻。"

张秋月眼里闪着激动的泪花:"我们俩有眼福,才能见到大海中夫妻海豚的表演。看见海豚的事,莫要告诉任何人。这是到女儿岛以来,我俩之间第一宗不让外人知晓的秘密,希望能共同保守。"

陈右军说:"除此之外,我俩之间再没有其他秘密可言,那些传说都是无中生有。"

张秋月笑笑,没再吱声。

第二个周日，俩人又悄悄来到蛙石礁钓鱼。在这一周的报务课上，陈右军和张秋月新编了难度更大的密码让对方破译，内容全是有关海豚夫妻的。其中，张秋月一再强调周日再去钓鱼，目的还是试探他俩的密报是不是被同学破译了。

日到中天，俩人钓了足够的鱼后，开始往海里扔鱼，但他们希望的景象没有出现。

陈右军说："可能是上周海豚夫妻正好路过此地，赶上我们扔鱼，便出来和我们嬉闹。听说海豚很聪明，也很有灵性，在海洋中是人类最好的朋友。海豚救落水船员的事，在古今中外都出现过。传说它们能听懂人类语言，能与人进行信息交流。"

张秋月颇为伤感："可惜，它们和我们仅见了一次面就走了，大概去找它们的孩子了。"

俩人聊了一会儿海豚的话题，又一边钓鱼，一边用嘴练习收发报。钓到鱼又甩到海里。这时，上周日的奇迹又出现了。海豚夫妇又光临蛙石礁附近的海域。这次与上次不同的是，海豚离他们更近了一些。临末，海豚夫妇还双双把尾巴摇出海面，似乎在向他们说下周见。

回去的路上，陈右军神秘地说："你知道今天为何开始海豚夫妇没有出现，而后来又出现了？是因为我们开始时只扔鱼而没有读电码。读电码后，再扔鱼，它们就出现了。这说明，它们对我们嘀嘀嗒嗒的读报声感兴趣。也就是说，我俩读报的某些声音与它们的语言有相通之处。"

张秋月站住脚，皱起眉头说："真那么神奇？巧合吧？也许开始时它们还没有游过来，等我们读了一会儿电码再扔鱼时，它们正好游到这里。"陈右军说："下周日再去证实。"

接下来的这个周日，他俩又把上周的程序走了一遍，果真在他们读了一阵电码之后，海豚夫妇才出现。更令人惊喜的是，海豚夫妇干脆游到了他们跟前，顺着礁石伸出了头。

陈右军读着电码慢慢靠近它们。张秋月鼓励他去摸海豚的头："海豚是友好的，你没恶意，它会让你摸的。"

陈右军弯下腰，试探性地摸了摸其中一头。它们并没跑掉，反而欢快地扇了扇前翅。张秋月也过来，大着胆子摸了另一头。

俩人来前在宿舍就把泳衣套在了衣服里面。陈右军脱了外衣，把腿伸入水中。海豚夫妇离开岸边观察一会儿，又游了过来。一头海豚还友好地用头蹭了几下他的腿。他借机握了握它的前翅。

张秋月在一旁搓着手，也穿着泳衣把腿伸入水中。一头海豚游过来，用头拱她的脚。她吓得赶忙缩回了腿。

陈右军见海豚确实十分友好，就下到水里，围着礁石游来游去。两头海豚围着他转，用尾巴拍击水面，时而用背鳍和肚皮蹭他的手脚。

他与海豚身体摩擦，产生了令人难以言表的感受。那是一种温柔的抚摸，是一种生灵之间的信任与友爱。他大着胆子，一手搂住了一头豚，跟着它游了一会儿。

他鼓励张秋月也游过来。她胆怯地靠近他，抓着他的胳膊，躲闪着海豚。他把她推向海豚："没事，大大方方地和它们握握手，以后我们就成好朋友了。"她就真的抓住海豚的一只前翅游了一段，兴奋得哇哇乱叫。时间不长，他俩就同海豚在礁石周围自由自在地同游嬉戏。他俩抚摸它们的背和鳍，给它们抓痒。海豚则用长喙把她和他顶出海面，然后又扔下。他俩欢叫着，大笑着，沉浸在极度的欢乐中。

大家真正成了好朋友。在这之后的几个周日，他俩都和海豚一起度过了美妙的时光。

听到队里有关陈右军同张秋月关系异常的传闻，赵素雅几次找了陈右军。陈右军并不过多解释，只是说："绝对没有什么事。你要相信我，同时你也要自信。"

赵素雅又去找了高革。高革决定亲自窃听抄收破译陈张之间的练习电报。高革说："人不可能编制出一个人类智能不能破译的密码。"赵素雅说："理论上是这样。只要是人编的密码，都可以破掉，关键是时间问题。顽固的密码几年、几十年都破不掉。破金童玉女的密码关键是速度，否则，等他们抱出了孩子，再破译就没任何价值了。"

高革露出少有的笑容："赵素雅，连你都称他俩是金童玉女，连你都怀疑他俩有可能抱出孩子。看来，你真的对自己没有了信心。"高革这句话又勾出了赵素雅的不满："还不是队里的破规定给闹的！如果允许我们夫妻有正常交往，陈右军能生歪心吗？"

高革严肃起来："你到什么时候才能学会正确处理个人感情与训练大局的关系？"赵素雅说："我只是说说，我只是担心。你干吗上纲上线的？"

高革组织队里几个成绩较好的队员，成立了一个秘密小组，一起研究破译陈张之间的密码。赵素雅表现格外积极，拉着小组成员一起挑灯夜战。

虽然陈张二人经常变更密码，但由于标识海豚和礁石的码子反复出现，为高革他们的破译创造了条件。经过半月的集体攻关，最终破译了他俩的部分密码。

这一个周日，高革带着赵素雅和几个骨干跟踪了陈张二人。他们从山坡小树林里钻出来时，看到了惊人的一幕。

陈右军和张秋月正同两条大鱼在海里同游。愣怔过后，高革大喊："大鱼危险！快上来！"他呼喊着，领人冲下山坡。脚下的碎石块也跟着呼呼啦啦地下来了，惊得海豚迅速向海中游去。

高革冲着大鱼游走的方向，狠狠地投了一阵石块。他让陈右军和张秋月着泳衣在礁石上罚站。你们一不该私自外出钓鱼,二不该私自下海游泳,三不该同大鱼一起游泳;现在证明你俩虽不是在神神秘秘地搞个人情感之事,但如此违规行为更不可原谅。还说,这一带水深鱼多,经常有大鱼出现,是禁止游泳的危险海域。一两米长的两条大鱼,要咬掉你们的胳膊腿什么的轻而易举。最后说,回去之后,每人写出一份深刻检查,等待队里处理。

张秋月没有丝毫羞涩,双手抱胸,高声反驳了一句:"那不是大鱼,那是两头海豚。"高革说:"我明明看见是两条大鱼。"旁边有人小声说:"他们在密报中多次提到海豚,我们看见的确是海豚。"高革说:"海豚也是鱼。"

陈右军满不在乎,莫名其妙地嬉笑一声说:"海豚和大鱼性质不一样。海豚是人类的朋友,从不伤人。我俩到这里是来破译海豚语言的。我有个设想,以后我们就用海豚语言当密语进行通信联络,那样,任何技术先进的敌人都破译不了我们的电报了!"高革说:"就你喜欢异想天开。真真荒唐透顶!赶快给我穿衣回去!"

张秋月双手举向空中,兴奋异常地叫道:"陈右军,我十万分挺你!破译海豚语言,用海豚语言实施通信联络,多么高妙而伟大的设想呀!"

整个过程,赵素雅都没有说一句话。她眼睛火辣辣的,脸颊红红的。她一会儿死死地盯住陈右军,一会儿又死死地盯住张秋月。尤其长时间地盯着张秋月的身子。她那苗条的身材、白皙的皮肤、高高的胸脯,使赵素雅想了很多。

回去后,赵素雅跟陈右军大闹了一场。陈右军说:"你就是闹上天来,也是无理取闹。我和她之间没有发生任何见不得人的事。"赵素雅说:"都赤身裸体了,还说你们光明正大呀?"陈右军说:"任你怎么想吧，我心中无愧。"赵素雅说："你心中有鬼！"

陈右军和张秋月约定，都用自己新编的密码写一份深刻检讨交给高革。高革本来想让他们回去用汉字重写，但看到他俩挑战的目光，就把密码检讨书收下了。结果，他和赵素雅等人研究了一周才破译。赵素雅嫌检讨写得不深刻，态度不端正。高革却说，这俩人编码水平越来越高了，真是一对好苗子。队上这样的训练互助多出现几对才好呢。

最终，高革还是组织全队开了两次座谈会，对陈张进行了严肃的批评教育。碍于队里几个骨干的求情，看在陈右军近期拿出了几部密码编本的份上，他俩才免遭处分。

入队学习后，陈右军一直潜心修缮他在甘陵镇、达胜庵和吴晗镇编制的几套密码，以求达到更高水平，让高革十分满意。

事情过后几周，陈右军和张秋月难舍对海豚的惦念，又冒着被抓的风险到蛙石礁走了几趟，可再也没能唤回海豚夫妇。

陈右军很难过："高革把我们百年不遇的好戏给搅了，海豚夫妻不会再来了。"

张秋月却笑笑说："搅了一个百年之好，会有另一个百年之好诞生。"

陈右军看了她一眼："荒唐至极！"

25

临近毕业那一个月，张秋月对陈右军有了别样心思。报务课上，她长时间不错眼珠地盯着沉迷于抄报练习中的陈右军看。陈右军感受到了她的非常态。他不慌不忙地抄完几份报，把笔和纸推到一边，便以其人之道还治其人之身，直愣愣地盯着正在发报的她。她远远没有他镇定自若，有些不知所措，心里毛愣愣的，出现了少有的错码乱码现象。

陈右军这种死羊眼盯人的招法持续了多日，张秋月终于忍无可忍了，给他发了一封抗议密电："贼心赤目，虎视眈眈，乱我心绪，弃我前功。我若出现坏手现象，你当负完全责任。若不改之，我将明电全队，揭露你之骚扰行为！"

所谓坏手，即发报员由于自身心理因素导致的一种痼疾：每发到某个或某些电码，手便不听使唤，出现错报乱报现象。时有报务员因坏手而被淘汰出局。

陈右军则回电："此等心理素质何能应对未来实战？我之双目之下你都心神慌乱，如若敌兵临城下，被捕在即，数十双恶目盯你，你能镇定地向组织发回最后一组密码吗？"

张秋月回道："此等心理训练我早已过关，强敌围我，我自泰然处之。而你之寒目，我却心发怵、头发蒙。再次强烈抗议你的不义之举！"

这次，陈右军果敢地用明码回复："我之寒目，绝无歹意恶图，一为训练你之心理素质；二为欣赏你发报时之优美手姿：晨曦照耀下之纤秀手腕，汗须金黄，凝脂白皙，玲珑剔透，上下拱动，鲜活绝美之艺术品也！淡粉五指，柔立键上，宛若舞蹈小人竞相比美。拇指丰润之统领上下，中指砥柱之千锤百炼，食指无名之通灵协作，小指娇艳之逢源左右。小小金币之地的键上，维系着万里风云，演绎出无尽风流，此乃金手指也！我赞美方寸之上奇俊的指腕，而非倾慕指腕主人也！"

全队窃收此电后一片哗然，纷纷通电陈右军："爱屋及乌常理也，言之慕其指腕而非爱其人，纯属口心不一，陈右军诡道也！"

张秋月见陈右军赞誉她指腕绝妙，实为心迹流露，心便安定下来，再握电键时信心倍增，自己观之，确实美不胜收。陈右军又施盯人战术，她便再无坏手现象，越发优秀。

赵素雅自然看破了陈右军的那封明电，便去找他理论。陈右军说："我这是帮她过好心理素质这一关，意在杜绝她出现坏手现象。张秋月发报技术本来是优秀的，但若因心理素质不合格，而葬送了谍报工作前程，岂不是革命事业的一大损失？训练出一个优秀发报员是多么不容易呀。我之行为光明正大，所以，我用的是明码。"

赵素雅说："你如此这般毫不掩饰地大加赞美她之指腕，纯属发自内心。你爱其指腕，慕其人美，别有用心！"陈右军却说："何止是别有用心？我是用心良苦。坏手现象是在指腕上表现出来的，只有大加赞美其指腕，才能除掉她之心理障碍。这叫头痛医头，脚痛医脚，手疾医手。我这是在为谍报事业治病救人。"赵素雅一跺脚："你这是在为你的阴暗行为找借口！"

使赵素雅没有想到的是，陈右军对张秋月实无倾慕之情，但张秋月对陈右军有了深度爱恋。这种情愫，奠基于信仰崇拜，初始于张宅共处，浓厚于习训合作，爆发于毕业之际。

从组织角度来看，随着毕业时日临近，高革对男女之事管理更加严格，其想法是：一年的时间都过来了，未生男女之闲事，这最后一个月，务必收紧关口，求个善始善终。

毕业分配方案，队员无从知晓，但大家都知道一个通理：平时朝夕相处的训练对子要天各一方，一般不会分到同一情报组，甚至不会分到同一城市。因为，训练对子彼此熟悉对方的发报习惯和发报手迹，被分到两地的情报点担当报务员，可以避免双方电台一旦遭敌逮捕被逆用而辨别不出手迹的情况发生。

分配前，高革做了题为"服从命令，顾全大局，一切听从党安排"的教育动员报告。"大家要站在革命事业大局的高度看待个人感情、考虑个人走留和工作去向。我知道，这从人性角度来说是残酷的，因为我们的工作性质是无情的。这种残酷和无情，大家应该早有所料，我们谍报员在革命需要的时候，要放弃正常人的情感交流。因此，全队每一个同志，都要把思想统一到上级精神上来，一起接受人生和感情的严峻考验！"

教育动员过后，大家迟迟不肯离开教室。张秋月和赵素雅率先"嘤嘤"地哭出了声，随后是一片呜咽。陈右军没有流泪，他全神贯注地看着张秋月和赵素雅哭。她俩趴在桌上，俏肩一耸一耸的，煞是好看；哭声细长清脆，急缓有度，节奏明快，有如她们发的报，无一丝杂音和拖泥带水。他第一次感受到，赵素雅、张秋月的哭姿也如此美妙。

突然，赵素雅停止哭泣，恼怒地向全队发了一封明码电报："高革浑蛋！一年来把诸君勒得紧紧的，把习训空气搞得浓浓的，让大家连大喘气的时间都没有。高革假正经！他把男男女女看管得没有一点额外接触的机会，害得大家难叙革命友谊和感情。同学天各一方，是事业需要，是组织要求；服从命令，是革命者天职，我们无怨无悔。然而，他高革一如冷血杀手，无情无义，无视男女之常情，禁我队员之感情，我们不能再等闲视之，我们要抗议，我们要自由，我们要友谊，我们要爱情！"

诸队员纷纷响应，发通电助之，"我们要花前月下的宁静空间""我们要蛙石礁上的卿卿我我""我们要夫妻同居的二人世界"。

陈右军唯恐天下不热闹，也想放纵一下，玩闹一把，用自认为最难破译的一种自编密码，假以张秋月的名义，向全队发了一组密码电报："各奔东西，密心相连；友谊万岁，爱情长眠。破我者，相爱也！"

大家见报头明文署名张秋月，而内容则神秘，于是都静下心来攻之。结果无人达成破译。大家发泄了一番情绪，便冷静下来，都识时务地自觉按队里的要求，做一些毕业分配前的准备工作。

这一天，张秋月在回宿舍的路上，拦住了陈右军。她双手叉腰逼视着他，一言不发。

陈右军一看就明白，她破译了他那组别人破不了的电报。

他说："闹着玩儿的，给大家添点情趣罢了。我坚信没人能破得，没想到你攻克了。看来，在你眼里，我是无秘密可言了。你是诡道高手，我甘拜下风。"

她说："你把我卖给了全队男生，你给其他所有男人与我相爱的机会，唯独排除了自己，你真够狠！"

他说："你知道这是开玩笑的，何必一脸杀气？"

她说："我当真了！你说，你为什么唯独没有给自己留下这个机会？难道你嫌弃我？"

他笑说："我知道我俩是训练对子，最难以相聚成真，所以我没给自己留下这个机会。况且，这真是玩闹的小把戏。"

她不笑："我非要把这个机会留给你。除你之外，任何人不会真正得到我的心！"

他也不笑了："我说过了，那电报纯粹是个玩笑或者恶作剧，好在别人没有达成破译，只有你知我知天知地知，没产生恶劣影响。我向你道歉，真心道歉。"

她紧追不舍："我不接受你的道歉。你要对你的行为负责，你要对那封电报负责到底。是你发的报，是你说的：破我者，相爱也。我破了你，你说怎么办吧？"

他说："这样吧，电报的事先放一放，接下来的几天，我们好好聊聊，总能找到一个妥善解决问题的办法。"

她寸步不让："那好，今晚就开聊，右乳山上不见不散！"说完，瞪了他一眼，扬长而去。

朦胧的月色下，暧昧的树林里，俩人谈了很久，但始终没再提及那封电报的事。下山归营的路上，她把她那副被他称为极品的指腕交给他。

他没有接，说："你我之间的情感是纯正的，友谊是长远的，情感与友谊也都是革命性的。我不能有非分之想。我心里还有素雅呢。"

张秋月扔下一句话跑下山去："直觉告诉我，你说的不是真心话，至少不全是真心话。"

陈右军在山坡上坐了很久才下山。

高革窃获了队员们在课堂上的游戏电报，知道大家对他的严厉管教有看法。临近毕业，他却和队员较上了劲，管理越发严格。他给大家又上了一课。他说："你们知道目前严峻的革命局势吗？红军苏区又遭到了蒋介石军队的'围剿'；中央特科负责人顾顺章和中共中央总书记向忠发先后叛变，隐蔽在上海的中共中央遭到了严重破坏。我党在各地的地下组织，急需新鲜血液补充进去。训练一结束，我们就有重大安排，谁都有可能冒着生命危险去执行任务。你们说，在这种形势下，你们哪来的闲情逸致谈情说爱？大道理我不再多讲了。有一个浅显的理儿都应该明白。我们个人生命说不准哪一天就要终结，一个人去了也就去了，何苦还要多牵连一个人呢？！"

高革这席话，有效抑制了队里的某些不良情绪。不久，上级批准了毕业分配方案。这个方案在队员之间是绝对保密的。每个人只知道自己被派往何处工作，而不允许打探别人的去向，也不允许泄露自己的去向。这是特训队对队员发布的最后一个铁律。

铁律不敢违。陈右军知道自己将被派往上海做地下工作。至于赵素雅和张秋月去哪里,他很想知道,却又不便打探。

赵素雅和张秋月告诉陈右军,她们没有被明确分派到何地工作,近来在女儿岛待命。陈右军心照不宣,笑笑说:"自从踏上女儿岛第一步起,就注定我们将身不由己。身不由己,服从革命,是每一个女儿岛人都要面对的。今后,我们无论到何时何地、何年何月,都不要忘记这一年的女儿岛生活。"

赵素雅悄声说:"不是不告诉你,而是我俩真的没被分配。你被派到哪儿去了?"

陈右军苦笑一下:"不是我不告诉你们,我是真的不知道被分派到哪里去。高革只告诉我后天离岛。"

这一天,张秋月坚持私约陈右军到海边蛙石礁上,进行最后一次垂钓。

他们第一次相互抓起了对方的手,一个指头一个指头地感受着。最后,都把感觉停留在彼此的中指之上。他们的右手中指上都各有两颗老茧,硬硬的、厚厚的、圆圆的、黄灿灿的。指甲正上方那颗老茧,是发报时磨出来的。它每一分的积聚与加厚,都是经过对方的耳鼓与脑海过滤过的。它敲击出的悦耳键音,声声码码都同对方的听觉器官紧密相连。中指左侧的那颗老茧,是抄报时磨出来的。无数支铅笔由长变短,磨砺着这颗老茧,无数页纸完成使命在铅笔下滑过。笔与纸、手指与电码取代语言成了他们交流的工具,演绎出无尽的苦与乐、喜与忧、成与败,使他们为事业而学、为革命献身的理想逐步得到强化,直至牢不可破,使他们的同窗友谊、同桌感情逐步加深,直至派生出难以割舍的情愫。

张秋月掰着陈右军的指头,掰得他生疼。他静静地看着她。她说:

"当初,我们是被高革勒令同桌,才有缘亲密接触的。这一得天独厚的条件,是以赵素雅对我一年的仇视换取的。赵素雅不理解我俩之间的感情,不理解我埋藏于心头多年的情愫。我认为,这一年,我俩把学习放在了极其重要的位置,出色地处理了学习训练与个人情感的关系。但是,我俩在个人情感上,没有任何实质性进展,到现在我都未能弄懂你的心。能真正懂一个人不容易,一个女人能真正懂一个男人更难。可惜,这方面的知与懂已经毫无意义了。我们将天各一方,也许终生不能再相见。"

陈右军欲言又止。张秋月说:"你什么也不要说了。我知道你心里从未那样想过,也根本不可能说出口。我们都太爱我们这个职业了,太醉心于我们的事业了。因为这个原因,我们使自己身不由己,使自己永远服从革命需要。况且,你心里还有那个爱也不爱的女人。爱也不爱这句话很准确,绝对可以如此定性你和那个女人间的感情!"

陈右军拳击掌,声如蚊:"我心里很乱,啥也说不出,该说的你都替我说了。我在你面前,永远是清水一碗,一眼到底。"

张秋月说:"放弃一切私心杂念,一心一意去干事业吧。我们肯定能成大器的,我们能行!"

陈右军说:"在感情上,我别无选择,我只能走到底了,可我心里又放不下、弃不掉另外一份情愫。这是发生在一对男女之间的一种格外特殊的革命情愫!我永远不会忘记女儿岛、双乳山、蛙石礁、海豚夫妻和同桌的这个女人。"

张秋月说:"咱给那对海豚命个名吧。一个叫嘀嘀,一个叫嗒嗒。怎么样?"

陈右军说:"这两个名字起得好。发报中光有电码嘀,没有电码嗒,是永远形不成完整报文的,嘀与嗒是事物的两个方面,缺一不可。用嘀嘀与嗒嗒为海豚夫妻命名真是太形象太贴切了！"

张秋月说："可惜，我与你却成不了嘀与嗒的关系。你说，今天我们还有可能见到嘀嘀和嗒嗒吗？它们应该来同我俩告别一下的呀。"

这一天的垂钓是难忘的。他俩钓到了鱼，便读电码，然后往海里扔鱼，但海豚没再出现。俩人无语，气氛压抑。俩人穿泳衣跳下水去，闭着眼往大海深处游。

这一带水深且暗涌多。陈右军发泄一通无名暴力之后，发现他们已离岸边很远，心里一阵紧张，忙示意张秋月往回返。张秋月一脸刚毅，继续照直往里游。他大喊一声"你不要命啦"，便扯着她往回游。

上得岸来，二人四仰八叉地躺在礁石上，瞪眼望天，粗气直喘。彼此对视着，无声，无语。突然，她歇斯底里地读起了电码，背的是一些他们练习用过的密码电文。她情绪激动异常，声音夸张，嗓音变哑，泪流满面。渐渐地，她读码声弱下来，泪水却奔流不止。她读累了，长短码已混码不清，可她还是继续读着。

看着张秋月这种状态，陈右军也抑制不住自己的情绪，泪水也无声地流下来。他明白：她是爱事业的，她是爱这一年口耳不离的电码的，她是爱这女儿岛和海豚夫妻的。可以后，再没有机会为"嘀嘀"和"嗒嗒"读密电码了。

此时的张秋月，心里憋屈，情绪压抑，想大喊，想大叫，想把谁骂个痛快，想把谁揍个头破血流。可她什么也不能做，只有大把大把地流泪，用不顾性命地游泳发泄，以歇斯底里地读电码平复情绪。

然而，陈右军没有应对她的发泄方式。他说："一年的时光就这样过去了，我俩之间，虽然在情感生活上没有进一步发展的可能，但也收获了很多很多无形的东西。我们受到了严格的磨炼，学到了过硬本领，养成了严于律己的品性，培养了顽强毅力，结下了深厚友谊，坚定了革命信仰。我相信，我们会把各自的未来打理好的！"

张秋月也平静下来："这一年，我俩搞学习竞争常常是分外眼红，协作时又是你中有我、我中有你，如一人一般不分你我。这期间，我俩虽然没有谈过爱情，可在特殊的学习训练中，用实际行动把彼此没有说出口的心声都说尽了。我与你的交往是难以忘怀的。现在看来，彼此之间的那份特殊情愫，只能靠我们天各一方后独自体味了。明天我们就要分手了，今后也将无缘相处。所以，今天我们要理智，要坚持到底。"

就是在这个时候，张秋月感天动地演绎了她那个早已埋在心底的荆棘姑娘和渔家阿哥的爱情故事。

张秋月说，今天我誓做荆棘姑娘！

陈右军说，可我不能做渔家阿哥！

张秋月听罢，像荆棘姑娘一样，纵身跃入大海。陈右军也跟着跳了下去。

风平浪静的大海，此时没有一点渔家阿哥出海那夜的凶残。它柔顺而多情，温和而友好。张秋月微闭双眼，仰游于海平面上，任凭水下暗涌把她摇来摇去。她像一叶舟，承载着复杂的忧虑和情感重负；她像一把火，似能把大海点燃，浪花溅不灭，海风吹不翻；她像一只鸟，唱尽心底的情歌，却招不来一声回音。

陈右军游到她身边。她红肿着眼盯着他，指着岛上的树问："你知道那些树叫什么名字吗？"陈右军说："你这不是明知故问吗？多年来，谁都不知道那些树是什么品种、叫什么名字。"

她斩钉截铁地说："我知道！那些树埋下的是绝情种，扎下的是无情根，浇下的是忘情水，长出的是冷血枝，冒出的是胆小叶，开出的是忘我花，结出的是无心果！"说完，她一个鲤鱼打挺，潜入水中不知去向。

陈右军潜下去一阵寻找，怎么都找不到人。她却在远处上了岸，抓起衣服进了山坡树林。

陈右军同赵素雅之间的关系也平和下来了。赵素雅私下同他说，她最好能被派往上海做地下工作。那里是革命的中心和策源地，更能够充分施展自己的技能，实实在在地大干一场；那里敌情错综复杂，斗争异常激烈，工作将更具冒险性和刺激性。她还说，一个月前，她已经向高革提出了个人要求，请组织批准她到上海工作。可到现在只通知她待命，而没有给她任何答复。

陈右军看了她几眼，没有就此发表任何意见，他不能把自己已被通知到上海工作的消息告诉她。

不久，赵素雅接到通知，她果然被派遣到上海做地下工作。同时，组织把这一消息也通报给了陈右军。这是陈右军没有想到的。开始他还以为组织是让他们以夫妻名义做掩护，在一起开展工作。组织却再三强调，他同赵素雅是分头工作的，相互都不可知道对方在上海的详细住址，没有特殊情况是不能擅自联系和见面的。工作需要他们联系时，组织会以适当方式通知双方的。

赵素雅不解，就去问高革。高革冷着脸说："有什么可问的？这是组织决定。夫妻关系首先要服从革命需要。要记住，到上海后按规定行事，组织纪律不可破！"

去上海前，高革又一次开展了拒腐防变、保持革命气节教育。这些做地下工作的同志，到上海的公开身份，都是体面的商人和高级职员，每天都要生活在花花世界里。那里到处充斥着灯红酒绿，随时都要经受山野乡村所没有经受过的严峻考验，都要面临操守和气节问题。前一个时期，党内一些人在这方面吃了败仗，叛变现象不断出现。鉴于这种情况，上级对特训队的政治理想教育十分重视，专门派下人来，分专题、分层次、分步骤地抓好各项内容的落实。然后，又引导队员熟悉上海方面的情况和上流社会的交往方式、生活习惯。陈右军、赵素雅等虽在广州城长大，对城市生活并不陌生，但对上海的情况了解不多。特训队拿出充足的时间，在上海市区图和部分重要场所的照片面前，进行反复讲解，尤其对上海敌特重要军事部门和情报部门的情况，强行把详尽内容刻在他们脑海中。

陈右军和赵素雅的落脚点是外国租界区。自1927年夏秋，中共中央被迫由武汉迁往上海以来，中共人员居留的地点大都在上海租界，充分借用租界特殊而复杂的环境开展工作。后来，由于党内变节分子屡次出现，给上海地下工作造成极大破坏，中共中央重要领导不得不撤出租界离开上海，但留在上海和新补充进去的地下工作者，仍然要隐居租界地区。

租界地区华洋杂居，政出多门，反动势力和派别相互之间矛盾较多，可以被地下工作者利用；街道四通八达，容易转移疏散；人口复杂，鱼龙混杂，不查户口，为地下工作的开展提供了较宽裕的社会空间。英法美日等帝国主义国家，在租界都建立了自己的"殖民政府"和警察部队，设有巡捕房、法院、监狱。国民党当局所属警察、宪兵和特务，不能进入租界执行"公务"，更不能在租界开枪和捕人。租界巡捕房捕到的共产党人，国民党当局只能通过法律程序进行"引渡"，不能随便提走。这些都为地下党寻找掩护职业和场所、设立党的机构和工作站点、开展秘密活动，提供了较为便利的条件。

张秋月始终不知道陈右军和赵素雅都被分派到上海工作。她也不知道自己将被分派到何方，直到陈右军和赵素雅先后离岛，她和另外四个女队员还在女儿岛待命。

这一天，高革找她们五个女队员谈了话。大意是留她们在岛上的目的，是要为她们增加一些训练内容。主要是教授一些城市上层社会交际圈的生活方式、歌舞娱乐技能和与阔人打交道的种种本事，以待急需之时予以重用。

高革早在苏联学习做情报工作时，一些苏联情报专家就提出以金钱美色搞情报的主张。他们认为，用金钱美色才能获取有价值的情报。高革曾私下接受了苏联专家的指教：获取情报成功率最大的方式之一，是使用色情间谍，并学习了培训色情间谍的密招。用色情间谍获取情报的方式，在我地下党工作中自然被明令禁用，但高革对此情有独钟，背着组织，擅自尝试培训有姿色的五名女队员。

不知意图的张秋月等五人，开始时对训练内容还津津乐道，对将来打入上层社会做地下工作产生了浓厚兴趣。但当她们得知必要时要做色情间谍后，就拒绝再继续训练。

高革又找她们谈话，说："世界历史上第一个有确切记载的女间谍，便是一个色情间谍，她就是中国的女艾。我们的祖先都搞过色情间谍，你们还有什么羞羞答答的？"张秋月顶了他一句："原始老祖先还母子通婚呢，你怎么不仿效？"

高革一拍桌子："放肆！这是命令！是工作需要，必须服从！你们不是一再表示，为了革命一切皆可抛吗？不是为了崇高理想可以奉献自己的生命吗？怎么在革命需要的时候，连这一点牺牲都不肯付出了？！"

张秋月说："做色情间谍危险重重，如果出了意外，今后我们如何嫁人？如何为人妻、为人母？"高革说："个人幸福、个人名节再大也是小事。革命事业的需要天大地大，一旦选择了你，谁也不得违背！"

张秋月问了一句："革命事业会是这个样子的吗？你别再胡说了。还有，我问你，留我们继续训练的事，其他队员知不知道？"高革沉思一会儿说:"这样告诉你吧,你们之外的任何人,都不会知道你们的补训内容和将来的去向。但我可以破例告诉你,陈右军和赵素雅都被分派到了同一个城市,并且因工作需要,将以夫妻名义一起开展工作。其他就不用我多说了吧?"

张秋月听罢,就不再说话。看来,高革这句别有用心的谎言起了作用。但这五名女队员,仍然拒绝继续参加高革的训练项目。

很快,高革这项违规训练被上级知晓,他因此受到了组织上的严肃处理。

隐秘
The Secret Life

人生

第五章

沪上密战

天黑后,张自量有说有笑地把高革让进包间。张自量刚要张口介绍客人,章萍迅速出枪,直点来者头颅,两声枪响,二人当场毙命。谁料想,跟随高革进屋的还有一个女人。这人便是秋凤。秋凤还没反应过来是怎么回事,枪口已顶住她的脑袋。

第五章　**沪上密战**

26

赵素雅以梅瑞雪的化名，被介绍到美国图文尤思公司在上海的高斯顿洋行书店，做高级职员。这是上海租界最大的一家外文书店。赵素雅不错的英文口语和笔译能力，很快得到了老板的赞许。

关于陈右军和赵素雅在上海的公开身份，早在几个月之前，租界里的地下党就打通关节，着手做了大量前期准备工作。临到上海时，高革也为赵素雅定了"三步走"策略。第一步，把自己在书店的业务能力做强，在一定时期内受到老板重用。这个阶段，要别无二心，党的具体工作一项都不能做，专心站稳脚跟。第二步，逐渐与租界巡捕、警探、律师、翻译等接近，尽可能地圆和关系，为今后开展工作打下人脉基础。第三步，以上两步走好了，才能逐步承担党组织分派的任务，开始真正做地下工作。事实上，赵素雅没有让高革失望，她的开化思想、自身素质和这些年的非凡经历，使她同租界各类人物交往起来没有产生过多障碍。

这个叫梅瑞雪的职员，第一个正面遭遇的是法租界巡捕房翻译何宜。她与他交往的直接由头是双方都对英文版的《莎士比亚全集》爱不释手。

何宜常来高斯顿书店购外文书。一次，梅瑞雪向何宜推荐了《莎士比亚全集》。何宜看了一眼这位热情漂亮的职员，说："如果非让我买的话，我只能送给我的儿子，因为我本人是不需要它的。可惜，我现在尚无妻室，膝下自然无子，这莎士比亚自然也就买不成了。"对于何宜之轻浮，梅瑞雪非但没有恶语相抗，而是更为热情大方地说："人为肉身，无妻配妻，配妻生子，常情常理，此两样迟早会来，但这书不买不看的话，可能会成为终生缺憾。先生，你认为我这话有道理吗？"何宜没有直接回答她的话,而是用流利的英语背诵了《莎士比亚全集》"空爱一场"中的一段台词。

梅瑞雪听罢,自知此人对莎氏全集已烂熟于心,便生窘迫,随口又说了一句:"即使背记过莎氏全集,也不一定就知晓这集子的真正作者是谁。"就是这句话,导致以后一个时期何宜一进书店便不再挑书,而是直接找梅瑞雪,同她探讨莎氏全集的作者究竟是谁。一来二往,俩人混得烂熟,最终出现了何宜追求梅瑞雪的尴尬局面。

何宜脉脉含情地说:"瑞雪表里如一,内涵丰润,魅力无穷。今后,我再不读莎氏全集,改为专读梅氏瑞雪这本书。"梅瑞雪说:"现版梅氏瑞雪是孤本自藏,概不出售,如若诚心购买,等再版后再说。"何宜说:"何时再版?"梅瑞雪说:"那要看以后续写的内容是否精彩。"何宜说:"有我与你共同续写,绝保内容精彩。我要攒足钱银,等着买再版的梅氏瑞雪。"

与何翻译成功接触,让梅瑞雪接触了租界不少巡捕和探员。

有一段时间,高斯顿书店时有丢书现象,一次竟丢了一本被视为镇店之宝的孤本。书店通过职员梅瑞雪,梅瑞雪通过何翻译,几次找来巡捕和探员来抓盗书者。区区几本小书丢失,巡捕和探员自然不会当作案子来破。之所以时而到书店里转转,一来照顾一下何翻译的面子;二来窥视几眼长相俏丽的梅瑞雪。看着这个女子麻利地做事还是蛮舒服的,尤其是她说话的悦耳动听更具魅力。

梅瑞雪心也不在请巡捕探员破案上,而在乎同他们接触的过程。书找回找不回是无所谓的,关键要同他们混熟。最终,书当然是找不回的。因为丢书之事,大都是梅瑞雪自己略使手脚作的"案"。梅瑞雪的收获在于,认识了几个常来养眼的巡捕探员。

赵素雅离开女儿岛不久，陈右军也离岛进了上海。一路上，他穿着格外讲究，西装革履，手戴一枚硕大的金戒指，一副傲慢冷漠的绅士派头。他手提一个高级皮包，里面装有充足的资银，这是由他带给租界一个地下联络点的活动经费。这些钱票不是最重要的，要命的是他怀中的密码本。这是他在吴晗镇上研制、女儿岛上修订的那第三套密码本，被组织正式确定用于上海党组织与各地下机构之间的通信联络。这对他来说，是组织的最大认可，是一项殊荣。高革叮嘱，这些钱可丢，这颗头可掉，但这本密码不能有闪失。

陈右军由各站交通员一站站传送，一路上并未遇到险情，安全到达上海租界甘得利电器公司。他的公开身份，是这家电器公司新聘的副总经理。这家公司全体员工共计十三人，清一色的共产党人。这是在出现叛徒、反动势力多次捕杀上海共产党人后，幸存下来的一处地下党活动站。

公司里设有一部秘密电台，其天线隐秘绕裹在一片茂盛的葡萄架中。就是在落叶后的冬天，与葡萄藤颜色毫无二致的天线，也不易被人发现。以往这部电台的发报效率极低，原因是报务员发报水平不高，速度慢，且手法不正规。这样一来，拖延了发报时间，加大了被敌人侦获的危险。派陈右军到上海，就是要提高这里的发报质量和速度；还要增设一个重要项目，就近侦听抄收敌人的电台密报，并全力破译它，把获得的情报发往苏区。这是我地下组织首次在城市开设此项任务。陈右军是能发、能抄、能破的优秀地下工作者，在使用他的问题上，上层领导是动足了脑筋的。派他到上海工作，无异于在敌人心脏插上一把无形的钢刀。

最初几天，陈右军并未急于投入工作，而是由老情报员带他游览上海各相关区域，实地熟悉上海地理环境。在这个过程中，陈右军有了想法：能否在某一条街道，或某一个场所，碰上自己的爱人？尽管他知道，在偌大的上海碰上赵素雅，无异于大海捞针。尽管组织没有告诉他赵素雅现在何处、从事何种职业，但这种想法时常在他头脑里萦绕。

数日后，他熟悉了上海某些区域的情况，可奇迹始终未曾出现。他站在大街上叹息："同在一座城市，却不知她在哪里。煎熬哟。"他茫茫然一路走着，被从高斯顿书店走出的一个书生碰了个趔趄，也未感知。此时，梅瑞雪正在店里与翻译何宜谈书。

不久，陈右军开始接触实质性的工作。他对租界地下党情报工作的现状很是震惊。他没想到，在去年党组织遭到严重破坏、地下党员被拘捕无数后，情报来源并未枯竭，时有来自各个渠道的情报信息送进来。老情报员说，这几年，国共两党情报战线特别复杂，你中有我，我中有你。国共曾有过合作期，不少人在对方阵营中，或曾担任要职，或有师生之谊、同学之情，或曾并肩战斗过，有着千丝万缕的联系。有的共产党员或贪图富贵，或贪生怕死，或丧失信仰，投向国民党；同样，也有不少国民党人出于对理想信念的追求，或对政府腐败统治的不满而投诚共产党。这给地下党组织获取情报，既创造了有利条件，也带来了种种威胁。

陈右军对隐藏在敌人内部的潜伏者佩服至极。他们每天与敌人厮混一营，同宿一室，同食一堂，冒着极大危险，源源不断地把情报搞到手，又以各种名目和方式送到电器公司人手上。陈右军带着对无名英雄的崇敬，及时把这些情报信息，用那部第三套密码发送给苏区。

抄收敌台讯号，破译敌人密码，从空中直接获取敌人情报，对陈右军来说更具挑战性和吸引力。通过数月努力，创造了较为完备的条件后，陈右军开始实施秘密计划。

当年，还是中学生的陈氏兄弟，在数次破译报纸上的私情密信时，曾相互吹捧对方有读懂密码语言的天赋。多年之后，在陈左军混迹军界和妓院之间，一再醉生梦死的时候，陈右军却在上海的敌人身边，充分发挥其密码语言上的天赋，利用多年研编密码的经验和在女儿岛学到的破译技术，着手破译上海敌台发出的密码信息。

公司成功架起了侦收台，以抄获敌报电讯。有了足够的报量，陈右军便大显身手，逐步有了破译成果。国民党情报部门并没有想到，共产党人已经在上海有了一个侦听破译点，因而不少电台仅启用较为简单的手工密。这些密码，在陈右军眼里，不用特殊技能就可以达成破译，编汇成情报，发往苏区，使上级党组织能看到最新的国民党电文。苏区多次对陈右军电报嘉勉。

后来，敌方几个重要电台陆续换成了加密技术较为复杂的密码，致使陈右军破译工作遇到了重大难题。这反而激发了他攻关破堡的高昂斗志，发起了一轮又一轮的强势攻击。一小时一小时地撕咬，一天一天地剥离，他不断告诫自己，坚持，坚持，再坚持！他绞尽脑汁，寻找字母之间的某些关联，努力捕捉能破解而又不会陷入绝境的契机。老天似乎在同他捉迷藏，时而微光闪过，时而迷宫突现。解不开敌报的加密绝技，找不着破门密钥，他就用智慧之脑，频繁撞击无数扇紧闭的大门。

这个期间，国民党特工总部扩编了其上海区部组织，壮大了侦捕力量，致使地下党各个渠道获取的情报骤减。就是在这个时候，早已调往苏区履职的高革，被中央派遣到上海，指导地下党组织的工作。

高革是以记者的面目出现在上海的。这是他的老本行，干起来得心应手。

这个时期，国内竞办通讯社的风气，正在新闻界兴盛起来。在高革的建议下，组织上开始培养一批自己的记者，并准备在上海创办一个通讯社，通过记者活动的方式搜集敌人情报，团结争取一批新闻界的有志之士，成为党组织的耳目。

高革这次上海之行的一项重要任务，就是设法把通讯社办起来。这个时候，他得到一个消息。天津人尤龙飞办的津华通讯社，由于资本短缺，人手不够，除了设在天津的总社，只在武汉有个分社。由于上海是全国政治、经济、文化中心，这里没有分社，制约了其在天津和武汉的业务开展。尤龙飞最大的心愿，就是在上海设立分社。高革以报馆记者身份主动同尤联系，取得了许可。很快，他不惜动用中央在上海的活动经费，组织部分可靠报人，办起了津华通讯社上海分社。尤龙飞委任高革为分社负责人，主持全面业务。

深谙人情世故的高革颇懂得"有钱能使鬼推磨"的道理，他把有限的经费用在刀刃上，相继打通了各个关节，与报界、租界和军界建立了一些必要关系，使通讯社的业务红红火火地开展起来，并开始小心谨慎地搜集敌方情报。

这期间，高革先后三次密约陈右军等几个甘得利电器公司负责人，详细了解工作开展情况，还给他们送上了部分经费。陈右军不肯收，说公司有盈利，可以弥补经费不足。高革说，这是组织给的工作经费，主要用于增建侦听设备，支撑密码破译工作。分手时，高革郑重告诉陈右军，攻破敌人的重要密码，是当务之急。我相信，你能行！

这之后，陈右军在密报堆里日夜奋战，每天只睡三四小时，终于摸索到了敌人某一套密码报文的规律，基本搞清了其纵横错乱的方法。现在，最关键、最头疼的，是苦苦寻不到打开错乱之门的密钥。他在心里大骂不止："这是哪个浑蛋天才设置的密钥呀！"

高革也曾两次密见赵素雅。她此时正被翻译何宜缠磨得苦不堪言，问高革怎么办。她说："干脆就告诉姓何的，我是已婚之人。"高革态度强硬："绝对不行！这会引出很多麻烦。一个已婚女人，却独自一人在租界做事，你的身份会遭到怀疑。况且，一个已婚女人，对男人是没有足够吸引力的。"赵素雅很反感："难道要我靠美色开展工作吗？"高革逼视着她："靠女性魅力为革命做些事情有何不妥？近来你与租界各界交往，难道你自身魅力就没有起过作用？"

赵素雅不再吭声。高革说："现在有一个两全其美的办法。我在报社了解到一个重要情况，图文尤思公司的总裁图文尤思，要在中国工作一段时期，他大部分时间会待在上海。这个人过去也常来往于美中之间，是西方商界在上海的重要人物，他与中国很多商人，甚至同南京政府都有联系，对我们有重要意义，要设法接近他。我党在上海存有一批重要档案材料，一直未能转移到苏区。由于这批档案量较大，机密性也强，我党一直未能找到安全的转移方式。经过分析，最为可行和安全的方式，就是借助租界外国图书公司的书籍转运，把这批档案材料转移出去。因为国民党相关机构，是无权检查外国公司货物的。这也是我们派你到高斯顿书店求发展的重要目的之一。所以，你要对图文尤思上心，争取通过他为我党工作提供一些便利。"

素雅说："前几天，这个人到高斯顿书店检查过工作，和店员有过短暂交谈。近期，他将会经常请何宜去当翻译。"高革说："很好，要找机会使他认识你、赏识你。尽快和他混熟，是你近期的任务，必须完成。如果能成功，不仅方便我党工作，又可使何宜迫于图文尤思的压力，不敢再骚扰你。"赵素雅说："如果图文尤思也骚扰我怎么办？"

"哪有那么多怎么办？做党的地下工作，会碰到各种各样的难题，这些都要靠自己去化解。在女儿岛时，组织和领导是怎么教育你的？把自己的一切交给党，一切服从革命需要，你没忘记吧？"高革打量着素雅的衣着，又说，"干我们这一行，思想向党心要红，但要学会适应环境，入乡随俗。组织给的活动经费要舍得花，得置办各种场合穿的衣服。穿戴时尚，甚至妖冶一些，也是工作需要。"

临走前，高革又重复说："图文尤思这个人，极为重要。"此时，赵素雅已经非常清楚，自己必须无条件接受这项有意义的重要任务。于是，她给高革吃了一颗定心丸："请组织放心，革命工作的需要重于生命。为了信仰，我之革命热情一丝一毫都不会保留！"

一天，梅瑞雪对刚为图文尤思做翻译回来的何宜说："图文尤思先生是我店的顶头上司，你是不是找机会引见一下？以后好承蒙他关照。"何宜当然很愿意为梅瑞雪效劳，说："为瑞雪小姐做事是我第一要务，这个忙我帮定了。过几天，他再请我当翻译时，我假借有急事回巡捕房，你暂时顶替一次，好好表现一下，给他留下个好印象。我相信你的英文口语水平。"

几天后，何宜成功地把梅瑞雪引见给了图文尤思。让何宜和梅瑞雪都没有想到的是，自此之后，图文尤思以本公司有可以充当翻译的职员为由，就不再花钱另请外面的英文翻译。事实上，是梅瑞雪清丽的外表和中国传统美人的内在气质，以及较高的翻译水平，征服了图文尤思。

梅瑞雪单独陪同图文尤思的活动多半是看电影。图文尤思惊叹上海电影业的发展速度。一次，他说："上海滩各路名伶云集影坛，群星闪烁，颇为壮观。这里是东方的好莱坞。"梅瑞雪说："上海变化多端的生活空间，孕育了无数善于表演的人才。"可能是她这句英文表达不太准确，图文尤思用生硬的中国话问"什么意思"。明白其含义后，他则说："中国的男女演员都很优秀，梅瑞雪也很优秀。可惜她不是电影演员。"梅瑞雪笑笑："梅瑞雪却比她们更善于表演，你要小心。"他也笑："其实，我更喜欢在生活中会表演的中国女人。"梅瑞雪掐摸准图文尤思是个电影迷，确切地说是个中国电影迷。最近，他迷上了以表演风骚见长的韩如珍，竟然连看多遍她的同一部电影而兴趣不减。

渐渐地，梅瑞雪也像上海大多数趋时逐新的女人一样，对西洋电影有了深度迷恋。她感性地将西洋电影中的故事和图像视为一个魔幻世界，在娱乐中感受激情，在愉悦中仿效生活。西洋电影的看图示范作用，逗引出她对新奇生活的强烈兴趣。她尤其对乔史·伊杜比和罗第·麦杜华主演的美国故事片《怀春曲》情有独钟。她同图文尤思一起接连看了两遍，出电影院时，她依然去售票口询问下一场的上映时间。图文尤思对美国电影不感兴趣，他的兴趣在于陪梅瑞雪看美国电影，而梅瑞雪陪他看中国电影。各得其所，其乐融融。

这一天，梅瑞雪同图文尤思来看第三场《怀春曲》。在入场门口，偶尔回头，梅瑞雪看见了一个熟悉的身影。在瞬间愣怔之后，她敏捷地闪在一边，反应迅速地喊了一声："八仙数，醉八仙。醉八仙，八仙数。"是的，她看见的是陈右军。按纪律不能直呼其名，但她又不知道他在上海的假名，就突然想起了中学时代陈氏兄弟玩的代号，便张口喊了出来。

这段时间，陈右军破译密码像着了魔，只要不入睡，就会不由自主地按他的破译思路，在心里索证相关问题。公司同事怕他积劳成疾，三番五次劝他出去散散心，把电影票塞进他手里，硬是把他推出公司大门。他一路思索着来到影院，刚一进门，就听到有人呼喊"八仙数，醉八仙"。他全身一哆嗦，朝进场人群扫视了一眼，却突然转身急步离去。

陈右军腾云驾雾般回到公司，急不可耐地摊开材料，一头扎进密码之中。七个多小时之后，他狂奔到厅里，叫喊道："成了，成了！破了，破了！"两个员工见他忘乎所以的样子，慌忙迎上去，用手堵他的嘴。陈右军终于破译了这个久攻不破的敌特密码。至此，他已经昼夜奋战了三个月。而在此之前，他通过假定、推翻、再假定、再推翻，对获得的素材进行了无数次周密分析，形成了良好的破译条件，架构起一个健康的基本面。但有一个重要关节，迟迟不能突破。这个时候，他在苦苦搜寻着破译人员那种镇山定海、一闪即逝的宝贵直觉，想由此抓住那个关键的密钥，却一直未能如愿。他在黑暗里摸索、潜行、撞击，甚至连去看电影的路上，思绪也还沉浸在密码当中。当猛然听到有人喊"八仙数，醉八仙"，他头脑中即刻条件反射般跳出了24678050和24678051。这对八仙数，像两根银针突然刺进他脑海，幸运地扎到某一根神经，一道闪电照亮了他三个月的黑暗生活，曙光旋即出现。他跑回公司，依据八仙数原理，先拿这两个数试破，很快有了回应，诸多密报报头和报尾，分别被24678050和24678051击中。他欣喜若狂，却即刻又跌入冰川：这对八仙数对密报中间报文毫无效果。这标志着密码密报的核心依然一片黑暗。热情冷却下来，他不由得回忆起对八仙过海故事和八仙拳痴迷的学生时代，没想到又一阵响雷轰然而过："那七句口诀为何不能试用一下？"接下来便是一个波次又一个波次的暴力穷尽，逐渐把包围圈缩小为七天一个周期，因为，他发现每一个七天中每天抄下的密报，其特点规律各有不同，这就和他那"醉八仙"拳的七句口诀产生了暧昧碰撞。当这部密码核心堡垒轰然倒塌时，他惊呆了，其设置居然是七天周期循环密钥，分别为：礼拜一用"醉酒提壶力千斤"；礼拜二用"旋争膝撞醉还真"；礼拜三用"跌步抱提窝心顶"；礼拜四用"擒腕擎胸醉吹箫"；礼拜五用"单提敬酒拦腰破"；礼拜六用"仙人敬酒锁喉扣"；礼拜日用"弹腰献酒醉荡步"。一个礼拜每天密钥不重样，报头报尾密钥两不同，这对一部中文传统密码来说，算是高难极品了。他做梦也没有想到，这个密码报头报尾和中间报文之系列密钥生成，竟然借用了"八仙数"和"醉八仙"拳口诀!

密码是个大怪物,有时一个人一生都解决不了它,有时一个偶然因素,在一个偶然机会,就能轻而易举地突破了它。正是电影院门口那一嗓子"八仙数,醉八仙",激活了他三个月堆积而成的必然因素。

渐渐地,他由那一声"八仙数,醉八仙"的嗓音,回想起那是一个女人,还是个似曾相识的女人,再静心细细回忆,才觉得这嗓音其实很熟:"好像是素雅,我的爱人!没错,是她给了我瞬间的直觉和灵感!"于是,他朝电影院狂奔而去。自然,电影早已散场。他在电影院门前痴坐很久,公司有人找来才把他拖回。

达成破译的兴奋与找不到素雅的焦虑交织在一起,一同发威,搅扰着他的脑海。他很快由"八仙数"想到了"6子"。尼庵一别,孪生兄弟再也互无音信。纸醉金迷的"6子"哟,那具毫无灵魂的躯壳,在与不在这个世上都已经毫无意义了。

高革得知攻克敌方密堡的消息时,在办公室墙上连击三掌,拿起衣服,摔门而去。他在甘得利电器公司附近街道上绕来绕去,最终才在公司后门一闪而进。这是他第一次进入这个公司。以往同陈右军等人会面,都是在事先约好的地点碰头。今天,他上楼先去了一个厕所,又在楼梯上走了几个来回,然后,才跟着一个人进入陈右军密室。他久久拥抱陈右军,分开时,俩人已是泪流满面。

高革看完由破译的密码直译出来的情报,给陈右军当胸一拳:"快发,快发给上级!右军功不可没,我会用一种特殊方式犒劳你。我要找机会安排你与素雅见一面!"

陈右军说:"破开这部密码的灵感源头,正是素雅那一嗓子喊叫。只可惜,我返回影院没能找到她。"他把那戏剧性的场面说了一遍,高革突然问:"6子现在何处?"陈右军说:"天知道他在哪儿!他这种人活在世上只干两件事：一是骗钱，二是玩女人。"

高革说："这部密码应是敌台中最复杂的一部。这八仙数和七句口诀密钥的设置很巧妙，高明至极呀。"陈右军说："对数学有研究的人，大都对八仙数现象着迷，醉八仙拳口诀在民间也广为流传，敌军中有人出其不意妙用之可以解释得通。一提到八仙数，我脑海里就飘出了素雅那清脆的喊声。我什么时候能见到素雅？"

"这要看时机。不过，我会尽快安排你们见面的。"高革的承诺浓烈了陈右军对爱人的思念。他恨不得立刻见到赵素雅。

那天，在影院门口，赵素雅看到陈右军弃她而逃，再没心思看电影。图文尤思并没有注意到梅瑞雪入场时那一幕，对她对《怀春曲》骤然失去兴趣大为不解。

赵素雅半途出来到厕所，又到入口处张望了一阵，并不见陈右军的影子。她心里埋怨那个呆子，组织规定不准见面，那是说不允许主动去找对方，偶然相遇，总可以像碰见一般朋友一样说几句话吧？谁想到，他竟然像见了鬼一般仓皇而逃了！

她回到座位上，越发觉得无趣，就以身体不适为由提前退场了。回到书店宿舍已是中午，午饭没吃，先小睡了一会儿。到楼下书店上班时，她把一盆兰菊放在了窗台上。这是联络信号，表明联络员下午可以在书店与她碰头。

前些时候，赵素雅把书店里里外外的关系调整妥当，根据组织要求，在书店设立了秘密联络点。来人以购书为名，与赵素雅对上暗号，会悄然递上或取走一些资料或书，其中便夹着情报。

今天下午来人取书前，赵素雅早已在书中加了一张纸条："请安排小K与老Z谈一笔买卖。"小K即素雅，老Z即陈右军。

纸条传到高革手上,他笑了笑。眼下,他并无意安排这对夫妻见面。

27

近来,高革不时与友人、同事在酒楼、戏院相聚。同一些工作关系接触,也都在餐饮、休闲娱乐场所活动。他认为,作为大上海通讯社负责人、高级记者,明显的清心寡欲、人为的不入流,反而会引起敌人怀疑。随遇而安、入乡随俗,活跃于灯红酒绿之中,也是工作必需。

这一天,他同《民国时报》一个广州籍同乡到兰心戏院看戏。上演的是粤剧,来看戏的大都是广东籍商贾、闲居者和票友。戏中,一位俏佳女子上场,唱的是《万恶淫为首》。刚唱上一段,高革就呼吸急促起来。这人、这曲,这一腔一调、一招一式,无一不冲击他的心鼓。他不由得站起来叫了一声:"茹芸。"同乡连忙把他按到座上。他说:"她是我在广州的一个好友茹芸。可她已经死了呀。"同乡说:"你别犯痴了。这是上海的粤剧名伶秋风,都红三四年了。"

台上,秋风如诉如泣,把这首表现乞讨惨情的曲子唱绝了。高革已是泪流满面。他想起几年前茹芸在广州九重天大厦唱这首曲时,被无赖撕扯摸乳的情形,便心如刀绞。茹芸受辱投水自尽的惨状,猛烈冲击着他脑海。散戏时,他走到后台,找到秋风。秋风有妆在面,没看出她有异样表情。高革说:"秋风姑娘,不知能否赏脸,同我一起去吃个夜宵?"秋风看着他,未语。

"这位先生,名伶秋风可不是什么人都能请得到的。对不起,秋风已经很疲惫，需要休息，你请便。"秋风的老板走过来挡驾。

高革掏出五块大洋塞给老板，也同样塞给秋风五块大洋。老板又把大洋塞回来，摆摆手，请他走人。高革掏出证件："我是津华通讯社老板万如云。请你行个方便。"

万如云，是高革在上海的化名。在起化名时，他想起了茹芸，便决定在上海用"万如云"这个名字。

老板看了一眼证件，忙赔笑脸："原来是新闻界大佬万老板，久仰，久仰！有事您同秋风小姐商量，我告辞。"

"是如云老板，多好的名字，可惜我没听说过。"秋风不冷不热地说。

高革把那五块大洋也塞给了秋风："秋风姑娘，不必防戒。我只是以广东同乡的名义，请您到品香居一坐，聊聊乡情而已。"

"我早已试将他乡当故乡了，在我眼里，广东、上海已没有什么两样。其实，人一到这世上，都是匆匆过客，并没有他乡同乡之说，到最终人都同归一个故乡，那就是天堂。"秋风淡淡一笑。

高革不失时机地说："看来秋风小姐也有凄悲心境，不妨到品香居一叙吧。"秋风把大洋递还给他："叙一叙可以，这东西你收回。我秋风身价高，你是请不起的。今晚，你我同乡同叙体己话，谁也不收谁的钱，平等交流。"

高革兴奋异常，进得品香居，渐渐聊开了。他自然说到了请她一叙的真正缘由。谈起"天乳运动"害死茹芸时，他已泣不成声，秋风也落泪不止。

"那场天乳运动，还不是你们报界推波助澜掀起的！尤其是你们记者，没有一个真正同情妇女的，都是些跟着起哄的下三烂！"

"不能一概而论吧。记者也不一定都是没有爱心的。"

"你在说你自己吧？刚才你说到，你把茹芸姑娘蒙羞的照片登在报纸上。难道，这是你真爱她的表现吗？你这是拿你女友的羞事出名，这不是下三烂又是什么？"

"真是冤枉呀。茹芸对我也有误解。实际上，我是想用茹芸九重天受害之事，来揭露天乳运动真相。记者的职业思维习惯，使我在一气之下，没有考虑到登出照片会击垮茹芸。茹芸到死都没有理解我。我真后悔，是那张照片使我永远失去了我之所爱！"

"事情已经过去多年，该忘的都忘掉吧。死了的已经死了，活着的还得生活。"

"秋风姑娘不但人长得酷似茹芸，从谈话中我真切感到，你也同样有一颗茹芸一样金子般的心。这使我觉得，茹芸就坐在我面前。如若不是多年前我亲眼见到她的尸首，我真会以为，今天的秋风就是昨天的茹芸。"

"看来，你对茹芸姑娘还是有真挚感情的。可惜，她已经带着绝望去了，再也没有机会懂你了。我知道，你希望秋风就是茹芸，可这不是事实，只是一场空梦。"

"秋风，我愿把这场梦做下去，希望以后我们时有小坐。我别无他求，就是聊聊天，喝喝茶。我会付给你钱的，价码由你开。"

"该谈的今晚都谈了，以后没有必要再聚聊。"

"你就权当在演一出戏，我是主角，你是配角。求你成全我那份心境，我给你开大价钱！"

"既然如此，那我就开口了。每次两百大洋，少一块都免谈！"

"这么高的价码，能再少点儿吗？"

"过去的时光不再来。万老板想让时光倒流，不花大价钱能实现吗？想成，就这个价码。"

"两百就两百。不过,你要随叫随到。"

"那当然。只要万老板出得起钱,每天一叫都行。"

28

陈右军小组相继遭遇险情,并非出于偶然。近一个时期,国民党上海特工区部发现,共产党上海地下组织似是开始复苏,其电台联络信号频繁冒出,便从多地调来先进的侦测设备和电讯方面的技术人才,组成电讯专家组强势应对,试图在短期内破获摧毁中共地下组织的通信联络点。这个电讯专家工作小组的行动代号为"6字行动"。

"6字行动"小组在上海市区增设了部分测向车,架着无线电探向器,昼夜在各街道穿行。陈右军与敌侦测车在时间上打着游击,不断瞅准时机发报。晚上敌车搜索频繁,白天有所放松。陈右军利用这个特点,不仅在晚上择机发报,白天也时有工作。

狡猾的"6字行动"小组,很快又采取了一个措施:不管白天黑夜,时有不规则地切断地区间不同区域的电源,以便从信号中断上辨别共产党电台所处区域。同时,还着手截获抄收共产党电台的电讯信息。上海特工区部也把前一个时期截获的密报素材交给了"6字行动"小组。该小组已组织专家,开始对共产党电台密码进行破译。

陈右军小组针锋相对,利用电器公司的现有设备,改造出一台传统手摇发电机。公司有动力发电机,但声音太大,不敢使用。手摇发电机虽有不便,但可以实施短时发报。公司专门在敌停电时,迅速摇起发电机发报,以给敌人判断情势制造错乱。

陈右军小组在发报上与敌周旋，尽量减少发报次数和时间，但抄收敌台报讯和译电工作照常开展。侦听抄收敌台不存在泄露讯号的危险，尚能从容及时地译出部分敌报。那天，陈右军从译报中得知，敌电讯专家小组的行动代号为"6字行动"时，暗暗吃了一惊。这"6字"与中学时代游戏中陈左军的代号是一致的。这是巧合，还是陈左军已经加入上海敌情报部门，成了行动小组的一员？陈右军又突然联想起，他破译的那部敌密码密钥的设置，采用的是"八仙数"和"醉八仙"拳口诀，不由得出了一身冷汗。难道，敌人这套密码是陈左军编制的？再怎么说陈左军也曾对"八仙数"着过迷，为此兄弟俩还打过一架哩。

宁可信其有，不可信其无。如若陈左军真的参加了敌情报部门，那么，还有更为可怕的隐患存在。陈右军编制的地下党现用密码，其密钥就是中学时代赵素雅给陈氏兄弟出的那个文字演算式："教我如何不想她。"在吴晗镇编码时，他之所以要用此当密钥，一是因其有趣好记，且是一个有相当难度的传统密钥原理；二是因其系素雅早年所出，蕴含着特别的纪念意义和思念情怀；三是可以出奇制胜。这个演算式曾是素雅和陈氏兄弟玩过的，外人不会知其编排和破解方法。谁也不会去想，多年前的一首歌会是一部密码的密钥。更为重要的是：陈右军编制这部密码时，没有料到每天混迹于酒杯与妓女之间的陈左军，会被招入敌情报部门工作。如果陈左军果真是"6字行动"小组成员，那么，其在截获地下党电台讯息后，就有可能展开破译，继而会像他陈右军突然想到"八仙数"一样，想到"教我如何不想她"。

陈右军感到情况紧急，忙派人报告高革。高革急匆匆赶到甘得利电器公司，安慰大家先不要紧张。一是现在不知陈左军是否真的加入了敌特工组织；二是即便陈左军已经着手破译我地下党密码，短时间内也不会达成破译。陈右军觉得言之有理。地下党这部密码是双重加密，设置复杂，构造诡异。即使陈左军想到了那个密钥，但要找到挂这把锁的那扇大门，也是难上加难。地下党密码短期内是安全的。

为防万一，高革通过内线去打探陈左军的相关情况，同时要测试敌人是否破译了地下党密码。陈右军说："测试敌人有一个好办法。我们用这套密码，发一条在敌人看来绝对重要的假消息，看敌人是否采取相应措施。我和张秋月在女儿岛就用过这一招。"高革随即编了一组假消息发了出去："今晚十二点钟，在延安路111号，召开全上海地下党负责人紧急会议。"

敌特工区部破获地下党组织的心情迫切，他们若已破译了地下党密码，必定组织力量前去抓捕。高革派人到会议地点附近暗中盯梢。结果，敌人并未在那个时间实施围捕行动。高革断定：敌方尚未破译我地下党密码。

不久，高革从内线得到坏消息，陈左军果然调任到了敌特工部门，这次作为"6字行动"小组组长来到了上海。高革还掌握了陈左军一些背景材料。前两年，陈左军因涉嫌重大贪污并被查出，本应军法从事。因当时国民党特工部门正急召电讯、电码方面的人才，听说陈左军数学学得好，曾业余研究过密码，又有在军队从事通信工作的经历，就给了他一个立功赎罪的机会，特召他为特种情报员，声明如果他在编码和破译方面做出突出成绩，就不再追究其经济贪污之事。陈左军得以重生并被重用，自然使出浑身解数为情报部门效力，其成绩一再显现，并很快成了电讯电码专家。这次，特工总部上海区难以破获中共地下组织电台，便把他抽调过来。他得志逞强，别出心裁，用少时昵称代号为行动小组命名。估计会像陈右军一样，陈左军同样没有想到，从尼庵逃出而生死不明的陈右军，会成为共产党地下组织的情报人员。

情况突如其来，陈右军沉思良久，对高革说："现在敌人虽还没有破译我地下组织密码,但陈左军肯定正在组织人员破译,且由于他的参加,达成破译的可能性大大增加。我建议,暂停使用这套密码。鉴于我们还没有一套比这套密码更科学、更安全的密码,所以,地下党电台联络也要暂停,不到万不得已不能开机。"

高革说:"工作站点目前还没有必要变动,因为在所有电报往来中,我们从没有提到过上海工作站点的具体名称和地址。但陈左军认识我们这几个人,最近大家尽量少出门,要多加提防。电台停止发报,侦收破译继续进行。所有情报,只有靠各情报站交通员手手相传了。"

陈右军若有所思:"现在看来,我破开的敌人这套密码,肯定是陈左军编制的。我预感,我编制的这套密码也将会面临同样的结局。万万没有想到,陈氏孪生兄弟,以同样的心理悟力和灵感启迪,运用学生时代所掌握的数学技巧,分别编制了一套自认为无人可破的密码。在劫难逃,迟早遭殃,天意哟。"

高革说:"他们的行动小组共有八个骨干,其中有三人懂破译,而陈左军是核心人物,其他两人都是助手。如何对付陈左军,我再想想办法。"陈右军说:"你想怎么对付他?"高革说:"想好后我会告诉你。"

实际上,高革心里早有了主意,他想派人去干掉陈左军,争取赶在他破开密码之前就动手。陈左军的存在,对各地地下党正在使用的密码,对赵素雅、陈右军和他高革本人的安全,都构成了极大威胁。陈左军一人的存在,要比几十个上百个普通特务的存在更具危险性。不可犹豫,必须灭之。但高革不会把这个决定告诉陈右军,毕竟他们是孪生兄弟。

高革开始策划这场谋杀。现在,上海地下党武装力量已大不如从前,硬对硬、明枪明刀行动须慎重实施,但在紧要时刻组织敢死队干掉陈左军还是有必要的。

高革通过内线打探陈左军全天的生活情况,主要了解他的出行规律。内线密报过来的消息说，陈左军到上海后深居简出，每天待在特工区部，集中力量侦获破译地下党电台和密码，从未离开过特工区部半步。

高革抽调枪法精准、机智敏捷的情报人员组成灭陈小组，专等陈左军出行，伺机击毙之。

风声紧，形势急，但高革仍未中断相约秋风。这天下午，高革与秋风来到静安寺路沙利文咖啡馆。楼上环境幽静宜人。俩人坐在面北临街的一排落地长窗前，边喝咖啡边闲聊。高革选了一首流行金曲放给秋风听。

望着窗外路过的行人，秋风说："红男绿女，陌路相遇，来去匆匆，说不准哪根神经就搭错了线，鬼使神差地交往开来。像你与我，不知不觉间就相识了。"

高革说："同你相识缘于你貌似茹芸，但现在发现，你与茹芸还有着同样优秀的内在气质。我知道，在你面前总提另一个女人是不礼貌的，但我无法克制一见到你就想起茹芸。我还知道，让一个女人替代另一个女人，来圆一个男人情感之梦，多少有些不道德。但我有信心会慢慢淡化掉茹芸的影像，而强化秋风在心中的位置。我现在与你交往，越来越感到有滋有味了。"

秋风说："你想谁恋谁与我无关，我不会吃醋，也没到那个程度。这段时间，我之所以赴约，也是为你对一个女人的真情所感动，为你与那个茹芸的故事所吸引。是的，你每每提起过往，总是伤感无比，我也跟着你悲伤。"

高革说："以后少提过去，多看现在，多想未来。我愿同你相处。说实话，这几年，我没有再对哪个女人动过心。秋风，这段时间，我觉得自己从心底深处涌动着激情。"

秋风说:"万老板极有趣。与你相处像在演一场戏。我倒愿与你把这台戏演下去。"

高革抓过她一只手:"用真情,演真戏。"

秋风任他抓着:"万老板身上,有不少神秘的东西使我好奇。真的,我感到你身上透着幽暗,让人看不到边、摸不着沿。你是一个诡异无常的男人!"

高革又抓过她另一只手:"由好奇,到好感,到好情,到好事,符合产生好姻缘的规律。"秋风一声哀怨:"这些年,没人对我动过真情,我也没有对别人动过真情。但愿这次,例外。"

这一天,二人说尽了情话。也正是这一天,秋风跟踪了这个万老板。因为临别时,他顺嘴说要去见一个叫素雅的女人,秋风便跟踪他到了高斯顿书店。她躲在书柜边窥视,见万老板并没有同那个女人过多叙聊,而是取了两本书就走了。

秋风远远地看着那个女人。那个女人也走出书店,悄悄叫了一辆黄包车,远远地跟在万老板后边。显然,她在跟踪他。

万老板被这个女人跟踪,秋风极为好奇,也叫了一辆黄包车,跟在那个女人后面。

两个女人和一个男人,一前一后相互跟踪着,七拐八拐到了一家叫甘得利电器公司的门前。万老板下车闪进了大门。那个女人的车从门前缓缓走过,消失在前面胡同里。

秋风悄然返回,结束了一场有趣的人盯人游戏。

这一次,赵素雅转交给高革的情报与陈右军有关。她由此断定,高革必定会前去交给陈右军。于是,她跟踪了高革,从而成功探清了陈右军的落脚之处。之后,她又向高革提出,若有合适的机会,可否面见陈右军。这次,高革承诺可考虑安排她夫妻相见,但必须是有工作需要。她说,这就对了嘛,工作上让别人去跟他对接也是对接,让我去对接还照顾了我们夫妻情分,一举两得的事。

高革态度有了改变,赵素雅就盼着这一天的到来。可左等右等一直未能等到,她也不敢违纪私自找上门去。

有一天,赵素雅接到一份需要传递给甘得利电器公司地下党站点的紧急情报,可不知何故,交通员未能及时来取。火烧眉毛,她一时又找不到高革请示,于是,她一番化装,悄然去了甘得利电器公司。

当赵素雅出现在甘得利电器公司时,陈右军着实吃了一惊。他采取的第一个动作,就是赶紧把房门关紧,接着便是劈头盖脸地批评。赵素雅说:"先不要急着怪我,你赶快把手上这份紧急情报发出去,不然会耽误大事的!"

"十万火急。潘家湾38号地下党联络点确实处境不妙!"陈右军看了情报,着手紧急处理,通联时间一到,即刻打开电台把情报发了出去。然后,又接着批评赵素雅。

"组织上有规定的,如遇紧急情况,情报员可自行采取应对措施。"赵素雅笑着说,"行了,无奈之举嘛,高革会理解的。不然耽误了大事,谁也负不起这个责。"

陈右军依然板着面孔:"高革暂不安排见面,肯定有他的道理。我们不能不经批准就私自约见。这是第一次,也是最后一次!"

"你看,好像我真的做错了什么。我不来这一趟,潘家湾联络点就被敌人连窝端了。"赵素雅拥抱了他,"那好,就依你,就最后一次。不过,这次咱夫妻俩要好好说说话。这里不是说话的地方,我到顺风旅馆订房间,我俩到那里。我先走,十分钟后你再走。"

陈右军犹豫不定:"这样不妥吧?"赵素雅转身走人:"不见不散!"

夫妻二人在顺风旅馆度过了一个下午。分手前，赵素雅说："从今以后，我俩两周见一次面，隔周六的下午，在顺风旅馆见。"

陈右军态度坚决："这不是胡闹吗？绝对不行！"赵素雅犟嘴说："你知道这些日子我是怎么过来的吗？每天在紧张和恐惧中度日如年，我不能总是见不到你。反正，到时你不来旅馆，我就去公司找你！"

陈右军扔下一句"你敢"，就走了。

隔周六那个下午，陈右军没到顺风旅馆约会。一个白发苍苍的老太就找到了公司里，这自然是化了装的赵素雅。

"我们是夫妻不假，但我们首先是在敌人眼皮子底下，冒着生命危险为党工作的战士。我们必须遵守组织纪律！"陈右军扳着她肩膀，真生气了。

"正因为我们随时都有生命危险，不知哪一天就死掉了，夫妻得常见面。你放心，只要多加注意，不会有什么闪失的。"赵素雅很执着。

陈右军耐下心来："素雅，现在处境不妙，陈左军已经到了上海。他这颗炸弹，随时都会把我们炸得粉身碎骨！"

赵素雅还是不甘心："事不过三，从这一次算起，咱们再见三次面就罢手，我保证！"说完，一扬手走了。

陈右军拗不过她，只得赴约。心想，这算什么？这过的是地下工作中的地下夫妻生活吗？！

29

这一天，陈右军从顺风旅馆回来，立刻投入工作。当他侦收到两份敌报，按他破译的密码译电时，却怎么都译不出来。"敌台更换了密码！"陈右军出了一身冷汗。这意味着以前的破译成果全部作废，在破译开敌新密之前，地下党不会再从敌台中得到一条情报了！

解决问题的办法有两个：一是组织力量重新破译敌特密码。一般情况下，无论是敌我哪一方，更换的新密码肯定要比原用密码先进得多。谁也不敢保证在半年或一年甚至三五年之内破开它。二是走捷径，想法直接获取敌方新密码本。密码本是敌电台通信的命脉，属核心机密，只有极少数核心机要人员掌握。人在密码在，密码失人必亡。因此，获取敌密码本的难度相当大。

高革态度非常明确："如果重新组织力量破译新密码，时间拖不起，形势不等人。现在，只有设法弄到敌新密码本一条路可走。"

陈右军内行说行话："要弄到敌密码本并使之发生效力，最大前提是：绝不能让敌特知道新密码本已被窃取，否则，他们会立即停止使用该密码，再换成更新的密码。偷了东西，还不能让人家晓知，这是窃取密码本的最大难题。"

高革口吻果敢："有难度也得干！蒋介石屡次'围剿'红军苏区，上级时刻在等着我们提供有价值的情报。从破译的敌密中获取情报，是我们极为重要的手段。必须尽快在这方面有所作为！"

高革从内线获知，上海敌特工区部与南京及各地特务机关之间所用的密码本，由"6字行动"小组组长陈左军亲自保管，珍藏在内衣口袋中，一天二十四小时不离身。到上海之后这个时期，作为新来人员，他疑心很重，极不信任特工区部的某些人，也不相信这里的保险柜，在某些关键性问题上，他只相信他自己。一天，他疑似发现保险柜上有异常的痕迹，便让人查了个底朝天，也没查出个所以然。一个同事随口说了一句："是不是耗子从保险柜上跑过呀。"陈左军听罢，回头看了一眼，即刻安排人对那个同事进行了重点调查，自然也没查出什么，但那人很快就被调离了特工区部。

根据这一情况，高革及时修正了他的灭陈计划，先神不知鬼不觉地把密码本复制件弄到手，然后再干掉他。窃取密码本行动与除掉陈左军的行动务必截然分开。不能因为陈左军被干掉，而使敌特怀疑其密码本已泄露。

要达到近身窃取密码本又不被发觉，女人成功的把握会更大一些。高革周密制订了行动方案。他要起用杀手锏式人物张秋月。他悄悄把张秋月调遣到上海，秘密安顿下来。

陈左军深宿在特工区部内，从来足不出户。但高革深知，陈左军好色荒淫的本性是难改的。在广州和南京时，他还一再嫖妓。到上海后，迫于任务压力，他还未曾到夜总会或妓院行乐。可时间一长，他肯定会按捺不住欲望的。到大上海不进上海娱乐场所休闲，那不符合他陈左军的德行。

高革主动出击，放出了长线。他先打通关节，看似不经意地把张秋月推荐给了上海顶级娱乐总会，安排她在逸园舞厅做了舞女。然后，又授意内线在陈左军周围散布消息，说逸园新来了一个倾国倾城的还俗妙尼，名叫唤春儿。唤春儿能歌善舞，艺色超群，既藏庵尼特质，又露风尘韵致，可谓上海娱乐界最具魅力的顶尖舞女。同时，高革借助通讯社里的关系，让几家报纸在娱乐版也登载了相关消息。不明就里的报界跟风鼓噪，一时炒热了逸园舞厅。舞女唤春儿身价倍增，慕名而来的舞客不绝于途。但真正能与唤春儿共舞的少而又少，逸园舞厅老板紧紧把住这棵摇钱树，没有好价钱，不轻易让唤春儿出场。

高革之所以把唤春儿炒成还俗妙尼，是想拨动陈左军曾醉心达胜庵妙尼那根神经，逗引出他猎奇猎艳的兴致。

在一个周末之夜，陈左军和两个特工终于悄然离开特工区部，进入逸园舞厅。一个特工上前同老板交涉，老板把唤春儿出场价抬到极高。那特工明知老板宰人，窝了一肚子火，但又不能暴露特工身份，便过来请示陈左军。陈左军嘱咐，这唤春儿包定了，银价照付！

陈左军携唤春儿一亮相，舞厅哗然。唤春儿果然脱俗超凡，春风激荡。最显精神的，是她那头男式短发。给人第一印象是刚还俗不久，短发待蓄；给陈左军的第一感觉是，果真是个货真价实的还俗妙尼！

陈左军很欣赏唤春儿的娴熟舞技。唤春儿说，为练就偷生技能，还俗后请舞师教授苦练了三个月。陈左军舞兴极浓，与唤春儿相拥数场不下，直跳得唤春儿汗湿薄纱。陈左军抚其颈背，心头有了别样冲动。跳累了，便提出携她到西餐厅吃夜宵，然后再找一家旅馆休息。唤春儿撒娇不从，陈左军说，已给足了老板费用，定好了，包唤春儿到明晨。唤春儿还是不表态。

陈左军明白她的心思，便塞一把钱与她。唤春儿这才抹一把香汗到他脸上："西餐我是不吃的。带血丝的牛排、厚腻的沙司，还有那些生鱼、生菜和满是药水子味的红酒，我都不喜欢。赶时髦、学洋派，却害苦了胃口，这种事儿，我不干！"

陈左军无奈："上海界面我不熟，下面的节目那就由你安排好了。"唤春儿说："倒有个两全其美的办法，去长浜路一品香吧。那是上海最有名的旅馆，底层附设有番菜馆。菜肴是中西合璧的改良型西菜，用的是鲍鱼、鱼翅、金腿、鸽蛋等中式原料，做法也是中式的，而餐馆用餐环境是西式的。这叫中菜西吃。既满足了你的崇洋心理，又使我过足中菜的嘴瘾。在这一品香用餐还有一个好处。其他西菜馆规定不能召女陪酒，也不能吆五喝六猜拳行令，一品香却没有这个规矩。那里是花界狂蜂浪蝶的乐园。你我用完餐、饮完酒，还可以就近到楼上休息。你看如何？"

陈左军乐不可支："番鬼是我故乡广州对洋人的称谓，番菜馆这名含有洋意。这种菜馆供应改良中菜，却用西式布局。嘀嘀，徒有西式外壳而无实质内核的东西，我是很感兴趣的。就像你徒有尼姑外表，却无禁欲本性，我喜欢。"说着，便摸她短发。唤春儿不悦，打了一下他的手："今晚我就禁得欲来，不食菜馆肉腥，不近你哥骚身。各自散了吧。"说完，起身欲走。陈左军赶紧搂了她腰："我不该提及还俗尼人的忌语讳言，哥给唤春儿赔礼了。"

两个特工备车等在逸园门口，四人上车直奔一品香旅馆。进得一品香，陈左军感觉果然如唤春儿所言。上前迎接的是一位蓝眼睛的西崽，待客举止洋味十足。墙壁上挂着欧洲古典油画，西式桌上放着烛台和鲜花，布满刀叉和玻璃杯。

精致的菜肴和美酒上桌，四人尽情享用。唤春儿劝酒的本事无与伦比，陈左军酒兴大发，不觉间杯杯白酒下肚。待三个男人实在难以再饮，唤春儿拿出最后两招。第一招：在用餐起初，她声称自己从来滴酒不沾，最后却挑战说她饮两杯，男人饮一杯，三个男人又不得不饮下数杯。第二招：她换去盛装，着尼装出现。只见她足登丝履，手持佛珠，头戴尼冠，身着衣衩高开的玄色丝罗，展露出依稀可见的匀称之美。陈左军藏在心底深处那股久远的幽情终被唤出。唤春儿施展广东一带某些庵中劝酒的招法，使熟悉此道的陈左军又不得不频频饮下。三个男人酒力难支，败下阵来。

唤春儿搀扶着陈左军在旅馆三楼开了房间。另两位特工认真查看了陈左军的房间环境，认为无安全隐患，便退出去在对门为自己开了房。其中一特工先醉酒睡去，另一特工虚掩着门，一会儿出来醉眼蒙眬地瞧两眼对面房门。显然，今晚这两名特工要替班保护陈左军安全。

进得房间，唤春儿扶陈左军在沙发上坐定，然后为他泡上一碗茶。陈左军按捺不住，动起手脚。唤春儿一边周旋着劝他饮茶，一边兴趣盎然地问起他感兴趣的话题。唤春儿两眼流光溢彩："今晚听你说，前不久才从南京来上海。人们都说，南京秦淮河里流淌的都是多情水，那里的艺妓文化品位蛮高的。我就不信啦，都是风月女嬗、轻薄桃花，为什么秦淮河的妓就骚出个高雅名？我看也没什么了不得的，脂粉堆里、美人圈里，说到底还不都是赤裸裸的人肉交易，还假惺惺地讲什么艺术品位？"

陈左军深喝一口茶，摇着头，已口齿不清："你此言差矣。十里秦淮，六朝金粉，河桨声中、灯盏影内、歌舞樽前、青铜镜里皆文化。那里出来的女人味道与众大不相同。秦淮八艳妙不可言，是你等俗尼所比得了的吗？上海滩的女人，远没有秦淮河的女人有韵味哟。"唤春儿生气了："那你今晚就找秦淮河的女人去吧！"说完，甩手去了厕所。陈左军把着茶杯，憨笑："吃醋了！上海滩女人吃秦淮河女人的醋，好玩！"

等唤春儿从厕所出来，陈左军已在床上鼾声大作了。唤春儿知道，她随身带来的那包做了手脚的茶，在酒劲作用下发生了效力。陈左军这下足能睡到明晨了。

唤春儿立即行动。她试探着推推陈左军，见他睡得很死，便为他脱掉外衣，在一个特制内衣口袋里摸出了那本密码。她迅速从手袋里掏出一根细绳和一只布袋，把密码本装入布袋系好，然后把房间灯三开三关，送出信号。她稍开一扇窗，把布袋吊到楼下。她感到下面有人扯了两下绳。她把绳在窗上系好，关了窗。旋即飘回床上，偎到陈左军身边。陈左军动了下身，她赶紧贴上去，轻轻搂着他。开始时，她心情紧张，但慢慢就被另一种情绪代替。这种情绪是浓烈的、苦涩的。这具躯体太像陈右军了，曾是她所渴慕的，与她在甘陵镇朝夕相处时，曾激起她少女的幽深情愫。可那个钢铁之人拒绝了她。后来，同赵素雅、陈右军到了队伍上，在女儿岛与陈右军有了痛彻心扉的交往。分别后，这种情愫挥之不走、驱之不去。她只有久久压抑在心底，警告自己，不要让它探出头来兴风作浪。

她怔怔地望着眼前这具躯体：这要真的是陈右军该有多好呀。这时，陈左军又动了一下，她不由自主地把他抱得更紧。就这样抱着，想着，流出了眼泪，抱酸了胳膊。不知过了多久，她看到窗上那根绳有异动，就轻轻松开床上人，悄悄走到窗前，把那布袋提上来，掏出密码本，把绳和布袋一同扔到了楼下。她借再一次抱他之际，把密码本放回了他那内衣口袋。

之后，她本来是可以下得床来，在沙发上坐一夜，只等他早晨醒来，可她鬼使神差地依然抱着他，一直未离床下地。她蒙蒙眬眬地睡着了，还做了一个惊羞之梦。她梦见了甘陵镇，梦见了那具威武之躯与她在晒干的酒糟堆上缠绵不尽。酒糟扑到她脸上，酒气浸入她心肺。她全然不顾，只是一阵紧似一阵地缠绵他，恨不能把一生的激情都挥洒出来。

晨光投射到床上。对面的特工过来敲门，先醒过来的是陈左军。他看到唤春儿拱在他怀里，死紧地搂着他。他还未见到过这种状态下熟睡的女人。她两颊酡红，深深埋在他胸上。她嘴角流着细细的口水，呢喃着听不清的话。她玲珑秀丽的鼻子，莫名其妙地翕动着，像在贪婪地吮吸着什么诱人的香气。他不由得抓起枕巾捂住自己的口鼻，生怕他依然散发着酒臭的喘息被她吸进胸腔。

又一阵急促的敲门声和吆喊声，唤春儿醒过来。陈左军欲起身开门，她却蒙眬着细眼看了他一下，一下把他扑倒在床上，喃喃地说："不，不，不许你走。"

"砰"的一声，门被踹开。两个特工满脸惊恐地举枪冲进来。唤春儿猛然坐起，又一下扑进陈左军怀里，惊惶地看着眼前的一切。一特工说："头儿，敲了半天门你不开，我们以为出事了。原来还在做美梦。"

踹门的响动惊来了楼层管理人员，有两人挤进来看热闹。唤春儿清醒过来，绯红着脸："昨夜这酒喝多了，这一觉睡得真沉呀。你没把我怎么着吧？"另一特工笑着说："没怎么着那才叫怪呢。"

陈左军还沉浸在刚才唤春儿的泛情表现之中。风月场上混惯了的他，难得见到这种对自己真情投入的艺女。他知道，唤春儿在他怀里那一幕尽兴挥洒，装是装不出来的。她在他身上动了真心、用了真情。只怪自己昨夜贪杯过量，而冷落了这情欲四溢的妙女。

陈左军边穿衣服边含情脉脉地说："唤春儿赛过秦淮八艳，我喜欢。今后每周六晚上，我都去逸园找你。"唤春儿悄声说："我可等着你哪。记住，下次可别喝这么多酒了。"陈左军把她搂紧："不见不散。"见那两个管理人员还在看，便放开唤春儿，起身整理衣装。

30

当高革把拍照复制的密码本交到陈右军手上时，陈右军并没有为得到敌特的核心机密本而欣喜若狂，而是满脸忧郁地问："秋月没事吧？"高革说："秋月肯定完好无损，你莫多虑。现在密码本到手，今后这段时间，你们要集中精力侦听敌台。我会安全把你们获取的情报送往苏区的。"

高革曾就利用张秋月密诱陈左军，进而窃取密码本的事，同陈右军商量过。这时，陈右军才知道张秋月已来上海数日。他坚决不同意："陈左军是什么人，我太清楚了。我们不能让秋月冒着被糟蹋的危险去偷密码本！再说，秋月跳舞的水平和交际能力，进得了逸园这种顶级娱乐场所吗？就是进去了，她也不懂得这个圈子里的规矩，陈左军能看不出破绽吗？那样岂不是白白牺牲了秋月？"高革并没有告诉陈右军他曾秘密培训过张秋月，只是说："你放心好了，秋月具备这个能力。"陈右军说："你这是把小羊羔往恶狼嘴里送！"高革说："这样做的确有一定风险。但不采取如此措施，怎么能把密码本搞到手？你如果一周内能把密码破解了，我就取消这个行动！"陈右军说："你这是强人所难。"高革说："我看这件事你我都别说了，还是让秋月自己说了算。如果她自己愿意承担此项任务，我们就干；如果她不愿意，那就取消。"陈右军不知道，张秋月是同意领受此项任务的。

陈右军开始着手检修侦听设备。有了敌特密码本参照，他对侦听破译工作更充满信心。他要把设备调整修复到最佳状态，多抄敌台信息，多译敌报，多出成绩，把自己的谍报生涯推向一个新高度。这天下午，他把设备检测了一遍，发现有几个元器件需要更换。但两个邻街电器行都没有货，他便坐电车到霞飞路一家无线电器材专卖店购买。这是租界最大的无线电器材专卖店，货全，质量也好，很早以前他来此买过两次元件。

陈右军进店前，小心观察周围环境，见没有异常，才入得店去。他并没有急着问货买货，而是同样观察了一番店内情况。然后，他同店员发了一阵牢骚："我家那台破收音机总是出毛病，拿去让我家表叔修总也修不好，零件倒是买了不少。你说是这收音机质量有问题，还是我家表叔技术有问题？我家邻居有一台收音机，和我家是一个牌子的，可人家从没花过这个冤枉钱。我看是我家表叔水平太次，他是靠修唱机、收音机吃饭的,没准他在坑我。"那店员和蔼地笑笑:"我看是你想法有问题。机器总是要坏的,坏了总是要修的,找人修就要信得过人家。像你这样疑神疑鬼的,我看干脆就别修了。"陈右军说:"不修怎么听戏?"店员说:"去戏院听呀。"陈右军说:"整天去戏院听戏那得花多少钱?还不如花钱买零件修好收音机,既省了钱,还能随时听戏。"店员又笑:"说来说去还是修收音机合算,掏钱买零件吧。"陈右军憨憨一笑,就把钱和表叔列的零件单子送上去。店员看了看单子,笑着说:"你这表叔确实够黑的,让你买的不少。这次修好了,至少要听两年。两年之内再坏,那他真就是坑你了。"陈右军又是憨憨一笑:"再坏我就不认他这门表亲了。"

陈右军与店员费了这番口舌,是为掩人耳目。但让他没有想到的是,这次他被人盯上了!这个专卖店早已被租界巡捕房秘密收购,几个月前便由巡捕房指派专人经营了,意在由此控制无线电器材流向,并顺藤摸瓜,查获非法电台。

陈右军把元器件装入手提袋,大大方方地出了门。他左右张望几眼,长长地舒了口气,嘴角流露出的笑意告诉盯梢他的人,他并没有觉察到危险来临。

上电车前,他想起今天是周六。周六下午是他同素雅约会的日子,也是素雅承诺的"事不过三"中的最后一次。

这一次,夫妻俩在顺风旅馆见面,详尽交流了情况。这段时间,陈左军入住上海敌特工区部,组织力量破获地下党电台,张秋月入住上海逸园密诱陈左军。这些事,都是他俩见面必然要先提起的话题。素雅感慨至极:"真是不是冤家不聚头呀,陈左军又一次走向你我的对立面。本来,在尼庵他放了我们一马,我对他的看法有了好转,现在他又同我们对干上了。看来,这兄弟手足、少时情义,非要彻底断掉不可了!"

陈右军也正回忆尼庵分手时的情景。"尼庵中他肯出手相救，这说明他人性还在。这次他到上海特工区部就职，也是想戴罪立功，为了活命，不得已而为之。我想，他同那些死心塌地与共产党作对的敌人还是有所不同的。我们要多看他积极的一面。也许以后条件成熟了，这些因素我们是可以利用的。"

"是啊，陈左军情爱趣味低下、思想品德沦丧、生活作风腐败，并不说明他在政治上完全不可救药。我们也可以把他的腐化堕落，理解为对国民党信仰失去信心。如果真是这样的话，地下党可以打打他的主意。况且，他当初之所以吃喝嫖赌，对生活失去信心，可能也与我不爱他有关。他那么苦苦追求我，而我一再拒绝他。他对我说过，这是他走向糜烂生活的开始。"素雅若有所思地说。

一触及敏感话题，陈右军就有些不耐烦，说："你怎么会信他这一套？他今天成了没有灵魂的行尸走肉，这要怪你不爱他，怪我夺他之爱，那真是没有天理了！赵素雅，我真没想到你会说出这番糊涂话来，我们不能把这盆脏水扣在自己头上呀。我们对他没有一点愧疚。我俩的纯真爱情与他没有任何关系。"赵素雅忙说："我只是随便这么一说。事实上，他陈左军成为行尸走肉，与我毫不相干！"

就在这个时候，传来了剧烈的敲门声。来人是两个巡警，进门并不过多盘问，上去就扭住了二人的胳膊。赵素雅见一人径直走到床头柜前，看也不看就把那装着电器元件的提袋抓到手里，然后就是一阵搜查。那人说："私购电器元件，必有非法电台。人赃俱获，把人都带走！"

赵素雅心里马上明白，陈右军买电器元件露了马脚。幸亏陈右军来的是旅馆，如直接回公司，那非让人跟踪过去连窝端了不可！此时，她灵机一动，张嘴吐出一串浪语浪笑，呈现出一副活脱脱的放浪女人形象。她在达胜庵后庵见惯了的那一套派上了用场。

陈右军见状愣怔一下，即刻明白了赵素雅的用意，随即就冲她骂起了脏话："你这个贱婊子，五块大洋你还不干。这下好了，把你弄到局子里去，连个钱毛也捞不到了！"赵素雅冲陈右军啐了一口唾沫，两个巡警也捎带着被溅了一脸。一巡警把她推倒在地，骂了一声"去你妈的臭婊子"，带着陈右军扬长而去。

赵素雅瘫坐在地板上。她知道大祸临头了，得赶快向高革报告此事。她先去了津华通讯社，又溜进甘得利电器公司，都没有找到高革。赵素雅知道，按照惯例，租界巡捕房抓到共产党嫌疑分子，要先行关押审讯，必要时再由国民党警备司令部引渡出租界继续审理。也就是说，在引渡之前，还存在被营救的可能；一旦被警备司令部引渡，那基本上就没有什么好办法了。

时间就是生命。整整一个下午，赵素雅都在找高革，却一直不见他人影。现在，只有靠自己了。她首先想到了两个人：一个是图文尤思，而他前几天去了天津；另一个就是法租界巡捕房翻译何宜。

赵素雅去找了何宜，何宜也不知去向。她心急如焚，知道此事不能拖，越拖引渡的可能性越大，越拖陈右军越有可能会受皮肉之苦。她对陈右军是了解的。他是个硬汉子，是从不向苦难低头的主。他更是当之无愧的共产党员，坚定的信仰铸就了他的灵魂，在他身上，叛变的可能性几乎等于零。若让国民党引渡而去，他会宁死不屈的。但赵素雅宁可自己去死，也不会让她心爱之人去死！

这时，赵素雅突然想到下午见面时，陈右军曾告诉她，张秋月已入住逸园。如能找到张秋月，也许能寻出好办法。继而又想，张秋月刚到上海不久，在营救陈右军方面，她不可能有所作为。她由张秋月想到了陈左军。周六晚上，是陈左军约见张秋月的时间。这是从陈右军口里得知的。今天就是周六。一个大胆的想法冲击了赵素雅的脑海。她想在逸园门口邂逅陈左军。陈右军不是说过，今后陈左军是可以利用的吗？她知道这是一步险棋，必须慎之又慎。

赵素雅最终决计铤而走险，就违反一次组织纪律，但为了搭救右军，一切责任由她自负。晚饭过后，她早早猫在逸园门口阴暗处，等待着陈左军的出现。

七时许，赵素雅如愿以偿，看到陈左军带随从从一辆小轿车中下来，径直走向门口。她恰到好处地走了过去，手不经意地拂了一下刘海，准确地进入了陈左军的视线。

陈左军犹犹豫豫地收住脚，不由得脱口"哎"了一声。赵素雅佯装没听见，继续往前走，陈左军又"哎"了一声。赵素雅回过头来，一脸疑惑地看着陈左军。二人几乎同声说："怎么会是你？"

陈左军很快恢复常态，把赵素雅拉到僻静处问话。赵素雅痛哭一阵后，才谎编了一个理由，说她和右军拿着左军在尼庵给的钱做了一些买卖，后来都赔了，不得已又做起了白粉生意。前几天刚到上海，想弄一批货回去。不巧，下午右军在顺风旅馆被巡捕房抓了。她在上海人生地不熟，请左军赶快想个办法。

陈左军盯着痛哭不止的赵素雅，足足看了五分钟，一言未发。他真切地看出她对陈右军安危的莫大担忧，他又一次深刻体会到赵素雅对陈右军那种永恒不变的深情。他心里酸溜溜的，说："我什么也不说，什么也不问，我最后再帮你俩这一次。如果以后彼此再相见，无论何种情况，我都会公事公办的。帮了这一次，以前的恩恩怨怨、手足情义就一了百了了！你说你们是买卖人，我也希望你们是买卖人。我现在的身份和在尼庵时的身份有所不同了，如果以公职身份找关系帮你们，日后会给我带来无穷无尽的麻烦。所以，我只能采取一个独特而隐秘的办法来解决。你得想办法找一个熟人，把我以右军朋友的身份带进巡捕房探望，给我兄弟俩一点单独说话的时间。"

陈左军转身走向他两个随从，嬉笑一声："不巧碰到了在广州时的旧相好，我要和她单独聚一聚。你二人这就回去，完事后我自己回。"两名随从一脸为难神色，陈左军说："没人知道我今晚的行踪，安全不会有问题。"随从还是不走，支支吾吾地看着他。陈左军便坐进小轿车，从座后拿出了一个带保险锁的文件盒，从身上掏出密码本放入盒中，交给他们，这才下车和赵素雅叫了黄包车离去。

这是在特殊情况下，陈左军密码本离身的一种方式。近来，敌特工区部安全保密工作抓得越来越紧，较之前严之又严。两个特工的根本职责，是要保证机要密码本绝对安全。二人不敢久留，随即开车离去。

这时，高革等四人从阴暗处走出，暗暗跺脚骂道："赵素雅在搞什么名堂？她坏了我们的大事！"然后，叫了黄包车跟踪陈左军和赵素雅。

赵素雅整个下午没有找到高革。原来，高革正忙于布置今晚的一次秘密行动。密码本复制件到手后，他就开始策划干掉陈左军。早一天灭掉陈左军，地下党密码就少一份被破译的危险。灭陈小组计划利用陈左军周六晚相约张秋月的机会下手，枪击地点就选在逸园门前。他们提前三天在这一带熟悉情况，对每一个步骤、每一个细节，都进行了论证和推敲，力争做到万无一失。今晚当陈左军出现在逸园门前时，高革兴奋到了极点，正欲下令行动，赵素雅却突然迎了上去。这是高革几种预案中所未曾设计到的，使他一时不知所措。

赵素雅找了好几个场所，才找到巡捕房翻译何宜。

梅瑞雪接近图文尤思，并未影响她与何宜的关系，俩人来往比较频繁。何是法租界巡捕房翻译，自然与公共租界巡捕房熟悉。梅瑞雪今天所托之事，只不过是一个朋友去见一见在押的一个嫌疑人，说几句话而已，这点面子公共租界还是会给他何翻译的。何况，这位梅小姐二十块大洋已递到了当班巡捕的手里。

进入巡捕房前，陈左军神秘地躲到阴暗处动作了一番，待他重新出现时，赵素雅已经看不出他的本来面目。他嘴里塞进了一副牙套，眉毛变宽，胡须蓄长。她惊讶地捂住嘴，没有叫出声。她知道化装术不只是地下党的拿手好戏，也是国民党特务的惯用伎俩，但她想不明白陈左军此次化装的意图何在。这时，陈左军说："在这样的环境里，你肯出面找我办这等事，这说明你对我是信任的。实践会证明，你是对的。这件事，你放心。"赵素雅说："里面那个人是你胞兄。所以，我对你有信心。"陈左军示意她在接待室等，他由当班巡警领进了关押处。

当班巡警开了一间空闲关押室，供这对朋友独处。大约二十分钟后，陈左军出来向当班道谢，然后领赵素雅大摇大摆地走出巡捕房。赵素雅在后面扯着陈左军衣角，急急地问："右军他怎么样了？你不能就这样走了哇，右军还没有救出来哪。"陈左军没有理她，叫了黄包车让她坐进去，自己也叫了一辆黄包车跟在她后边。

赵素雅怀揣纳闷坐在车里，不知往何处去。陈左军可是敌特工区部的人，她自己的住处是不能去的，甘得利电器公司更去不得。她只有任意说一去处。

跑过几条街，赵素雅觉得毫无目的地让车在街上拐来拐去也不是办法，就停下来想等陈左军上来问个明白。陈左军的车却超过她继续前行，并朝甘得利电器公司方向驶去。跑到一僻静处，突然从后面赶上来几辆黄包车，截住了他们的去路。

高革等人持枪围住了陈左军。陈左军小心地举起双手，说："高革，别开枪，我是陈右军。"然后把眉毛、胡须和牙套取下。赵素雅上前仔细辨认，果真是陈右军。她急说："他真是右军，高革你们快收起枪。"

高革悄声责问这二人在搞什么名堂。赵素雅把下午的事说了一遍，陈右军把在巡捕房同陈左军换装的情况也讲了个明白。

事情是这样的。这对孪生兄弟一见面，陈右军并没有认出陈左军。陈左军把伪装取下，陈右军吓了一跳。陈左军说："在尼庵分手时，我一再叮嘱你俩安生做个买卖，不要再跟着共产党瞎折腾了，你们偏不听。夫妻恩爱、安安稳稳过日子多好，真心相爱的人每天厮守在一块儿过日子多好，何必这样东躲西藏地偷生偷情？！说心里话，我是很羡慕你的，右军，羡慕你真正拥有了素雅。你是心在情中不知情，身在福中不知福呀。好了，不说那么多了。你们赶快离开，别让我再在上海见到你们。否则，别怪我无情无义！"

在陈左军示意下，双方把衣服对换了。陈左军近乎强行地把牙套塞进陈右军嘴里，把眉毛、胡须都给他黏上。陈右军这才明白，今天是利用孪生兄弟模样相同这一条件，玩个偷梁换柱的把戏，问："我出去了，你怎么办？"陈左军说："你赶紧走人，我自有办法。"

陈左军的办法是：他开始还像陈右军一样不开口说话，待到半夜时分，他突然嚷着要见巡捕房探长。他掏出证件亮给当班的说，让你们头儿来给我解释，为何要把我抓到巡捕房？我同相好在旅馆叙叙旧犯了哪家的法？当班的一看证件，忙说是自家人，全是误会，又问下午为何不亮明身份。陈左军说，我就是想看看你们是怎么办案的。看来，租界巡捕房办案水平也不过如此，竟然把上海特工区部的人当成共党分子抓进了大牢！

探长被紧急召来，见下午一直不开口讲话的嫌疑人，现在竟敢出言不逊地训起了他的当班，一时间被眼前的戏剧性事件弄晕了头，慌忙打电话到特工区部一问，那边说陈左军确实外出约见旧友了。至于是下午外出的，还是晚上外出的，有没有到电器行买东西，那边没细说，探长也没敢细问。细节问题已无关紧要，关键点在于陈左军确实是特工区部特工。既然是特工区部的特工，买电器元件便理所当然；既然是特工区部的，那这次抓捕就是误抓；既然是误抓，那就赶紧放人，且要封锁消息，不能张扬出去，否则，巡捕房丢不起这个人。因为巡捕房与特工区部一向有友好交集、私密约定，没有过不去的大事，一般不互相为难对方。这在内部是人所共知的事。

这探长放下电话，连连向陈左军道歉，并退回了梅瑞雪塞给的那二十块大洋，随即派一名华人巡警开车把陈左军送回了特工区部。

31

高革没有因陈左军救了陈右军而放弃灭陈计划，他把陈左军搭救行为看作兄弟手足之情所为，实则，陈左军并未改变其政治立场和敌特工人员身份，他的存在还同样威胁着地下党密码和人员的安全。况且，陈右军、赵素雅在陈左军面前的暴露，会使上海地下党工作更加被动。

一个周六的晚上，高革在由敌特工区部到逸园的必经之路上设下了埋伏。

当陈左军的车子出现后，前面两辆互不相让的黄包车，不合时宜地撞在了一块儿。陈左军的车子不得不停了下来。这时，后面跟上来一辆道奇牌轿车，紧靠着陈左军的车子停下，堵住了他的后路。四个黑衣人迅速下车，用枪把陈左军和两个特工紧紧逼住。

四个黑衣人看清车中确实是他们要找的人，便同时开枪向正欲反抗的陈左军和两个特工射击。瞬间，四个黑衣人逃之夭夭。整个行动前后不到三分钟。

第二天，数家报纸报道了此事。局外人难辨真相，有的说是黑帮黑吃黑，有的说是世家仇杀，还有的说是特工内讧。当然，也有报道是国共枪战的。

特工区部里谁都没有把这次枪击事件，与报界热炒的逸园舞女唤春儿联系在一起，更没有人想到他们的密码本会被拍照复制。因为，四个黑衣人开枪时，并没有全部击毙车中人，匆忙中故意没有验尸，留下一个受伤特工为活口，以让他证明袭击者只是开枪杀人，并没有动车内任何物件，包括密码本。

唤春儿在枪击事件发生后第二天，便以父亲病故为由离开逸园，返乡奔丧去了。这一天，高革从内线得到确切消息，陈左军在医院不治身亡。同时，内线还说，敌特工区部很快就分析出，地下党之所以针对陈左军下手，是迫于他对上海地下党电台和密码构成了重大威胁。特工区部因此下了死命令：要不惜人力物力，尽快除掉共党在上海的地下组织，尤其要全力破获其地下电台！

还有一个不为内线所掌握的绝密消息：陈左军在被枪击的当天下午，已经成功破译了地下党密码。这一刻，他才感到这部密码的密钥似曾相识，突然那首歌冲击了他的耳鼓——教我如何不想她。这个密钥，居然同他陈氏兄弟和素雅在中学时代玩过的数学游戏完全一样。"教我如何不想她"，多么情深深、意切切的歌子呀，它竟然成了共党密码的密钥！这时，陈右军、赵素雅的形象闯入他脑海，地下党为何要取用这个密钥的疑团顿时解开，陈赵二人自称在上海做生意的谎言不攻自破。是否把陈赵二人缉拿归案？陈左军没有犹豫。尽管他恨过夺他之爱的陈右军和不给他真爱的赵素雅，也想过杀掉他俩，但现在他彻底不想祸害他们了。几年醉生梦死的生活，倒使他悟出了一些良知来。尤其是，当他得知贪污案败露、按律应被处死的情况后，对生活有了重新认识，比以前更加珍惜生命。所以，当特工区部让他戴罪立功，以业绩换取生命时，他真心实意地接受了这个合理交易。当然，如若抓住陈右军和赵素雅，会给破获地下党组织和电台带来绝好条件，但他还是排除了这种想法。他从心底长啸一声：我不能这样做，至少眼前不能这样做，以后哪天有了新的关联情况再下手灭之也不迟。然而，他没有想到，破译孪生兄长编制的密码，成了他生命的最后杰作。

陈左军死后，上海敌特工区部隐瞒下他贪污的事实，给予他很高荣誉，为他举行了隆重的追悼会。他一时成了整个特工总部系统攻克共党密码高堡的英雄。

陈右军从报上看到敌特工区部有人被枪击的消息，但他不知此事与陈左军有关。高革嘱咐左右，要绝对向陈赵夫妇隐瞒枪击事件真相。陈右军曾问高革此事。高革说："这事如果是地下党干的，那也是其他机构干的，我们小组近期从未采取过此类枪击行动。被枪击的特工有多少，到底是谁，我们还没有搞到相关情报。目前，敌特工区部搜捕力度加大，我们的人要少出门，以防不测。"

近来，高革与秋风的关系有了实质性进展。高革知道，经常同秋风在公共场所露面约会，有一定风险，就向秋风提出在旅馆租房同居。秋风竟然爽快答应了。高革觉得，在环境相对宽松的租界租房较为安全。秋风告诉他，她已出资在法租界佳仕旅馆租下房间。高革惊喜地热拥了她。自此，高革没有大事、急事就很少去通讯社了，和秋风在佳仕旅馆秘密地过上了小日子。俩人如胶似漆，感情一日深似一日，但高革始终未告知秋风自己的真实身份，秋风也一直称他为万老板。

高革多日未去通讯社上班，并不知道这里已被敌特监视。陈左军破译地下党电台密码后，特工区部组织人员译出了前期截获的地下党电台部分讯息，从译出的电报内容中分析出两条重要内容。一是中共地下组织的部分档案材料，在近期要运出上海，转往苏区。至于以什么方式转运、转运到哪个城市再转送苏区，还需周密调查侦破。二是津华上海通讯社，可能已被共党地下组织控制。特工区部对此两项进行了密查和印证，肯定了他们的推断，于是即刻拟订了逮捕万如云的方案。可特工区部监视了数日，未见万如云在通讯社露面。

不久，有消息说，万如云同戏子秋风打得火热，秋风随即也被监视。特工区部特工发现，秋风演完戏，总去法租界佳仕旅馆宿居。有特工到法租界巡捕房报了案。在一个深夜，万如云和秋风被巡捕房以非法持有电台为名抓获。那特工在报案之前，趁万如云、秋风去巷口饭店吃夜宵之际，偷把一部电台藏到了旅馆中他俩房间的床底。

当时，高革表现极为沉着冷静。他先为瑟瑟发抖的秋风穿好衣服，自己又穿戴整齐，然后说："这部电台与我们无关。你们正在侵犯良民的人身权利。我是一个没有任何背景的通讯社老板，正经的报人和记者。我认识美国、法国大使和领事，他们可以给我做证！"说着，大大方方地从口袋里掏出了几个外国记者和外交官员的名片，"我现在就下去给美国领事馆打电话，你们自己问问他们我是什么人。"说完，欲下楼去打电话。巡捕不由分说，上去给他戴上手铐："你这一套我们见多了！"

第二天下午，陈右军和赵素雅得到了高革被捕的消息。陈右军当即通知他所知道的地下党联络点，暂停一切活动，然后组织人研究营救方案。在目前形势下，采取军事行动武装营救是行不通的。最好先由赵素雅出面，通过美国人图文尤思，以重金疏通巡捕房高层关系，阻止国民党当局引渡高革。

梅瑞雪同图文尤思交往已有多日。由于俩人语言沟通上的方便，工作内外的话题都谈得来。图文尤思很欣赏梅瑞雪对中国时局的看法，也赞同她对男女间各种关系的理解。"瑞雪小姐是中国女性中思想最开放的，也是我在中国的第一个异性知己！"

梅瑞雪在一家高档西餐馆，宴请了刚从天津回来的图文尤思。整个晚宴就是为图文尤思接风洗尘的，餐毕，梅瑞雪才悄声告诉他，她哥的同学被法租界巡捕房抓了，得想办法把他弄出来。

图文尤思大笑道："瑞雪为我接风是假，求我救人是真。告诉我，你哥与那人是同学关系，那你与那人是何种关系？你哥是不是有意把你许配给他？果真如此的话，我是不救他的！"梅瑞雪听罢，也羞笑不止："图文先生，你吃醋了！实话实说，我与那人从未见过面。我早说过，我是终身不嫁人的！"

图文尤思抓过她的手："中文中'吃醋'这个词很形象，我嘴里酸溜溜的。你不嫁他就好，我帮你救他。"梅瑞雪说："需要多少钱？由我哥同学的家人出。"图文尤思说："不需要你们出钱。我看的是瑞雪小姐的情谊，而情谊是无价的。"

到了晚上，图文尤思请梅瑞雪吃饭。饭前，图文尤思双手一摊，面带窘色："实在对不起，瑞雪小姐。你哥这位同学可不是一般人物，警备司令部势在必得。我找到法租界法国总探长，他有心想帮我，可是，上海警备司令部要通过南京政府外交途径交涉此事，总探长怕顶不住，不敢轻易放人。但总探长碍于我的面子，还在拖着。现在，那人尚未被引渡。不过，引渡也是迟早的事。"

梅瑞雪听罢，再没心思吃饭，图文尤思就领她到花旗美国总会跳舞。这里只对本国侨民开放，一般华人不准入内，只有个别所谓的高等华人才能凭证进出。整个晚上，图文尤思未换舞伴，一直和梅瑞雪相伴而舞。

"把你领进这里我费了很大周折。我是看你神情忧郁，才带你到这里散散心的。你与你哥那同学又不相识，为何还如此大伤情绪？仅为你哥失去一个好朋友吗？"休息空隙，图文尤思见梅瑞雪兴致不高，一直在劝她。梅瑞雪说："不让我伤心，我做不到。"图文尤思说："看来，瑞雪小姐是一个很重友情的人。"梅瑞雪说："重友情又有何用？友人相处一场也帮不得什么忙。"图文尤思听出弦外之音："瑞雪小姐在怪罪我这次没能帮你。我实在是无能为力。以后，只要是不同政治有牵扯的事，我都能帮你。"梅瑞雪伸出小拇指："图文先生，你说话要算数哟。"图文尤思似乎很熟悉她这一套："拉钩上吊，一百年不能变。还有什么事求我？尽管说吧。"

梅瑞雪说："其实也没有什么大不了的事。我广州的一个朋友，在上海出版了一部有关建筑方面的书，印了两千册需要运回去。明天，图文尤思公司不是有一部分图书要运往广州吗？我想顺便把朋友的书也一块儿运走，相关运费由朋友出。你看方便吗？"

图文尤思连想都没想就说："这有何难！只要是我说了算的事，都没问题。我给相关部门交代一下，明天就办！"梅瑞雪笑道："这才够朋友！事成之后，我再请你吃饭。"图文尤思把她拉入舞池，悄声说："我愿意吃瑞雪小姐的请。与瑞雪相处，我很愉快。过些天，我要去广州一趟。你想回家看看的话，我们可以同行。"梅瑞雪兴奋地说："那太好了，这段时间我实在是太想家了！与图文先生同行，我很荣幸。"

地下党组织部分档案材料打上与那批图书同样的外包装，在赵素雅的秘密操持下，已混入其中，第二天下午准备起运。

敌特工区部在获得共党地下组织要在近期转运档案材料的情报后，加大了防范力度。他们通过警备司令部，同各货运站、火车站、码头进行协调，对近期从上海发出的货物，尤其对发往南昌、广州、福州等地的货物，进行严格查验，发现可疑情况，立即报告特工区部。

下午，图文尤思公司的货物遇到了麻烦。图文尤思接到梅瑞雪从码头打来的电话，说发往广州的图书，码头要开包验查，改为明天起运；说按规定，美国公司的图书是不用开包检查的，这是对你图文尤思的极大不尊重；说开包查验耽误时间，更改起运日期会失信于接货方，影响公司信誉；说当局公开辱骂图文尤思是什么东西、图文尤思公司是个屁；说如果这次要屈从了码头当局，图文尤思公司以后在上海就会威信扫地。图文尤思听罢，火冒三丈，说，我马上找领事馆出面解决此事。你先让人阻止码头的无理之举！

图文尤思领相关人员赶到时，梅瑞雪和几个人都坐在货物上，不让检查人员靠近。梅瑞雪正在高喊："图文尤思公司权益不可侵犯！谁要动图文尤思先生的货，就是对美利坚合众国的侵犯！"图文尤思冲她竖了竖大拇指，然后掏出几张公文，同码头负责人进行交涉，问题最终得到解决。图文尤思同码头负责人说："我的货以前没有问题，今后也不会有问题。我的货在打包时，就由美国职员一一查验过，并做了特殊安保标记。非法出版物连一页纸都进不去。这一点，我完全负责。我们公司的货，在每一个码头、车站都是免检的。以后，你们不准再欺负我们。否则，我要把你告到南京政府！"

货物按时起运，图文尤思领人返回公司。路上，图文尤思对梅瑞雪说："你很勇敢，也很会讲话。没错，美利坚合众国神圣不可侵犯，图文尤思神圣不可侵犯！你是很冷还是很紧张？不要怕！梅瑞雪小姐也是神圣不可侵犯的。"说完，拍拍她微微抖动的肩头，哈哈大笑起来。

32

　　数日后,高革、秋风被警备司令部引渡,转交给国民党特工总部上海区部。无论特工们如何诱供套供,高革总是那句话:"我是一个通讯社的老板、一个普通的报人和记者,从不与任何政治团体有超常往来。床底下那部电台真的与我们无关!你们可要调查清楚,不能冤枉好人!"

　　连续多天,高革闭口不吐真言。特工们气急败坏,开始对他用刑。国民党特工对付高革这样的人有丰富的用刑经验。这几年,他们的毒招恶式,已使几个共产党人不堪忍受肌肤之痛而招供叛变。他们同样对高革施行了惨无人道的折磨。高革觉得生命就要走到尽头,盼望自己早早死去,以尽快消除这非人的痛苦。

　　这帮特工见用刑无效,便施了一个计谋,把秋风提来一同拷问。秋风见到遍体鳞伤的高革,冲特工叫喊起来:"万老板真是普通记者,我可以证明。他是好人,你们放了他!"特工打了秋风一记耳光:"他是好人?你是什么人我们还不知道哪!说,你是不是共党分子?"说完,就是一阵鞭打。

　　高革勉强抬起手,指着秋风说:"秋风只是一个戏子。你们不要委屈她。"特工冷笑:"她每天都同你这个共党分子鬼混,你怎么睁眼说瞎话?我看不上重刑你是不招的!"

　　高革一阵惨叫,啐了特工一脸血水。特工说:"把这戏子的衣服扒光,用钢丝把她双乳穿透!"旋即秋风衣服被扒光。高革大叫一声:"不!没人性的狗东西,你们听好了,她真的什么都不知道!"特工把一根钢丝甩得唰唰直响:"说得好。她不知道,你知道!显然,只有你

隐秘人生　第五章

The Secret Life　沪上密战

万老板才能保全这对漂亮乳房。万老板,何去何从呀?"

"猪狗不如!你们猪狗不如!"高革又是一阵叫骂。特工开始向高革手指甲钉竹签。高革在惨叫声中看到,特工拿起那根烧红了的钢丝,准备穿透秋风的乳房。秋风挣扎着,号叫着。

当五个指头被钉满竹签时,高革说:"你们把秋风放了,把我穿了,架在火上烤吧。"特工把秋风架起,再次把钢丝烧红,逼近秋风的双乳。

"没有人性的狗东西!"高革大叫,"你们把秋风放了,我就交代。"特工说:"你若耍滑头,就割了这双乳!"高革说:"你们先放她走,不然你们什么也别想得到!"这下,特工们倒利索:"我们马上放人。你如若不招,惹我们再把她抓回来,那后果可就严重了!"

"我真名叫高革,的确是共党分子。我知道很多情况,在保证秋风有了人身安全和自由之后,我会交代的。但是,为防止你们耍花招不放她,我会先交代部分情况,待我出去确定她安全无忧后,再全部交代一切。"高革说,"这里还有一个道理你们要想明白。待我全招了,立下大功,肯定会被你们上峰重用提拔的。所以,今天不把秋风安全放走,以后我轻饶不了你们!"

特工停止用刑。高革盯着秋风:"秋风,你出去后,躲得远远的,去过太平日子吧。我高革一生真爱过两个女人。几年前,茹芸不堪毁乳受辱离开了人世;现在,我不能看着我真爱的秋风再如此受辱!你快快走吧。"

高革一阵眩晕。他想起当年广州九重天大厦茹芸唱戏时被流氓抓烂胸乳的悲惨情景。他心里念叨着:"只要还有一口气,我就不会让秋风像茹芸一样受到凌辱。我对秋风的爱,就是对茹芸爱的追加。为保全这份心心念念的爱情,我只有选择妥协。"

特工放开秋风。秋风泪如雨下,走到高革面前,哽咽道:"这样的真情，是一个戏子终生难遇的。我等着你，等你一辈子！"说完，捋下手腕上一只玉镯递给了高革。

秋风被特工领出牢门。高革抬起眼睑，看了看手中玉镯，发现这是一方带梅花状瑕疵的玉镯。多年前的茹芸形象，一下子冲入他脑海。他大叫一声："茹芸！秋风！"随即一口鲜血喷了出来。

一阵眩晕，一阵窒息，高革昏死过去。特工把一桶冷水泼向他。他抬起头，又喊叫一声："秋风！茹芸！"又喷出一口鲜血，昏死过去。

第二天上午，高革才苏醒过来，喃喃地说："我要去找茹芸，我要去找秋风。"特工拿来记录，开始审讯。高革首先把甘得利电器公司以及几个小联络点的情况如实招了，其他情况却闭口不谈。再问，高革还是那句话："秋风真的不是共党。"特工说："在这个问题上，你不用再纠结。我们早知道秋风不是共党分子，不然，也不会放她出去。你赶快交代其他问题！"高革说："我只能先交代这些。不然，你们就弄死我。我再说一遍，只有秋风好好的，你们才能有所多得！"

昨晚，秋风被特工放了之后，急忙赶回住处。她把污迹斑斑的衣服换下，穿上一件新衣。然后，打开后窗，跳到邻家房顶，逃了出去。这是她在戏中多次演过的逃避盯梢的有效方法。

正要打烊关门的高斯顿书店，迎来了最后一个客人。这便是秋风。她直奔梅瑞雪面前，急急地说："梅小姐，请出来一下，我有话要说。"

梅瑞雪警惕地盯着她，并未动，说："我并不认识你，有话在这儿说吧。"

"你再仔细看看，素雅！"秋风眼里闪出泪花。

梅瑞雪眼神一跳："是你？你怎么……你怎么……真的是你！"

秋风悄声说："是的，我还活着，素雅。"

赵素雅关了店门，扳着秋风的肩膀："茹芸，你真的还活着！你怎么会在上海？难道当年在广州那个投河自尽的凄惨女人不是你？看来，是我们认错了尸体。"

"那年，我蒙羞后曾经想到死，但又舍不下这人世。广州是不能待了，就悄悄跟随一个剧社来到上海。先不说这事。我问你，高革是不是共产党？你是不是共产党？"秋风一副火急火燎、六神无主的样子。

赵素雅马上冷下脸来："你在胡说什么？我们都不是！你是什么人？我不认识你，你快快离开这里！"

秋风晃着她的肩说："素雅，你还给我装什么呀。我就是那个秋风，和高革一起被抓走的秋风。"赵素雅说："我早听说过高革同一个戏子好上了，原来是你呀。高革被抓和我有什么关系？"

秋风说："素雅，我早猜出你们是干什么的了。我还知道甘得利电器公司里也是你们的人。"赵素雅盯着她："我真的不明白你的意思，请你快走开。"

"看来，我们姐妹在广州的情义已绝。素雅，我真的是茹芸。我和高革被一起抓走，刚刚被放出来，交换条件是高革招供。我回家后，怕被人盯梢，从后窗跳出，赶来报个信。请相信我，我没有变，还是多年前那个茹芸！"秋风泪流满面，痛不欲生。

赵素雅逼视着她，一言不发。素雅从她眼神中，看到了过去那个真诚的茹芸，看到了那个情同手足的姐妹。她沉思片刻，说："我信你了，茹芸。成败在此一举，我们马上行动。你不是知道甘得利电器公司吗？那里住着陈右军，你立刻过去，把急情告诉他。茹芸，你要多加小心，尽快在上海娱乐圈消失，否则会有大麻烦的。"

秋风抱着素雅抽泣："高革，高势能，对我是真心的。虽然我没有向他挑明我就是茹芸，可这些日子，他一直是把我当作茹芸来爱的，爱得很深。我原谅了他过去的一切，还会原谅他现在的一切。以后，他如能出来，即使成了你们的叛徒，我也会跟他过一辈子的。素雅，自从高革无意中聊到你，我曾偷偷来瞧过你多次。我很想你，素雅。"

赵素雅用密语写了一张纸条递过去："现在不是说话的时候，你马上去找陈右军，晚了就来不及了！"

秋风走后，赵素雅简单收拾了一下，把文件材料销毁，锁紧房门，又去她知道的各个联络点通报情况，让他们尽快撤离。然后，就去找了图文尤思。他明天一早要去广州，曾相邀她一同前往。她考虑高革被捕情况不明，这不是离开上海的时候，就找了个托词，不打算与他同行。可现在情况有变，高革一旦招供，她在上海就难有立足之地。于是，她决定与图文尤思同去广州。

赵素雅在公司寓所见到了图文尤思。她说自己思乡心切，还是想同图文先生一起回广州看看，并说同行的还有自己的胞兄。图文尤思说，很好。有你们兄妹做伴，旅途就不会寂寞了。不过，你哥同去，你我聊天就不方便了。她笑笑说，让他一边待着去，我俩尽管聊我们的。

赵素雅从图文尤思那里出来，就去了小旺京旅馆。她观察四周动静，见没有异常，才进了门。她让茹芸捎给陈右军的密信上，写清了私约的这家旅馆。她要在此等右军。

陈右军见到秋风，又看了素雅的纸条，感到大事不妙。他从纸条上知道，素雅已去通知各联络点，大家会很快转移。现在，他需要把这一消息，以最快速度报告给中央苏区。而做到这一点，最快捷的方式是启用多日不敢再用的电台发报。至于现在敌特工区部破译没破译地下党电台密码，已无关紧要了，尽快让苏区领导知道高革可能要叛变这一急情，是重中之重。

陈右军让公司员工抓紧收拾和销毁文件材料，迅速转移到安全地点隐蔽。他做了最后一项工作，打开发报机，向苏区发了十万火急密电："高革已被捕，可能即将叛变，我地下人员将迅速隐撤。"然后，他毁坏了带不走的侦听设备和发报机，把一份晚饭前才从敌电台侦听破译出来的重要情报揣在怀里。这份情报，是国民党军队"围剿"苏区红军的一份详尽作战计划。

陈右军在小旺京旅馆见到素雅时，已是晚上十一点多钟。素雅给他说了同图文尤思去广州的打算。陈右军说，预防高革叛变的工作，该做的我们都做了。高革如果真的叛变，我与你将是敌特重点抓捕对象，我们尽快离开上海是对的。同图文尤思一起走，也较为安全。没人敢随便盘问抓捕他的随从。这份重要情报也正好随身带上，想办法尽快转交到苏区领导手里。俩人商量完应对措施，便和衣睡了一会儿，只等天亮找图文尤思一起去火车站。

真是祸不单行。陈右军最后发往苏区的那份密电，被敌特电台监测系统截获。由于陈左军生前已破译了地下党密码，特工区部很快译出了电报内容。这个时候，高革还没有招供，正在昏死当中。特工纳闷：地下党是从哪里知道高革即要叛变的？只有一种可能，刚被放出的戏子秋风，给地下党报了信。特工连夜派人抓捕秋风。

秋风从甘得利电器公司出来，没敢再回住处，到一个女友处躲了起来。戏子秋风在上海滩是有知名度的，特工们顺藤摸瓜，逐个盘查与秋风相关的各个关系，最终在第二天上午将她抓获。

这时，苏醒后的高革刚刚招供。敌特军警联手出击，赶到甘得利电器公司等几个相关的共党联络点抓捕，但只抓到了两个未能接到赵素雅通知的地下党联络员。

敌特工一再追问高革，秋风是不是共党分子？高革肯定地说不是，她绝对不知一丝内情。敌特工说，那她怎么会给共党联络站报信？高革还是肯定地说，不可能，绝对不可能！高革又说，你们应该还我自由了吧？特工说，就你提供的这点情况，才抓了两个小共党，一条大鱼没钓到，还想要自由？你就等着吧，等你供出更重要的情报再说！

一个特工突然问了一句："枪击陈左军是你领人干的吧？"高革心里一沉，结结巴巴地说："绝对不是。是其他地下党小组干的。我同左军虽政见不同，但也还是广州同乡、少时朋友，我不会向他下毒手的。"特工说，早晚会真相大白的，你等着。

特工们又对秋风进行了拷问，秋风一口咬定什么也不知道，昨晚什么也没有干。特工知道她确是一个戏子，不会掌握重大情况，通风报信的事也难找真凭实据，就把她关起来不再审问，集中力量去搜捕企图外逃的共党分子。

赵素雅、陈右军随图文尤思一行来到车站。车站情况使陈右军大吃一惊。他见有特工拿着他的照片，确切地说是拿着陈左军的照片正盘查进站的旅客。他和素雅交换了一下眼色，心里就明白高革真的叛变了。但他们并不知道，这个时候，高革还未把赵素雅在图文尤思公司供职的事供出来。

陈右军知道自己尽管化了装，但仔细辨认还是能看出破绽的。他当即决定，不能再冒险前行。否则，很可能会被抓捕，那份重要情报也会送不出去。于是，他同素雅悄声说："你先走一步，我以后再找机会离开上海。这份东西要尽快转送给东家。"说完，把一个牛皮信封借拥抱之际塞进她的怀里。

赵素雅用衣帽掩饰了脸面，在簇拥的客流中，同图文尤思若即若离地上了站台。上车后，图文尤思才发现梅瑞雪的胞兄不见了。梅瑞雪说，哥的公司出了事，他急着返回去处理了。图文尤思说，这样更好，我俩可以随便说话了。梅瑞雪苦笑一下说，路上咱俩聊个痛快。

33

到达广州站后，赵素雅怕有国民党特工盯梢，便故意与图文尤思走散，躲开出站口，悄然横穿铁轨，找到一员工出口，混出了车站。她很快同广州地下党组织取得联系，把身上那份重要情报安全移交。同时得知，那批图书里的档案资料，也早在几天前被运往汕头，之后又绕道送进苏区。

赵素雅这才松了口气。离别广州数年，此时感慨万千。她想起了童年和学生时代，想起了她与陈氏兄弟的情感纠葛，想起了好友茹芸和高势能，想起了她的父亲母亲和为她丢了性命的贴儿。第二天，正当她打算到贴儿坟前祭拜时，广州地下联络员送来急信：国民党上海特工区部已查清她随图文尤思到广州的情况，并已派人前来缉拿。

赵素雅听罢，当机立断，搭乘当天客船逃离了广州。她出其不意，杀了一个回马枪，回到了上海。这是敌特所预料不到的。敌特以为她近期不敢回来，会在广州潜藏起来，便协同广州方面的特工组织，进行了大范围搜捕。这时，赵家才知道女儿赵素雅还活着。

赵素雅潜回上海，长时间不与任何熟人联系，在一家不起眼的食品店当起了店员。不久，她发现自己有了身孕。她惊喜不已，决心把这个孩子生下来。她用身上带出的积蓄，度过了一段艰难的日子，一个女婴"哇哇"落地。她给她起名叫"军军"。这是她已死去的那个孩子的名字。

赵素雅先是沉溺于为人母后的甜美心境中，数日后对陈右军的思念骤然炸开，也急切想知道上海地下党的现状。于是，她雇请了一个老太照料军军，自己开始频繁外出。她悄然观察了她知道的所有地下党联络点，准确判明均已被敌特捣毁。在与上海地下党取得联系的希望将要破灭的时候，她突然想起了一个人。这个人在《申报》当编辑，曾由她出面争取他为地下党做过事。她决意再次利用这个一向贪财却又良知满怀的报人。

这个报人叫张功，赵素雅找来时，他正在翻译《申报》负责人施华章交办的英文信函。不高的英文翻译能力，使他的额头急出了汗珠。赵素雅的出现，让他喜出望外。他领教过这位才女的英译汉功夫。他不等她说明来由，就迫不及待地把英文稿推了过去："快快救急，施总正等着用稿呢。你即使有天大的事，也得把我这差事应付完再说。"

赵素雅握笔在手，一口气译完了这篇信函。她惊呆了。她不是被作者流畅无比的文笔和高超的英文水平折服，而是被这封信函内容震惊。这哪是一纸普通小文，而是一份谴责蒋介石杀害进步人士的英文宣言，其慷慨激昂的字里行间，饱含着民族之大义、疾恶如仇之良知。该信的落款是民权保障同盟会。

赵素雅惊愕之色持续多时，到张功把信函送到施总办公室返回，才清醒过来。张功说："劳驾你好事做到底，再把这两篇稿子也替我翻译一下吧。"赵素雅又译完两篇稿子，才说了此行的目的。张功说："地下党的情况，我可帮你打听打听，但也别抱太大希望。现在风声很紧，共产党内部出了叛徒，地下党已基本停止活动，国民党特工都找不到人影，我更无处可觅。"正说着，进来一个人，边走边笑："张编辑，英文水平长进不小，这倒让我有些怀疑。若你真长进到此等水平，我就不用为找不着一个高等翻译而发愁了。"张功嘿嘿一笑："什么事都瞒不了施总。"

赵素雅这才知道，眼前这位就是大名鼎鼎的施华章先生。施先生也发现了她，随即用英文询问了一些情况。她迅速反应，现编了一套滴水不漏的身世，并流利地用英文回答了他。

看得出施华章颇为兴奋，又同赵素雅聊了一阵对政局的看法。赵素雅同样给予恰当应对。施华章当即下了聘书，请她到报馆做翻译工作。"素雅女士，我这个决定是不是太急了，吓着你了吧？我求贤若渴，渴望之极，无人理解呀。"赵素雅异常兴奋："请施先生给予就职前训导。"施华章郑重地说："素雅女士听好！在邪恶面前，《申报》是一把刀，是一把不见血刃的刀。报纸是民众喉舌，总要为人民说些话，才站得住脚，走得动路！"说完，大步流星地走了。

赵素雅望着施华章的身影，觉得彼此在最短时间内，已经最大限度达成了默契。是相互信任，是彼此欣赏，还是心念通灵？她一时未能掐摸准。张功同赵素雅谈了一些施华章的近况。

施华章在上海新闻界和工商界名望颇大。他一贯支持鲁迅等人组织的"左翼作家联盟"，经常公开参加宋庆龄倡导的中国民权保障同盟。他自恃《申报》威誉俱在，机构又在上海租界，蒋政府不能直接勒令停刊，所以，他常常不买国民党中央宣传部的账，不仅极力摆脱，不为其所用，而且在重大政治经济问题上，不断采取种种方式痛击国民党政府。蒋介石由此把他视为眼中钉，久欲置之于死地而后快，但也不敢轻易暗下毒手。施华章之正义形象，深深印在了赵素雅脑海里，并在她谋事报馆这段时日里逐渐得到强化。

赵素雅对在报馆工作很满意。既有不薄的薪金贴补生活之窘迫，又能寻机探听陈右军及地下党的下落。尽管这方面的消息少之又少，但她还是寄予了厚望。她十分珍惜这偶然得之的机遇。

施华章对赵素雅在英文方面的才华颇为欣赏，不但把急重译文交办于她，有重要外事活动，也时有带她去当翻译。在外出露面这个问题上，赵素雅却一而再、再而三地找借口推辞。她怕在公开场合碰上高革，惹出大事。她这种心理不宜言说，自然不被施华章理解。有几次被她拒绝后，施华章露出不悦。久而久之，他觉察出她有难言之隐，就不再计较。她也在尽量应他所求，在问清详情，确定不会碰到高革后，每每愉快地随其出席外务活动，自然都能出色完成任务。

赵素雅随施华章频繁外出，使她察觉到一个重大异常情况。那段时日，受地下党职业习惯驱使，她总觉得在报馆和施先生住宅附近，有人实施监视。她向施华章报告了这一迹象，并提醒他多加注意，还建议最好雇请私人保镖，以防不测。施华章不以为然，认为她是女子多疑。有一天，突然有人告知，《申报》除能在上海租界发行外，其他地区和各省市城乡，凡国民党统治地区，一律被禁令投递了。施华章这才出了一身冷汗，知道处境不妙，遂雇请了一名保镖跟随左右。

一天傍晚，赵素雅随施华章走出报馆。她为他打开车门，却敏锐地发现，不远处有异样的光亮闪了一下。尽管那光亮很微弱，也不易察觉，她还是准确判断出，那是灯光下枪口的寒光。

此时的赵素雅异常冷静，反应迅速，动作敏捷，一转身，一跨步，迅速靠近保镖和施华章，一掌把还未发现险情的保镖推挡在施华章前面，自己跃身把施华章扑倒在地。

就在这时，枪响了。已掏枪在手的保镖胳膊被击中。赵素雅滚身抓起地上的手枪，抬手向正靠过来的三人射击。两声枪响，一人跪倒在地，一人手枪落地。接下来，她一把把施华章推进车内，车飞驰而去。在往车里急推施华章的过程中，她悄然把枪塞进了保镖的枪套，那惊魂未定的保镖还浑然未知。

袭击者见机收兵，慌忙消失。租界警察赶到现场，只捡到几枚弹壳，没有找到其他破案线索。

回到住宅，施华章即刻向租界警察局报案，然后低头沉思。突然，他抬起头，用感激的目光看着赵素雅："素雅女士，是你舍身救了我。对了，你的身手真是了得，怎么还会用枪？"

赵素雅忙打掩饰："不是的。肯定是你受惊吓，记错了。刚才，我吓坏了，下意识往后跑，不小心摔倒，正好扑在你身上。我从小没有摸过枪，那枪不是我开的。我看见是保镖开的枪，他好勇敢哟。"

施华章想了一下："可能是我慌乱之中记忆出了偏差，你一个弱小女子怎么会玩枪呢。"保镖不知是记不清当时情况了，还是顺水推舟，想捞功显摆自己，忙说："当时，我见有异常，立马用身体挡在了您前面，然后，迅速掏枪射击，打倒两人。"施华章这才发现，保镖胳膊正在滴血，忙催促他去医治。

案发后，施华章几次派人询问破案情况，警察局都以破案未果告知。施华章明知是国民党派人所为，但苦于没有真凭实据，只是在报上发表了两篇声讨文章作罢。

之后，施华章不敢再轻易外出，甚是郁闷，胃病复发，痛苦难忍。在家人建议下，他秘密前往杭州调养，躲避风头。本来赵素雅以孩子无人照顾为由，不想随施华章去杭州，但施华章执意让她母女一同前往。

在杭州调养一段时日，没再发生意外情况，大家渐渐从惊恐中淡出。施华章胃病好转后，便决定返回上海。

惨案就这样发生了。

施华章在杭州调养的行踪，早已在国民党特工掌握之中。考虑到若将施华章暗杀于杭州市区，杭州警察局局长便脱不了干系，会受到社会舆论责难，势必要全力侦破此案。而这个警察局局长本就是军统特务，这样一来便是自找麻烦。于是，特工人员在杭州市区迟迟没有下手。

施华章由杭州返回上海时，乘坐的是自备车。同车有施华章妻子、儿子、保镖，还有赵素雅和小军军。车子驶出杭州城不久，前面突遇一辆别克车横在路上，施华章的车被迫停下。这时，从路边树林里，蹿出七个持枪黑衣人朝车开枪。坐在前面的司机和保镖当即中弹。

赵素雅很快判断出，凶手使用的是洞穿力很大的强力式驳壳枪。她迅速掏出保镖腰间的手枪还击。

这时，施华章跳下车朝树林奔去。众黑衣人认出逃跑的是施华章，便紧随其后追了过去。赵素雅朝黑衣人射击，欲把他们吸引过来。一黑衣人被击倒，三个黑衣人围过来与她对射，其余三个黑衣人继续去追施华章。对射中，赵素雅几次想迂回过去保护施华章，可黑衣人枪弹封锁密集，动弹不得。不一会儿，追杀施华章的三个黑衣人提枪跑回来，其中一人挥手大喊："快上车，撤！"

赵素雅听到这一声叫喊，头脑中第一个反应是，施华章遇害了。继而，为一个触目惊心的现实所惊讶，她真切地看清那个叫喊撤离的人，竟然是高革。是叛徒高革带人杀掉了施华章！她咬牙切齿地朝车奔驰的方向连开数枪。

赵素雅带大家去树林里找施华章。施华章胸部布满弹孔，人已死去。顿时，树林里一阵号哭。施家公子到附近借了一辆卡车，把尸体运回了杭州。

赵素雅告诉施家，这是一起政治谋杀案，是蒋介石指使国民党特工干的。她发誓要揭露事实真相。她找到《申报》张功，一起谋划如何在报纸上，把施先生遇难始末公布于天下。开始时，张功颇有惧怕心理，不想参与此事，被赵素雅一顿痛斥，才不得不随她为之。

赵素雅连夜赶写稿件，把施华章上次在报馆门前遭遇伏击和这次被害的经过写得清清楚楚，明确指出施华章在杭州遇难是国民党特工所为，并点明有人认出七个黑衣人中有一个叫高革的国民党特工。

稿子送到《申报》副总经理手中，引来他击节叫骂，跺脚痛斥，发誓一定要把特务的卑鄙行径告知社会。然后，又审视赵素雅一番，问："你如何认识那个特工高革？你与他有何关系？"赵素雅冷静地说："我与他是如何相识的，没必要多言。此案是国民党特务所为千真万确，《申报》只管伸张正义即可。关键时候，我会舍去身家性命出面指证高革。施先生作为贵报负责人，为民族大义而死，贵报有责任公布事实真相。我们正义在手，不必畏惧无耻的特工部门！"

那位副总经理被赵素雅感染，慷慨激昂："誓为我报人申冤，还施先生以公正！"可第二天见报时，赵素雅以笔名撰写的长篇报道稿，却成了一篇几百字短消息，揭露事实真相的内容全部被删除。还好，里面还写了一句有些痛痒的话："据目击者称，行凶的七位黑衣人当中，有一人当过特工。"赵素雅大叫："什么叫当过特工？他高革现在就是国民党在职特务，是一条甘为主子效命的走狗！"

尽管是一篇不痛不痒的报道，还是在社会上引起一片哗然，施华章被害案震惊了报界。高革从《申报》报道中嗅出了味道，曾几次秘密带人到报馆探摸情况。可那时，赵素雅早已悲愤地离开报馆，隐身到社会某角落。她是在某一天，突然从张功视野里消失的，没人知道她的去处。

数月后，赵素雅思念陈右军心切，见形势趋于平缓，就花钱在报纸上刊登了一则广告，大意是：某月某日，文学界在某某旅馆三楼组织"莎士比亚迷"集会，探讨莎士比亚文学价值和地位，及其对中国文学的影响。会上，有学者将提出惊人论断:《莎士比亚全集》的作者，并不是莎士比亚本人，而是弗朗西斯·培根爵士。诚请莎士比亚作品爱好者，届时前去研探商榷。

赵素雅设想，陈右军见到这则广告，必定会联想到她曾是莎士比亚迷，对谁是《莎士比亚全集》的真正作者进行过多年破解。他可能会抱着试试看的态度，届时到这家旅馆来找她。

赵素雅的意图果真准确地被陈右军理解。他一看到这则广告，爱人的音容笑貌即刻映入脑海。他决定，到这个莎士比亚迷集会碰碰运气，和自己的命运赌一把，看看能不能找到素雅。

这一天，赵素雅抱着军军早早来到这家旅馆对面的商店中，隔着玻璃窗辨认着每一个进入旅馆的人。

终于，奇迹出现了。陈右军身着蓝色长袍，头戴黑色礼帽，悄悄向旅馆门口靠过来。他就要进入旅馆大门了。赵素雅的心狂跳不止。马上就要见到朝思暮想的爱人了，我的小军军就要见到爸爸了。她下意识地抚了抚军军的满头柔发，正欲挪步走出商店，惊人的一幕出现在她视野之中：几个把手伸进怀里的黑衣人，从旅馆里走出来，把陈右军挟持在中间。没等反抗，他就被五花大绑起来！

赵素雅真切地看清，那几个黑衣人当中，有一个人是高革。她咬紧牙关，迫使自己没有发出惊叫。

高革等人把陈右军带到车上，旋即消失。赵素雅站在商店窗前，呆呆地望着旅馆门口，一时想不明白这是怎么回事。

莎士比亚迷们围在旅馆门口议论纷纷。这时，赵素雅又看到有人从旅馆里出来，冲人们喊："快走开，快走开！"她迅速判明，旅馆里面还有特工，正等着另一条鱼儿上钩。那条鱼就是她赵素雅。她退回商店，装作买东西，一直等了很久，见到特工模样的人撤走，才悄悄溜出商店。

这次，赵素雅只想能使陈右军见到广告而想起她，却忘了高革在女儿岛时也知道她是一个莎士比亚迷。她甚至忘了还为此同高革有过激烈争论。

"贼子高革，你不得好死！"赵素雅在心里大骂不止。

敌特工区部成全了高革和茹芸的姻缘，为他们置办了房产，二人过起了夫欢妻爱的小日子。

这一天，高革酒足茶余，拿起报纸消磨时光。无意间，他发现了赵素雅那条广告。他陷入深思，茹芸过来添茶，他都没有察觉。他准确地捕捉到广告背后有可能隐藏的重要信息。

高革尽管向敌供出了自己所知道的一切情况，也抓了一些地下党成员，却一直未能为敌钓到一条大鱼，因而受到特工区部上司的轻视和慢待。这次，机会来了，肥大的诱饵送上了门。他把报纸拍在桌上，不露声色地喝起了茶。

茹芸不解地看着他，他闭上了眼睛。他永远不想让茹芸知道，他要抓捕陈右军和赵素雅。他怕自己的夫妻生活因此受到影响。

34

半年后，江西苏区一支部队接待了一个叫花子模样的女人。这个女人背着一个沉睡的女婴。女人说，她从上海来，要找队伍的最高首长。

最高首长果然接见了她。

几天后，一个英姿飒爽的女兵出现在训练场上。她性格内向，寡言少语。这期间，她只交了一个女友人。俩人每天形影不离，很少接触其他人。大家觉得这个女人很神秘，就去问这个女人的好友。那好友说，爱与恨，能使人脱胎换骨，她变得让我也不认识了。

这个女人训练异常刻苦，对射击项目尤为上心，成绩也出奇地好。有人劝她休息，她脖颈狠劲一摆："不！我要练就百发百中的功夫。我要亲手击毙高势能！"

有人问："高势能是谁？"

那女人说："他是个鬼！"

这个女人就是赵素雅。她在苏区见到了张秋月，告知了陈右军被高革出卖、遭遇抓捕的情况。二人一起找了部队首长，要求组织力量营救陈右军。部队首长说，现在上海地下党遭到严重破坏，暂时还没有力量采取营救措施。作为陈右军的妻子，想救回丈夫的心情可以理解，但这个想法很不现实。部队首长要求她以大局为重，随部队一起行军作战。救人的事，等以后上海地下党的力量壮大了，再伺机实施。赵素雅说，还有那个叛徒高革，可是一个大祸害。他了解特训队毕业队员详情及其潜伏居住地。首长说，国民党反动派哪个不是祸害呀。但是，我们力量有限，时机也不成熟，难以根除那些祸患。赵素雅固执己见："高革这个祸害不除，女儿岛上走出来的革命同志，迟早都会变成他手中的亡魂！"张秋月附和说："那是那是。他活着，那些革命者便可能会随时死去。"首长态度不可改变，实质上也是无可奈何。赵素雅眼里燃烧着怒火，双唇咬得发白，竭力克制着，不再出声哀求。

又过了一段时日，赵素雅和张秋月再次找到部队首长，这次，她俩提出了详尽的营救方案。首长研究后觉得，这个方案虽然有一定风险，但总体上可行。这也是没有办法的办法。不然，夜长梦多，陈右军随时面临被敌处决的危险；叛徒高革不除也确实是大祸害。于是同意了赵张的请求。赵素雅把女儿托付给部队，和张秋月即刻奔赴上海。

然而，未等到赵张二人归队，部队就接到紧急任务而离开了驻地。因随部队行动不便，部队首长让人把赵素雅的女婴，送给了当地一家老乡抚养。

35

这一天，上海著名粤剧演员秋风突然走失。高革恳请国民党特工区部上峰，不惜动用众多特工，在上海各区进行排查，未能获取任何音讯。高革又私下出资，动用上海地界黑帮，依然未见妻容。于是，他在上海各大报纸刊登了寻人启事。戏子秋风一夜之间突然消失的消息，一时成了街头巷尾谈论的话题。

这一天，思妻心焦、多日精神不振的高革，在自家门边信报箱里发现了一个信封。信封里还装着秋风那只带梅花瑕疵的玉镯。高革脑子里先是一片空白，后倏地跳出两张熟悉的面孔。

叛徒高革：

是的，是我们绑架了你的太太。今天挖去你一块心头肉，明天就能让你脑袋开花，除非你一辈子不再上街。只要你在公共场所露头，保证能一枪把你送上西天。我们的枪法是你教的。曾几何时，你要求我们弹无虚发，现在，我们对丧尽天良、祸害革命的老师也决不手软！

你们夫妻过着恩爱无忧的日子，你却把别人的丈夫送入牢房。谁都知道你深爱你的太太，这些天你肯定饱尝了失去爱妻的痛苦。想找到太太、早些结束这种情爱磨难吗？现在给你一个机会，那就是，你把别人的丈夫还给人家妻子。

你好好想一想，拿出一个万全之策，把陈右军营救出来。这是一宗需要精密谋划、确保万无一失的买卖。如果你拒绝我们的要求，或者同意帮我们却在实施中出了差错，那么结果只有一个，秋风必定毙命！

高革，你叛变革命，捕杀我党同志，犯下了不可饶恕的罪行。今天给你一个立功赎罪的机会，也给你一个换回爱妻的机会。一旦陈右军获救，你的太太将毫发无损地回到你的身边。

希望你慎重考虑我们的意见，千万不要自作聪明，和我们耍花招。即使你花招再高明，有一个事实你是无论如何也左右不了的，那就是，我们随时随地掌握着秋风的生命。即使在你的眼皮子底下，我们也有一枪毙命的能力，并且我们已经做好了同她、与你同归于尽的准备。所以说，你抓紧时间老老实实地谋个好法子，成功地把陈右军解救出来。

对了，现在你不会丧失得连一点人性亲情都不讲了吧？不会到置你唯一的亲人于死地而不顾的境地吧？秋风是你的太太，是你的最爱。起缘是因为秋风长相和性格，颇像你初恋情人茹芸。这些年，你都在心灵深处，把秋风当作茹芸来爱的。现在，我们再告诉你一个绝密消息：今天的秋风，就是当年的茹芸。这是秋风亲口告诉我们的，也是我们肯定无疑的。茹芸之所以到现在没把真相亲口告诉你，一是因为你现在对她已经很好了，没必要再借助其他因素强化你对她的爱；二是因为一旦给你提起过去，怕你对她那种内疚心情泛起，会时不时地刺痛目前你们恩爱的夫妻生活。现在，我们把实情告之于你，希望你会全力拯救昔时的挚友、现在的挚爱。

我们为了营救陈右军，什么事情都做得出来，包括牺牲自己的生命。一个连自己性命都可以不要的人，还在乎随时牺牲与茹芸的友情，把茹芸置于死地吗？所以说，你千万不要和我们耍心眼儿！

三天以后，请把你的答复和行动方案，放入外滩欧战和平纪念碑下左侧的石缝里。一周之内不见音信，你就到这个地方替茹芸收尸吧。

两匹红了眼的战狼书

高革看罢信，躺在床上夜不能寐。第二天，他写了一封信，按约定放到了那纪念碑下的石缝里。尽管"千万不要耍心眼"的警告在头脑中萦绕，但他还是领两个心腹特工埋伏在了纪念碑附近，大概是想检验一下写信人的真伪。可等了整整一天，也不见取信人出现。傍晚时分，有一群小叫花子，追打着、嬉闹着、围着纪念碑转圈圈，然后又打闹着跑开了。高革意识到什么，忙让特工过去看看。果然，那信不见了。高革领两个特工悄悄跟踪过去。在一个十字路口，众小叫花子一哄而散，再也无从跟踪。

高徒素雅、秋月：

见信后我心境极为复杂，情绪坏到了极点。其实，就是不见你们的信，我也没有安生过一天。愧疚、懊悔、自责一直折磨着我。背信弃义、出卖战友的行径，是一把锋利的尖刀，每时每刻都在刮剥着皮肉，使我痛不欲生，几次都试图结束自己的生命。我之所以还苟延残喘地活着，是因为我身边有我的最爱。过去的茹芸，现在的秋风，是我生命的唯一。我为她而活着，我不能失去她。为她，我可以去做一切，可以舍弃一切。

我为你们为救爱人和战友所付出的努力而感动，为你们为了友人可以舍弃自己生命的壮举而感动。我愿用你们的所爱换回我的所爱，我愿为这一公平交易做出积极努力。我理解你们为爱和友谊所做的一切。同时，也希望你们理解我对秋风的爱，理解当年我被捕后，为了保全秋风性命、保全我和秋风的爱所做的一切。在你们党组织眼里，叛徒是永远不可原谅的。但我希望正在经受爱情和友情折磨的你们，原谅我当初为爱所做出的不忠不义之举。这一次，既然你们给了我将功补过的机会，我定要紧紧抓住，尽量以良好表现填平我们之间的沟壑。

但是你们是知道的。陈右军是共党要犯，是电讯技术人才和密码破译专家，特工区部一直严密地囚禁着他，并一再采取各种措施招降他。所以说，想让我劝说上峰把陈右军放了，那是天方夜谭。因了曾抓捕到重犯陈右军，我在特工区部的地位和权职有了明显改善。现在，只能利用这个有利因素，创造条件智取营救陈右军。现在看来，你们一天见不到陈右军，你们搅扰我、杀掉我和秋风的心就一天不死。在这种自责愧疚、担惊受怕的心境中，我何能安稳地享受生活和爱情？所以说，我冒着极大风险动了救人的心思，想以成功营救陈右军来弥补我的过失，消除我与你们之间的恩怨。

经我缜密考虑，只有一种方法可能成功。现在，我手头上正在负责部分密码的破译工作，进展很不顺利。前些时候，我就曾几次向上峰提出借助陈右军密码破译的高超技术，来帮助我们完成破译工作。这一次，我想再找上峰建议，"把陈右军从特工总部上海区部提出，暂时移借我破译小组几天，由我来做陈的工作，争取使陈降从，助我一臂之力"。我这个想法顺理成章，上峰有可能同意。

因此，我给你们郑重约定如下：十三日上午，由我带车到特工区部把陈右军接出，你们就在返回的路上采取行动。行动地点选在南京路张记文元银楼左侧十字路口。这个地方是必经之路上最繁华的地带，街道稠密，来往行人多，便于掩护和撤离。车子到达行动地点的时间是十点钟左右。

我给你们提的唯一条件是：采取行动时，必须让我亲眼看见秋风。为表明我配合你们的诚意和决心，由我在乱中击毙特工区部随行的两个特工，然后你们立刻放了秋风。希望你们也拿出诚意来。

如果我之要求你们办不到，就视为你们违约，陈右军出现危险或被击毙，由你们自己负责。到时，可别说我害死了陈右军。

为了保证你们营救成功，也为了保证事后我不被怀疑，我带去接陈右军的两个人，是与我有过生死之交的心腹把兄弟，但特工区部派出护送人员和我们不是一个部门的。因此，行动不能露出破绽。你们一定要严密细致，考虑周全，勇敢果断，不可拖泥带水。这些，在特训队我是认真教过你们的。

我再强调一点，乱枪之中，我与你们都要把保证秋风的生命安全放在首位。整个行动中，你们可以枪击我的把兄弟特工，甚至可以把我的生命置之度外，但秋风千万别出事。否则，我冒这么大风险就毫无意义了！

另外需要说明一点，最终能否让上峰同意我的建议，现在还不能百分之百地打保票，只能说希望很大。如果十三日上午，你们见不到我接人的车辆，说明上峰没同意或这个时间不方便，那就在第二天老地方另见我的信。千万不要那天上午一见车子没来，就认为我违约，盲目对秋风采取措施。我再重复一次，请你们一定要相信我的诚意。我们在明处，你们在暗处。有异常情况，大不了你们不露面，也不会对你们构成威胁。所以，你们没必要怀疑我计划的真实性，不出意外，我肯定会按时带陈右军到指定地点。

高势能书

13日上午10时左右,一辆吉普车在南京路张记文元银楼旁熄了火。司机下车检修车辆,高革也骂骂咧咧地下了车。

装扮成卖烟大姐的张秋月托着烟盘走近了车子。她侧脸朝车里瞧了一眼,发现一个戴头罩的人被两个人左右夹在中间。她正犹豫是否向躲在暗处的素雅发信号,高革突然拔枪朝车内射击,戴头罩者左右那两人应声倒下。张秋月扔掉烟盘,冲进车内,一把拉住戴头罩者。瞬间,她发现上了当,那人并非陈右军,便全力高喊:"素雅快跑,这里有诈!"话音未落,那人和从后面扑上来的人,把她死死按倒在车内,下了她的枪。

让高革没有想到的是,当他枪击车内两个人后,赵素雅和秋风并未按信中约定在街道上露面,而是突然在银楼二楼窗口出现。

赵素雅见情况异常,就一把把秋风搂在胸前,举枪向楼下射击。高革应声跪在地上,四个拔枪在手的特工也被她一一击倒。赵素雅迅速拉着秋风在窗口消失。

高革拖着伤腿,指挥特工向店内冲。

在一楼通往二楼的狭窄楼梯上,急奔而下的秋风,与正在往上冲的特工重重地撞在一起,滚倒在楼梯上。秋风气喘吁吁地高喊:"快追!她顺楼梯跑上楼顶了。"众特工爬起,向楼顶追去。待追到楼上,赵素雅已跑得无影无踪了。

这一行动的结果是:高革小腿受伤,四个特工被赵素雅击毙;活捉了张秋月,救回了秋风;用钱骗请来参与行动的两个叫花子,被高革击毙。

上峰对高革组织这一行动的结果很不满意,让到手的赵素雅在眼皮子底下跑掉,还丢了四个特工的性命。上峰未对高革受伤表示半言慰安,却亲自调集力量,放出众特工和警察,实施抓捕赵素雅行动。当局秘密封锁车站、码头七天七夜，在城里进行了严密搜查。

高革腿骨被击穿，医生严令住院治疗。他畏惧上峰追究其责任，执意带伤参加了抓捕赵素雅的行动。

七天七夜的搜捕未果，高革被上峰又一顿臭骂。他这才拖着已严重感染的伤腿住进了医院。在病床上，他任凭医护人员大动刀剪刮割伤口，始终无呻无吟，剧烈疼痛未能把他从凄凉悸冷的心境中拖将出来。

几天来，赵素雅像一条毒蛇，在他胸中左冲右撞，一口一口啃噬着他的心。浓烈的血腥味伴着他一步步走出一个神秘而简单的心理诡道，结束了茫茫然不知所向的心境。

他知道，这次是失于太自信。他自以为准确无误地把握住了两个学生的心理走势。他之所以大胆用假陈右军引诱两个女人上钩，而不怕被识破，是因为他坚信无论怎样，爱妻秋风都不会有被赵素雅击毙的危险。当赵素雅在信中提到秋风就是当年的茹芸时，他心里就蹦出这个念头。他知道素雅与茹芸感情有多深，素雅是无论如何也不会伤害茹芸的。正是基于这一点，在行动之前，他一再叮嘱下属特工，只要自己人不误伤秋风，秋风便没有生命危险。他也知道，素雅向他揭开秋风的真面目，目的是让他晓得秋风是他过去和现在真爱的联合体，以刺激他为换回这个真爱而肯配合营救陈右军。所以，他为使赵素雅深信他会以陈右军换回秋风，才提出他首先要亲手击毙两个特工。然而，他两声枪响后，赵素雅并没有带秋风出现在街道上，而是在高离地面的二楼现形，以至于使混迹于行人中的众特工一阵手足无措，下意识地掏枪，这就给站在高处的神枪手赵素雅竖起了靶子，留下了在人流中共党女杰开五枪而致四死一伤的传奇。

伤口感染带来了持续高烧，高革在悲伤郁闷之中等待着秋风的探望。然而，到他出院的那一天，秋风才姗姗前来，他跛着一条腿在病房门前迎接她。伤筋动骨一百天，经过三个月精心治疗，他终于可以出院，却落下了终身微跛。

秋风望着跛腿走过来的高革，无言地流下眼泪。高革顾不得几个特工在场，一把揽她于怀中。她紧紧地搂住他，好好呜咽了一阵。哭完，她说："要不是他们再三求我，我是不来接你的。"高革怔怔地站在那里，一副茫然若失的样子。在住院三个月中，这种状态时常伴随着他。

他知道秋风还在生他的气。她在怪他失信于赵素雅，没把陈右军还给她，反而又抓了张秋月。他也能掂摸准，她之怨怒，不会破坏夫妻感情的根本，但会大大影响生活情趣。然而，高革永远不会知道，在整个行动中，秋风密切地配合了赵素雅和张秋月。

那是一个圆月当空的夜晚，秋风顺利演完粤剧《巧合缘》，心情愉悦地走出剧院，上了一辆人力车。她向车夫报了目的地，便阖目回味起刚才的剧情。当她从角色中渐渐淡出时，却发现车子跑进了一条陌生而僻静的胡同。她叫了一声："你不识道呀？想把我拉到哪里去？"拉车人说："我不仅识道，我还识人。秋风，茹芸，你可好？"车靠边停在昏暗的路灯下。

秋风语塞，小心地下车，未敢靠近拉车人。拉车人向前走了一步："茹芸，我是素雅。"秋风愣了一下，就慢慢冷静下来。"真的是你吗，素雅？"素雅说："这里不是说话的地方，到我们住处坐一坐吧。"秋风这才发现，另一辆空车也已无声地停在了旁边。

在凯月旅馆，赵素雅向秋风介绍了张秋月，又诉说了对陈右军的思念之情。她的情绪煞是挠人心，秋风眼睛湿润了，张秋月也流了泪。秋风知道，学生时代的素雅就对陈氏兄弟一往情深，后对陈右军真情不改。想到陈右军落难，完全是高革之过，她心里一阵痛楚。

这当口，赵素雅谈了营救陈右军的想法："凭眼前力量，只有智取。智取的唯一出路，是取得高革支持。而要高革肯出面相助，靠任何人说服都不会有效果的，包括秋风你的劝解，他都难以听进心里去，弄不好还会把事情推向反面。"秋风不解地问："那怎样才能救出右军？"赵素雅说："使高革失去最爱，真正弄疼他的心。这就需要你助一臂之力。简单地说，让高革暂时失去你一段时间，在他痛不欲生之时，我们提出用右军来换回你。"

秋风即刻明白："你是说你们要绑架我？"赵素雅说："我们考虑再三，只有这一个办法。你同意不同意，我们都会绑架你。茹芸，我们姐妹一场，彼此知道痛失所爱的苦处。希望你肯帮我一把。"秋风直直地看着赵素雅，半天不语。

赵素雅说："希望我们只是演一场戏，而不生出真正的绑架行为。"秋风说："绑架行为不是已经开始了吗？我同意不同意，你们都会按你们的想法去做。"赵素雅说："是的，我这种索回所爱的方式是有点儿霸道，但这是没有办法的办法，请你无论如何要为好姐妹想一想，最好能积极配合我们的行动。"秋风有些不快："你设身处地地为我和高革想过没有？如果出现问题，我们夫妇的幸福何在？"

"你眼里只有自己的幸福！高革出卖革命、出卖战友，把自己的爱情和幸福建立在战友的痛苦之上，你们夫妇什么时候为他人的幸福着想过？"张秋月气呼呼地说道。秋风低头不语了。赵素雅说："秋月你不要插话，我和茹芸、高革之间的事，由我们自己来解决。"张秋月戗茬道："我是为解决好你们之间的事情，才来参加这次冒险行动的吗？"赵素雅说："秋月，本来就够复杂的了，你不要再搅和了。让茹芸说句明白话。"

"我愿为了断你们与高革之间的恩怨做点事。这本是高革栽下的祸根，希望他能回心转意，弥补过失。不过，行动一定要周密，否则，一旦败露，会殃及高革和我，也会祸及你们。"茹芸沉思后说。

赵素雅信心十足："只要高革人性还在，念旧情，知过失，想痛改，营救右军的办法他肯定会有的。他曾是我们的老师，搞这样的行动他是高手，并且他对搞这类冒险行动有瘾。这是他在多年诡道生活中养成的职业病。"秋风说："既然如此，那就干。我是真心想为素雅做点儿事。"

赵素雅紧紧搂住秋风，呜咽起来。

在秋风遭绑架的日子里，三人有了良好合作。她们行动格外谨慎，每天换一个住处，白天从不露面。采取行动的前三天，她们是在黄浦江上的一条破渔船上度过的。

行动开始后，秋风随赵素雅准时在二楼窗口出现。她佯装被赵素雅挟持，紧紧靠在赵素雅左胸作掩护。秋风深信，高革肯定叮嘱过手下不让向自己开枪。这样，赵素雅生命也有了保障。

谁料想，高革欺骗了赵素雅，并未把陈右军带到现场。被激怒了的赵素雅，打破与秋风之间不向高革开枪的约定，举枪瞄向了高革。秋风在赵素雅的环臂中猛力后仰，喊了声："不！"正是这一动作，使赵素雅的子弹未能击中高革头颅，而是击穿了其小腿骨。

尽管秋风眼睁睁地看到高革中枪跪倒在地，生死不明，但接下来的行动，她还是按事前设计好的步骤配合了赵素雅。当时，赵素雅开枪后，从二楼后窗直接跳出逃走。秋风快步冲下楼梯，撞倒上楼的特工，并谎称赵素雅顺楼梯上了楼顶，为赵素雅逃跑赢得了宝贵时间。

秋风从楼梯上爬起，看到拖着伤腿依然指挥抓捕行动的高革，才放下心来。她没有扑到高革怀里，而是生气地跑出店门，顺街道跑了。高革气急败坏地喊："抓住她，给我抓住她！"

秋风被送回家中，多日不见高革回来。有人告诉她，抓捕行动结束后，高革直接住进了医院，希望她去陪床。秋风冲来人叫道："让他做梦去吧！"

赵素雅并没有逃出市区，而是在黄浦江边藏了几天。这个时期，上海地下组织依然没有恢复元气，散布在各处的少量地下党员，已难以形成战斗力，地下活动几乎处于暂停状态。赵素雅未能找到地下党的踪影。这天，她在街头看到了两张布告，吓得赶忙逃离了市区。一张布告是判处陈右军、张秋月死刑的通报。她猜测，这是敌特工区部为预防地下党再度实施营救陈右军和张秋月，在屡次规劝、用刑都未能降伏的情况下而下的毒手。第二张布告便是捉拿她的通缉令。通缉令上她的照片，是当年广州"天乳运动"中报纸上刊登过的一张照片。她断定照片是那高革提供的，或是他让人在旧报纸上寻找到的。

这个时候的赵素雅欲哭无泪，她痛恨高革自绝于党、自绝于组织，也痛恨自己没本事营救成功，又搭上好姐妹的一条性命，不断自责没有完成组织交给的任务。她在郊区乡下躲了一段时间，便不得不回苏区复命，接受组织处理。可到苏区后，部队已经转移，组织安置在农家的女儿也不知下落。她在那一带寻觅数月，最终无果，心一横，又悄然返回上海潜藏起来。

"我要为爱情而复仇！我要为革命而除奸！"赵素雅在心里督促自己，"为爱情而活下去，为革命而活下去！"她再一次坚定这个想法的时候，已经进入了1937年的夏天。

36

这一年夏季炎热而多雨。这一天，一座临街四层楼的窗后，闪出一张少妇的脸。寂寥温燥的空气、淡漠忧郁的花香，映衬出那张短发长脸越发苦涩与苍凉。那双如死水般的眼睛，注视着雨中的街道：一个赤脚小报童在雨中奔跑，挥动着用油纸裹着的报纸高声喊叫：

特大新闻！卢沟桥事变爆发，日本鬼子向我国开战！

听到报童的喊声，那张脸在窗后隐去。不多时，一个手执一卷报纸的少妇匆匆蹬上电车踏板。这女子身着连衣长裙，飘扬的裙裾后摆露出一截白白的小腿。她脚踩一双广州女人才喜欢穿的木屐，上车前雨中一段小跑，把几个男人的目光吸引到那白净的脚踝上。噼里啪啦的脆响突然停了一下，说明她意识到出门前忘了换鞋。忘了也就忘了，男人们瞧也就瞧了，她反而不跑了，旁若无人地一步步朝车门走来，留下一串轻俏安稳、韵味十足的嗒嗒声。车上的人稀少，她坐在窗前，把裙裾掩紧，跷起一条细腿压在另一条腿上，那木屐就突出地挂在饱满的脚趾上荡来荡去。她慢条斯理地打开报纸仔细翻看，冷漠地盯着那一则特大新闻，渐渐地脸上呈现出难以抑制的怒容，似是日本鬼子进攻中国这一重大事件，把她一生的不快和怨恨都勾了出来。

这便是1937年盛夏中的赵素雅。她现在已是一所女子中学的英语教师。返回上海不久，她就凭着高超的英文水平，不费力地被学校录用。她已改名叫章萍。

今天是星期天。她要赶到学校，领学生排练莎士比亚喜剧《第十二夜》。她应学生之邀，入了学校的业余话剧社。她的英文水平深受学生崇拜，被推举为《第十二夜》的导演。

她到校时，排演话剧的学生早已到场。一进门，学生没有像往常一样用英语向她问好，而是一起围住她，吵着要停止节目排演，到街上游行示威，抗议日本侵略中国。

她却阻止她们，说她们的心情可以理解。每一个热血青年，都有义务挥洒爱国热情，痛斥外寇侵我国土。但今天正下着雨，你们还是孩子，身体吃不消。况且，一些学校都还没有动起来，仅你们这十几人难有效果。况且，过几天《第十二夜》就要正式汇报演出了，得抓紧时间排练。否则，如果演砸了，今后就难以取得各方支持，这个剧社就难以生存了。

有学生不服，就问是国事大还是剧社里的戏大。章萍没做任何解释，在学生们的激愤情绪中，念出了第一句台词："假如音乐是爱情的食粮，那么奏下去吧；尽量地奏下去，好让爱情因过饱噎塞而死。"有学生喊了一声："《第十二夜》是游戏人生，无聊的爱情是人生游戏。我们不要爱情，我们要爱国！我们不要排练节目，我们要去游行！"

学生们一哄而散，跑到街上去游行了。

章萍坐在教室里没有动。她在想，现在的女中是怎么一回事，她的中学时代又是怎么一回事。是对现在的学生来说政治兴趣大于爱情对她们的吸引，还是自己的中学时代过早地误入爱情沼泽至今不能自拔？是爱情使自己的中学时代多姿多彩，还是爱情导致了自己的生活多灾多难？自己让爱情因过饱噎塞而死了吗？不！这些年，自己远远没有得到应得的美好爱情。这些都是谁造成的？我之过，他之过，还是高革之过？

章萍没有继续想下去。她觉得应该到中法大药房给学生们买一些预防感冒的药。

她提着一大包药返回教室时，学生们也都落汤鸡般回来了。大家一方面抱怨社会上没人及时组织抗议游行，一方面感激老师想得周到，为她们准备了感冒药。大家都说没事的，凉不着，但还是把感冒药吃下了。她们是给老师一个面子。

第二天，有一个女生没来上课，也没请假，第三天、第四天依然没有到校。章萍上完下午的英语课，就让一位同学带着她直奔那女生家。叫了好一阵，那女生才病恹恹地开了门。

她正在发高烧，是游行淋雨着凉了。她一人在家躺着，每天只喝几口水，吃几块饼干。女生说，她爸工作忙，经常不回家，她已经好几天没有见到爸爸了。

章萍看着生病的学生，很是心疼，没好气地说："你爸有什么大不了的事情嘛，连女儿都不要了。我还没见过这样的家长！"她没有再说下去。她从同学口中得知，这女生的妈妈已在两年前病逝，她跟着父亲过活。

章萍把女生背下楼来，叫了黄包车，去了医院。医生诊断，女生已由感冒转为急性肺炎，需要住院。章萍身上没带那么多钱，又回家取钱，为女生办好住院手续。把女生安顿好，她就去找女生的父亲，却没有找到，没有人知道女生父亲确切的工作单位。她只好天天往医院跑。

数日后，女生病愈。在办出院手续时，女生父亲才急匆匆赶到医院。章萍对女生父亲大加指责。她振振有词，一副不依不饶的架势。女生父亲自知理亏，在这位出口带刀的漂亮女教师面前，窘态顿生，张口结舌，语无伦次，想解释又解释不清，不解释又觉得老师言辞过于尖刻。他采取了一个合乎时宜的方式，一味地对这章老师千般致谢、万分感激，非要请吃一顿不可。学生家长一有这个态度，章萍就觉得自己有些得理不饶人了，仔细想想又觉得这对父女也实在可怜，家里没有个女主人，多遭不少罪。女生父亲一再邀请，她只好随这对父女来到金利来饭店。女生父亲出手阔绰，言谈举止也颇有风度，看得出是个干大事的人。一顿饭下来，女生父亲对这位章老师也好感颇深。

这是这对男女接触的开始。

接下来，女生父亲对女儿上心不少，到学校接女儿的次数明显增多，有事没事就找章老师聊几句，时而约她出来吃顿饭，详细了解女儿的学习情况。

作为老师，章萍一般是不应从家长请吃的，但不知何种因素作祟，这位女生父亲每请她必到。

女生父亲姓张，名自量。人如其名，谦和，内秀，慎独，给章萍印象极好。她开始留意这个男人。自从传知陈右军和张秋月已被特务机关处决，她很长一个时期难以走出凄悲阴影，更不用说对哪个男人留心了。随着时间流逝，她心头的阴郁情绪有所消解，在张自量面前也偶尔露出难得的笑容，在看出他对她有爱慕之心后，脸颊还泛起过红润。

有那么几天，章萍感到频繁忆旧的确不能成为生活主旋律，忧伤之事该过去就让它过去，人总不能在阴影里过一辈子。在与张自量接触中，她那条似乎已经麻木了的神经经常一跳一鼓地，拨弄得人心痒痒，总觉得该有些什么东西填充一下才好。每当出现这种心境时，懂得女人心事的张自量，就会以适当方式介入她心中来，心甘情愿地当那种填充物。她觉得这张自量很受用，是一个知冷知热知心的男人，也是一个可以承载她情感重量的男人。

正当她有意同张自量往深一层发展关系时，张自量的一句在平常人看来十分平常的话，又倏地把她的心境拉回到那片伤心之地。这次心情回潮无比彻底，使她一步恢复到刚刚听说陈右军被处决时的悲怆境遇中。

经过众多是是非非，受过特训队严格训练的章萍，如此大幅度的心理落差，竟然丝毫没有从脸上表现出来。张自量没有发现她的任何心理变化，依然用暧昧的目光看着她，温存地同她聊着天。

在之前的闲聊中，张自量无意间说出了自己供事的上级单位。这是一个在常人看来很普通的机关部门，是国民党政府的一个调查统计局，以前叫组织部党务调查处。但章萍听了，脑袋里某根弦轰然炸响。她知道，这个单位是国民党的特务机关。

张自量原来是在为国民党特务机关上海区做事！

章萍暗想，天不饶我，老天不许我重新开辟新的生活。她不动声色地继续同张自量聊着，还时不时地开几句玩笑，调侃一下他五官某个部位与电影明星卓别林相仿。回家后，她静下心来，理清了自己的心绪。

章萍是个情商复杂而古怪的人，凡涉及情爱因素的事体，她都能做出与众不同的决断。头脑中一度闪现的重新追求个人情爱的想法，被她在瞬间击得粉碎。

章萍心里编织着将要上演的神秘而悲伤的故事，却又与张自量大有越打越火热之势。眼见着张自量就要坠入爱河，她似乎听见他生命深处传出的对爱情的真诚呼唤。她一只手摇着爱情之树，不时让几片带着情感温度的美丽叶片，掉进张自量张开的手掌中，而另一只手悄悄掏出一把锋利无比的尖刀。

章萍在耐心地等待着某一时刻的到来。

近些年，上海中共组织遭到严重破坏，临时中央局也撤离了上海。国民党特务已有数月搜集不到共产党人活动的情报。加之，全国上下抗日呼声越来越高，国共对峙局势已有缓和之势。特务组织已不再过多担心共产党人，减少了防范力度。虽有日本军队逐渐窥逼上海，但1937年夏天的上海，特务们的生活还是较为宽松的，时有晚上结伴到娱乐场所休闲。

章萍也随张自量进舞厅跳过舞，但她把握住一条原则：张自量同事小范围的聚会，她都找借口不陪他参加，怕小范围内碰上高革躲都没处躲；大范围需带女友参加的聚会，她总能满足张自量的要求。

事情大致按章萍的心迹发展着。她在特务系统组织的两次大型舞会上，远远看见了高革和秋风。她身着能遮掩脸面的服饰，警惕性很高地躲着高革夫妇，因此并未出现险情。做了方方面面的充分准备后，章萍像是很随意地在张自量面前提起了高革。

那一天，章萍和张自量在饭店就餐，饭桌上谈起了舞技。她笑说："真有意思，我曾两次发现，你一个跛脚同事还参加舞会。他跳的那是名副其实的蹩脚舞。这人真不自量力，脚有毛病还到舞会上凑什么热闹？自己不尴尬，也不怕舞伴尴尬。"

张自量想了想，说："你说的大概是一个叫高革的人。严格说，我俩不是同事，是一个大系统的，不是一个部门的。平常交往不多，但还认识。"章萍谎说："上次舞会，他约我跳舞，一蹦一跳还蛮尽兴，可闹得我好不尴尬。不过，这跛腿却是给我留下印象最深的一个舞伴。他英文口语说得特别地道。在我交际圈内，还没有碰到过如此高水平讲英文的人。常同这样的人对话，英文水平不高也能被他带高。"

这个阶段，张自量对章萍的爱恋正在兴头上，章萍的话他都能句句听在心里。凡是章萍高兴的事，他都乐不可支地满足她。

果然，张自量说："你若有兴趣同跛脚人进行英文对话交流，我可以介绍你们认识。互相促进英文水平，对谁都没坏处嘛。"

章萍欲擒故纵："我只是随便说说而已，认识不认识的无所谓。"

说这话不久，张自量到学校送女儿上学时对章萍说："今天是周末，晚上也没什么别的应酬，就约那高革一起吃个饭吧。你们认识认识，也让我见识见识高水平的英文对话。"

章萍笑笑说:"我随口一句无聊闲谈,你都能记在心上。这说明,自量真的很在乎我。看来,我选你做伴侣算是选对了!"

张自量嬉笑一声:"我等这一天已经很久了!要不,今晚宴后我就送你回家吧。"

章萍娇柔地打了他一下:"那得看今晚这酒喝得尽兴不尽兴了。下午剧社要排练节目,我可能晚一点儿放学,但不会耽误晚饭。放学后,我直接去饭店。在什么饭店请?"

张自量搂了一下她的肩:"虞洽卿路利津饭店友和包间。"章萍轻轻推他一把,悄声说:"这是学校门口,你这拉拉扯扯的,也不怕学生看见。莫心急,咱晚上见。"

张自量乐颠颠地走了。章萍望其背影想,一向狡诈灵性的特工,一旦被情爱冲昏了头脑,同一头蠢猪没有什么两样。

下午,章萍早早离开学校,把手枪取出,做了认真检查和擦拭,然后放入手提袋。傍晚时分,她提前进了利津饭店包间,查看后退线路,耐心等候猎物的到来。

天黑后,张自量有说有笑地把高革让进包间。张自量刚要张口介绍客人,章萍迅速出枪,直点来者头颅,两声枪响,二人当场毙命。谁料想,跟随高革进屋的还有一个女人。这人便是秋风。秋风还没反应过来是怎么回事,枪口已顶住她的脑袋。秋风尖叫一声,还没说出话,章萍已从后窗跳出,迅即消失在夜色中。

是的,章萍不忍心向秋风开枪。对于自己的灾难,秋风是无辜的。她仅是为了爱情相伴相依高革,而没有随他做过伤天害理的事,反而为使地下党人逃脱特务追杀给梅瑞雪报过信,为救陈右军彼此也有过良好合作。当然,关于秋风的这些帮助,章萍在枪击现场是不会想起的。她只是下意识地让枪口从秋风眼前一晃而过。

章萍按照前些天设计好的方案，当夜便潜逃隐蔽起来。

第二天，上海有报纸报道了国民党特工区部两名特工被枪击的新闻。这家报纸未详细报道开枪者的具体情况，仅说是一个不明身份的人干的。

几天后，学校才确定一个叫章萍的女教师不辞而别。不过，没人把这个女教师的失踪与那次枪击事件联系起来。这一新闻也没有在上海滩引起多大反响。因为，接下来发生的淞沪"八一三事变"和日军"南京大屠杀"，把人们的目光和思绪紧紧吸引过去了。

多年后，赵素雅才知道，当时，秋风没有向特务组织提供枪击者的任何情况。她只说是一个从未谋过面的陌生女人干的。

赵素雅从上海逃离后，回到广东老家，以章萍之名参加了抗日游击队，痛痛快快打了几年鬼子。她那遇战不乱的做派和颇有准头的枪法，击中过多个汉奸眉心，在当地名扬一时，令汉奸伪军闻风丧胆。

那一年除夕夜，章萍参加了游击队奇袭石碑坊日军据点的行动。她把手枪塞进白菜心里，把炸药藏进冬瓜肚里，扮成农妇，随送菜老农混进据点，借机一枪击毙了日军中佐，趁乱弄翻一车冬瓜，炸开了据点大门。

游击大队攻下据点打扫战场时，一个人灰头黑脸地从伙房锅灶洞里爬出，正是章萍，子弹炸药没有伤着她半根毫毛，衣服倒是被灶中余烬烧了七个洞洞。

后来听说，章萍一直保存着这身衣服，作为当年打日本鬼子的见证，时有亮给人们看。本来，有人知道她是个女英雄，可一见这衣服反倒怀疑了："七个洞洞，这人还不被子弹穿成筛子？可你这全头全尾毫发未损的，不会是假英雄吧？"章萍听罢，一抖七洞衣，披在身上，转身离去。她懒得和这些人费唾沫星子。

37

高革被神秘女子击毙，最为震惊的有两个人：一个是陈右军，一个是张秋月。是的，这两人并没有像布告上说的那样被敌特工区部处决。那是敌人玩的障眼法，故意散布的假消息。

事实上，陈右军未被降伏，敌特工上峰惜爱他电讯和密码破译方面的突出才干，一直把他作为特殊人物，关押在一座独门独院里。酷刑不能使这块硬骨头屈服，便在软处下手，在生活上给予他不少特殊待遇。陈右军没有为此所动，宁死不配合特工工作。他欲逃无门，精神颓废，极度空虚，在优裕的物质生活中，过着难挨的寂寥日子。

敌特工部养了一帮劝降高手，说谎本领和哄骗术极高。有一段时间，他们采用不同方式，使张秋月确信了两条假消息：长时间与特工对抗而死不改悔的陈右军已被处决；枪击高革后，赵素雅在车站同实施搜捕的特工相遇，她当场被乱枪击毙。

在敌人严刑拷打和谎言诱引下，张秋月妥协了。酷刑和心理战的轮番攻击、失去爱友的沉重打击，使张秋月肉体和精神都受到巨大创伤。她坚持不住了，她低头了，她归顺了。但她一口咬定，不知道共党组织和他人的任何情况，只交代自己参加革命的经历。敌特工部无奈，在她答应发挥密码破译和电讯方面的专长为他们所用后，就不再继续对她用刑，以适当方式给她分配了某些密码破译任务。在严密监视之下，她开始了一段特殊的工作和生活。

1937年年底发生的日军"南京大屠杀"，改变了陈右军对国民党特工部的态度。特工部门来做工作，说现在国难当头，每一个中国人都应尽微薄之力，而你陈右军为国效力的唯一方式，是配合我方破译日军密码。

经过认真思考，陈右军答应了特工部门的要求。倭寇侵我国土，害我同胞，我岂能等闲视之！特工部门随即组成了由陈右军牵头的密码研究小组，在他独处的小院里展开了工作。着手破译日军密电之前，特工部组织专人先帮陈右军突击研习日语文法，搜集研究日军相关资料。陈右军不分昼夜，足足做了八个月的日文日情基础习训，才谨慎地展开了攻研。他看到，日军密电种类繁多、密性杂乱，破译难度很大。他在研究透日文日情在密码中的应用规律之后，决定先从数量最多的英文日密入手，掀开日军密码一角。

他集中精力对日军密码的组织构造发起疯狂攻击。这是说，他的工作状态是疯狂的，研究方式却是稳步推进的。他在近乎海量的报底中先找到报头标志，分门别类地一份份整理归档，然后才是统计、归纳、分析、猜对、索解。他一度醉心研究日军密码组织是如何构成的。那时，日军密码不像中文密码用数字组成，而是用英文字母表示，即用两个英文字母代替日文片假名字母的编码，进而再进行任意的、不规则的各种变化以迷惑敌人。尽管日密这种变化较为复杂，但使用次数多了，总有规律可循，渐次深入便可将其组织结构逐个解决，求的是水到渠成之势、瓜熟蒂落之果。接下来，是将其繁杂变异的组织理顺，再根据其字码出现的多寡、字词出现的多寡，及其文字在密电中的习惯用法，按照日文语言文字使用频率曲线，就可大概率地研究破译出电文的全文。

打了一阵突击战，同行们不得不承认，陈右军天生就是研究密码的材料。他有很强的科学预测和分析研究能力，平时善于进行深层次思考，遇到问题喜欢刨根问底，即便是公认的结论，他也要给出一个不合常规的独特见解，常常使用一些出人意料而又精巧独到的研究方法，直击日军密码要害，直至顽固堡垒轰然倒塌。人所共知，密码破译的诀窍在于，加密一方不时地变换，而破译一方能迅速地破解，尤其贵在短期内于寥寥可数的报底中迅速解决问题。陈右军便是如此，他手快是前提，稳、准、狠是实招，其惊人的密码直觉和超常的密码天分、剑走偏锋式的突击能力和旺盛的战斗意志，使他迅速成了这家独门独户小院里的灵魂。由易到难，由低级到高级，逐堡攻破，由他破译的密码，很快产生了情报效益。该小院迅速被列为军事禁地，国民党特工部驻防重兵严防死守。

对外严防死守，对内防范对象则是陈右军，这里绝对不许他离开半步。显然，他早已失去人身自由。但对他工作和生活上的需要，还是无条件保障的。吃得好、喝得好自不在话下，破译所必需事项更是有求必应。刚进入工作时，他就索要中日作战地图，且每天要有专人在地图上标出最新作战形势。他还要求每天给他提供一份中央军和日军的军事部署情况，和两军交战的战事简报。上峰都一一办理，还给他提供了在华日军前沿军用电台相互联络的通信网组建情况，包括电台呼号、波长和通联时间，以及相关文字说明。这是战时破译密码所需的最基本的背景信息。一段时间之后，他还是感到相关情况来得太慢，难以满足他破译工作的时效性。于是，他提出要架设一部内部电话，直通特工总部特定军情部门，以便随时咨询相关情况。因是内部电话，与外界有严格物理隔绝，毫无泄密之忧，上峰便爽快答应下来。

这一天，电话生前来安装电话，在掏拿电话机时，不小心拉扯出一张纸。这是重庆八路军办事处写给电政司请求安装电话的公函，上面有电政司长官同意安装及安装规格、数量等批示内容。

陈右军捡起这份公函看了几眼，便随手扔在桌上。电话生嘴快话多："别扔你这里呀。下午，我得带这函件去办事处安装电话呢。没有它，进不了八路军院门，也不知装多少台呀。"陈右军又拿起那份公函，发现沾了桌上的茶渍，就下意识在衣服上蹭擦了一下。忽地，他趁电话生不注意，摸起桌上铅笔，闪电般在公函一角轻写下"394——"，装回了电话生的工具袋。

近来，陈右军所在的破译组，除破译日军密码外，还捎带破译出汪精卫及其要员陈公博、曾仲鸣、周佛海、褚民谊等与日寇往来情况的密电；蒋介石手下的官员与日寇秘密来往、卖国求和的情报也有所显示。陈右军还得知，八路军重庆办事处用于联系延安的一部密码，也被国民党特工总部破译了。这是一种较为简单的加减法密码，代号为"394"。用"394"密传送的内容，主要是《中央日报》登载的社论和中央通讯社的一些内部消息。其用途虽不是特别重要，但它是一个危险信号：国民党对八路军密码的破译，有了突破性进展。

陈右军正为此心急如焚，想着如何才能把这一消息传递给八路军办事处。在常规情况下，他不会有任何机会、任何途径、任何方式，向外传递秘密信息。事情就是这么巧，因工作需要他提出装电话，而电话生接下来要手持公函，到八路军办事处公干。于是，他灵光闪现，迅速在公函上写下那密码代号加破折号。他相信，八路军办事处见到这个只有内部机要人员才晓知的密码代号后，必会大吃一惊，也能猜到密码代号加个带有"破"字的标点符号是什么含义。

这事过去不久，陈右军发现，八路军办事处"394"密码停用了。他大大松了口气。国民党特工总部没有人怀疑八路军该密码停用，与前不久一次安装电话工作有关，更没人想到陈右军头上去。此时，陈右军已经成了国民党特工总部上峰眼中的金疙瘩，也成了一定范围内的传奇人物。

然而，同在从事密码破译工作的张秋月，未能听到陈右军的任何消息。上峰知道她与陈右军的关系，交代左右对她绝对封锁相关情况。再说，她已随国民党特工组织迁到长沙，后又奉调到汉口。她不会知道被秘密隐藏在上海，后又转战重庆的陈右军之存在。在她的意识里，陈右军早已被处决。

张秋月在着手破译日军密码之前，也同样受到严格的日文日情基础训练。之后，便很快在破译实战中崭露头角，其破敌业绩虽还比不上陈右军，但也同陈右军一起，被上峰列为密码破译双强，作为掏挖日寇心脏的隐形杀手，受到组织特别保护和器重。到了1940年初，陈右军、张秋月密码破译工作都先后碰上了硬钉子，几部高难度密码久攻不破。

在前线最需要情报的时候，对日军密码无可奈何的局面，整整持续了三个多月。陈右军心急如焚，把自己禁闭起来，常常几天几夜不出密码室半步。

密码室由10厘米厚钢门做了保护。在室外套着屋、屋外设屏障的走廊里，有昼夜巡逻的卫士，他们透过特制小玻璃窗，常常看到陈右军挥起拳头，要么猛劲擂墙，要么狠砸脑袋，或在办公室、自助餐室和洗漱室之间，快步走来走去。有时一走就是一整夜。

顶头上司时有来探望慰问。找不着密码裂缝、精神极度烦乱的陈右军，却不可理喻地研究起上司每句话的含义来，对上司频繁进密码室产生了明显反感。

密码久攻不破，这对陈右军来说是一种残酷的心理折磨。这种折磨，一天也没有离开过他。这种折磨，在一定程度上来自上司的无形压力。攻破一部密码的时候，上司是否褒奖，他从不在乎。民族危难之时，个人荣辱实在一文不值。但在一个山头久攻不破的状态下，他最烦上司在后面没完没了地催促。"你看清一个严峻事实了吗？在敌人实施攻击前拿不下这个山头，山那边将倒下一片生命。而打开生命之门的钥匙，就掌握在你陈右军手里！"这种时候，他最怕听到上司这种极端的话。

时间就是鞭绳，速度就是鞭梢。他总是感到自己背后，上司站在飞驰的时间战车上，把一条长鞭扬得老高、甩得山响，抽得他脊背生疼。

他总想最大限度地最快捷、最频繁地体现密码破译专家的自身价值及其工作效益，在战斗开始前，打开日军首领的脑壳，挖出绝密情报，迅速送到我方指挥官手里，使众多自家弟兄免遭涂炭。

有一天，又来了一个上司探望慰问陈右军。据说，这个上司是之前来的那些上司的上司。可能是官职高端着架子的缘故，这个上司黑着个脸，不说一句话，只是表情复杂地笑了一下。就这一声笑，狠狠地触痛了陈右军某根神经。他问黑脸上司："你笑什么？"黑脸上司仍然没有说话，又无奈地摇头苦笑了一下。神经极度敏锐的陈右军，觉得这是黑脸上司在嘲笑他无能。于是，他鬼使神差地来了一个敏捷动作：猛然转身，迅速出拳，一下击在了玻璃窗上。特制玻璃纹丝未动，他的手却血流如注。他冲黑脸上司大吼一声："老子不干了！"

这时，黑脸上司说话了："一向对别人的闲言碎语和嘲讽态度毫不在乎的陈右军，今天突然对某些细枝末节问题歇斯底里起来，这意味着他之破译思路因长期堵塞而误入歧途，也说明在攻关破堡这个问题上，他自信心没有了。现在，他最需要与另外一个高明的破译者交流思路、沟通思想。"

"没有哪个人有这个能力和资格同我陈右军交流！"他傲慢地叫了一声。

几天后，黑脸上司亲自送来了十几页材料："你看这些思路，是否能给你一些启发？这是外地一个同行初步的研究成果。"陈右军连夜研究了这份材料，同时，也把自己的相应想法，写了二十几页纸，直接交给了黑脸上司。

两天后,黑脸上司又把那个同行新的思路送了过来,之后又取走了陈右军某些更新的研究结果。

一来二往,长时间阻滞不前的局面,居然有了明显进展和局部突破。这天,黑脸上司又拿来一沓材料,陈右军匆匆看了几眼,一把抓住黑脸上司的手:"这个同行了不起!他是谁?"

"这个同行你不认识。他也是在前几年就着手研究日军密码了。"

"这个同行,我似曾相识。告诉我,这个同行是谁?"

"你与这个同行不可能有什么关联。你们从未谋过面。"

"从他的破译思路和解剖方法中感悟到,我与他有相通之处。其中某些方法,是我多年前与一个同行独创的。但她不可能走到这个队伍里来呀。这到底是怎么回事?"

"你只管与他书面交流,最终能破译日军密码的就是英雄,不要管他是谁。"

"不!这个人,像是一个叫张秋月的女人!请你告诉我真相,否则,我不会再动一字一码!"

"这事得向上峰请示,明天答复你。"

这一夜,陈右军与那个同行在密纸堆里又进行了一次畅快交流。

第二天,黑脸上司来了,告知了关于张秋月的真相。黑脸上司说:"你与她交流,只能限制在书面往来上,就目前局势,你们不宜一同工作。希望你能以国家利益为重,继续以这种方式同她密切合作,尽快破开日军密码,为抗战胜利做出更大贡献。"

陈右军极为兴奋:"只要知道她还活着就足够了,我并没有同她朝夕相处的奢望,这种交流方式很妥当。我相信,我俩将会给你一个大惊喜。请转告其他上司,在我们未破开这部密码以前,不要再来添乱。"

然后，像是想起了什么，又说："听说你是我上司的上司，你越级过来督战，是对我陈右军没有信心吗？难道你来了我就能快出成果？实话告诉你，来的上司越多、官职越大，对我工作干扰越大！"黑脸上司一脸尴尬，转身离去。

系在同一部密码上的张秋月，也是在极度困难的情况下，陆续收到几份书面交流材料，同样感到似曾相识，也几乎以同样的口吻探求到陈右军的真实情况。很快，她以极大的心劲，投入与陈右军这种特殊的业务交流中。

陈右军的出现，使她时常回忆起女儿岛上的一幕幕，心里便有了奇特感受。她相信，陈右军也会有同样的感受。她知道，彼此思路相通，彼此心脉相通，但这种感受，只能独自体味了。这是双方情感表达的唯一方式，其他别无选择。这期间，她曾三次写信倾诉对陈右军的思恋之情，竟然还探讨过俩人有无可能结下百年之好。她把这三封信，夹在密码材料中传给了陈右军。但陈右军在转回的材料中，从来没有呼应过她。她知道上峰会对交流材料进行检查，他们不会让儿女情长的内容传给对方。上峰当然会阻止二人有超出业务交流范围的接触，哪怕是不能谋面的心灵交流。但是，也不排除是陈右军拒绝她的情爱要求，压根就不想给她回信言情。

那部高难度密码达成彻底破译，是两个月之后的事。陈右军与张秋月联合攻关破堡的做法，得到特工部上峰的充分肯定，成了他们日后破译密码的主要方式。整个抗日战争期间，二人用此种方式，共同破译了六部中高级日伪密码，为抗日战争的胜利做出了贡献。这是不争的事实，此有机密档案详尽记载，但知此等要情者寥寥无几。

这期间，还出现过某些重大状况。曾有一个时期，陈张联合攻关也不再有所收获，破译战线其他专家同样举步维艰。对日伪军密码的破译进入了死胡同。

为打开破译僵局，上峰做出一个前所未有的决定：派技术人员到各战区、各总部，搜集与日军作战时所缴获的日军密码本和电文电报资料，以期有助于对日军密码的研究和破译。

据说，这个决定，最初是由黑脸上司提出的建议。黑脸上司也就成了这项重要行动的直接负责人。他亲自从各单位抽调密码专业人士组成五人工作组，由他带队，身揣军委会命令，奔赴各战区、各总部搜集资料。

临行前，黑脸上司又到陈右军破译室询问情况。陈右军正被密码高堡碰得焦头烂额，心情极为躁急，见这黑脸又来眼前晃，张口就喊："放下你的鞭子，狗东西！我已经被你抽得皮开肉绽。老子受不了了！"

唾沫星子喷到脸上，那黑脸更黑了，但话说得还是轻缓有度："既然大家都拿不下高堡，留他在这里也没招，只会使他越来越狂躁，等咱们搜集回来资料，没准他已急成疯子。这次去各战区，把他也带上，变成六人工作组，六六大顺，图个吉利。这家伙对密码的嗅觉灵敏，识文辨码能力强，没准靠他还能寻回些宝贝。"

一路走下去，在各战区战场缴获物中，还真陆续发现了一些日军密码资料，对破译工作有明显助益。黑脸上司脸上有了光亮，陈右军也常咧嘴说笑，称上峰这一举措英明无比。黑脸听罢，心里越发受用。

到汉口时，有关部门派两个机要员送来一包资料，陈右军即刻扑了进去。这是相关日军上层情况的密息密报。陈右军看罢，尽管一头雾水，但直觉告诉他，这可能是捅开日军以"8369"为指标的四位数字密码加减四位乱数本的一把尖刀。他激动异常，抓起机要员的手猛劲摇起来，"谢谢"两个字还未出口，嘴巴却张着不动了，傻傻地愣在那里。那个女机要员也紧紧抓住他，眼泪奔涌而出，激动得连话都说不出来。黑脸上司赶紧取了那包资料，一挥手让大家撤了出去，只剩下那对男女在那里抓手犯愣。出了门，黑脸上司说："这个人叫张秋月。"黑脸上司同行者一听，即刻转身冲回屋里，拉起陈右军奔出了门。这时，这对男女连一句话都没来得及说。拉陈右军出来的人，悄悄对黑脸上司说："上峰有专门交代，绝对不允许陈右军与张秋月相见！"黑脸上司看了看那人，没说话就走了。陈右军一步三回头，走得没精打采、毫无情趣。

到了西安一站，工作组在驻军吃了顿午饭，便被安排午休。陈右军刚要躺下，黑脸上司进来，说："这一路下来收获不小，下午要到延安乞援。有军委会的命令，延安方面会以抗日大局为重的，必定能提供相关密码资料。接下来，咱们兵分两路，我带李副官和张处长去延安，你等三人在西安驻军各部搜集。咱们明天中午在这里会合。"说完，黑脸上司拍了拍陈右军肩膀。开始时，陈右军觉得黑脸上司是在拍他的肩，仔细一感觉，却是在用手指敲他的背，敲得还节奏分明，但又像是不经意地拍敲。然后，黑脸上司转身走了。

下午，陈右军等三人到各部走了一趟，又有些收获。晚宴是驻军请吃。饭后，陈右军等三人回屋休息。陈右军躺在床上闭目养神，想着今晚要干一件大事：寻机逃走，奔赴延安。想着想着，思绪却落到了黑脸上司身上。他拍肩敲背似是不同寻常。突然，陈右军脑袋一声炸响，破译专家的密码灵感冲上心头：黑脸上司在他背上敲出的分明是电码节奏呀。自己同电码打交道多年，这个敏感性还是有的。渐渐地，他脑海里出现一组电码"3172"。没错，黑脸上司敲出的电码正是这组码子，并且连敲了两遍。直觉告诉他，这并非明码，是一组密码。那么，这组码子说的是什么呢？

那两个同事晚宴多喝了些酒，正乘兴神聊，还聊到一个敏感话题，大意是，黑脸上司有亲共嫌疑，这次出来让他带队，实则是对他秘密考察。除陈右军外，其余四人都是受上峰暗派，来监督黑脸上司的。

陈右军心里狂跳不止：黑脸上司既然有亲共嫌疑，那他敲击"3172"是什么意思？

陈右军微闭双眼，眼皮频繁跳动。片刻，他睁开眼，瞥了下二位神聊者，便悄悄下床，走向门外，就听到背后说："上峰可是明确了组织纪律的，外出至少三人成行。都没忘吧？"陈右军忙说："今晚这饭吃得不干净，闹起了肚子。屎来如山倒，等不及了，二位快起身相陪。"

三人进了厕所，陈右军蹲坑，那二人就远远地站着等，还悄悄说话。说的是，"咱这上司与陈右军关系暧昧呀，午饭后搂肩搭背拍拍打打的，多亲热呀。也难怪嘛，一个是亲共嫌疑者，一个是从共军那边过来的"。陈右军肚里并没有屎，却还蹲着吭哧。刚才在床上，他已经破译了"3172"。准确地说，是他想起了这组码子，那正是他在上海地下党内用过的密码，即他编制的第三套密码。他没费多大工夫，便记起"3172"是一个"逃"字。他第一反应就是，趁那二位同室酒后神聊，自己溜之大吉，却没有逃掉，就又躺回床上。他心里急剧翻腾着。先想到，眼前逃不掉，等深夜醉酒人睡实，再逃就容易多了。实在不行，就动手干掉这两个货。想着想着，他突然睁开了眼睛。

"黑脸上司既然有亲共嫌疑，又看似不经意地把我陈右军安排进工作组，还巧妙提供与张秋月相见的机会。这说明什么？我和张秋月是从共产党那面抓来的，这是尽人皆知的事。很明显，这个亲共者，是想借机让我逃往延安。然而，问题来了：这黑脸上司不仅仅是亲共嫌疑呀。因为，他掌握有当年上海地下党密码的使用详情。这说明，他与我陈右军至少有过电台工作关系。他是共产党员无疑呀。最糟糕的是，这黑脸上司并不知道上峰已经怀疑他了，危险得很哟。尤其，我若借此公派外出，逃到延安那边，黑脸上司这个共产党潜伏者，就更说不清楚了。所以，我决不能在这个时候逃掉！"

陈右军闭目深思，半夜时分，便把一切都想清楚了。第二天中午，黑脸上司等三人顺利归来。三人都一脸高兴，说延安方面有三部日军中高级密码本，但不想交给工作组带走，要另派人直接送重庆军委会，并明确表示拟请奖。黑脸上司像没事人似的拍拍陈右军的肩，说，延安方面说是缴获来了三部密码本，实际上有可能是他们直接破译出来的。延安方面密码破译能力一向高强，国军通信部门不得不防呀。陈右军一咧嘴说，哎呀，肚子又疼了！谁陪我去厕所？

蹲着厕所，陈右军就想，不把日军密码资料直接交给黑脸上司而派人另送，不失为延安方面之高招。这全是为了掩护黑脸上司的秘密身份哟。

在返回重庆的路上，陈右军与黑脸上司从未开口讲相关敏感话题。但找了个机会，陈右军用当年那个密码，悄然把黑脸上司亲共遭怀疑之事，敲给了对方。

工作小组顺利回重庆复命。之后，从各地各战区搜集回的资料，对破译日军密码逐渐起到助益，尤其延安方面慷慨提供密码本，被业界称为"不可多得的无价之宝"，是积极的爱国行为，由此成就了国共第二次合作时期的一段佳话。

黑脸上司得知自己被怀疑后，提高了百倍警惕，暗施了万全应对，渐渐被取消了怀疑，从而得以长期潜伏下来。但他再也没有同陈右军发生直接关系，像什么事都没发生过似的。后来，黑脸上司奉调离渝，自此再未同陈右军见过面。

抗战胜利后，陈右军不满国民党发动内战，不愿继续在特工系统从事密码破译工作。他以自残相要挟,坚持要隐退休养。敌特工部反复做工作,皆无济于事。鉴于他为抗战做出过重要贡献,也考虑他已有一次割腕自杀的事实,上峰同意了他的请求,但要求他始终在特工部门监视下生活。

张秋月因其政治立场逐步被软化,她对在国防部保密局下属单位被委以重任,没有提出异议,心安理得地继续着她迷恋的密码破译工作。她负责研究的密码有国外方向的,也有共产党军队方面的,这表明她已逐渐走向共产党的对立面。事实上,早在被捕后,她虽没有出卖组织和同志,但在密码破译和情报获取中,已经做了某些有益于国民党特工部门,而有损于共产党军队的事情。从她被降伏的那一天起,她再也没有生过弃暗投明的想法,认为只要不拿起枪,不亲身投入对付共产党的战斗,不亲手杀害共产党人,自己良心就能过得去。既然自己不能再回到共产党队伍中,那就在这里既来之则安之吧。

这是张秋月背叛革命的一种独特表现,并身不由己地持续了多年。

隐秘 The Secret Life 人生

第六章

假面谍影

陈右军凭借密码天分和丰富的密码破译经验，又一次展示了他的神奇。侦收人员一旦把截获到的敌台密码信号交到他手，他则一刻不停地投入研究当中，常常几天几夜不合眼。数月后，公安部门根据陈右军破获的情报，准确将潜伏在大陆的特务一网打尽。

第六章 **假面谍影**

38

多年探索未知的智力轮子停止了转动，陈右军很痛苦地过了一段无所适从的生活。他越来越难以忍受这种缺乏高强度思想活动和高智力搏斗拼杀的日子，顽固的职业习惯时刻在冲击着他的内心世界。他急需一种新的精神寄托和智力搏击。

动惯了脑子的人，一旦闲下来，其精神世界很快就会成为一片干涸的沙漠，时刻渴求来自天外的水分。

在陈右军精神世界孤寂衰竭的日子里，海豚这种智慧物种悄然乘虚而入。在一种偶然的特殊心境下，他又一次对海豚着了迷。那天，他正闲翻报纸，一组关于海豚语言传递和情感交流趣事的小品文，像一粒石子投入盆中静水，激起了他一片情感的浪花。于是，他扔下报纸，走出家门，转了三家书店，买回一摞关于海豚的资料。他产生了一个不可遏制的非凡念头：他要研究海豚，他要破译海豚，他要把海豚语言表达方式和感情维系方式搞清楚！

陈右军这种行为并不难理解，就像充满水的软皮管，正当它狂流不息的时候，你却迎头把它系死了。这样一来，压力劲足的水管即刻会被憋得鼓胀起来，必然要寻找一处薄弱环节冲破。在从密码破译领域淡出、无脑子可动的情况下，陈右军要借承载他兴趣和昔时情愫的海豚，把破解未知的激情和火力发泄出去，否则，他真的会疯掉。

是的，智力口袋被拦腰系起来的陈右军是狂妄的。他有着不同于普通人的非凡智力，是一个善于探索未知、创造奇迹的人。他认为，某些极为复杂的密码都能被破掉，破解小小海豚之谜更不在话下，何况自己有那段同海豚密切接触的宝贵经历。他感到，早些时候对海豚积聚起来的感性认识，在他脑子里一直存活着、深化着，牢牢地占据着他情感世界的一角。

他开始行动了。在短短三个月内，他凭着超群的智力和对海豚的一往情深，从书本上掌握了与之相关的足够知识。之后，他信心百倍地找了原来特工部的顶头上司，谈了自己想到海洋研究系统工作的想法。

上司对陈右军从特工部门隐退，想重新找一份省心的差事的想法表示理解。但上司想不通，他为什么偏偏看上了与密码破译毫不相干的海洋生物研究工作。

陈右军解释说，从某种意义上说，这二者是相通的，都是探索未知，都是研究智慧物种的信息交流。海豚是地球上除人类之外的第二类智慧物种，它们对习惯探秘未知的人，具有莫大的吸引力。况且，早年在女儿岛上，他就提出过破译海豚语言、用海豚语言实施通信联络的假想。

上司对他能否胜任这份工作表示怀疑，他则向上司展示了自己足够的海豚知识，最终，上司竟然鬼使神差地同意了他的要求。上司之所以这样做，有不宜言表的深层考虑。

随着国民党在战场上节节败退，情报部门开始着手在大陆暗布潜伏特务。通过多种方式在大陆安插特工人员，以随时向境外特工组织提供情报，为日后国军"反攻大陆"做准备。既然经过百般做工作，陈右军仍然坚持脱离特工系统，那么通过实现他到海洋研究系统工作的愿望，把他暂且安插下来，日后一旦形势有变，还有可能发挥他的独特才能。对这个固执难驯的陈右军来说，这不失为一个变通的好办法。

上司很快从秘密渠道，通过非常规手段，为陈右军办妥了不会让任何人产生怀疑的手续。他摇身一变，成了南城海洋生物研究系统的一名技术员，姓名由陈右军改为陈图强。处在非常时期的特工部门办此等事情，轻车熟路，天衣无缝，真正做到了神不知、鬼不觉、人不疑。

此时，南城海洋生物研究系统刚刚捕来一对海豚，正急需懂得海豚习性的工作人员来此照料。这个时候，陈图强以海洋生物研究人员的身份，出现在南城海洋研究所领导面前。

陈图强抛出了极具冲击力的一块敲门砖：绘声绘色地讲述了他在女儿岛上，同海豚夫妇"嘀嘀""嗒嗒"友好相处的故事。这个不得不让人信服的真实趣闻，一下子就揪住了领导们的心。这些人都是极为喜爱海豚的，很是羡慕陈图强有幸与一对野生海豚有过传奇交往。他们很快接受了这个钟情于海豚的海洋生物研究者，且很内行、很权威地给陈图强下了个结论：凭他掌握的海豚知识和对海豚的深刻理解，凭他首次下池就与海豚有了某些独特的愉快交流，凭海豚像老朋友似的接受他的亲热程度，这个陈图强对海豚研究的历史在十年以上！陈图强知道，自己真正研究海豚只有两三个月，这两三个月还只是纸上谈兵，可他还是频频点头："何止十年！多年来，海豚一直与我同在，它们顽固地霸占着我心一角，驱之不走、拂之不去。连我自己都没有觉察到，海豚已经在我心海里潜游无数个日夜了，已暗暗成了我生命的一部分！"

陈图强自然成了研究海豚的主要技术人员。上任第一天，他给这对海豚夫妻起了名字，雄的叫雄野，雌的叫索妮。自此，他经常到海豚池去，苦心研究索妮和雄野的心脑智慧，致力于同它们对话。他常常带着通气管和水下呼吸器潜水，与海豚长时间同游。他真正把海豚夫妇当成地球上另一种具有智慧的动物，认为海豚夫妇一直在向人类发出某些信息，寻求沟通和交流，只是人们对这种示爱难以觉察，也理解不了。

他尽量多地拿出时间同海豚夫妻在水中相处，同时在理论上认真研究海豚的大脑构造，绘制了多幅海豚大脑构图，努力破解海豚智慧的形成秘密。他越深入研究，同海豚的友情越深，越明显地感到：海豚通人性,知天性,真正是地球上除人类之外少见的智慧物种。他立志破解海豚的心灵,并尽快成为它们的忠实朋友。他变着法地投其所好,让它们高兴,使它们愉悦,无微不至地关心着它们。

半年后,一个风和日丽的上午,索妮和雄野异常不安,先是交头接耳,然后协同一致地向陈图强发出一连串各种各样的声音:嗡鸣、吹哨和尖叫。这些声音,有的像海面低唤的海鸥哀鸣,有的像大雾天里的海螺号角,有的像平川上火车狂奔,"咔嗒咔嗒""咔咔嗒嗒",连续不断,惊心动魄。

陈图强感到情况异样,知道海豚在模仿人们常见的声音与人交谈,只是听不懂它们每一组复杂的声音。他只有急躁不安地望着它们发呆,任凭它们急切地"咔嗒咔嗒""咔咔嗒嗒"鸣叫,并不断吸水喷他。

中午,他留下值班,边望着不断啸鸣的海豚边吃着自带的午餐,然后开始喂食海豚。海豚出现了绝食现象,不管他怎样与它们交流,它们依旧闭口不食。他预感到要发生什么,但又一时弄不明白到底要发生什么。等他明白是怎么回事了,已为时过晚。

下午二时许,一场罕见的十级以上大台风突然不期而至,疯狂地席卷了这个城市的东南角。海边多处房屋被掀掉房顶,几棵百年大树被连根拔起,正在海面作业的几艘渔船被打翻。事后统计,十二分钟的台风,使七人送命,数十人受伤。

建在海边的海豚池也被浪涛覆盖一时。当时,正在哄喂海豚的陈图强听到一阵低沉力巨的轰鸣由远而近,他知道这是飓风到来的前奏,而一向重视海洋天气变化的海洋研究所并未接到台风预警。他突然明白,这是一场罕见的、当时技术水平难以预测的大台风,而海豚早在上午就预知了。它们采用各种语言和异常行为,力求与他达成沟通,告知这个可怕的消息。可它们的良苦用心一如人类对牛弹琴,他未能及时破译它们的语言。

陈图强瞬间出了一身冷汗,脚下一滑跌入池中。在飓风携浪冲击海豚池的一刹那,他感到有一双巨手把他高高抛出水面,他被重重地扔到池上铁栅栏旁边,他乘机死死抱住了铁栅栏。

汹涌的海浪席卷而过,他清醒过来,回忆起那双巨手正是索妮和雄野的长喙。他与它们曾多次在水中玩耍过此类游戏,只是这次它们力用得更猛更狠,而且冲击角度不是平常玩时的垂直向上,而是转向池边的铁栅栏。也就是说,海豚夫妻是有意把他抛到池上的,否则,他必将被涌入池中的巨浪卷入大海。是海豚夫妻合力救了他一命!

陈图强知道人类喜欢海豚什么:它们忠诚友善,为捕捞的渔民驱赶鱼类,助他们网网丰收;它们勇于拯救溺水之人的生命,保护人类免受其他海洋食肉动物的攻击。然而,陈图强苦苦思索而不得:海豚为什么会喜欢人类?人类哪些方面吸引了它们?尤其,海豚夫妇与我陈右军的缘分来自哪里?

海豚救人以前只是一个传说,这个城市的人并没有遇见过。今天,陈图强算是亲身经历了。

陈图强清醒之后,第一个反应是海豚夫妻救了他一命,第二个反应就是海豚夫妻肯定被海浪掠跑了,或者说海豚夫妻乘汹涌而至的海浪逃离了池水,回归大海了。海浪覆盖海豚池十二分钟,海豚夫妻有足够时间毫不费力地做完这一切,倒是要坚持着不被海浪卷入大海,反需极力挣扎。

与陈图强所想的相反,索妮和雄野突然双双跃出水面——它们没有走!他欣喜若狂,跨过栅栏,扑入池中,同海豚夫妻拥抱在一起!

一阵激动过后,他感到胯部剧烈疼痛,腿不能蹬动。他知道自己被海豚顶起落到池上时受了伤,便紧紧抱住索妮不放。索妮似乎明白他的处境，缓缓把他顶到池上。

事后，住在市内的海洋研究所工作人员赶到海豚池，他们看到还活着的陈图强和池中不断跃起向他们致意的海豚，简直不敢相信自己的眼睛。

这是一个没人会相信的奇迹。

所长却不以为意，感到这种结果很正常。海豚顶人跃出水面，是海豚同人玩的一种司空见惯的游戏，尤其陈图强与它们玩这个游戏玩得最默契，这是所里人共知的。所以，危急之时，海豚夫妻把他托上池并没有什么好稀奇的；在海浪覆盖海豚池时，海豚没有回归大海也不是留恋人类，而是因为它们没有这种智慧和情感。按道理讲，遇到台风掠海时，海豚一般都会迅速潜入海底，这是一个下意识的动作，也是本能使然。海浪覆盖海豚池这片水域，哪儿最深？自然是海豚池里的水最深，平时池水最深处也有十几米。附近都高于海豚池，海浪滚滚而来，海豚肯定本能地潜入海豚池底最深处。所以说，海豚没跑掉，也有科学依据。

陈图强不认可所长之言。他顾不得胯部疼痛，几乎跳将起来大叫："你这套鸟道理，是在海豚不具有智慧和感情的前提之下说的。索妮和雄野要和我在一起，它们正是留恋人类才没有重归大海的。我提醒大家再考虑另一个问题，索妮和雄野不但不是本能地潜入池底，恰恰相反，它们为了留在池内不被巨浪卷走，肯定是使出浑身解数同恶浪进行了十二分钟的顽强搏斗，否则不会有这个结果！被人类捕捉圈养的海洋动物，没有哪个不每天都想着回归大海的。大海是它们的家，是它们真正的乐园。就像所长大人出差时间一长，就急于回家见老婆一样！"

所长骂道："胡说八道，满嘴放炮！你怎么拿动物与我来比？请你这书呆子相信：海豚绝对没有与人类相通的智慧和感情。你不要白日里说梦话了！"

　　陈图强向前拐了两步："你哪有我更了解索妮和雄野？！你喂过它们几次食？与它们同游过几分钟？它们不欢迎你、不喜欢你，你连接近它们的胆子都没有，哪还有资格谈论相关海豚的科学理论？你刚才讲的那一套都是伪科学！"

　　所长对陈图强怪异固执的性格早有所了解，不想同他一般见识，就说："看在你大难不死的份上，我就不和你争个高低了。大家分头打扫海豚池和海豹池去吧。"陈图强冷笑一声："还收拾海豹池干啥？海豹早在大浪中跑了！"

　　所长说："你又没过去看，你怎么知道？"陈图强说："你想知道原因吗？这就是，智慧的海豚与人类的良好关系和真切感情，哪是海豹等平庸之辈能比得了的？不信你就去看看，海豹肯定不见了！"

　　大家跑过去寻找，四只海豹果然不见了。陈图强说："这就证明，海豚有别于其他海洋动物，海豚独有与人类相通的智慧与情感。"所长痛心地说："多么好的两对海豹呀，就这么不见了。不过，我还是很赞赏你陈图强的良苦用心。你想乘这次百年不遇的海难事故，把索妮和雄野传扬成神奇动物。你想把海豚夫妻早已预知这次罕见的怪风，在海浪中救人于危难，留恋人情而自愿与恶浪搏击留在人间的传奇故事公布于众，把索妮和雄野炒作成明星和神话，以此来提高咱海洋研究所的知名度。好，很好，还是你陈图强有头脑，会炒作，新闻意识强。马上组织人员，把相关消息传送给新闻界。相信过不了几天，我们海洋研究所和海豚夫妻就会名扬天下！"

　　陈图强大叫："险恶用心，用心险恶！我绝无此意，这绝不是我陈图强蓄意炒作。这是事实，千真万确的事实！"所长笑笑说："是事实更好，弄得越逼真对我所越有利。"

陈图强不服："本身就是真的，毫无弄虚作假之意。所长曲解我的心意无耻，曲解海豚的纯正感情卑鄙！你们想利用索妮、雄野对人类的无私情感和光芒智慧而扬名，可耻可恨至极！"

果然，城市东南角被台风袭击的新闻，并未引起人们过多关注，善后救援和处理工作，由于政府重视和各部门行动迅速，很快圆满结束。而与海豚相关的传奇故事，在社会上传得沸沸扬扬，故事主角陈图强一时被蒙上一层神秘色彩。

在以后的日子里，陈图强研究海豚到了近乎痴迷的地步。在一些人眼里，他对海豚的研究已误入歧途。对他的这种看法，源于他散布了一些关于与外星智慧生物实施对话的设想。他说，科研人员要敢于想象，人类在某天听到可能存在于其他星球的无线电信号，也许不是幻想。目前，这些虽然还是一种假想，但需要给这方面的研究找一个比较现实、比较具体的着眼点，那就是研究海豚。他认为，人类一旦建立了星际无线电联系，就会面临和另一星球上的智慧物种通信的任务。所以，研究海豚智慧、破解海豚语言，在某种意义上，是一次与外星智慧物种联系的模拟试验。如果有一天，人类终于收到来自外星的信息，那么，对海豚信息系统的研究经验，将有助于理解这种外星信息。就这样，陈图强把海豚与宇宙联系起来了。他的这种联系，被海洋研究所里的同事当作笑料，有人甚至怀疑他精神出了问题。陈图强却坚持走自己的路，越展开想象的翅膀、伸长智力的爪子，全力研破海豚语言。

陈右军这种痴迷状态，在新中国成立后的某一天受到了冲击。

1950年元旦刚过，一个干部模样的人到海豚池边找陈图强。来人不做任何介绍，就让他到外边车内说话。陈图强正在专心致志与海豚同游，只朝池上看了一眼，又潜入水中。来人等了一会儿，见四周无人，就说:"找你去干老本行。"陈图强愣了一下,随即又潜入水中。等他一露头,来人又说:"是人民政府招你去干老本行。"陈图强拍了一下索妮,索妮把他高高送出水面:"我的职业是研究海豚,不想再干老本行。"来人掏出一张纸:"不去也得去。这是上级首长的亲笔信,请你过目。"

陈图强更衣,利索地上了来人的车。

第二天,陈图强回到海洋研究所,所长接见了陈图强带来的两个人。来人把有关信件和手续递给所长:"我们要长期借调陈图强同志去帮助工作。鉴于陈图强同志对海豚研究的痴爱,经他本人一再要求,报请上级同意,他可以经常回来看看海豚。如果时间允许,也可以帮助你们研究一些高难度课题。其组织关系暂留在你们这里。"

所长不情愿:"图强同志是海豚研究方面的权威,取得过不少成果。他一走,我们这边的天也就塌了。"来人很霸道:"他若不去,我们那边的天也就塌了。是你这个天大,还是我那个天大呀?这事,没商量!"

陈图强劝所长:"这已经不错了。经我据理力争,才争取到一个有利于研究所工作的方式——借调,还允许我适时回来参与一些课题研究。知足吧,所长。胳膊拧不过大腿,人家的海洋比你的海洋大。"所长起身走出办公室,把来人晾在那里。

陈右军是被人民政府一个特情部门招去工作的。有关领导向他介绍了背景情况:国民党特务系统在大陆留下了大批潜伏电台。近来,各种破坏活动接连在几个大城市发生,惊动了国家高层领导,严令抽调力量全力侦破潜伏敌台。

任务明确之后,特情部门开始做陈右军的工作。领导说,作为早期的共产党员,你在上海地下工作中做出了重要贡献。被捕后,在肉体酷刑和精神折磨面前,你对党的信仰坚定不变,自始至终没有投敌。抗战期间，虽然在敌特工部门工作了几年，但都是在破译日军密码，为抗战胜利尽了力，也做出了突出贡献。之后，又旗帜鲜明地反对内战，拒绝参与破译我军密码，毅然隐姓埋名退了出来。这再一次说明，你是一个堂堂正正的革命者。还有我方曾潜伏敌营的同志证明，你陈右军是合格的共产党人，在保守地下工作秘密、保护革命潜伏者方面是有功的。你还曾巧妙机智地送出我重庆八路军办事处密码被敌破译的情报，仅这一行为也足以说明你是一个坚定的革命者。

组织上的这个评价，使陈右军很受鼓舞。这个评价，对担心说不清历史问题的他来说，简直是千金难买。他从心底感激组织的无比信任。同时，他心里也明白，给他做证明的潜伏者，肯定是那个黑脸上司。当然，很可能还有他不知底细，但对他的情况甚为了解的其他潜伏者。

有了这个基础，当领导提出希望他深明大义，在党和国家需要面前，义无反顾地履行一个共产党人的义务时，他爽快地答应了所有要求。但他还是提了一个条件：允许他常回海洋研究所看看，以适当方式参与相关海洋生物研究。领导说，只要你保证把主要精力用在特情工作上，海洋研究所的事是可以有所兼顾的。

陈右军凭借密码天分和丰富的密码破译经验，又一次展示了他的神奇。侦收人员一旦把截获到的敌台密码信号交到他手，他则一刻不停地投入研究当中，常常几天几夜不合眼，直到取得实质性进展。数月后，公安部门根据陈右军破获的情报，准确查找到了敌台所在位置，数十部敌台相继落网，敌特在大陆的潜伏组织受到了沉重打击。

最能显示陈右军智慧的，是他施用了一个狠招：逆用敌特电台。他说服劝降了破获的敌三部电台的报务员，让这三部电台保留原番号、呼号、密码和发报手法，继续同境外敌特联络。敌特自以为其三部电台还未被发现，照常坚持密电往来。我方则不动声色地接收敌特信息，并将我方编造的假情报，通过逆用电台发送到敌特手中，以迷惑敌人，使之在不知不觉中按我方意图行事，从而粉碎了敌特多起破坏活动，抓捕了数十个潜伏甚深的高级特务。

有一天，陈右军同报务员一起在逆用台抄收敌特电台讯号。突然，他脑中一道闪电，一下撕开了记忆的口子。对方的发报手法，骤然搅动起他的心绪，声声电码敲击着他的心鼓。他极力控制着颤抖的手腕，终于断断续续地抄下了这份独特的电报。

陈右军心里明白，这份电报的独特之处，在于发报人的手迹。他默默地感到，这枚方寸电键上的手指魔力无穷，时而把电码变成动听的音乐，像一股温暖的小溪流入他的心田；时而把电码化作一把不见血刃的快刀，一片一片割着他的心头肉。他陶醉，他痛苦，他心生百味，他唯有苦涩。

久违了的健美指腕、久违了的悦耳电码、久违了的独特手迹、久违了的女儿岛上同桌人！这一刻，他才知道，她已随蒋匪军逃离大陆，依然在敌特系统效命。

这之后，他常常到这部逆用电台前，代替报务员侦抄境外敌特来电，时常遇到那熟悉的音乐和锋利的快刀。他由那悬起击键的指腕，想到那曾在他眼前晃来晃去的胳膊的主人，继而想到那多情的女儿岛，想到女儿岛上荆棘姑娘的传奇故事。

对这一独特发现和感受，他没有报告给组织，也没有私下向任何人倾诉。他不能透露敌方发报者是他的旧友，是与他有过感情纠葛的张秋月。不然，他不会再有靠近这部电台的任何机会，更不能再情不自禁地来享受那悦耳的音乐、忍受那惨痛的刀割。

他以顽强毅力控制着自己，千万别一时冲动私自发报，同对方交流，倾诉相思之情，那样做必会暴露这部电台已被我方逆用的真相。

报务员对陈右军频繁来电台替代抄报产生了疑问，对他在抄报过程中变化不定的面目表情产生了好奇。这哪是一张抄报人的脸呢？俨然是一位音乐痴迷者！又看他抄收下的报文，除第一次报文有些间断之外，这之后的报文份份流畅漂亮、准确无误。抄报时，他分明在走神，心入了另一个世界，可这报抄得出奇地好。报务员不得不佩服这位老资格谍报员的功力。

在报务员耐不住好奇心，一再询问陈右军这是何故时，他却不再来了。因为这段时间，境外敌特那熟悉的发报人不再出现，他便再没有兴趣侦听下去，就把台位交给了其他侦听员。

陈右军被请出山，上任履职，一时使敌特潜伏台受到重创，其电讯联络和破坏活动大幅收敛，特情部门的工作量因此而骤减。

39

陈右军受那熟悉手迹的牵引，对女儿岛及海豚的情感又迅速回升，他又开始抽出时间同海豚在一起。这个时期，他拿出相当多的精力准备材料，要应邀到海滨市参加中国首届海洋生物研究大会。他要以对海豚索妮、雄野的科学研究成果，撬开所有与会人员的眼界，把海豚这种智慧物种的神奇植入他们的脑海。

然而，陈右军未能如愿。绝大多数与会人员对他发表的种种海豚趣闻感兴趣，而对其研究成果以及其他星球可能存在智慧物种的猜想不认可，对他关于建立星际之间智慧物种通信联络的假说更是嗤之以鼻。

陈右军心情极其沮丧，在一天晚上登上了返程列车。这是一个不同寻常的夜晚，迷离的夜色鼓荡出诸多悬念、诡秘与神幻。这个了无睡意的孤旅之人，透过蓝月折射出的迷障，正在情趣盎然地破解着含有无数未知的黑夜，以及在黑夜里诞生的别样梦境。

就在刚才，陈右军在一个陌生女人的窥视之中，完成了一个充满暧昧色彩的美梦。

在梦中，他与早年那个同桌人相见了！他与她实现了心与心的交流，并第一次在梦中真切地看清了她的容貌、听到了她的声音。她还是那么年轻、那么漂亮、那么富有激情，那笑声还是似银铃一般悦耳。

陈右军与张秋月分手后，尽管夜间梦魇不断，但他从未做过这么一个没有留下一点遗憾的完整长梦，也从未在梦中看清过女同桌的芳容。她总是以一个虚无缥缈的影子与他周旋，让他看不着边、摸不着沿、听不着音。没想到，多年未曾相见的她，竟然在一个秋夜的列车上，在一个狂奔不息的睡梦中，活灵活现地投入他的怀抱，使他实实在在地抓住了她，得以脸对脸地端详她、眼对眼地辨析她，近乎耳贴嘴地听她一阵阵摇响银铃，"咯咯咯，咯咯咯"。

梦醒时分，陈右军对这个梦做了一个总结，在心里暗暗称其为金梦。为何叫它金梦？是因为在现实生活中他从未接受过她，甚至可以说他从没有过要接受她的想法。人们说，梦是与现实反着的。他果然在梦中实实在在地接受了她一回。

多年来，无论是在上海搞地下工作，还是在敌特工部工作那几年，抑或在人民政府特情部门工作期间，陈右军时有身带密件出行。由机要人员职业习惯所决定，身有密件相随，他是无论如何也睡不踏实的。纵然有几个同事同行，睡在相对安全的包厢里，他也不能安心入睡后做一个完整长梦，更不用说在梦中与女同桌有淋漓尽致的畅谈了。

今天，在这趟夜行列车上，他没有任何忧虑，全身上下除那些关于海豚研究的无人相信的资料外,搜不出一个涉密文字,除非你撬开嘴巴,倒出他脑壳里的机密。然而,只要他心脏还在跳动,只要他还能呼吸,任何不该知道相关秘密的人,使用任何阴招损招,都是不可能撬开他这张嘴的。他这张嘴,是经过特殊方式处理过的。它不属于他自己,它永远属于党、属于组织、属于革命特情事业。

金梦进入尾声,他在一副心满意足的笑容中醒来。说得确切一点,他是被一双不知来自何方的目光盯醒的。在蒙眬睡意中,他真切地感觉到有人在静静地看着他,在用犀利的目光潜探其内心世界。这人带钩子的目光,似乎牢牢地抓住了他这个金梦的尾巴,正在悄悄地一点一点地将金梦拖出他的脑壳,然后甩出车外。

正在这时,他猛然睁开眼睛,迅速抛出一张网,想把那目光连同目光的主人一网打尽。然而,他失败了。他没有抓住那双盯着他的眼睛。

铺箱里顶灯亮着,他看了看表,已是凌晨三点。这是一间硬卧车厢,上下铺共睡六人,他睡中铺,对面铺上熟睡着一个女人。这个女人是何时上的车,在哪个站上的车,他都没有察觉。他实在是太疲惫了,在海滨市一上车,就一头扎进了梦乡。

在海滨研讨会上,陈右军遇到了国内最顶尖的几位海洋生物研究专家。因此,这个会开得异常刺激,异常累人。白天,这些海洋研究界的精英,唇枪舌剑,群英论战驳得昏天黑地;晚上,则单枪匹马,静神凝思,分析消化当天的论剑心得,修整润色第二天的论稿。在海滨的八个昼夜,他整夜整夜地思索冥想,没有睡过一个好觉。他以连续几个昼夜不眠而依然精神矍铄的昂扬斗志、令人摸不着头脑的超常智力、丰富的海豚研究经验和精细而玄妙的星外智慧物种假想,让与会人员大为惊叹和敬畏。同时,他的相关话题和他超乎常人的诡异表现,也成了大家私下寻开心的笑料。他没有屈服于那些所谓的知名权威,一跺脚,一撇嘴，没同任何人打招呼，在会议结束前离开了海滨市。

长梦余韵还在陈右军头脑中萦绕。他断定那窥视他的目光，就来自对面铺上的女人。他以报复的心理，像研究一部未破译的密码一般凝视着那个女人、剖析着那个女人。由于密码破译人员职业习惯使然，他一向对未知的东西有着超乎寻常的兴趣。多年来，他练就了一手探索未知的绝活。今夜星光灿烂，今夜大地隆隆，他想在这孤寂的深夜旅途中，小试一下自己智力的爪子，把这个未知的女人彻底破译掉。

就这样，无聊的陈右军在这个无聊的夜行列车上，把他那久经破译战场磨砺的智力快刀，悄悄地伸向了这个未知的陌路女人。

这是一个很有气质的女人，尽管她闭着双眼，尽管她身上盖着铺单，他还是从其眉宇间、从那平静安稳而起伏有致的呼吸声中、从身上那自然流畅的曲线上，破译出她的内在质地，并很快下了一个定论：如果不是瞎子，她一定是一个没有一点瑕疵的美丽绝伦的女人，尽管他破译出她的年龄已在36周岁左右。但他推断，其年龄几乎不影响她的天生丽质。

他开始对这女人局部进行研究。他盯了一会儿她那自然合闭的眼皮，断定这一定是双眼皮，且不是那种傻傻的、厚厚的双眼皮，也不是那种不故意向上翻就看不出来的内双，而是薄厚适中、晶莹剔透、无比精致的外叠双。他以往从未对女人面容和美容术进行过研究，仅凭那透析和破译未知的绝活，就给这个女人的眼皮定了性。其实，对他来说，一双闭合的眼睛就呈现在面前，这已经是绝好的破译条件了。以往，有时候一部看上去没有任何破解条件的密码，到他手里三摸索四扒拉，就会抓住某些转机，或完全解读，或达成留有若干疑点的较为充分的破译，或出现具有较多空白的部分破译。几次实现破译局面大转机之后，他便成了敌我双方无与伦比的头号破译专家和智力快刀手。

此刻,他盯上了女人胸部。他多年没有这样盯一个女人的敏感部位了。更准确地说,他早已没有这份心情和这个精力做这样的事了。或者说,他多年无妻、无婚外女友,也没有这个条件了。他盯着这个女人的胸部,却抑制自己不去想自己的情爱生活,他不想因此而弄坏了心绪。他要在旅途中,在刚才那个长梦诱引下,拿出一点点智力和闲情逸致,破译掉眼前这个女人。

不料,他刚把目光投向女人胸部那么一小会儿,胸的主人却突然睁开了眼睛,一下子就准确无误地抓住了他的眼睛,并坚定地用犀利的目光,去拨动他那颤动着的目光,使他断不掉、收不回,牵在那里任她无声地拷问、鞭打。

好一阵儿,他才醒过神来,看清了她眼中那个大大的问号,于是慌乱地把目光移到了箱灯上,说:"这灯刺眼。"

女人说:"与灯无关。"

他说:"都深夜三点了。"

女人说:"与时间无关。"

他说:"都深夜三点了,谁开的灯?"

女人说:"与我无关。"

他说:"我刚才做了一个梦。"

女人穷追不舍:"与梦无关。"

他猛然迎头回击:"我与你何干?!"

女人不示弱:"一个男人为何这样死盯一个陌生女人的胸部?"

他装糊涂:"盯你的那个男人在哪里?我怎么没有看见?"

女人一针见血:"远在天边,近在眼前。"

他狡辩:"你在睡觉,怎么知道有人看你?纯粹是瞎猜。不客气地说,你在诬陷一个好同志。"

女人说:"说实话吧。我并没有睡着,知道你一直在窥视我。"

他说:"这说明,刚才一直在窥视我的那个人是你。只是你反应更快,没有被我抓住目光罢了。"

女人"咯咯咯"地笑了起来:"那不叫窥视,那叫泰然凝视。"

他看清了她的笑眼,证实刚才对她眼睛的定性准确无误。"你真是够泰然的了。刚才我对你进行了一番观察,研究出了你的内质,可就是没有看穿你在装睡。可见,你在男人面前装模作样的功夫颇深。"

女人又"咯咯咯"地笑了:"这一切都怪不得我。是你雷鸣般的鼾声,使我难以入睡。我便打开灯,想看看这噪声发源地是怎样的一个鼻孔。于是,就凝视了你好一阵子。我发现,这噪声是从大嘴洞里发出的,我冤枉了那对小鼻孔。"

女人坐起身,继续说:"我还发现,你虽然咆哮如雷,睡意沉迷,但你胸脯起伏无律,睡容异样,变化多端。我敢断定,刚才你在做一个异乎寻常的梦、一个幸福感和满足感都很强的梦,再确切一点,是一个与美丽女人相关的美梦。本来,我想弄出个动静制止你那扰人的鼾声,但又一想,人在旅途,难有好梦。最终就没忍心搅扰你。"

他说:"谢谢,谢谢,是你的宽宏大量,才使我的梦维系下去。我确实做了一个几年来少有的好梦,我梦见了多年前的一个女同桌。人虽然没有你漂亮,但内在气质一点不比你差。对了,冒昧地说一句,她的眼神和笑声酷似你。真的,很像你。"

女人眼神不自在地跳动了两下,但很快就抑制住了:"是吗?我很荣幸。你是不是爱过她?"

他深沉地说:"怎么说呢?"

这时,下铺一个中年男人欠起身,不耐烦地说:"还是别说了吧!深更半夜的,还让人睡不睡觉?"

女人不好意思地摆摆手，小声说："反正也都睡不着，咱俩到外边聊天吧？"

陈右军点了点头。二人进了不易打扰别人的洗漱间。在镜子里彼此看到了对方，就都有些不自在。

女人说："我们背对着镜子，只闻其声，不视面容，这样感觉会好一些。"

他说："是啊，素不相识，萍水相逢，夜深人静，孤男寡女，我们这天聊得多少有些唐突。"

女人说："唐突在铺上互相窥视时就开始了。这是差旅老手打发寂寞时光的一种方式，我们聊天的目的，就是把这个无聊的黑夜消灭掉。这样一想，你就不觉得唐突了。"

陈右军还是觉得今夜的行为不可思议。首先，随意与一个陌生人搭话就犯了大忌。"不要与陌生人说话"，是密码破译人员多年的职业要求和习惯。言多必失，满肚子机密，一不小心从嘴角溜出一句半句，没准就会震趴下周围一片陌生人，没准在这一片陌生人中就会有一个别有用心的，仅此一句话就可识破你的身份，那麻烦可就大了。他深知随意与陌生人说话的危害，但今夜他有了想说话的强烈欲望。这个欲望一旦探出头，死命往回按都按不回去。他心里暗骂自己没出息，不就是眼前这个女人有着昔日女同桌张秋月的眼神和笑声吗？那样的眼神盯你几眼、那样的笑声在耳边环绕几圈，你就招架不住了？你就欲望膨胀了？中年男人呀，今夜你这是怎么了？！

不管怎样，陈右军还是想和这个女人聊聊。他觉得他能把握住自己，他能让自己不说不该说的话、不聊不该聊的事。他有信心做到滴水不漏，障眼对方。

纯粹是闲聊，聊什么内容无关紧要，只要她肯听着，只要她不时发出"咯咯咯"的笑声，他就有充足的精力和兴趣一直听下去，聊下去。

聊了会儿闲话，陈右军就问女人在哪儿高就。女人却说："别问我，先说你。"

陈右军说："本人是南城海洋研究所研究员。我的专业是海洋生物进化研究，尤其对海豚研究颇深。"

女人说："这些我都知道。你叫陈图强。"

陈图强当然是陈右军在海洋研究所和海洋研究大会上用的名字。

陈右军一愣："你怎么知道我？"

女人又是"咯咯咯"一笑，把一方纸片递过去："这是我参加海洋生物研究大会的出席证。你在会上出尽风头，人人注目，无人不知。你大名鼎鼎，只同名家相互撕咬。我这个普通与会人员没有说话的份，自然不会引起你的注意。会议期间，我天天见到你，最喜欢听的言论，就是你关于同星际智慧物种建立通信联系的假想，和关于海豚智慧物种的研究谈论。恐怕没有几个与会人员会支持你那些假说的，而我和另一人是你最忠诚的信服者。我觉得，你的东西最具冲击力和震撼力。"

陈右军看着出席证，很兴奋："你叫高秋萍，也是海洋生物研究人员。我们是同行，很高兴在夜行列车上碰到你！"

女人说："提前退会者，会议上都统一订的车票，难免会挨着，一上车我就发现对面铺上是你，可你已经进入了梦乡。"

陈右军说："你真对我的发言感兴趣？"

女人说："那当然。我平生最喜欢的动物就是海豚。"

陈右军说："我也是。海豚是最聪明的海洋动物，是人类所见到的除人类之外大脑最发达的智慧物种。索妮和雄野是我最好的朋友，我们彼此能听懂对方的语言。早在多年前，我还有过海豚朋友嘀嘀和嗒嗒，它们是一对恩爱夫妻。"

女人眼里闪着异样的光，又是惊喜一叫："嘀嘀嗒嗒？多好听的名字呀。不知它们现在怎么样了？"

陈右军一脸惆怅："天知道。"

女人转过身，望见陈右军茫然的样子，就说："看得出你对海豚是情有独钟的。是不是海豚承载了你某种特殊的情感寄托？比如，海豚会经常使你想起过去的某一个人？"

陈右军直视着她："没那么多复杂的情感因素。我对海豚感兴趣，是因为它们非常聪明，极具灵性。"

女人说："外星智慧生物会与海豚这类物种相似吗？"

陈右军见女人对这一话题感兴趣，就又来了兴致："外星智慧物种在生物学上，可能比海豚与人类的区别更大，它们可能生活在比人类更先进的环境里。"

女人刨根问底："人类研究海豚的根本意义在哪里？"

陈右军盯在女人脸上："根本意义是要教会人类尊重异类智慧生命，懂得如何同怪物般的异类物种建立起友谊、信任和兄弟般的情义，最终在感情深处做好迎接星际物种信息的准备。"

"这就是你喜爱海豚物种的原因？"女人用怀疑的口吻问。

"难道还有比这个理由更站得住脚的吗？尽管人类与星际智慧物种取得联系尚有很长的路要走，但需要包括我在内的人类去不断努力。"陈右军的眼光在她脸上扫来扫去。

"我眼前这个人，就是一个有着非常智慧的物种，一个力求通过研究海豚而使自己愈加仁慈博爱的聪颖之人。你使我更加喜爱海豚了，真的。"女人意味深长地说。

俩人聊了许久，大都是和海洋动物相关的话题。最后，女人说："你还没有问我为何登上了这趟列车呢。刚才我说过，我和另一个人是你言论最忠诚的信服者。那个人，就是我们潮城海洋研究所所长高大伟。会议期间，他临时动议，让我跟你到南城海洋研究所学习一段时间，目的是让我俩一起研究一些感兴趣的课题。本来，我们所长待会议结束后，要亲自和你商量的，可你会议没结束就跑掉了。我也只好提前离开，想到车上再给你讲明白。"

陈右军半天没有说话。

女人看出了他的心思："你不要担心费用问题，我的所有开支由潮城所出。我到你们那里学习，你们所也可派人到我们那儿学习呀。这对双方都有好处。科研工作嘛，就得取长补短。"

陈右军还是没有说话。

女人说："我准备了介绍信和相关手续，回所里不会让你为难，由我向你们所做解释。其实，会议上那么多海洋研究单位，我们可以选择任何一家比我所条件好的单位学习，不一定非得到你所来。但你的研究成果和你的大会发言，深深地吸引了我们所长，他说要学就向有你这样高深研究人才的单位学习。是你赢得了我们所长的心，我不得不来。"

陈右军沉思道："既然你们高看我一眼，我也没什么好说的了。只要你能说服我们所长，我没意见。"

女人说："你真的摆起大牌来了。要不是我对你那些天马行空的假想感兴趣，我会立马下车往回返。"

陈右军说："我没有其他意思，只是怕冷不丁带回一个学生，所长不理解。"

女人说："所长不理解，由我去解释。我更正一下，我不是你的学生，而是同行，共同研究相关课题。我还不一定要拜你为师哩。我们彼此年龄相仿，不可能成为师生关系的。"

陈右军摆手："不能以年龄大小论师长，谁对海豚物种研究得深，谁就是老师。"

女人说:"我们不争了,回铺睡觉。"

40

陈图强和高秋萍到研究所的第一个工作日,就遇到了突发事件。陈图强走近海豚池时,发现池边站着一些围观群众。这些人大都是妇女和孩子。那个时候,还没有海豚表演馆,但时有关系户领着孩子来看海豚。陈图强在时,是不允许所外人员进来参观的;他一出差,无人再管这等闲事,这里便观者不断。

陈图强一眼就发现了问题。海豚池平静异常,海豚夫妻懒洋洋地浮在水面上,不游动,也不做任何动作。见状,他连衣服也没换就跳入池中,游到海豚身边,足足观察了十多分钟。他捞起一些漂浮物,又潜入池底,捞起一些各种颜色的小玻璃瓶。他仔细看着小玻璃瓶,又凑到鼻子上嗅了几遍。他狂奔到参观者中,从几个孩子手中夺过几个玻璃瓶,歇斯底里大叫:"你们怎么能把这些杂物扔进海豚池?这些盛化学物品的小瓶子,被海豚吞吃进胃里会生病的。现在,海豚病了!谁扔的,你们谁扔的?"

几个孩子吓得大哭起来。家长们被这个疯子般的来者训斥一顿,才醒过神来:"又不是我们扔的,你冲我们凶什么?"

陈图强激愤难平:"你们知道这一对海豚多么宝贵吗?你们知道它们一病要花多少钱才能治好吗?它们要是不治而亡,那是国家的重大损失呀。"

一个工作人员走过来，说："前几天就有人往池里扔这种小瓶子。索妮把一个小瓶吞进去吐出来，雄野还跟它抢着玩耍。我想下水抢过来，可我抢不过它们。我看它们玩得很高兴，也就没当回事。海豚生病肯定不是吃了小瓶子，你就别冲孩子们喊叫了。"陈图强又大叫起来："你浑蛋，你失职！你为什么不阻止孩子往池里扔东西？"

高秋萍过来劝陈图强别激动，他却转身冲她喊起来："海豚病了，我心如刀绞；海豚要是死了，我也不活了！"高秋萍笑笑："看你全身水淋淋的，别冻病了，快换件衣服去。人的身体总比海豚重要。人的生命只有一次，死不复生，而海豚无数，今天死了两头，明天会再弄来两头。"

陈图强这下把余愤全转移到这个女人身上，大喊道："胡说八道！你犯了一个错误。你否认了人类与海豚之间的感情。海豚与人类是友好的，是有真挚情感的。它们病了死了，人类应该难过才是。难以想象你怎么还能笑出声来，你不是一个合格的海洋研究者，你对海豚没有感情！"

高秋萍还是笑意在脸："眼前，你应该尽快想办法救治海豚，而不是冲我暴跳如雷。"陈图强似是恍然大悟："索妮和雄野病了，我很难过。它俩是我的好朋友，我们在一块儿都快三年了。"高秋萍这才说："我理解你的心情。说心里话，我也很难过。"

陈图强走过去，和刚刚赶来的所长、医务人员商量如何医治海豚。陈图强分析："海豚肯定吃进了带化学物质的小瓶子，必须尽快取出。现在最便当的办法，就是把手伸到海豚胃里，把异物取出。"所长有些担心："这样太危险！说到底海豚也是兽类，弄不好会被它咬伤。"陈图强同所长较起真来："海豚懂感情、通人性，它知道我们伸手到它胃里，是为它治病，它不会咬人的。你们不用担心，我来做这件事。"

没等所长同意，陈图强就换好工作衣下到池里。他先抚摸一阵海豚，自言自语地同它们交流了一番，然后，拍拍索妮的头，示意它张开嘴。索妮就真的张开了嘴，陈图强赤臂伸了进去。索妮迷怔地张着嘴，任凭那只胳膊在里面摸索，却仅掏出了几块小石头和烟头。陈图强说："石头、烟头对海豚不会产生危险，这些杂物不是导致海豚生病的原因。海豚共有三个胃，另两个胃里面肯定有危险物，必须尽快取出，否则会有生命危险。"他果然从索妮另外两个胃里掏出两个小瓶，从雄野胃里掏出三个小瓶。他用水管把海豚的胃逐一冲洗干净，然后和医生商议了治疗方案。医生说，为保证治疗效果，需要把两只海豚分池治疗，痊愈至少需要二十天时间。

事后，高秋萍对陈图强说："通过这件事，我真切地看到了你与海豚的深厚感情。这种感情，甚至比人与人之间的某些感情还珍贵。"陈图强说："那当然！这种感情一般人是理解不了的。"

高秋萍说："我能理解。"

陈图强说："但愿如此。"

接下来，陈图强同高秋萍有了密切合作。他们一同与病中的海豚朝夕相处了二十天。种种迹象表明，海豚在患难之时，似乎逐渐接受了高秋萍这个新朋友。通过对病中海豚的观察和分析，他们对海豚有了更深的研究和了解。

二十天后，两只海豚痊愈。索妮和雄野在池中团聚这一天，全所工作人员都到场祝贺。

索妮和雄野是分别从池子两端入口被放进池中的。一入水，便相互发出一组非常长的复杂声音。像是吱吱的开门声，激烈尖厉而又频变迅速。然后，彼此急速向对方冲去。

接下来一幕令在场的人都尴尬无比。这个场面是大家事先没有想到的，就连对海豚生理知识研究颇深的陈图强，也是在海豚有了明显行为之后，才知道发生了什么。

索妮和雄野在众目睽睽之下，毫无顾忌地把夫妻生活中的隐私，一览无余地展现在人们面前。它们冲聚到一起之后，便开始迫不及待地长时间调情，用身体相互频繁摩擦。然后，吱吱咔嗒的高频叫声渐渐减弱，变成了悄声细语，又轻轻咬吻舌头。最终是肆无忌惮的数次交配。海豚交配时间比较短，每次只有一分钟左右，但在之前的亲昵抚摸、细语交谈、全心调情长达一个多小时。

在工作人员中，高秋萍是唯一女性。当两只海豚有了第一轮交配，她才看懂眼前的一切。于是，她扭头走掉了。

第二天，陈图强提出了一个想法："海豚夫妻已分居二十日，我们不妨搞一个试验，测试一下海豚夫妻性交流的具体表现。外国人搞过这方面的试验，我国在这方面还是空白。我看有必要把这一空白填补上。"

高秋萍说了句："你好像对这方面的事特别感兴趣。"陈图强就不高兴了："请你不要因此对我的人品产生怀疑。这是科学研究，不是我对这性事本身感兴趣，更不存在道德问题。"高秋萍笑笑说："我没别的意思。"

这天晚上，陈图强和高秋萍等人把海豚夫妇分放在池子两边，中间用一个能上下抽动的闸门分开。陈图强有意把关开闸门的动作重复了几遍给海豚看，然后就躲到暗处观察。夜深人静，两只海豚在闸门处会合，相互发出一阵咔嗒咔嗒的叫声。然后，雄野把门一角往上推，直到它自己挤进去。索妮也从另一边往上拱门，两只豚合力把门推起，雄野游到索妮一边，然后，就是一阵亲密抚摸和频繁交配。

高秋萍看着看着，就有些不自在，不小心弄出了动静。陈图强干脆跑到池边，大声训斥海豚，其他人也一阵乱喊乱叫，试图看看海豚在外界干扰下的表现。这时,海豚夫妇带着几分窘态,又把门拱上去,羞羞答答地各自游到了自己一边。

高秋萍长时间没有说话,似乎陷入某种沉思之中。陈图强这才感到有些窘意,慌乱地说了声:"对不起。"出门后,又觉得自己摆出这道歉的姿态有些莫名其妙。

高秋萍收起扑朔迷离的目光,一笑说:"多么富有人情味的海豚夫妇呀。在被人训斥后,竟然还露出羞窘之态。这和白天它们在大家眼皮底下,一见面就温情交流判若两人。今晚这种情况,它们怎么会有如此的含蓄表现?"

陈图强说:"这不难理解。它们夫妇分开医病多日,受够了生死离别,病愈重逢,难免情更深,意更切。白天把它们夫妇放入同一池中,是我们有意让它们重逢,是我们允许它们重逢,它们也就没有那么多顾忌。而今晚,是有意隔绝它们,不让它们团聚,它们是在背着我们偷情。当被训斥时,它们自然会知道错了,且表现出改正错误的能力,能自己开门,自动分离。这个发现,很重要。"

高秋萍笑说:"你倒像它们的同类,如此了解其情爱生活。我大为惊讶海豚在感情方面的表现。我一直以为,只有人类才是唯一懂得爱情的,没想到海豚夫妻同样会相互体贴,在温意柔情中追求情爱快乐。"

陈图强手一挥:"这就证明海豚是懂复杂感情的,包括懂得与人类的感情沟通。"高秋萍感叹道:"看来高智力的高级动物都有复杂的感情世界,包括人类中的你我他。"

陈图强揣摩到高秋萍在心灵深处是真正喜爱海豚的。高秋萍也不得不再一次承认,陈图强对海豚研究确实已经很深入。她尤其认可陈图强对人豚脑容量与体表面积之比较研究、人的反应速度与豚分析判断问题的速度比对例证研究、通过海豚捕猎的方法看海豚的智慧品质研究等几个方面的成果。她认为，这些方面，毫无争议地填补了国内海洋生物领域研究的空白。陈图强常说的一句话是：海豚大脑重达1.8千克，而人类的大脑只有1.5千克，人类对海豚的智慧不容怀疑。人类现在的思维理解能力，尚不足以了解海豚潜在的智慧和能力。

陈图强对海豚诸多方面的研究成果，越来越受到业界同行的认可和推崇。有一天，高秋萍郑重地向陈图强引荐了两位来自香港的海洋生物专家。

高秋萍做东，给陈图强提供了一个与境外专家切磋交流的机会。开始时，陈图强死活不肯去。高秋萍就有些不高兴，认为陈图强耍大牌，不给她面子。

陈图强有难言之隐。他现在在人民政府特情部门工作，上面有严格规定，不能同境外人士私自接触。显然，他是不能说出这层隐秘身份的，又找不出其他合适的借口推辞，就悄悄去吃了这顿饭。

席间，两位专家言明，他们是专程来向大陆专家陈图强学习的，并不无佩服地强调，陈图强在海洋生物研究领域，尤其是在海豚研究方面前途无量，在星际智慧物种假想研究方面也深不可测。陈图强异常兴奋，就毫无保留地好好交流了一番。这时，两位专家露出了一个心迹。国内科研条件太差，像陈图强这样有造诣的海洋生物研究专家，到境外发展将会取得更加令人瞩目的成果；如果陈图强有意，他们愿从中撮合，推荐他到境外谋求发展；境外各方面待遇是国内不能同日而语的，有天地之别，像陈图强这样高水平的海洋生物专家，收入是丰厚无比的。

高秋萍对两位专家说，陈图强有其苦衷，作为有成就的海洋研究人员，有关部门肯定不会放他走。两位专家说："明道行不通，还可以暗度陈仓。只要陈专家同意走，出境方式由我们来办，绝对保证神不知鬼不觉,并且还能带你夫人一同出境。"陈图强听罢此言,后背直冒冷风,连连说:"我没有夫人、没有夫人,但故土难离、故土难离。"

陈图强婉言谢绝,似乎还没有使两位专家彻底死心。在这顿饭之后,他们又几次找到他,提出了更具体、更优厚的条件。陈图强还是那句"故土难离,学浅才疏,难当大任"。

最终,陈图强不得不把这个情况,悄悄报告政府有关部门。政府对两位香港专家和高秋萍背景进行了摸排,结果还好,此三人都没有什么问题。两位专家确实是很有名望的海洋生物专家,在行内惜才如命、掠才玩命是出了名的,他们已经从国内挖走了几个顶尖人才;高秋萍也的确是潮城一位海洋生物研究工作者,背景明朗,历史清白,现实表现尚好。陈图强还了解到,高秋萍至今还是单身,可她未曾对他亲口提起。

陈图强见私会境外专家的事没有惹出麻烦,也没有查出高秋萍有什么问题,气又壮了,就放心地同高秋萍增加了接触。

高秋萍在南城海洋生物研究所学习时间是两个月,现已学了四十多天。业务探讨之外,陈图强同她闲聊的时间逐渐多了起来,但相聊内容均与感情无关,纯粹是扯闲篇。他不避讳地看着她的眼睛说话。对他来说,扯什么内容似乎无关紧要,只要对方在自己视野之内、只要对方声音能在自己耳畔响起就行。他需要一个忠实的听众,需要一个能拨动心弦的倾诉对象,需要一个能诱引他一直聊下去的聊天高手。这个时期,他在特情事业上大获全胜,数次破获敌潜伏电台。成就感使他激情四起,但又不能对外人言说。他心里翻腾如海,时时不得安宁。这样的精神状态急需缓解,急需宣泄,急需找准一块松软的土地把自己倾洒上去。否则,就像抢滩的船头,不消减动力,不扭转方向,就会越撞越烂,最终粉身碎骨。

在这种景况下,与高秋萍闲聊以消解情绪,是一个不错的方式。这个时候，高秋萍充当了那块松软的土地，任他倾情挥洒。

某一天，高秋萍的一个敏感话题，使陈图强这种挥洒达到了极致。已多次下池同海豚游玩过的高秋萍，告诉了陈图强一个关于雄野发情的故事。她羞怯地说，一周前，她曾受到过雄野的"性骚扰"。在陈图强一脸惊诧中，她详细描述了那次遭遇侵袭的经过。

那天，高秋萍和往常一样下池同海豚同游。她与雄野有频繁皮肤接触后，发现情况有些异常。雄野围着她一圈圈地转，每转一圈都和她擦撞一下。多日来，她早已领受到海豚绸缎般的肚皮与自己的身体摩擦带来的特殊感觉。她一直认为，海豚肚皮是宇宙里所有动物最柔软、最温情的皮肤，这种效果当然只有水做媒介时才能产生。突然，雄野又夸张地擦了她一下肚皮。顿时，她觉得有一种特殊的物件撞了自己一下。凭她的感觉，这不是豚鳍，也不是尾叶突，更不是喙嘴。雄野又反复做了几次同样的动作。她突然意识到什么，脸红到耳根，便迅速上了池。好大一会儿，才想起应该训斥雄野一通，并拿杆子惩罚它一下。雄野却躲到深水下，足足憋了半小时才露头呼了口气，又急切切地潜了下去。而按正常情况，海豚在水下待二十分钟就得上来换口气。

听完高秋萍羞羞答答的叙述，陈图强面红耳赤，半天无语。高秋萍愈加尴尬，想到陈图强沉默不语，是不是在吃雄野的醋？这段时间，她隐隐感到，陈图强对自己是有那份心思的。尤其在知道她是单身后，他认真地问过她今后日子怎么过。她告诉他，命中注定该跟谁就跟谁。他问她，你命中注定的那个人是怎样的一个人？她没有回答他，而是羞涩地躲开了。

陈图强今天的表现，使她心里泛起一种特殊的感觉。她想，是不是命中注定要和他发生点什么？这时，陈图强说话了："太好了，真是太好了！这使我的'海豚与人类有深度感情交流方面的假说'变成了现实。近年来,海洋研究界对海豚为什么吸引人类早有明确结论,而对人类身上何种因素吸引了海豚一直没有答案。而现在,你的经历告诉海洋研究界,海豚对人类的亲近感和友好表现,是因为海豚对人类有深层感情方面的需求。这虽不是海豚亲近人类的充要条件,但最起码是其中一个因素。秋萍,你这个发现真是太伟大了,你为什么不早告诉我呢?"

高秋萍刚才那种暧昧心情,一下子被他这番话破坏殆尽。她深深感到,他这番与她心境截然相反的言谈,严重伤害了她的感情。于是,她站起身来,抡圆胳膊,一下子把他扫到海豚池里,然后转身离去。

这之后,二人一周没有好好说几句话。工作交往中,能不说尽量不说,非说不可时,也把句子简化得不能再简化。

这天,高秋萍带来一个新闻,打破了这种不愉快的状态。她说,在一个叫女儿岛的海域,发现了野生海豚。

陈图强半信半疑:"真的?"

高秋萍就拿出了当天的报纸。上面有醒目的通栏大标题:女儿岛发现有野生海豚频繁活动。陈图强陷入了深思,报纸在手中变成了麻花、变成了碎片;高秋萍在他眼中,变成了一个与她毫不相干的影像,或者说,变成了一个与女儿岛海豚故事有密切关联的另一个女人。

那是一个遥远的故事;那是一个遥远的梦幻;那是一个难忘的女人;那是一对令人向往的海豚夫妻。

然而,这些都与近期发现的野生海豚无关。陈图强从沉思中醒来,又半信半疑地问:"真的?"

高秋萍一愣,似乎也是刚从深思中醒来:"那当然是真的。报纸上的消息还有假?!"陈图强"噢"了一声,又不说话了。他心里拿定主意:重回女儿岛!

陈图强把去女儿岛观察海豚的想法告诉了高秋萍。高秋萍少女般拍手叫好，并要求同去。陈图强说，那当然，一块儿去会收获更多的研究成果。

41

陈图强和高秋萍是搭一条渔船上女儿岛的。多年前，特训队撤离后，这里重新被渔民占据，岛上已有数十户居民。他俩给了一户渔民部分钱物，便分别在这院东西两房中住了下来。

第二天，太阳刚露出海平面，二人便拿着渔具出发了。陈图强领着高秋萍在岛上走了一遍。他来到曾在这里学习训练的大院，这里院墙早已倒塌，房屋也被渔民改造成了住房。渔民家里养了狗，生人靠近不得。

陈图强远远站在这片房屋前，久久凝望；高秋萍一直陪他站着，没有打扰他。末了，陈图强说："我来过这儿。这里给我留下了最难忘的记忆。"

高秋萍并没有惊讶地问他："是吗？你怎么会来过这荒无人烟的岛上？"而是静静地说："是啊，这一生总有那么一个倾洒真情的地方，让人终生难忘。"

来到曾经与海豚结下不解之缘的蛙石礁，陈图强并不忙着布投渔具，而是望着海面出神；高秋萍也不催，陪着他望海。

之后，他们开始默不作声地钓鱼。钓了一篓鱼，陈图强示意高秋萍说："开始吧？"

高秋萍不解地问："开始什么？"

陈图强笑笑："往海里扔鱼，读电码。"

高秋萍一脸吃惊："什么意思？我听不懂。"

陈图强转脸看她，轻声说："行了，别装了！多年前，我俩曾多次在这儿玩这种把戏。"

高秋萍霍地站了起来。

陈图强拉她一下："坐下坐下。我扔鱼，你读电码，这样做，海豚才能出现。这些，你都没有忘记吧？"

高秋萍就坐下来，开始"嘀嘀嗒嗒"读电码。然而，海豚并没有出现。她说："我们别玩这个把戏了。自那年之后，这儿再没有过海豚。那消息是假的，是我想办法在报纸上弄的一条假新闻，目的是骗你到女儿岛上来。"

陈图强耐人寻味地说："我知道。"

"你是什么时候识破我身份的？"

"尽管你伪造了一套无懈可击的假身份、假历史，尽管你整了容貌，切换了嗓音声线，但你的眼神是不会变的。在这些时日的交往中，我把你破译了。这个破译过程是渐进的、漫长的，耗费了我不少精气神儿。你什么时候整的容？"

"我撤到境外的时间比较早，一出境上司就让我整容，以备后用。没想到多年了，你还能准确记着我的眼神。既然你早已识破了我，为啥不去报告政府逮捕我？"

"我想弄清楚你接近我的目的。说说你这次潜回大陆的任务。"

"无可奉告。"

"你不说我也知道。多年的老特工了，这个敏感性还是有的。你们的潜伏电台接连被破获，便知道有密码破译专家破获了潜伏台密码，你也肯定猜到是我这个资深专家干的。于是，他们就派你和那两个专家来劝我到境外发展。一旦到了境外，你们哪是让我研究海豚呀，你们是让我干老本行呀。如果这个阴谋得逞，既削弱了大陆破获你们的力量，我又可以为你们所用。"

"是的。可你不为名利所动。"

"于是你又实施了第二方案，把我引诱到这个女儿岛上，想重新燃起旧时友情，然后劝我同你一起到境外过美好生活。"

"是的。从今夜起，我就要和你在一起。我们要在这个孤岛上，好好过几天无人搅扰的二人生活。你知道，这种生活，我已经向往十多年了！"

"你觉得，我能为情跟你跑到境外发展吗？仅你我的政治背景，彼此就不可能成为夫妻！"

"可我一直真心爱着你。为救你，我可以不惜性命在上海街头劫车；为和你在一起，我可以冒着被大陆抓获的危险，前来同你相处；为了你，我可舍弃一切！"

"那你就弃暗投明，到新中国来！"

"敌特很凶残，会派人杀掉我的！他们还拍了我很多裸体照片，他们会把这些照片撒遍你我所在的城市。杀不掉我，他们也不会让我安生。而你若跟我到境外去，大陆则不会派人到境外追杀你。在那儿，我们才能幸福地生活在一起。"

"秋月，你还是不了解我，杀了头我也不会跟你去的。要去早在新中国成立前就去了！"

"陈右军，你真铁石心肠，也很狼心狗肺。为了你，我性命都可以不要，而你却不肯了却我的心愿！"

张秋月把渔具一摔，只身走了。

晚上，张秋月从东屋溜进西屋。

陈右军和衣坐起来，张秋月偎上去。陈右军朝里坐了坐："我们说说话吧。"

"我知道你想听什么。我把我所知道的国民党特务潜伏的情况全都告诉你，你能否答应好好陪陪我？"

"别说那么多没用的。你必须无条件地把你们的情况全部告诉我。否则，你我都不好收场！"

这时候，屋顶上落下了几块石子。张秋月骂了一声："狗东西！"就回到了东屋。

陈右军不知她是在骂扔石头的人，还是在骂他。

第二天，俩人又一起爬山、钓鱼，一起回忆了很多女儿岛往事。她又讲了那个荆棘姑娘的故事，然后去找了那眼泉水。泉水早已干涸，她在泉眼旁哭了一阵。

晚上，张秋月又来到西屋，俩人坐在土炕上，谁也说服不了谁，一直僵持到天亮。

张秋月说："你杀掉我吧。你不杀掉我，我会干掉你。这是我这次大陆之行的最后一个使命。策反不成，必灭之。即使我不下手，也会有人要你的命！"

他泰然一笑："我还真不忍心杀你。你是政府的罪人，应由国法惩治。"

"你不杀我，那你就在这孤岛上等死吧。"张秋月下炕离去。

第三天上午，他二人由渔民领着，看了他们当年设在岛东的一处报房，下午就各自分开闲转去了。

果然，晚上就出了事。先是有黑影在西屋窗前闪过，随即有人推门进得屋来。陈右军躲在墙角里，看不清来人是不是张秋月。来人朝土炕上开了枪。陈右军正欲还击，屋外又进来一人，朝那个人射击。那个人应声倒地。后来者喊道:"右军,你没事吧。"这是张秋月。张秋月朝倒地之人又补了一枪。

这时,又冲进来两个人搂住张秋月,下了她的枪。

被张秋月击毙的是她的同党。这同党先于她与陈右军一天上的女儿岛,他的任务是,如若张秋月规劝陈右军不成,便协同张秋月干掉陈右军。但他没有想到,张秋月会在背后开枪干掉他。

最后进来的那两个人,是政府部门派来保护陈右军,缉捕张秋月的。陈右军来女儿岛之前,已将全部情况报告公安部门了。

接下来发生的事情就简单了。

张秋月被政府关押,她交代了所知道的全部情况。根据她提供的线索,又破获了三部潜伏台,抓获了十余名潜伏特务。

在张秋月知晓范围之外,各地还隐藏了一些零星电台。这些特务十分狡猾,经常变换发报地点,所用密码也极为复杂,令陈右军绞尽脑汁也终未破译。

有关部门对陈右军施压,不破译敌台密码,就不许他继续去海洋研究所。自从张秋月被关进牢房,陈右军对海豚愈加痴迷,经常坐在池边读电码。他曾几次提出要见张秋月,都未获批准。

这个时期,陈右军把全部激情都投入破译那部难啃的敌特密码上。他一度感到生活甚是无趣,苦闷至极,又无处发泄,就向密码发起了攻击。他多次变换战法,使尽曾屡用不败的手段,都奈何不了那座顽堡。他感到自己破译生涯走到了尽头:"我陈右军黔驴技穷了!"他的精神世界开始混乱无序,几乎到了疯狂的地步,又时常不可救药地想起女儿岛,想起女儿岛上的海豚趣事。当然,他也重温了与张秋月那段友情交往,还回忆了最近一次在女儿岛上的三天三夜。

陈右军被该死的密码几乎逼到绝境。这天上午,他突然提出一个要求：同张秋月一同破译这个密码。领导说，组织早已派人把这部密码素材送到张秋月手里，以减刑为条件让她破译，可她至今也未能攻克。陈右军说，抗战时期，他俩曾有不少合作成功的战绩，再次合作，可能会成功。

有关部门权且把死马当作活马医，在监狱里为张秋月和陈右军腾出一间特殊牢房。白天他二人死守在一起破译密码，晚上张秋月则被带回她的牢房。

这座密码堡垒极其顽固。陈张二人彼此调动各自的潜在智力，充分运用超强合力，一点点啃食着这块硬骨头。他们的心相通了，他们的灵感交融在一起，一次次碰撞出耀眼的火花。整整奋战三个月，终于攻克了这个顽堡。他俩没有欢呼，没有狂跳，甚至没有吭一声，几乎同时产生了一个念头："暂不告诉领导密码已破译，让我们再过一段这种相聚共事的日子。"然而，陈右军最终放弃了这个想法：晚一天拿出情报，敌特就多存活一天，就多搞一天破坏活动。于是，他"咚咚"捶门叫道："破了破了破了！"

几位领导推门而进，张秋月把一堆密码情报呈上，恋恋不舍地看了陈右军一眼。就这一眼，陈右军说话了："情报你们先急送上去，我俩还得继续合作，务要把敌特的密息密情及密码编码规律再总结一下，不然，接下来再碰到敌特新密，还是不能在第一时间形成破击力。"领导忙说："很重要、很重要！继续干、继续干！"张秋月目光火热一闪，一捂嘴，差点儿笑出声来。

领导走后，陈右军痛苦地说："这部密码已经耗尽了你我全部智力，以后我是再也不碰这该死的密码了。我的知识储备已经枯竭，我的技术水平落后了。现在通信技术发展迅捷，密码编码水平长进太快，我真的感到跟不上趟了。这次，要不是有你辅佐，这块硬骨头我到死也啃不下来。"张秋月劝他："别这么悲观嘛。我俩到底还是拿下了一个顶级高堡,并且很快还会总结出一套破译规律和经验。"陈右军抓住她的手："我斩获密码的智力可能真的枯竭了,但我希望你能在攻克敌特密堡中大显身手。首先你要从思想上真正成为一个革命者。这一点无比重要。你曾先革命、后投靠敌特,可我知道你为敌工作的态度并不坚决,你头脑中并没有敌人的信仰。你心中的革命理想一直未泯灭过。那个火种不时在你心房蹿出火苗。我相信,秋月是好样的。"听罢此言,张秋月眼泪都下来了："有人说,最宝贵的崇拜和仰慕就是成为他。这些年,潜藏在我心里的感受就是这样。我要成为你,我真的要成为你！你未竟的事业,我会坚定不移地承袭下去。我有这个态度,不需要铺垫,也不突然。这些年,这一切,都早已埋在我的心底深处。信不信由你。"陈右军也已泪流满面："我信,我真信！"

后来,鉴于张秋月在破译敌特密码中的良好表现,她获得了减刑奖励,但仍需在监狱度过九年时光。张秋月间谍潜伏案告一段落,让陈右军极为遗憾的是,当年未能识破香港来的那两个所谓海洋生物专家的真面目,放跑了两个大特务。

之后,陈右军又回到特情部门工作,可再也没有破译一部密码。他渐渐从机要圈里淡出,逐步离开了特情工作。上面给他提出要求,保守住自己以往所经历过的秘密事项。这成了他以后唯一的工作禁律。

密码破译职业背景十分复杂。它常年用冷酷执拗的态度,向它的所属人员发布保密、保密再保密的训示,直到把保守秘密的意念,培养得胜过自己的生活习惯,成为自身第二天性和真正的本能。陈右军始终处在这种令人窒息的保密氛围中,从未对他圈外熟悉的人提起自己的身份,久而久之形成了牢不可破的职业特点。这是职业戒律所要求的,无人敢突破。领导找他最后一次工作谈话,说的便是："你要告诉自己,你的过去是一场梦，醒来要忘个一干二净，不能再对任何人提起，甚至也不能再对自己提起！"

是啊，对不再从事破译工作的陈右军来说，这就是一场梦。不，还不如一场梦。梦醒了，还可以对睡在身边的人说，我做了一个怎样的梦。而这个梦做了要像没做一样，死死地封存在自己的脑壳里，千万别让它探出头来。他明白：他们这些特殊的做梦人，一定要耐得住寂寞，从心底深处彻底忘掉过去。否则，各种各样的麻烦将与你纠缠不清。

陈右军同"与世隔绝、单调乏味、沉默无语、绝对保密"的机要生活告别了，不能再靠近那个神秘机构半步。然而，他时常接受着那个神秘机构各种形式的监督。

陈右军又回到了海洋生物研究所。刚一到，他就发现私自跑到这里参观的人不少，有人竟然还用木杆引导索妮表演水上迪斯科。他大喊："停下，快停下！"他下到池里，搂着索妮仔细察看。索妮对多日未见的老朋友十分热情。显然，它还牢牢记着与陈右军之间的友谊。

陈右军落汤鸡般爬上水池，先是兴奋地原地转了两圈，还无声地笑了两下，然后，冲持木杆的人大叫道："索妮已经怀孕足月了，你们怎么还残忍地让它做腰部剧烈运动！索妮要是有个三长两短，我跟你们没完！"

这是一个意外惊喜，也是一个重大成果，继而成了陈右军的精神支柱。在他心里，索妮怀孕不亚于他破开一部高级密码。

那一天，索妮就要生产了。爱豚如命的陈右军跪在池边，目睹着索妮生产的全过程。他默默祈祷索妮母子平安。

很快，幼豚尾部先露出母体，然后是娇小的身体。当全头全尾滑进水中后，紧贴在身体上的背鳍和侧鳍渐渐展开。索妮拱护着幼豚游向水面，小家伙张开出气孔，完成了来到这个世界上的第一次呼吸。半小时后，小海豚就游动自如了。

陈右军这才长长地呼出一口气，双手捂住脸，竟嘤嘤地哭起来。

这是一头可爱的小家伙。它一刻不离地贴着妈妈的身体，一步不落地跟着妈妈在池中慢游。索妮对小海豚呵护备至，十分警惕，就连同它感情深厚的陈右军也不让靠近。因此，产后半月，他都无法分辨小海豚的性别。

这些日子，陈右军心情难以言表，恨不能时时刻刻守在海豚池边。他的视线一刻也不愿离开索妮母子。

小海豚在索妮身边无忧无虑地游来游去。当它显出疲惫时，索妮就会及时过来帮助它，把它轻轻托浮于水面呼气、休息。

索妮给孩子喂奶的一幕，使陈右军触目惊心。幼豚没有嘴唇，不能吮吸母乳。想吃奶时，它就会用吻突轻轻地碰撞一下索妮的肚皮。心有灵犀的母亲，仅在幼豚轻碰一下之后，就把隐藏在腹沟内的两个乳头露了出来，把乳汁准确地射到幼豚恰好张开的嘴里。

陈右军感慨万千，宇宙间任何动物都有伟大的母性。对幼子的母爱，是没有物种区别的。这是天性，这是本能。

多日后，正当陈右军被海豚母子共享天伦的情景深深感染时，一件让人难以想象的事情发生了。这事来得太迅速，太突然，太惨不忍睹，太不可理喻，太让人脑筋转不过弯来。

这一天，陈右军心情极好地坐在池边看海豚母子嬉游。母亲招引孩子，时而拍拍孩子的小肚皮，时而挠挠孩子的后背，时而扯下孩子的小鳍手，时而亲吻孩子的小脑门。孩子兴奋异常，"吱吱"地叫着围着母亲撒欢，还不时仰泳于水面，展露出娇嫩的白肚皮，唤母亲过来抚摸。

母亲与幼仔玩得很投入，父亲却孤苦伶仃地在一边无聊地闲逛。自从幼豚出生后，母亲就中断了同父亲的嬉戏。母亲的心思和柔情都倾洒到孩子身上，似乎幼仔成了它的唯一、成了它的寄托和全部生命。

不一会儿，幼豚离开母亲独自游向一边玩耍去了。在陈右军眼里，这是幼豚第一次脱离母亲呵护而单独行动。它自由自在地游着，渐渐向父亲靠近。父亲不动声色地慢悠悠地转着圈子，似乎一直在等待着自己的孩子前来同它温存。

幼豚游到父亲身边，同样把白白的小肚皮露出水面，展现给父亲看，唤引父亲过来给它挠痒。父亲过来了，轻轻用喙嘴把幼豚顶了几个滚儿。幼豚"吱吱"叫了几声，又撒娇般地把小肚皮呈现于父亲眼前。

这时，雄野张开喙嘴，一口咬住并举起了幼豚，用幼豚的身体拍打水面，一下，又一下，再一下。到这个时候，陈右军还以为雄野在给幼豚玩一个索妮从来没有玩过的游戏。接下来发生的一切，使他的思绪骤然分了岔。

雄野紧紧咬着幼豚，举得一次比一次高，拍击得一次比一次重。暴怒地举起，恶狠狠地摔打。反复上下，无休无止。幼豚白嫩肚皮与水面猛烈撞击的响声、幼豚"吱吱"的惨叫声，刺痛了陈右军的耳鼓，水面上泛起一股血红，扎疼了陈右军的眼睛。

"这是一次残忍的杀戮行动。"陈右军脑袋里闪出了这个概念。他不知所措，急得在池边原地转圈，冲雄野吆喝不止。此时的雄野，根本没把他看在眼里，继续狂暴地拍打幼豚。

这时，陈右军撕心裂肺地狂叫开来："嗒嗒嘀嘀嘀，嘀嗒嗒嗒嗒，嗒嘀嘀嘀嘀，嗒嗒嗒嗒嗒，嗒嘀嘀嘀嘀。嗒嗒嘀嘀嘀，嘀嘀嘀嘀嘀，嘀嗒嗒嗒嗒，嘀嗒嗒嗒嗒，嗒嗒嗒嘀嘀……"他似乎进入了一种疯癫状态。可若有内行人在场，一听便知，他读出的这一串串"嘀嗒"声是摩尔斯电码：7160 6851 1816 0145 0656，4792 1200 1816 0637 2405。用标准中文电码译过来便是："雄野快住口！索妮快去救！"听到电码声，雄野愣了一下,遂放开幼豚,蹿至索妮那边"咔嗒咔嗒"窃窃私语一阵,似乎还亲昵了一番。陈右军停读电码,索妮拱了雄野一下,雄野又蹿将过去死死咬住幼豚。

陈右军跳下水池,奋不顾身地向雄野游去。雄野放开幼豚,急速冲向陈右军。它把喙嘴当作棍棒舞动着,冲撞着,搏击着,陈右军顿时觉得肋骨和右腿一阵剧烈疼痛。他看到雄野凶恶地张开了嘴,便慌忙爬上池来。雄野迅速返回,又一口咬住浮在水面上的幼豚,重复起了它的杀戮行动。陈右军又赶紧读起了电码,奇迹再次发生,雄野放开幼豚,又跑到了索妮那边,彼此又发出"咔嗒咔嗒"的叫声。管理人员跑过来,拿了渔网兜住雄野、索妮。陈右军电码声一停,雄野狂躁而起,冲撞渔网,试图再次冲到幼豚那边去。

这时,池中已是一片血红,幼豚渐渐沉到池底。大家游过去,把幼豚抱上池来急救。海豚池中恢复了平静。

陈右军呆坐在池边,出神地望着池中游动自如像什么事都没发生过的海豚夫妇。他想不明白,雄野为什么会突然采取杀婴行为;更想不明白,为什么在雄野实施暴力时,索妮竟然无动于衷,依旧在水池另一边悠闲游动,慢条斯理地翻滚着身体自得其乐,好像眼前一切都与它无关。此时,索妮的母爱哪里去了?甚至,有迹象表明,索妮、雄野似乎是在共谋杀婴。

陈右军思绪乱了。他难以考虑清楚,多年来海豚在头脑中留下的美好印象,与眼前如此凶残的杀婴行为之间有什么联系。确切地说,他难以接受眼前发生的一切。然而,不幸的事继续着不幸。因幼豚受伤严重,经全力医治无效,五天后死亡。

本已在密码破译中智力枯竭的陈右军,又受到海豚杀婴行为的刺激,继而遭到痛失幼豚的打击,脑子一下子没转过弯来。从此,他那迟钝了的智力快刀劈向歧途，沉浸到无底的精神泥潭中不能自拔，他疯掉了。他连续七天七夜打坐在海豚池边，不说不哭，不躺不睡，每天只进食一点米汤，嘴里却不停地念叨"嘀嘀嗒嗒"，还不时地说："雄野、索妮能听懂我的电码声，女儿岛上的海豚嘀嘀、嗒嗒也能听懂我的电码声。"这天半夜，他昏死过去，被送进了一家大医院。他苏醒后，依然电码声不离嘴。之后，又被送进那个特情部门的内部医院治疗。上面为预防他说疯话而泄露机密，没有直接把他送到精神病专科医院，直到发现他虽疯了却从不胡言乱语，甚至很少当着人的面再开口讲话，才把他从内部医院接出，送到本地一家精神病专科医院医治。

院方并不了解这个病人是何等大人物，只知道是上面关注的特护病人。这病人是个文疯子，不打不闹，不哭不笑，每天只是埋头深思，似乎有永远思考不完的问题。

一年后的一天上午，精神病医院众医生目睹了陈右军发病时一次惊人的表现。这是一场他同隔墙女病区一个女疯子共同表演的疯戏。

十点多钟，暖洋洋的阳光，清新可人的郊外空气，笼罩着院内男女病区正在散游的病人们。显然，这是病人放风晒太阳的时间。

低头散步的陈右军走一步、停一步，停一步、想一步，有时一步迈出，脚却停在半空，仿佛一个问题已经爬出脑壳，生怕脚一落地那欲念就会跑掉。他踱到墙根，面壁而立。突然仰起头，一副要对天长啸的样子，可并未大喊大叫，嘴里却发出一串串谁也听不懂的音符。不一会儿，隔墙女病区也传来一阵与此呼应的声音。那也是一串串杂乱无章的阴声怪调。

一对男女病人，一阵此起彼伏的古怪对答。没有人能听懂他们在说什么。周围的精神病人，没有被这一怪异现象吸引，都各自在角落里玩着自己的把戏。有医生走近陈右军，仔细看着听着。他目中无人，痴呆的目光直盯着天空，嘴里依旧节奏变幻莫测地发着那种古怪声调。

半个多小时后，他停下了嘴巴，却不知从哪儿弄出一石块，又节律分明地在墙上敲打起来。墙那面也有了相应敲打。

这种情况以前也出现过几次，医生次次都没收他的石块，可他又一次次不知从哪儿弄到石块。精神病院里是见不到这种石块的，可他能在医生严密监视之下，变戏法似的弄到。

又过去半小时，他才把石块抛上天空，落在一个呆若木鸡的精神病人背上。有医生赶快抢到石块扔出院外。

不久，有人突然觉得，陈右军嘴里发出的是一种发电报的模拟音，石块敲击墙的也是一长一短的电码声。在一些电影里，人们听见过这种"嘀嘀嗒嗒"的发报声。真的发报是用发报机电键，而他和那女疯子是用嘴和石块模拟发报。

医院警惕性很高，把这一情况报告了公安局。上面来人观察一天后，就把女病区那个病人提走了。那正是服刑中患了精神分裂症的张秋月。

来人把张秋月提出医院大门时，她突然说："陈右军没有疯，他的表现，是一种有别于正常人的高智能行为，是一种类似外星智慧物种的常态活动。这种行为，在常人眼里就叫疯子。实际上，他并没有真正疯掉。如果谁想以他为标本而研究人与外星智慧物种之间的联系，那将有重大的科研价值。"

医生说，种种迹象表明，这对疯子在念叨别人听不懂的音符时，头脑是清醒的。上面下来调查的人，越发对这对怪人的疯病，百思而不得其解。这事传到科学界某权威机构，最终给了一个显而易见的结论：这对疯子关于外星智慧物种的奇谈怪论，纯属疯人说疯话。

有了解陈右军过往经历的内部人士也给出一个结论：一个靠脑袋破

译密码的电讯专家，以被俘人员的身份，在敌营中为抗日战争的胜利尽责多年。这一独特而尴尬的作为方式，使他心智受到莫大损耗，神经极为脆弱。他带着伤痕累累的职业习惯和思维定式，以极端错乱的方式闯入另类智慧物种的迷局，试图破解海豚语言交流系统，并狂想用海豚语言实现人类通信加密联络。最终，是那次对海豚杀婴事件的不解，摧毁了他那一碰即断的神经线。

42

1955年春天悄然而至。这一天，乍暖还寒的春风，挟裹着一个衣着朴素的中年女人，从上海市政府大门急匆匆走出。她昂着头，沿街走了一段，来到一个电车站前等车。冷峻的眉眼透出一股阴郁之气，罩住了她那张平静如水的脸。街道上车来人往，时有刺耳的急刹车声伴着几句不堪入耳的叫骂声传入她耳鼓。她朝一个方向看着，并不理会眼前发生的一切。电车停在面前，她脖颈依旧僵直地朝着一个方向，一直到坐上车，到下车朝家走，都是这一个姿势。

一个二十多岁的女人给她开了门。进得门来，她坐在椅上，依然硬着脖颈，一言不发。年轻女人递上一杯水，小心问："妈，情况怎么样？有没有爸的消息？"

中年妇女从嘴角溜出一句话："有消息了，他在海滨市精神病院。找了这么多年，终于有了信，却是一个如此残酷的结局。我觉得，这已经不错了。他经历了那么多灾难，居然还活在世上。以前更多的时候，我以为他真的死了，但有时又感觉他还活着。果然，他还活着。活着就好。疯了总比死了好。"她声调平静如微风，毫无起伏波荡。

年轻女人却激动异常，一口浓浓的闽南话越发刺耳："妈，这是怎么回事呀？我爸怎么会得这种病？他大风大浪都过来了，还有什么想不开的？"

"他为什么就不能得这种病？只要是凡人肉身就有患各种病的可能。更何况，你爸多年从事高智力、重脑力工作，在那个特殊领域奋斗了大半辈子，最终耗尽了脑汁，神经脆弱，随便一个什么刺激，都有可能击垮它们、搅乱它们，使它们短路，使它们错乱，使他精神失常。君军，我们要面对现实，尽快去看你爸。"

"我盼这一天盼了多年。我长这么大还未见过爸哩。"

"你很小的时候，本来是可以见到你爸的，可那个高势能抢在我们前面，把他抓走了。"

"高势能是谁？他为什么要抓我爸？"

"你爸的事一天两天说不清楚，以后我再慢慢讲给你听。现在准备一下，我们吃了午饭就去看你爸。"

中年妇女就是赵素雅。上海解放后，人民政府把她安排在帆布厂工作。她一边兢兢业业地做事，一边苦心寻觅自己的亲人。每年都到政府有关部门查询陈右军的下落，却年年得不到消息。陈右军一直在国共两党的特殊行当做事，是个神秘人物，一般的部门确实不知道有这么一个人，而有的部门虽知道他的某些情况，却一直严严实实地瞒着，不肯如实告诉她。直到1955年春天，也就是陈右军患精神病住院两年之后，有关部门才把相关情况告之家人。在此之前几年间，赵素雅还曾三下江西，寻找早期寄养在那里的女儿小军军。终于，在去年冬天，在吉安城一所中学里找到了陈君军。今年春天，赵素雅生了一场病，陈君军请了长假，急匆匆赶到上海陪母亲医病。陈君军看出母亲的病多在心病，抑郁成疾。她不知根源何在，劝说母亲不能就这样一人过一辈子，该找个伴了。母亲听罢，大声叫道："这话仅说一次，再提就回你的吉安城！"说完，一人走出了家门，又到市政府相关部门走了一圈。这一次，她如愿以偿地得到了陈右军的消息。

赵素雅和陈君军赶到海滨市精神病院，是第三天上午。这个上午阴雨绵绵，通往郊外医院的土路泥泞不堪。母女俩下车步行了两三公里，才到了这家医院，鞋子和衣裤都沾满了泥水。赵素雅脸上还溅了几滴泥点子。她掏出手绢，示意君军找点水把手绢弄湿。她把脸上泥污擦干净，又理了理散乱的头发，整了整衣领衣角，这才进了陈右军的病房。

陈右军盘腿坐在床上，正全神贯注地叠着枕巾。他展开叠上，叠上又展开，不厌其烦地重复着这一动作。他未被来人惊扰，医生叫他，他依旧埋头干事，像没听见似的。

赵素雅稍远一点站在那里，静静地看着陈右军，不一会儿眼里就浸满了泪花。

陈君军走上去，抓住了他的手，连连叫着"爸爸"，叫着叫着就呜咽起来。陈右军并没停下手中活，只是嘴里"嘿嘿"笑了两声。

赵素雅擦干泪水，走过去，扳过陈右军肩膀晃着："右军，右军，我是素雅。你抬头看看，我和女儿小军军来看你了。"

晃动中，陈右军看了赵素雅一眼，脸上没有露出异样表情，然后，又低头玩起毛巾。赵素雅又"右军右军"地叫了一阵，然后，就慢声细语地说了一阵话，说的都是她与他相处时难以忘怀的事。

陈右军依然如故，无动于衷。赵素雅抽泣起来，随即呜呜大哭了一通。陈君军也陪着母亲哭，同时观察着父亲的表情。

这时，医生说："要想让他从反复做的某一件事中走出来，只有一个办法，就是读密电码。一读密电码，他就会有反应，有时反应还很强烈。"

赵素雅停住哭声，静了静气，便清脆地读了一串电码。读着读着，就见陈右军放下了手里活计，慢慢抬起头，四处张望一阵，从床上站了起来。他盯了一会儿那张读电码的脸，突然一下子跳下床，和赵素雅面对面地站在一起，直直地盯着她看。

赵素雅不停地读着电码，泪水泉涌而下，流进了张合不停的嘴里，滴在了剧烈起伏的前襟上。她在心里叫着，右军认出我来了，右军认出我来了。我们一家三口终于团聚了。右军，我好高兴呀。

这时，陈右军伸出双手，死死地抓住了赵素雅肩膀，然后，吐出了一串清晰可辨的电码声。

赵素雅说："右军，我是素雅，这是女儿小军军。你开口说话呀，右军。你说话呀，右军。"

陈右军接着电码的尾音嘟哝道："秋月，秋月，嘿嘿，秋月。"

赵素雅木头人般愣在那里，嘴巴张着，泪水成了直线。

陈君军轻声问："妈，秋月是谁呀？"

赵素雅撕破喉咙般大叫一声："她是个鬼！她是个勾走你爸心魂的女鬼！"说完，快步走出病房。

陈右军望着女人远去的背影，伸出去的双手慢慢放下，突然，一把抓起桌上一个搪瓷碗，在墙上节奏分明地敲打起来。

医生对发呆的陈君军说，他敲击的也是电码。

陈右军在急促的敲击声中，看到从他眼前走掉的那个女人并没有回来。他就这么一直敲着，直把饭碗敲扁敲坏。

陈君军追出医院，看到母亲大步朝前走着，脚抬得高高的，地上泥水溅起，溅满了她那涨红的脸。

陈君军猜测，秋月肯定是一个走进父亲心底里的女人，一个父亲永远撕扯不掉的女人,一个与母亲在情感世界里不共戴天的女人。

回到家,陈君军说:"妈,爸已经是一个疯人了,你没必要和他较真。"

"这还用你说?我又不疯。"显然,赵素雅已平复了心情。

后来,母女俩又相继到精神病院多次,只是不再读电码。赵素雅总是远远地看一会儿那疯人,然后,放下些衣物和吃食,即转身走人。

又一年春暖花开时,赵素雅去监狱探望了张秋月。看护人员告诉她,张秋月一年多前疯过一次,现在基本上好了,没再犯过病。

赵素雅突然出现在张秋月面前,张秋月愣怔一会儿,悄声问:"你是鬼还是人?"

赵素雅冷冷回答:"你才是鬼!秋月,我还活着。多年来,我一直没有停止过寻找你和陈右军。"

"找到了又怎样?一个犯人、一个疯子,一旦进了牢房和疯人院,就什么故事也不会有了。他是痛心那死去的小海豚才疯了的,他是痛心海豚杀婴才疯了的。"张秋月一脸古怪的表情。

"不!他是为你而疯的。你别把我也当成疯子!"赵素雅也怪里怪气地说。

张秋月躲闪过她的眼神,羞涩地笑了一下,又轻声说:"他都成了一个疯人,我俩还为他争什么风,吃什么醋呀!"

赵素雅也笑笑:"看来,在这场旷日持久的争斗中,我是失败者,你是赢家。"

张秋月不再作声。

"秋月,这些年,我很想你。我们姐妹一场,有过生死之交,到什么时候都不能断了情义。我们还要和这个活着的疯男人,一同在这个世界上好好活着呢。风风雨雨的，你我能有见面这一天已经不容易了。你要好好改造，争取早一天出狱。我会经常来看你的。"赵素雅眼睛有些发潮。

张秋月欲言又止："其实，右军这种病不一定就叫疯病，或者说，是一种特殊的疯病。你可要常去看看他呀。"

"那当然。"赵素雅说，"再怎么说，我和他在吴晗镇、在上海租界，还有过那么两段恩爱生活。"

"在这一点上，你是赢家。他不肯给我一天夫妻般的恩爱生活。"张秋月瞟了她一眼。

赵素雅叹了口气："陈右军是个大怪物。他把你、我还有海豚，都当作爱人爱过，可又没有给谁一个完整的爱。"

分手前，张秋月让赵素雅下次再来时，到书店买点海豚方面的资料。"我在牢里很寂寞，用那些资料解解闷，打发打发时光。我平生最喜欢的动物就是海豚。"

赵素雅苦笑一下，答应了她。

赵素雅再来时，带了张秋月所要的海豚资料，其中一个最新资料里，介绍了雄豚杀幼豚的原因："在海洋世界里，雄性海豚杀婴并不是罕见现象。因为雌性海豚在哺乳期间不会发情。雄豚杀死幼仔，目的是中断哺乳期，迫使雌豚尽快恢复发情功能，达成与雄豚性交流。"

赵素雅说："对海豚杀婴现象百思而不得其解，是陈右军疯掉的诱因和导火索。他没有看清，雄野杀婴和索妮对杀婴行为的视而不见，本质上是由海豚的兽性所决定的。海豚再怎么好，再怎么智慧，它们也是兽。兽就是兽，是兽就有兽的本性，如若把它们当成人来看待就会出问题。某类人身上也兽性十足，不然就不会有侵略战争，以及在战争中对无辜百姓的大屠杀。当然，某类人身上再有兽性，他也是人，是人便尚存人性。当年，陈左军害我、害贴儿、害军军等行为，便是兽性大发；后来，他则退赃款于达胜庵，又曾救我、救右军于危难之中，便可能是人性复苏，也可能与信仰因素有关。总之，导致陈左军穷奢极欲、失道妄行，又举止多变的根由极为复杂，三言两语是说不清楚的。"

"说不清楚就不说他了。咱说点别的吧。"张秋月说，"抗战胜利后有一年，我曾奉保密局之命，到广东一带公干。在那里，我听说了你参加抗日游击队时的英雄事迹和那首很美很美的歌谣。"

赵素雅没有留意张秋月说这话时的暧昧表情，说："好汉不提当年勇，还是说说眼前吧。现在海豚杀婴的原因找到了，我要把这篇资料拿给陈右军看，也许能使他的病有所好转。"

张秋月却说："海豚杀婴行为，不一定就是导致陈右军得那种怪病的真正原因。一个人精神世界的变异是很复杂的，也是很微妙的。治病要找到病根，他病根不在海豚身上。况且，这篇资料只是一家之言，缺乏充分的科学依据。"

赵素雅说："复杂也好，微妙也罢，其实里面都涵盖了一个简单道理。你的意思我明白，你是说只有你张秋月才知道他的病根，才能治好他的病。"

张秋月说："你这种正常人的推理，对一个怪人来说是无效的。诡道多多，鬼才知道他哪条神经搭错了线。"

赵素雅不想再提这个话题，却掏出了一张照片给张秋月看。

这是一张赵素雅和陈右军的合影，是在精神病院照的。陈右军目光呆滞，嘴角却流露出一丝怪异的微笑。赵素雅挽着他的胳膊，脸上堆满了类似幸福的笑容。照片背面是一首题于春天的小诗，落款是赵素雅。

张秋月拿着这张照片，反过来正过去看了许久，最后无声地还给赵素雅。

赵素雅望着张秋月笑了笑，意味深长地读起了那首小诗：

春天，和我的心在一起，

二月的蓝波，三月的青峰，

草地的柔嫩，柳眉的翠绿，花容的芬芳，

相约去寻觅，君的气息，君的风韵，君的灵魂。

春天去了，又来了，

阳光下，和风中，华彩飘动着，

那个永久的约定，和烽火岁月的镌刻。

读完，把照片随那篇资料一同装入了牛皮纸袋。

片刻，张秋月说："一年多前，我到精神病院看望过他。我俩有过好几天的心灵交流，彼此聊得很深、很畅快。不过，我没有见到他人，我们是隔墙而谈的。我是个服刑犯人，能获得和他交流的机会几乎等于零，可以说我是费尽了心机，假装患了精神病，才得以进到精神病院。那次，我就发现他有时是明白的，尤其是在特殊因素刺激时，他和正常人没有什么两样。"

赵素雅那意味深长的笑意迅速隐退，手里的牛皮纸袋"啪"的一声掉在了地上。片刻，她自言自语地说："爱情是把双刃剑，既能使人痛苦一生，又能使人幸福一世。"

突然，张秋月读起了关于颂扬赵素雅的九句歌谣，然后说："多么好听的歌谣呀。这正是，何人口碑传九句，民间自有人心在！但是，在和陈右军最后一次上女儿岛时，我却没把这九句歌谣唱给他听。是的，我压根就不想让你的良好形象进入他心里。"

听罢此言，赵素雅冲牛皮纸袋猛踢一脚，直踢得纸张满天飞扬。随后，又把照片和纸张一一捡起，抱在怀里，似是笑了笑："我想，总会有那一天的。你不是说他时有明白，明白得像正常人一样吗？你不唱给他听,我去唱给他听!"

广州城,看赵家,巾帼翘楚赵素雅。
鹅蛋脸,丹凤眼,两弯细眉盯汉奸。
娇柔中,透刚强,专打眉心神枪王。
菜藏枪,滚瓜弹,炸门枪点鬼子官。
俏削肩,水蛇腰,丰胸窄臀钻洞灶。
高鼻梁,涂洋脂,粉面凝腮说洋语。
上海滩,逞英豪,提枪追着敌特跑。
七洞衣,没勋章,无愧党心披身上。
丹唇启,芝麻牙,英雄无名笑春花。

隐秘
The
Secret
Life
人生

番外

重述外婆

那一阵,外婆在战场上的骁勇身姿,变成了在电台前一坐十多个小时而不动的闷头匠,耳机不离头,手指不离笔,耳捂里的汗水能倒成水流,手里的铅笔每天要磨秃五六个笔头子,笔下流出的密报纸张日日用箱装。那公,她把空中的无线电波抓在手中、装入脑里,而后会给组织提供些什么呢?

番外

重述外婆

1

　　细心的读者一眼可见，我始终是以焦灼的眼光来审视外婆一生的。是的，我承载着过多的心理负担，一心想客观全面地完成探讨外婆命运的使命，急于给母亲心中的外婆传记打个结。眼前，又以"重述外婆"的方式和另一种语言风格，撒把沙子灌灌缝隙，这仍是那种焦灼迫急心情所驱使的，生怕自己写得欠扎实，把某些重要内容遗漏掉。真是怕啥来啥，在一个偶然的机会得知，果然就漏掉了一个重要片段：外婆的生命轨迹，在抗战胜利后那几年是空白的。有确切的秘密档案（已部分解密）证明，这却是外婆一生中最重要、最隐秘的人生阶段。该阶段竟然连我母亲也毫无所知。可见外婆生前绝对闭口未谈过这一段神秘经历。

　　故事还得重述外公陈右军几句。抗日战争胜利后，陈右军坚决反对内战，誓死不搞共产党的情报。敌特工总部惜才而未舍得下手除掉他，却动了不少脑筋，一再巧施计谋发挥他的技能技术特长，说："国共眼见着打得火急，陈先生若想眼不见心不烦，香港地界上有一差事倒是本职使然。那里残留有日军特务电台，尚具垂死挣扎之势，我需除恶务尽。此差，陈先生是不二人选，义不容辞。"陈右军没犹豫，闲着也是闲着，那就去打它个小鬼子！

　　日本帝国主义投降后，英国接收了香港。英军加强了对香港的管制，国民党特工组织派出的陈右军工作小组，也必须以秘密方式架设无线电侦测设备，非公开地对日特电台实施侦听破译。陈右军的战斗激情被充分调动起来，进驻香港不到一个月，即破获了两部日特潜遗台。后来，工作组侦听人员又陆续盯死了两部可疑电台，并抄收下大量密报，均一一送到陈右军破译室。对这批密息资料研究了十余天，陈右军被碰得头破血流，也未能撬开密报的密码缝隙。但他总觉得里面像是藏有某些似曾相识的东西，可又迟迟捉不到那是些什么。这一天，陈右军罕见地进了侦听室，替下侦听员，亲自听抄了一个晚上。在黎明之前，他踉跄地走出了侦听室。接下来的整个白天，理应是他睡觉休息的时间，他却一个人在破译室密报堆里折腾了十多个小时，晚上也不出屋，继续折腾。夜深了，他出门去了趟厕所，回来后正赶上停电，他让人拿来油灯接着干，嫌一个油灯不够亮，又要来两个，却还说太暗，看不清乱码。同事们都知道，破译师大都有些怪毛病，其言行举止常常不可理喻，但越是这一刻，越可能是攻下密码堡垒最后一关的时候。于是，就顺了他的心，又抱来两个大汽灯。这下，陈右军消停了。他把人赶出去，插紧门，埋头在贼亮的灯光下突击攻关。

夜深人静之时，一个女侦听员从破译室门前路过，闻到有焦煳味从门缝里溢出。陈大破译师是从不抽烟的呀。当火苗从门缝蹿出时，这个女侦听员才知道发生了什么，喊叫，砸门，率先冲了进去。屋里已是一片火海，而陈大破译师竟然还趴在桌子上呼呼大睡。拉起他的头，发现并非酣睡，而是已被烟火熏晕。女侦听员使出了男人的劲，把他拱在背上挪出门外。这两个火人在走廊里滚了几个来回，严格地说是女侦听员搂着陈大破译师滚灭了火苗。这女侦听员和赶来的同事又一起冲进破译室，然而一切都晚了，火已势不可当。桌椅板凳烧了不值几个钱，可那几包密码密报资料和陈大破译师近来的研破成果价值连城。头头站在楼梯口捶胸顿足，唉声叹气，却忘了把昏迷不醒的陈右军送医院。那个女侦听员又把陈右军拱在背上，喊道："快叫车！"

最终，陈右军身体无大碍，上峰却揪住这次失火的原因不放。头头说，在上海时，陈右军为拒绝任务已自杀未遂过一次。这次，又以自焚的方式拒绝为党国效命，竟然还让宝贵的密息资料给他陪葬。这是个大事儿，必须严查严办！陈右军人缘好，与人为善、成人之美是他的交际原则，平时又把物质的东西看得极轻，有多个同事因他而得到过不少额外利益。所以，这次那几个冲进破译室救人灭火的同事都证明，陈右军是连续昼夜奋战，累极了，困极了，趴在密码纸上睡着了，碰倒了油灯，引发了火灾。大家纷纷写了现场证明材料，有的还咬破手指按上血红大印，力保陈右军清白。头头最终还是想明白了，这种事最好是大事化小，小事化了。这事儿就这么过去了。至于烧毁的材料嘛，大家齐心协力，抓紧侦抄积累，陈大破译师再"戴罪立功"，用心破译，尽早多多斩获敌报敌情便是。

　　陈右军恢复正常后，并没有认真探究自己死而复生的详细过程，很快就进入了破译状态。一旦醉心投入码子世界里，也就没有了昨天。因此，他并不知道有一个女侦听员救了他一命。也可能是有人压根就不想让他知道这个人和这个事。其实，这个女侦听员即是一直躲在幕后、未在陈右军面前露面的张秋月。不是她不想和陈右军见面，而是头头不让，怕陈右军对张秋月来香港有想法。很明显，头头心里有鬼。张秋月来香港主导侦听日特敌台，陈右军怎么会有想法呢？他自己都前来破获鬼子台密了，他欢迎张秋月也来抓鬼子才是。头头的鬼出在谎言上：这次工作组名义上是来破获日特残留电台的，实际上主要是破获中共广东地下组织在香港的秘密电台。这一点自然瞒着陈右军，但张秋月和头头是一清二楚的。事情明了了，在香港，国民党特工组织不让陈右军与张秋月正面接触，一怕政治上顽固不化的陈右军会影响到张秋月跟着国民党干的决心，二怕知道张秋月被降伏已屈从于国民党后会激怒陈右军，从而使他愈加不予配合。所以，一直不让张陈二人相见，这是作为一个绝对纪律下达给张秋月的，而张秋月也严格遵守了。但她还是把火中的陈右军背了出来，在陈不知情的情况下救了他一命。之后，张秋月在她的侦听点上一如既往地开展工作,偶尔也到破译室附近公干,自然还是躲着陈右军。接下来,陈右军对另一部日特潜伏台的破获,似乎冲淡了那次火灾过失。从这个潜伏台中,陈右军截获了日军日特部分遗留物资和资金转移情况的密电,相关方面依此情报秘密出击,抓捕截获了日方相关人员、物资和资金。陈右军这一壮举,使他在内部又增添了一层耀眼的光环。

2

前面说过,外婆的人生轨迹,在抗战胜利后那几年是个空白。而事实上,这个时间段外婆去了香港。这事儿,我并不是从哪个老革命口中听来的,也不是看了某个机要老人的回忆文章,而是从国家某机要系统解密材料中亲眼所见。材料脆而发黄,一碰即碎似的,上面加盖的某组织部门的红色圆形大印已褪色不少,尚可看清,长方印章"解密材料"却血红黏手,显然是刚盖上去的。

"抗日战争胜利后,根据国共重庆谈判'双十协定',中国共产党在华南的抗日武装力量东江纵队,奉命北撤山东解放区,留在广东的部队仍然继续坚持斗争,但广东区党委原东纵的机要电台需要转移到香港。关于机要电台为什么要转移到香港,组织上已专门给各级发电做过解释:'我方抗日武装力量北撤后,留下来的机要人员需转入地下工作,其他地方不能去,只能撤往香港,在那里秘密安扎下来,负责中共中央和华南分局之间的密电往来,将中央的指示传达到闽粤赣湘边等根据地。'当时,东纵的机要电台人员要兵分两路,一路撤退到香港,另一路则需随东江主力部队奔赴山东解放区。这样一来，到香港的机要人员就尚显不足，需要尽快得到补充。"

外婆在广东游击队那几年是打出了名堂的，关于她的那九句歌谣，多位领导都听到过，但他们并不了解外婆的其他情况。有一位大领导不知从哪里晓知了外婆的全部经历，桌子拍得山响。

"踏破铁鞋无觅处，得来全不费工夫。在这个世界上，还有比那个叫赵素雅的章萍，更适合潜伏香港做谍报工作的吗？你们只知赵素雅巾帼不让须眉，机智勇敢神枪手，在抗日游击队里逞英豪，但大家都不晓得，那赵素雅母语粤语烂熟，英语水平极高，在外国人圈里混过事，在孤岛上正规培训过电台和密码技术，有上海地下工作的丰富经历，广州大家闺秀出身，高等文化且漂亮有气质，见识过繁华，面对过死亡，心理素质好得很。这一切都表明，赵素雅最容易融入香港生活，最有能力担当谍报工作大任。将来在香港我党地下工作中，能发挥突出作用的，绝对会是她赵素雅！

"况且，早在1941年12月，日军占领香港后，赵素雅同志就曾潜入香港执行过重大秘密任务。那时，她受广东党组织委派，随东江抗日游击队前往香港，抢在日军实施大逮捕之前，营救被困留在港的我文化界知名人士和爱国民主人士回内陆。赵素雅同志以娴熟的粤语和英语，假以多种身份与香港人、英国人打交道，查找寻觅我相关人士，还同被营救对象一起化装成难民，绕过日军岗哨，混入难民流中。有一次，一行人遭遇了伪乡公所人员检查。赵素雅同志临危不乱，机智应对，软硬兼施，好不容易使伪乡公所人员妥协放行。没想到，伪乡公所所长突然出现，强行阻拦。赵素雅同志掏枪在手，三枪打碎百米外三只路灯，这下吓傻了伪乡公所所长，乖乖给办了通行证。赵素雅同志则给那所长脖子上挂一手榴弹，在拉环上系一长绳，把绳头拴在她手腕上，然后，手持双枪与七名伪乡公所人员对峙一个多小时,直到被营救的十三名人员安全撤出危险区,她才牵着人质伪乡公所所长扬长而去。在这次秘密大营救中,赵素雅同志率领一支游击小分队三进香港,共营救出三十九名文化人和民主人士。而整个广东党组织及其领导的东江抗日游击队,先后营救了八百余人出港。被营救的文化名人茅盾称赞说,这次行动,是抗战以来,简直可以说是有史以来最伟大的抢救工作。

"按照中共中央的指示,这次秘密大营救,还以国家利益大局为重,全力抢救滞留在港的国民党人员及英美等盟国友人和侨民。赵素雅同志在第二次进港时,就遇到了两位特殊人士,一位是电影明星胡蝶,另一位是美国图书公司商人图文尤思。难点在于图文尤思怎么化装都不像中国难民。于是,赵素雅同志想了个办法,她装扮成难民老母,胡蝶装扮成难民女儿,把图文尤思装扮成被日军炸死的难民老父,盖一帘白布,躺在担架上。过日军哨卡检查时,难民母女抬着死者一路哭啼啼颤悠悠地走来。开始时,赵素雅怎么也哭不出来,而胡蝶是演戏高手,入戏便号啕不止,泪流满面,赵素雅这才被感染,也哭得脏脸泪痕斑斑。哨卡听闻难民母女撕心裂肺的号丧,又掀开白布见到血肉模糊的死人脸,便赶紧放行。一行人到达荃湾,又翻越大帽山,进入新界元朗,在路过当地伪乡公所时,有人提议再故技重施,但赵素雅实在不能再哭出眼泪,也无力再抬那死胖子,于是就有了那枪打路灯、手榴弹挂脖、双枪对峙劫人质等一系列英勇行为。

"大家安全会合后,图文尤思好发了一通感慨:'果然果然,梅瑞雪小姐是中共女谍。当年,在上海图文尤思公司,你身上连一点共党女谍的影子都没有。那次,一起坐车到广州走散之后,回到上海,国民党特工区部找到我,向我要中共女谍赵素雅,我告他们无中生有,诬陷冤枉美国公司。我还托法租界黑社会的人,狠狠收拾了一个叫高革的狗仔。

这个狗仔长久咬住我不放，暗中监视图文尤思公司所属书店，我不得不整治他。黑社会的人帮我打残了他一条腿，因而从我这里领走了一笔赏钱。现在看来，你真是中共女谍，我冤枉了那个高革。呵呵，当初我帮了你，今天你救了我，咱们两不相欠了！梅瑞雪小姐的舞跳得绝佳，我至今还历历在目。'赵素雅笑笑说：'那高姓狗仔的腿，并非你雇人打残的。黑社会骗了你的赏钱。'在图文尤思愣怔之中，赵素雅带小分队又掉头朝香港方向奔去。显而易见，在这次伟大的秘密营救行动中，赵素雅同志立了大功。眼前，入港人选，素雅甚优！她竟然还舞技绝佳，让一个美国佬怀念多年。这也是入港工作的必需素质哟。仅这一点，谁人能比呀？！"

因大领导这一番话，外婆被补充进了香港我党地下组织，并赋予重任。据后来那些"解密材料"记载："赵素雅同志主要负责秘密机要电台工作，在香港潜伏近三年，为中央与华南分局的通信联络和情报传递，做了大量富有成效的工作，为广东人民的解放事业做出了重要贡献。"

"解密材料"还记载了另外一个重要情况："赵素雅同志赴港之前，先入我方东江纵队机要电台组熟悉了一段时间的情况。没想到她小试牛刀，随无线电波一头扎进了天空、群山、城镇、湖海，久久不能自拔。她的无线电技术素养，快速得以苏醒、发挥、精进，继而成了电台组重要骨干。那一阵，她昔日在战场上的骁勇身姿，变成了在电台前一坐十多个小时而不动的闷头匠，耳机不离头，手指不离笔，耳揩里的汗水能倒成水流，手里的铅笔每天要磨秃五六个笔头，笔下流出的密报纸张日日用箱装。那么，她把空中的无线电波抓在手中、装入脑里，而后会给组织提供些什么呢？"

那个时期，我东江纵队奉命北撤山东解放区。那么，怎么撤？这是个生死攸关的大问题。外婆心里清楚，东江纵队有不少游击队，多年一直活跃在珠江流域。国民党曾经派数万大军，对东江纵队实行过"围剿"，结果也没有削弱其锐气。现在，蒋介石为巩固两广后方基地，急于根据"双十协定"，利用军事调处把东江纵队北调，还为东江纵队指定了北撤具体路线，要他们经江西、浙江、江苏各地陆路抵达山东烟台解放区。

外婆从空中抓足了这方面的情报信息，脑袋一阵炸响：长途迁徙，北撤转移，老蒋竟然让走他指定的路线，这分明又是阴谋！于是，她打破工作纪律，罕见地在多份破获的情报资料边沿上，都写上了自己的几句话："谈判虚情假意，背后刀光剑影，险恶用心歹毒，皖南事变重演，防蹈历史覆辙，保障北撤安全。蒋匪贼子，伤天害理，不得好死！""山川陆路藏杀机，借水行船找转机，见风使舵觅生机，水路通达是天机。英雄有理无泪，天佑中共无殃，走水路是最好选择。"最终，到底是这些详细的情报起了作用，还是外婆的违规警言触动了决策层，抑或二者兼而有之，这些都已无从得知。但是，由于我方高层英明决策，积极斗争，周密斡旋，全力协调，终是有了一个较为稳妥的结果：我方租用美军三艘登陆舰和一艘护航驱逐舰，搭载我东江纵队二千五百余名官兵，从广东宝安县大鹏湾出发，走海路向山东解放区撤离。

事后，外婆的直接领导对她提出了严厉批评："电台工作有纪律，情报工作有戒条，明文规定不得越级、擅自在所获情报资料上留写个人言辞。可你赵素雅，偏偏要逞这个能，还未入港正式工作就犯下错误，千不该万不该呀。你以为你是谁？你以为你那几句话就是金玉良言、救命稻草？！哼，一堆胡言乱语罢了。"外婆脖子一梗，鼻子一哼，给了领导一个大冷脸。因为，此时，她手头又捕捉住了不少敏感而急迫的电台讯息，急需十万火急去处理。在这种情况下，她没时间和领导磨牙玩。

　　情况是这样的。东江纵队各部队分散在一千多平方公里的土地上，彼此之间联络不畅，要想在短时间内顺利集结到大鹏湾，难度可想而知。更为严重的是，外婆手中有充足的密电情报显示，国民党各部都在奉上峰密令行事，要不惜下狠手，把东江纵队各部消灭在集结的路上。国民党各部急速围追堵截，用的都是简便快捷的电台密码通联，有的甚至为节省时间，提高行动效率，干脆就用明码电报联络指挥，这些都能轻易被外婆截收破获。外婆协同电台众人，高效整理，快捷分类，火漆封固，急速上呈相关情报。我方指挥部英明果断，遇险不惊，多方应对，依情决策，争取使更多的有生力量突出重围，登舰北撤，最终基本达到了预期目的。

　　无论怎么说，外婆在入港之前还是偶露峥嵘，尽管遭到了批评，但心里是踏实的。工作做了，评说任人，咱管不着。多年后，外婆曾向外公讲起入港前这段时间的情报工作。外公煞有介事地用情报分析心理学，给外婆做了一通讲解："对情报分析工作的评估，包括情报获取人员的自我评估和他人对情报产品的评估。这个评估过程，必定会受到一系列偏见的影响，结果是，情报获取人员往往高估自己所获情报的质量，而其他人则会低估这些情报及其分析工作的价值。这些偏见，并非仅是出于私利或看法上不客观、不公正，而是由人类思维过程的本质所决定的。关键是彼此间的这些偏见，根本无法通过强调客观性就可以克服。"外婆听罢，说："你以为你是谁？你以为你这几句话就是金玉良言，救命稻草？！"见外公愣怔不语，就又"嘿嘿"装憨："老兄的情报分析心理学，俺不懂。战争年代，俺在山里打游击都打傻了。"外公穷追不舍："认知偏见影响情报分析和情报效用，这和情势逻辑、预警情症、意情锚定、事前概率等，都密切相关。"外婆一瞪眼："屁话一筐，不如一枪。娇柔中，透刚强，专打眉心神枪王。菜藏枪，滚瓜弹，炸门枪点鬼子官。还是当年在山里打游击痛快，鬼子头汉奸腚，穿眼钻洞分得清，是谁打的就是谁打的。那里不用你这破心理学分析来分析去的。"外公说："你看你，一副山里来的傻大姐相！"外婆说："不对。在香港，大千社会，花花世界，本大小姐也是洋出了高水平的。一身旗袍、一身精致、一身文化、一身风流、一身妩媚，却满身藏着无名英雄的冲天气概。咱是山沟里钻得欢，大香港也要得开。说实在的，论生活，还是香港好；说安全，也是香港更险恶。对了，你曾不止一次地说我身着旗袍最动人、最养眼，还养心。"说着，外婆从外公贴身衣袋里，掏出了她那张躺在西关大院床上身着旗袍的照片。外公脸即刻涨红一片，忙掩饰说："你说得没错，论安全，肯定是香港更险恶。"

的确，当时香港形势复杂而严峻，处处充斥着危险。中共地下组织的秘密电台，随时都要面临港英当局的巡查和国民党驻香港机构隐设的特工组织的暗中威胁。中共机要电台从保密的角度，设置了严密的组织架构，以确保人员、设备和机密材料的安全。中共地下组织采用的常规方式，是将领导层、电台和机要组分开开展工作，人员实行单线联系，避免一旦出事，地下资源被敌一网打尽。秘密电台的工作环节和流程，也是严密而科学的：第一步，先在居住点甲地的中共中央香港分局电台上，抄收下千里之外的中共中央的密电指示；第二步，送至乙地机要处对中央的密码电报进行翻译校对；第三步，再送至丙地用香港我地下党密码对中央指示进行加密，从而转换为新的密电；第四步，把新密电送到丁地秘密电台点，拍发给广东各地组织机构。这几个环节之间，也就是甲乙丙丁地之间的密报传递，都要有人工手手相传来完成，且都是单线联系，送密电、取密电都有暗号标志，常变常新，一一对应上，才可进行交接。如何在繁杂的社会环境里安全完成交接任务？这就对情报交通员提出了很高要求。

在这种情况下，外婆过硬的自身素质经受住了检验。进入工作后，外婆很快在两个方面彰显出优势。一是本职业务素质高。工作伊始，地下组织电台设备不足，需用采购电讯器材组装收发报机。外婆在特训队学到的机务技术得到了充分运用，亲手组装调试了多部机器；上机工作时，她发报手法娴熟，速度快捷；抄报质量高，不掉码，不错码，不混码；译电译码校报，更是正规准确无差错。二是生活方式上应对自如。在香港从事革命地下工作，首先要面对的是文化差异。一些机要电台的同志，从内陆来港，一时难以适应这个花花世界。看到街上的本地女人，身着旗袍，杨柳细腰，胸乳高耸，抹粉涂脂，花枝招展，觉得是"妖里妖气""肉麻""恶心""碍眼""肮脏"；看西化时尚的香港人和外国人，也不顺眼，从骨子里反感西式生活方式。这样一来，一些秘密电台的女同志，在衣着打扮和言行举止上，在香港生活圈里就显得太突兀，不容易和当地居民融为一体，心理上的适应就更难了。这些都对地下工作者掩护身份极为不利。有时外出执行任务，旗袍洋装一上身，自然是矫揉造作，别扭得很，容易被人发现破绽。而这一切，对外婆来说，简直毫无陌生感，更从不憎恶，反而是欣赏爱好，发自内心喜欢，穿什么衣服像什么人，进什么场合说什么话，到哪里遵循哪里的风俗，与什么人接触有什么人的做派，生活习惯本地化、西方化对她都不在话下。外婆说："在香港地界上干革命，根正心红皮花哨，信仰崇高意志坚，革命本色铸灵魂，情调风雅心不变。这些彰显的尽是血肉丰满的共产党人的独特风采。"由此可见，一些外差由外婆去应对执行，安全高效，自然而然。事实上，有不少交通员密报传递的差事，都是由外婆圆满完成的。

那时，秘密电台的工作点与老百姓在同一居民楼里，工作稍有疏忽就很容易暴露目标。为加强掩护，掩人耳目，组织上要求以家庭方式开展工作。秘密电台的同志都扮演不同的角色，有父母，有兄弟姐妹，也有儿媳女婿表姐表弟等，当然，家庭中还得有小孩。为对付香港英军的巡查审问，平时就编好了一套假口供，要求每个家庭成员都要牢记，以应付出现的特殊情况。外婆在这个家庭里是大姐，叫"阿美"，与邻居街坊的联系大都由她负责处理。实际上，她是这里最过硬的业务技术骨干。有一次，在黎明前，一个同事正在拍发电报，而邻居正好在开收音机听广播。外婆技术感觉好，耳朵也尖，她发现同事一按电键，邻居的收音机就有"噗噗"的反响声音。她赶紧叫停发报，立即撤掉天线，藏起了电台。然后，侧耳去听邻居家的门，邻居门一响动，她干脆率先开门出去，说："我正蹲便所，头顶上电灯一闪一闪的，是哪里电线短路了吗？"又从楼道窗探出头去一看，说："像是8路公交电车跑不动了，大概是车顶电线短路了。"邻居家的男人缩回门说："我还以为是你家线路出了毛病，闹得广播都听不好，正想敲门去问问呢。"基于此，外婆做了个规定，邻居家亮着电灯和听收音机时，绝对不能发报。工作时间要选择在邻居熟睡的深夜时刻，一般在凌晨之后至黎明之前开机。工作前，要用黑红色两面的厚布帘把电台室窗户严密遮掩；把小台灯用纸壳和布包扎起来，不让灯光外照；尽量把收报机讯号的音量调小，不让声音向外传播；把发报机的电键用书和棉布垫牢，把电键接触点尽量调松调低，使发报的敲击声减到最小。

邻里关系还好说，应付港英当局方面各类入室检查是个难题，譬如，每个月的例行卫生检查，警察都会挨家挨户察看每个角落。大家除仔细搞好卫生，不给警察留下借口外，得用心隐蔽好文件、密码本和电台设备。同时，外婆每次都使出浑身解数，转移警察视线，不断热情地端茶递烟，用地道的本土话套近乎，有时还会同熟络的警察"打情骂俏"。有一次，一个警察接近了伪装成收音机的收报机，外婆灵机一动，上前一步打开收音机，跟着里面的音乐唱了一曲粤语小调，唱得韵味十足，把几个警察都吸引过来，惹得他们都拍手叫好呢。

电台开机工作是在极度秘密下进行的。平时最重要的一项防范措施，是采用巧妙的技术手段，避开香港英军巡逻电子侦察车的侦察、测向、定位。在开机工作时，要将戴在头上的两个收听耳机，一个紧贴耳朵收听联络电台的讯号，一个则要贴在耳朵之外，以便用这只耳朵注意听着室外的动静，听见街道上有汽车声临近，就立即停止发报，待汽车声远离后，再继续与对方电台联络。那几年，在险恶复杂的社会斗争环境中，外婆和同事们克服种种困难，保持了足够警惕。他们这一组机要电台从未发生过任何差错，圆满完成了中共中央南方局、香港分局、华南分局交给的机要通信联络任务。

然而，事实并非如此顺利。多年后，相关部门才知道外婆电台小组曾发生一次重大险情。那是1946年10月，外婆电台小组奉命拍发一份3100余字的长文密电。这是10月1日毛泽东同志起草的党内指示，叫《三个月的总结》。该指示总结了解放战争头三个月的作战经验，明确了今后的作战方针和任务，指出了我军即将由战略防御转入战略进攻阶段的新形势。这份电文，急需分别发往广东各级相关组织和部队。由于这次电文长，接收台点多，台情密情各异，发送次数必然增多，预计会耗时整整三个有效夜间时段，这还得是由技术最好、拍发速度最快的外婆来上机。为防止被英军电子侦察车逮获，外婆建议，这三个夜间要换三个不同地点拍发，并且拍发地周围要安插自己人实施监视警戒。

果不其然，在拍发长报的第二个晚上，我秘密警戒人员便发现，除英军巡逻电子侦察车路过之外，还有一辆不明身份的民用车辆出现在拍发点周围。这辆民用车辆车顶上，像是隐藏有伪装的天线，到我拍发点附近时,明显放缓了行驶速度。我警戒人员怀疑是国民党驻港机构的私设电子侦察车。外婆对突发情况进行了研判,拿出了应对计策。第三天夜间换了新点后,外婆上机拍发一阵,便对同事们说:"你们转移到第四个秘密居住点把密报发完,我去缠住那辆狗车!"她带了三个男同事,穿上英军巡警的服装,埋伏在拍发点附近。外婆已判断清楚,这个民用车辆尚在搜索阶段,还未最终断定我地下党这个电台的性质,且也未锁定我方准确位置,一切还都是怀疑。鉴于此,当那辆伪装车出现在附近马路上缓行时,外婆让三个男警靠上去叫喊:"干什么的?下车接受警方检查!"正如外婆所料,那辆车一见巡警出现,慌忙加速逃窜。这时,隐藏在暗处的外婆,连发三枪,两枪打破了两个前轮,一枪击毙了司机。车上另有两男一女,见状弃车逃遁了。外婆的三位男同事追了一段,便赶紧消失,躲藏起来。外婆回到新的拍发点时,天已蒙蒙亮,同事们已把最后一份情报顺利拍发完毕。

至此,《三个月的总结》情报拍发传递任务圆满完成。然而,外婆觉得并非"圆满",因为,她心里还有一个大大的问号:那辆民用伪装车上下来的那个女人身影有些眼熟,却又一直想不清楚会是谁。

3

多年之后,当外婆又去精神病医院探望陈右军,再次遇到张秋月(假释出狱)时,这个女人向外婆讲述了一个天大的秘密。后来,《历史春秋》杂志还刊登过这个故事,大意是:

1946年10月,在国民党驻港机构秘密点侦测间,张秋月主导侦听工作时，偶然听到了一个信号，经分析研判，像是中共地下组织的电台，侦听组整整抄了这个台一个晚上的密报，第二天夜间接着抄。张秋月越听越觉得这个台手迹有些耳熟，像是早年孤岛上赵素雅的手法。以前她张秋月与陈右军是报务习练对子，与赵素雅本不是一对，不太熟悉其手迹，但多少还是有些印象。现在，多年过去了，记忆更加模糊，只是隐隐约约觉得耳熟。难道赵素雅还活着？于是，张秋月当即决定，启用单位在香港私设的电子侦测车，亲自去侦获这个信号电台。她心里明白，虽说这些向空中频繁传递的电波，已经引起了她的注意，甚至还可能惊扰到英军侦测组，但若想在这座人口密度较高的城市中测定和发现电台的准确方位，实在太难，因为它在不断地更换着位置。尽管这样，张秋月还是凭着那一丝似曾相识的感觉，揪住了它的几根"头发"。这个晚上天亮之前，已大大缩小了侦测范围。不料，第二天晚上，这部电台又改换了拍发地点，张秋月的侦测车随即循迹而去，却碰到了香港巡警的盘查，并遭到了枪击。她知道，国民政府特工部门在香港地界上私设电子侦测车，是个毫无争议的违法事件，于是，她等三人便不得不下车逃窜而去。丢了设备，死了人，她很恼火，好在车辆牌子是假的，司机也是黑户，香港警方查不出所以然。她气呼呼地回到驻地侦听室，越想越不是个事儿，干脆直接去了破译室，想违反头头规定，和陈右军正面接触一下，问问他这几个晚上侦抄下的这个可疑电台的密报破了没有，是否发现了中共地下组织在香港的蛛丝马迹。当她走近破译室时，陈右军正开门出来，她悄然跟上，却见他从厕所后窗跳出，进了后面的控电室。他把水桶上的铁提把手卸下，搭在控电设备上，随即便是电火滋响，火烟四射，元器件爆裂，接着整座大楼都停了电。他不慌不忙地把那铁提把手拿下，扔进了下水道，又不慌不忙原路返回。然后就是一再找人要油灯、汽灯。张秋月回到侦听室。停了电，对中共那个地下电台也自然没法继续侦听，同事们都回去睡觉了。她坐在那里沉思良久，难以释怀，觉得还得去找陈右军面谈。走到破译室门口，却发现有烟火味，接着便是救人救火。她把陈右军背出来，再进破译室救火，发现那几个油灯和汽灯都是破碎的。这只有一种可能，那就是陈右军故意提前摔碎了灯，把灯油洒到密码密报纸堆上，烧毁了那三个晚上侦收到的可疑电台之所有资料。他本人也没有奔逃而出，像是趴在桌上自焚自杀。很快，张秋月就判断清，陈右军在对这些密报的破译中，感觉出或者已经破译出部分敏感信息，于是，他亲自到侦听室去侦听了这个电台的讯号，一定是听出了赵素雅的手迹，因他虽然早年同赵素雅不是业务对子，但总比她张秋月更熟悉赵素雅的手迹。他听后愈加明确这个电台是中共地下组织电台，并且由此判断赵素雅还活着，心一横，便销毁了中共电台的密息资料，让国民党特工组织失去了想得到的目标。然而，张秋月出于对陈右军的爱和对他的保护，并没有揭发他的所作所为，还联合同事们一起证明，陈右军是因劳累过度而过失失火。她也始终未向特工组织报告中共地下组织电台的相关实情。说她只是觉得那个电台讯号可疑，才派车出去实施侦测，但并未截获到任何真凭实据，还发生了被香港警方枪击事件，责任完全由她来负。

那一刻，听罢张秋月的叙述，外婆自言自语道："在广州一次国共合作抗日行动中，我和陈右军相遇过一次，很快又不得不在战乱中分了手，自此彼此便不知对方死活。这样说来，抗战胜利后，陈右军是知道我还活着的！"张秋月得意地笑了笑："是的。在香港时他就听出了你的手迹。他为革命舍身烧毁了那些资料，保住了中共地下组织的秘密。可活着的你，依然没有点燃他心里的那把爱情之火。你应该明白，他的心在我身上呢。好了，我这就去病房，和他说说话去！"

外婆愣神多时，就听见病房传来那对男女嘀嘀嗒嗒的对话声。许久,张秋月心满意足地回来了,外婆还坐在那里发呆。她抬眼看见张秋月那副春风得意的样子,就又抖擞精神说:"我等着,他总有清醒明白过来的那一天。"张秋月回应说:"在香港那次电子侦测车遭枪击死人事件之后,上峰曾问责于我,加之我与陈右军虽分别在侦、破两个点上工作,但终究都在香港,难以保证彼此总不相见,于是,组织上就另行支派我潜伏到广东新河城搜集情报。从此之后,我曾多年再未同陈右军相见,但在新河城我偶遇过你一次。那天,你假模假样地抱个破收音机,到新街口电器行买元件。当时,我正在旁边摆出烟摊卖烟。我盯这个电器行已很久了,就是想通过发现购买元器件的人,而寻觅中共地下电台站。那次,我跟踪了你。但我并没当即下手,一周后你走了,我才带人秘密端掉了这个电台点。"外婆说:"当时,新河城中共地下组织及周围的游击队,已丧失电台多年,我和另外两个同志,专门从香港被派过去重建电台,恢复了新河城与上级党组织的通信联络。没想到,我前脚走,你后脚就又给端掉了。"说完,竟甩了张秋月一记耳光。张秋月扭住外婆的手腕:"我只捣毁了你架起的电台设备,并没有抓人杀人。行动之前,是我故意弄出动静,惊吓跑了报务人员。这些情况,政府都调查清楚了。我的桩桩罪行,也都由政府给予了惩罚,坐牢期间还受到了假释奖励,你凭什么还要打我耳光?再说,在新河城,我本应一枪击毙你,可我还是放了你一马!"外婆说:"我打你与你的罪行无关,这记耳光是对你抢别人男人的惩罚!你口口声声说放我一马,你若真想放我一马,为啥还死死缠着陈右军不放?要知道,那个正常状态下的陈右军心里并没有你!"张秋月笑了笑:"在新河城见到你这件事儿,多年后,我也一直未对陈右军讲。我就是不想让他知道你的任何消息!我就是想让他把你从心里彻底清除掉!"外婆满脸堆笑,冷不防却又打了张秋月一记耳光:"你坐牢受到奖励就以为两清、罪责全无了?电台'嘀嘀嗒嗒'

的声音就是党中央的声音，你端掉了我架设的地下党电台，切断的即是中共地下组织及其周围部队的生命线，你说你的罪过该有多大？！我不为此补给你一记耳光，政治感情上说不过去呀。"张秋月闪电般回了外婆一记耳光："说得倒冠冕堂皇，什么政治感情？你在乎的还不是那点个人私情？！恼羞成怒，动粗打人，也改变不了你在陈右军心里的位置。我再说一遍，陈右军心里只有我张秋月！"

"你胡说！你休想！陈右军的疯病迟早会好的。一定会好的！"外婆吼道。骤然，张秋月满脸自信，这是一种与回敬外婆耳光时完全不同的神情："我一再说，给陈右军下得了疯病的结论是不科学的，他时有明白，或者说在某些事情上他根本就没糊涂过。退一步说，这叫常人眼中的'疯病'也行。那么，只有一种可能，只有具备了一种条件，陈右军的'疯病'才会好！陈右军曾经说，经他研究发现，海豚发出的声音主要分为哨声和咔嗒声。这两种声音即是海豚语言沟通中常用的单词，而这些单词发出的时间、地点、频率不同则会代表不同的语意。海豚每发出四个或五个单词就组成一句完整的话，且有一些语法定式。陈右军还说，他曾多次亲眼所见，雄野每次在发出哨声和咔嗒声时，索妮都会非常安静，反之也一样，这表明彼此在仔细聆听对方说话。陈右军断定，海豚像人类一样，具备相应的语言沟通功能，并且还真有可能会与人类实现语言沟通。"张秋月清了清嗓子，加重了语调，"海豚经常发出的咔嗒声，与电码的嘀嗒声类似，并且，海豚习惯用四个或五个咔嗒声组成话语，而我们发电报常用的四字码、五字码，恰巧与海豚语言形成某种契合。所以，当年我和陈右军在孤岛海边一读电码便能招来海豚。现在能治好陈右军'疯病'的唯一办法，就是拿出技术证据，证明雄野、索妮就是当年孤岛上那对海豚嘀嘀、嗒嗒，或者是它们的后代。而陈右军坚定地认为，这正是铁的事实。因为，雄野在撕咬幼豚的过程中是听懂了他喊出的嘀嗒声的。这些年，雄野、索妮之间或者雄野、索妮家族之间，对读电码的嘀嗒声有明显记忆，并学会了以嘀嗒声实施交流，甚至已经传承给了后代。这是陈右军最新的破解成果。所以说，陈右军并没疯，真的没疯！他只是对海豚的感情陷得太深，对海豚语言研究陷得太深，海豚残忍的杀婴行为对他刺激也太大！我极为认可陈右军的科研成果，并且，我也要进一步对索妮、雄野进行研究，找出更多证据证明陈右军是正确的。一旦我拿出圆满结果，陈右军的言行表现便会正常。别人也就不再误认为他疯了。"外婆听罢，斩钉截铁地说："你也病得不轻！真真一对呆疯之人，你俩破解别人一生，到头来，自己却被所谓的另一类智慧物种编织的谜团牢牢禁锢死了。说白了，你俩被一对海洋动物给耍弄傻了。由此，我得出一个结论，你张秋月与那陈右军之间的感情，也是动物一般的感情！你俩之间并不存在真正的爱情！对的，不存在，绝对不存在！"张秋月听罢，冷冷一笑，然后，哼着"嘀嘀嗒嗒"的电码声走了。

后来，不知出于什么目的，外婆以"高秋萍"为笔名，把陈右军和张秋月对海豚语言研究的那些所谓成果，全部刊登在上海一家名叫《新科学》的杂志上，一时轰动了整个海洋生物学界，很快就有学者提出把陈右军和张秋月召集在一起，组织一个大型研讨会。提出这个要求的，是来自香港的两个老年海洋生物学家。这两人也是本次研讨会的出资方，且还表示愿意资助陈右军到境外一家知名医院治病。这次，国内有十三个著名海洋生物专家应邀到会，《新科学》杂志主编、责任编辑和撰文作者外婆这三人也一同参加。为照顾陈右军，研讨会在精神病院举行。会议开了整整一天，陈右军和张秋月都作了详尽发言，只是陈右军在别人发言时，要么下巴顶在桌沿上直直瞪着张秋月"嘿嘿"发笑，要么一手托着下巴、一手指着香港那两个专家长时间不动，甚至打瞌睡时这动作也纹丝不变。好在大家都知道他是个疯人，并不在意。傍晚，会议结束，国内专家和《新科学》杂志的人离去，香港两个专家被客气地留了下来。不一会儿，推门进来两名公安人员，陈右军那个纹丝不动的动作有了改变。他不慌不忙地站起来，活动一下麻木了的手腕，然后，把手伸进了公安人员的衣兜，掏出了两副明晃晃的手铐，一副用手指挑着转起了圈儿，另一副扔给了外婆。他二人神秘地相视一笑，突然一同转身，铐住了两个香港专家。

陈右军对发愣的院长说："马上给我办出院手续，我的任务完成了，我的病也早就好了。"又对张秋月说："我上午就观察出你已经认出这两个专家。尽管多年过去了，岁月改变了他俩的容貌，似乎也消磨掉了那段往事，可你我是破译专家，时光永远遮不住我俩的情报眼。是的，这两三年背着你张秋月，我一直在和赵素雅有默契合作，目的就是钓出这两条当年漏网的大鱼。素雅早从政府那里了解到，这两条大鱼，近年时有潜回大陆窃取我方情报，只怪这两个家伙太过狡猾，每每逃出我公安人员的手掌。"外婆接话说："还是雄野、索妮或是嘀嘀、嗒嗒魅力大，终于把你张秋月的老朋友、老同党、老上司密诱归案。行了，我和右军演了两三年的长戏，终于可以收场了。只是让我的爱人在精神病院多受了两三年的罪，也耽误了我夫妻两三年的团聚时光。不过，逮住了这两个老特务，也算了却了右军多年前那个遗憾。说到底，这全是为了革命，值了，真的值了！走吧，右军，咱们回家！"说完，挽起陈右军胳膊走向门外。

这时，一名公安人员说话了："没错，陈右军和赵素雅两位同志，同我们公安部门秘密合作了两三年，功不可没。可是，今天上午，张秋月女士在会议期间，认出了两个香港专家的真面目后，悄悄出去打电话给公安局报了案。这说明，张秋月女士已经彻底改造好了。"外婆听罢，站住脚，并未转过身，说："上午我盯看得仔细。张秋月也是在陈右军提醒之下才识破那两个香港客的真实面目的。陈右军下巴顶在桌沿上一阵阵发出怪调傻笑，便是送给张秋月的密息暗语。张秋月这才出去报了案。说到底，是陈右军帮助张秋月洗白了自己一次。好在，他俩这一次的勾当与爱情无关，我便不在乎。"陈右军拉了外婆一把："快走吧，不说话还能当哑巴卖了你？一点面子都不给秋月留，真真是女人之心哪。"

"陈右军，你少假慈悲。你竟然瞒骗了我两三年，装疯卖傻和我一起搞海豚研究，原来全是为了完成多年前那个使命。为了钓出两个老特务，你和我玩虚情假意，致使我进一步陷入感情泥沼不能自拔，你说你还是个男人吗？！"张秋月歇斯底里地叫道。

外婆高声回应道："陈右军对雄野、索妮的心是真的，对嘀嘀、嗒嗒的情也不假，对海豚的研究更是投入了生命之诚。但是这一切，都代替不了他那永不磨灭的革命使命。秋月，你虽然已经改造好了，但你还是理解不了我们共产党人的信仰之珍、使命之真。"

张秋月一阵号啕大哭，迟缓了陈右军的脚步。紧接着，她不失时机地狂呼出一阵"嘀嘀嗒嗒"的电码声。这声音似暴风骤雨，一下子席卷了陈右军。

陈右军慢慢转过身，深深鞠了一躬，然后，也"嘀嘀嗒嗒"读起了电码。他嘴皮子频繁张合，越读越快，脚步也与电码同频迈动，直至急促地奔向张秋月。张秋月读码声戛然而止，满脸堆笑地张开了双臂。

外婆一直未转过身看这对读码人。她背对着他俩，耳朵抖动不止，甩手独自离去。离开前，她也同样骤急地读了一阵电码："1728 4428 2588 0132 1796 1646 6366 0055 0086 0008 0375 3690 4035 1170 1170 4104 0189 5007 2480 0683 1172 5387 0375 0551 1714 0427 0100 4104 4045 4016 0171 5071 1311 1801 1353 0932 0171 2109 0132 2155 0730。"

本来，外婆、外公及张秋月的故事，到这里就要结束了。没想到，张秋月此时心情大悦，便有些得意忘形，在外婆情急之中吐出那41组码子、转身离去之后，她竟然又冲外婆背影喊了一嗓子："素雅，眼前右军奔我而来，投入我怀抱，我毫无愧疚之感。因为，当年在新河城端掉那电台站点时，我曾放你一条生路，所以，现在咱俩谁也不欠谁的了。"

外婆知道张秋月喊这话是在故意气人，也就没有停下脚步，只想尽快离开这对男女。这时，就听到背后外公说话了："秋月你说什么，当年新河城电台站点是你带人端掉的？这事麻烦大了！那时，我还在香港国民党特工部门做事，听说由于共产党新河城电台站点被端掉，中共上层组织有一份紧急情报，未能及时发送到新河小湾子游击队手里，导致这支游击队当晚被国民党暂编七师围歼。这一事件，在当年国民党某几个特工部门内都有流传，黑脸上司大概也晓知一二。"张秋月一听呆若木鸡，片刻后说："我只知道我端掉了新河城电台站点，与此相关的后发事件，我一概不知。所以，这些年，我也无从向政府交代这事。"外公口吻颇为尴尬："当年战乱事杂，有些真相可能会湮没很多年。我看，这事儿得弄清楚。显然，小湾子游击队被围歼，秋月你脱不了干系。尽管早年在敌营时，你心底深处那团革命理想的火苗并未彻底泯灭，但理归理，事归事，你必须为此付出代价。否则，理也就不是理了。"张秋月说话都哆嗦了："那怎么办？这么说，我的假释生活就要结束了，并且还会为此多坐几年牢？"外公说："这样吧，我陪你找政府去说说情况，请政府对当年这事展开详尽调查，最终该是啥就是啥，该咋办就咋办。"

这番始料不及的对话，外婆听得真真切切。她依然没有转身，而是皱紧眉头嘟囔了一句"6638 1432 2508 7115 0671 6511"，然后又说，"他做得对，做得对呀！在革命这件事上，可不能有半点儿含糊。呵呵，最宝贵的崇拜和仰慕就是成为他。我终是要同他心安一舍、魂归一处的。"说完，继续朝前走去。

故事发展到这里，似乎还没完没了。话又说回来，一个作家注定要完成探讨命运的使命，不管他创作手法是优是劣，其心中自有承载。"重述"并非颠覆，更是一种追加。当然，假如一部小说屡见重述，不断追加，那也容易制造出迷宫式的故事方阵，会惹恼一大批性格爽直、急于看到谜底的读者。到头来，这种人为搅和及以假乱真的手法，必定会暴露出一个问题：逻辑力量参与过度。这与我近年来的写作喜好密切相关：习惯在小说中追求花样迭出的变数，刻意把时空的多维关系同现实的多重构成叠加在一起说事，长久沉醉于制造迷宫的乐趣中不能自拔。说到底，就是不想好好说话，不想直白表达。聪明的读者一眼便看穿了我的家数渊源，这大概是遗传了外公的某些基因。有人曾这样描述外公：通常，密码破译师出现在行业之外时，基本上都像是"活着的死人，嘴紧得讨人嫌"。可当他们的身份及工作经历一旦过了解密期，却又喜欢七嘴八舌、喋喋不休，还常常语无伦次。与众不同的是，这些语无伦次之言是有意为之的，或者说是一种保密习惯带来的职业病，总归是不情愿让人听明白他们在说什么。但当你听完就会觉得，毫无荒唐言，细听颇有趣，语似无伦次，而意若贯珠，很能多层次、多棱面地折射出这群人的隐秘人生。

那一次，外公带张秋月到公安局，去交代清楚"端掉新河城电台站点及小湾子游击队被围歼"之事。张秋月被带进里面，外公被留在外面接待室闲聊。这个时候，外公就出现了那种不好好说话的状态。本来谈的都是解密了的过去，大可不必吞吞吐吐，可他就是控制不了自己。同他闲聊的是个年轻警官，不太了解外公的职业经历，见这种状况，就警觉起来,找到队长建议:"这个人是不是也该收留进去做认真调查?"队长出来陪聊了一会儿,就把年轻警官拉到一边:"你这洞察力也太差了,收留他的地方应该是精神病院呀。"末了,外公也没能等到张秋月出来。年轻警官说:"一周之后你再来看看。这个女人是继续假释,还是收狱加刑,那时候就清楚了。"

一周之后,那个年轻警官发现,到公安局来听消息的是一个女人,而再也没有见到那个不好好说话的男人。这个女人的喃喃自语,让年轻警官琢磨了半生也没有琢磨明白:"人类之间的爱与战争、兽类之间的爱与撕咬,都深藏着一个个难解的谜局。一位一向疯狂迷恋世间谜局而极尽病态的智者,最终彻底傻掉了,却也未能破解开那个古老的难题。隐秘人生,过往无解,今天的结束将是明天的开始。"

4

想了想,那勉强算得上是一次艰难历程。之所以最终非要说出来,并不是为了给革命至上的外婆再添加些佐证材料。事情本身既不奇特,也不令人难以置信,重要的是,故事发生的背景需要永久铭记:人祸凶于天灾。

事情发生在抗日战争时期。那时,外婆已在广东一带打游击打出了名堂,颂扬她的那九句歌谣,在队伍上流传甚广。某一天,外婆随游击队行军路过达胜庵。前些年,达胜庵已被政府当局变卖充公,却又常年无人管理,现已败落不堪。外婆由此想起了那些曾与自己相依为命的姐妹,不由得泪打湿了衣襟。那年,这些姐妹从她手里领走银两,便都还俗进城投亲靠友去了。这次触景生情，她想见她们的念头极为强烈。于是，借一次进广州城执行任务，顺便试着找了找旧友。很幸运，蛛丝马迹见到了奇效，她找到了小姐妹安然。安然又领她找到了泰然。两姐妹告诉她，大家还与早前那个住持月晋有联系。外婆厌恶至极，不想见那黑心人。安然说，月晋"从良"已久，早变好了，常与姐妹们互有照应。外婆答应说，那就见见。

那月晋嫁给了小商铺掌柜王七。王七勤劳致富，小杂货店办得还算兴隆，夫妻也恩爱，小日子过得不错。这天，月晋吃过早饭，早早出去见故友，那便是外婆赵素雅。王七平时喜欢东街豆腐张的豆腐，月晋走后他早早去称了两斤，喜滋滋地端着往家走。一阵风卷起，尘土飘落在豆腐盆的盖布上，回到家抖落盖布，不小心有一胶状物落在了豆腐上。这物像是一块小孩鼻屎，白灰色，在豆腐上砸了个浅坑，中午要做个小葱拌豆腐，才发现这物，捏出来，黏在手上，甩了好几下才甩掉。月晋午饭和外婆等几个故友在外边吃，王七独自在家吃了半碗"一清二白"。结果到月晋傍晚回来，男人跑厕所已有十余次。晚上又是不断起夜，第二天到诊所拿了药，没顶用，到第三天，人就拉得脱了形，送医院还是没得救，死掉了。死前，男人说，豆腐张的豆腐不干净。月晋用小拉车把男人尸体拉到豆腐张门前闹。那豆腐张胖墩墩的，头发粗而短，眼睛小小的，乍一看像个憨厚老实的人，直说张家豆腐没问题，别人吃了都好好的呢。尸体在门前摆放了一天一夜，豆腐张陪月晋跪了一天一夜，两人都水米未进。豆腐张挨骂挨打陪着哭亲爹都行，就是不承认他家豆腐不干净。诊所李姓医生也喜欢吃豆腐张的豆腐，就过来主持正义，说王七是自己患上赤痢而死，与吃别人家豆腐无关，存在外地进杂货夹带病菌而来的可能，还拍胸脯开了诊所死亡证明。月晋见状就下了个台阶，安葬了王七。

两天不到，安然找到外婆，直言说，那月晋狗改不了吃屎，背地里与那豆腐张相好，图的自然不是他的长相，而是豆腐张家底殷实，手里有钱。豆腐张夫妇是三年前从外地来七里街落户开豆腐坊的，与乡里乡邻关系处得都好。可豆腐张偏偏看上了月晋的姿色，就常凑近打情骂俏。街道上传说，是豆腐张知道月晋外出，在豆腐里下了毒药，就想毒死王七一人。安然自责道："是我叫月晋来见你，才出了这档子事。如若月晋不离开王七，这事也就不会发生。所以，王七的死与你我都有关系，大家不能不管。"外婆说："管是可以管，怎么个管法？打将进去，把豆腐张押送伪政府，恐怕也不妥。关键是要先找到毒药，拿到证据。这个证据怎么拿？得先从月晋身上下手，看看是这对狗男女共谋，还是豆腐张一厢情愿，独自下的毒手。"外婆带安然、泰然把月晋叫出来，以到达胜庵故地重游为名，引她进山。月晋推辞说丈夫刚死，不好出城。安然就说，早听说有小尼在达胜庵埋过银子，四人一同去找，找到平分。月晋这才勉强出城进庵。破落的庵门一关上，安然、泰然就把月晋绑了个结实，吊在梁上，扬言不说实话就按当年的法子打人。这本是当年她月晋整治小尼的手法，自是深知其厉害，却大叫冤枉。外婆没有拦住，安然竹条子就"唰唰"抽上去了。月晋"宁死不屈"，说那豆腐张早有贼心，但自己从没与他有过不妥之举，更不会合伙毒害亲夫。折腾了半天，外婆提出四人联手查找证据，把那豆腐张绳之以法。众人商议了具体步骤才退去。

这天上午，豆腐张沿街叫卖，转到月晋门前，月晋出来，并不买豆腐，却说在家里找到了那天王七从豆腐里捏出来的毒药。豆腐张进屋细看，见饭桌腿上有一摊白灰色黏状物，小孩子鼻屎般黏在那里，上面还沾有豆腐渣沫子。月晋不说话，目光如刀又像火，逼得豆腐张傻愣在那里，不知这妇人葫芦里卖的什么药。片刻，月晋目光不经意间扫了一眼床，豆腐张一紧张，就退到床沿坐了。月晋这才说话："男人已去，孤家寡人还得活。但活得活个明白，你说了实话，我人以后就是你的了，再不提那死男人半句。"说着，就也挨着坐了。豆腐张一下跳起来，叫道："你这个人我认下，可是我没做，死也不认。"月晋拿起一把尖刀晃了晃，豆腐张一副脸不变色心不跳的神情。月晋也并没刺向那颗贼心，而是拿起碗来，用刀刃把那摊白灰黏状物刮进去，然后拿刀子顶了豆腐张的腰往外走，说："咱先到李医生诊所化验，再到政府部门上告官！"豆腐张走在前头，月晋一手持刀一手端碗紧跟其后，不一会儿整条街上看热闹的人就走成了一长溜。刚到诊所，豆腐张的老婆也闻讯赶来，闹着要撕月晋的脸，被月晋一个耳光扇倒在一边。好大工夫，李医生拿一张证明出来说："这就是一摊孩子鼻屎。"看热闹的人哄笑。月晋不干："李医生你吃豆腐占过豆腐张不少便宜，自然护着他！"说着，跑进化验室把那摊鼻屎端出来，非要豆腐张当众吃下不可。月晋舞着刀子说："如若他吃了这物不拉稀，我就自认倒霉，活该守寡！"豆腐张老婆抢过去，放在嘴里一口咽下，说："如若我死了，就说明他豆腐张确实谋害了人家亲夫，为的是沾染这月晋的姿色。反正他魂已被骚货勾走，我活着也没意思；如若我没死，便还了他豆腐张清白，以后他再敢进骚货的门，我就砸断他的腿！"说罢，盘腿坐在诊所门前，静静等着不测之果来临。从中午坐到傍晚，却没撒一滴尿，没拉一泡屎。还脱下裤子甩得唰唰直响，也没甩出半滴稀货。她把裤子搭在肩上，冷冷一笑，穿条裤头大步走了，却又返回来，打了月晋一记耳光，骂道："夹紧你的腿，守紧自个门。如若再招惹我男人，我也要用刀子说话的！"

月晋脸火辣辣的，却也感觉不到疼，她的心思全都记挂在了别处。回家一见外婆和安然她们，便迫不及待地问结果。外婆拿出一个玻璃瓶，玻璃瓶里装着雪茄烟式的黄、蓝两支玻璃管，管里满盛着不明物。安然说："这是从豆腐张家便所里搜出来的。"外婆说："这东西先藏严实，待我打通关节，再取走去化验。此事，万不可张扬出去。"

事情过去两三天，外婆还未沟通好化验关节，广州城多个街道便出现了众多赤痢病号，并陆续有人死亡。外婆通过地下党紧急找关系，督促尽快化验那两支可疑物。结果让人大吃一惊：两支管中分别装的是赤痢和霍乱菌苗。外婆十万火急地赶回游击队驻地汇报情况。经上级批准，游击队即刻组成一支由外婆牵头的十三人侦察小分队，潜入城区侦察，限期摸清疫情。外婆把小组成员分为三部分，分别潜藏在月晋、安然、泰然家里，适时在多个区域实施侦察。

外婆带三名队员专门盯紧豆腐张家，跟踪豆腐张挨街串巷卖豆腐。几天后，情况明朗了：豆腐张曾有两次偷偷往街口水井里抛洒不明物，还有一次借口到居民家讨碗水喝，把不明物悄悄扔到人家水缸里。其他小组成员也发现，在各区都有不明身份的人偷偷往老百姓水井、水缸和食品摊上抛洒不明物。小分队分析认为，这很大可能是日本人干的。

后来，事实证明，那个时期，日军对广东一带居民和游击队的杀戮到了丧心病狂的程度。万恶的日本人，竟然暗中实施细菌战。开始时，成村成镇的人得传染病死去，老百姓还以为是发生了百年不遇的天灾，没人会往人祸方面想。此事惊动了国共两方，都纷纷派出侦察人员，搜集相关情报和日军罪状。

这天深夜，外婆带七名队员摸进豆腐张家院子，生擒了豆腐张夫妇，当场又搜出四支黄蓝玻璃管。外婆刚带人走出院子，却在胡同里被另一支武装便衣包围了。来人并没轻易开枪，外婆由此判断不是日军，要么是中共其他组织所属地下武装，要么是国军特工人员。外婆松了一口气，目前是国共合作抗日期，一般不会发生火并，遂轻轻喊道："来人是哪一部分的？中共南方游击队正在此执行秘密任务，请予放行。"片刻，一个角落里传来男人的声音："本人是国军军务人员，我们已经监视豆腐张很久了。这对狗男女，很可能是日方间谍。对了，这位女士嗓音好耳熟，请报上姓名。"外婆心里正打鼓，觉得自己碰上了鬼，喊道："夜深有鬼！陈右军，你是人还是鬼？是鬼赶快散去，是人独自走过来。"没想到，那边人真走了过来。到近前一看，外婆着实愣了：真是陈右军！陈右军激动得声调都变了："素雅，真的是你！你还活着？"外婆"呜"的一下就哭出了声，紧紧抱住陈右军不放。这时，她发现陈右军的人还扭绑着那个诊所的李医生。陈右军说："这仨人是一伙的。月晋男人大概是被他们下了药。"月晋、安然和泰然听罢，蹿将上去围攻厮打那仨货，被陈右军拦下。

此次任务之前，陈右军在破译日军密码电报过程中，从一部密报中发现一组码子"8604"，其他几百组码子都译出了内容，唯这一组啃不动。后来才弄明白，"8604"就是它本身，指的是日军8604部队。又结合其他密报破译结果，得到一个重大情况：8604是日军一支实施细菌战的部队，长年驻扎在广州城，它通过派遣间谍进城抛洒和飞机空中抛洒多种细菌，来祸害老百姓和抗日武装。国民党上峰根据密码情报，掌握了日军实施细菌战的初步情况，还需要派特工深入广州沦陷区开展细密侦察。鉴于陈右军甚解相关情报，又是广州人，熟悉城内地形地物、风土人情，便派他和国军侦察小分队一起行动。

国共两支小分队出了城，便紧急突审日本间谍。没想到这仨家伙又臭又硬，就是不说一句真话。陈右军的带队队长见状说："你们都休息去吧，我带人撬开他们的嘴。"结果，到第二天清晨，那豆腐张和李医生被打得皮开肉绽，却也没吐半个字，而那豆腐张老婆几竹板子下去就招了：他们确实是日本间谍，豆腐张夫妇的上线便是那李医生。他们的任务就是借卖豆腐之机抛洒细菌。至于细菌管子是从什么渠道来的,她一概不知。她只推测出,细菌研制所一定是在广州城内外。陈右军说:"这里是敌占区,我们难以抓尽遍布城乡的日谍,关键是要找到日军细菌研制所。"豆腐张女人还提供了一个情况:日军研制所长年抓中国老百姓进行活体试验。陈右军知道,日军研制细菌是高级机密,日军内部也只有极少数人知道,并且只知道有8604细菌部队,而不知其详细情况,要想找到其研制所难于上青天。外婆说,难于上青天也得上!这时,有人来报,在城外发现日军抓了一批难民和老百姓,被关在胡家村南院,可能不久就会被带走。据村里人讲,已经有两批难民被带走,却无人回来。陈右军推断,这可能就是被日军抓去做细菌试验的。

外婆提出一个大胆建议,连陈右军也惊着了:派人混进胡家村难民群里,随被抓人员一起进入研制所,然后摸清研制所的方位和里面的情况,送出情报。陈右军说:"进去的人生还的可能性等于零。这个风险太大,极不稳妥。"外婆急了:"不入虎穴,焉得虎子。稳妥的办法你有几个?我看,人多了也混不进去,国共各派一人进去。游击队方面,算本队长一个。"国军方面的队长也自告奋勇,外婆说:"还有谁自愿和我一块儿去死?我是广州人,最好国军也出一个广州人,这样成功概率较大。"陈右军已做了服装处理,扮成了一个难民,上来一边用广州话和外婆交流,一边动手帮她换衣服。外婆边笑边打他的手:"连撕扯女人衣服的本事都学会了?我还以为你只会当缩头乌龟呢。"

一天深夜,日军在重兵护送下,把二十三名难民蒙上眼睛,推进一辆大篷车。这辆大篷车,混进同样都是大篷车的车队,先在城外绕了三圈,又驶进城去,在多个街道上转来转去,然后,车队分成三批,朝不同方向开去。这一下,暗地里盯梢的人,也弄不清楚哪一批里有难民车了。不知跑了多久,陈右军和外婆等人被推进一个黑屋子里。当夜,每人给了一个黑馍和一碗稀粥；第二天，还没吃早饭便被拉走两人，再也没有回来；第三天同样如此。陈赵两人明白：被拉去的人肯定是去做试验了，并且这个试验是空腹而做，每天只做两人。于是，陈赵决定立即行动。他俩先给各个难民讲明情况，让大家知道无论怎样都是个死，大家一条心可能还有活路。陈赵取出藏在鞋底里的四把小尖刀，在众人掩护下，找准一处薄些的墙壁，开始挖墙。

行动是在早饭后实施的，到了深夜已贯通墙壁。隔壁是一个废弃的伙房。陈赵二人先行爬出探路，他们借伙房外夜光观察到，楼房之间不时有哨兵巡逻。二人在伙房里找到了下水道井，掀盖而下，蜿蜒爬行数百米，找到一下水道井顶盖，有微弱光线射进，慢慢顶开，探头观看，果然是院外马路，无一人影。二人又重回下水道，虚盖上井盖。回到难民屋，陈右军让外婆带难民先行撤走，他则独自在下水道半路找一出口井盖爬出。他要进这个院里侦察情况。外婆把难民送到安全地带后，又顺下水道返回找陈右军，一时没有找到，她则悄悄爬上一建筑物楼顶。她站在高处，把整个研制所大院的布局看得清清楚楚。这才知道，这个研制所，便是中山大学中山医学院。很明显，是日军侵占霸夺医学院，当作了他们研制细菌的大本营。可能因以前从未发生过难民逃跑事件，日军对睡在屋里的难民并没进行夜间检查。整座院子显得非常安静。外婆发现东侧一排平房，有两个窗户还亮着灯。便判断，其内可能有研制人员在工作。她看好线路，悄悄下楼，迂回到那排平房旁。门口有哨兵站岗，后面窗户也封得严实。她又退回到下水道，从地下井口进入那排平房。通往这排房的下水道盖有松动的缝隙，她猜测可能是陈右军从这里爬了进去。

果然，黑暗中碰到了陈右军，二人耳语一阵。陈右军说，亮灯的两个屋，一间屋里关着感染了各种细菌的难民，另一间屋是科研人员的观察室，里面有两个人通过玻璃隔离墙，观察记录着被试验难民的反应。外婆说："眼前有两件事很重要：一是我们要想法拿到观察室里的记录材料和相关资料。这是日军搞细菌战的罪证。二是我俩要统一思想，跑出这个院之后，一起投奔中共地下组织。我估计，这些年，你是一直想脱离国民党的，这次机会难得。"陈右军说："没错。但这次恐怕要以大局为重了，我得回去向国特组织详细汇报日军开展细菌战的情况，并促成国共合作，一举摧毁这个研制所。我若和你一起跑回咱们组织里，国军方面再也没人比我更了解眼前的一切，对国共合作抗击日军细菌战没好处。再说，我俩不回各自的小分队，他们见不到人，就不知下一步怎么办，甚至还可能相互猜疑，两家打起来。"外婆说："先不说这些。眼前，我先把那两个科研人员吸引出屋，然后你溜进去偷取到资料，即刻脱身走人，不用管我。"陈右军反对："我吸引他们，你偷资料。我知道，彼此都想把最危险的事往自己身上揽。但我告诉你，情况如此复杂，还真不知道怎样才最危险。就这样定了！"

陈右军早已察看好，这排平房走廊的尽头是停尸间，里面全是在试验中死去还未来得及处理的难民。于是，陈右军悄然打开停尸房门，自己趴在走廊尽头拐角处，发出一阵阵呼救："来人哪，来人哪！"一个科研人员出门看了看，见是停尸房附近有人喊，大概是心里发怵，就招呼同事一同向停尸房靠近，看见一具尸体爬出了屋子，趴在角落里正喊话。这两人过去看明情况，知道是难民没有死利索，还有一口气，就冲尸体脑袋狠踢了几脚，"尸体"顿时又"死"过去。这两人把手套重新戴了戴，把"尸体"又拉回停尸间，扔进死尸堆里。等回到屋里，二人发现桌上、抽屉和柜子里的一些资料不见了，忙按响了警报器。院子里顿时乱作一团。

院子开始大乱时，外婆已爬出下水道出井口急逃而去。黎明时分，她跑回国共两军小分队隐蔽点，把资料交给自己的队员，让他们即刻送回游击队驻地，并叮嘱人可死，资料一张不能丢。然后，她带国军小分队全体队员，拦下一队一早进城送菜的菜农，给菜农一些钱，一行人拉车进了城。他们在医学院外下水道出口附近悄然寻找，在周围搜索了一天一夜，也没见到陈右军踪影。国军小分队怕这样回去交不了差，就跟着外婆回到游击队。这时，游击队上级领导已针对敌情，制订出夜袭日军细菌研制所的作战计划，并把汇总的相关情报复制一份，送给国军小分队。可他们坚决不回去，一再要求和游击队一起，捣毁研制所，营救陈右军。

做了充足准备后，游击队和国军小分队共计八十九人，白天以各种身份混进城，等待深夜来临。午夜时分，游击队占领了医学院周围建筑的制高点，进攻前后门和翻墙的小分队也都已集结到位。各制高点先开火行动，前后两门也发起猛烈攻势。战乱中，东西两侧的翻墙小分队已都翻入院内。他们分别由国军小分队和赵素雅游击小分队组成。两支小分队进去打了一阵，外婆便带人钻进了那排平房，一路打进去，却没找到陈右军。而前后两门实施攻击的游击队，由于日军火力过猛，又迟迟打不进来；外婆等人尽管寻找陈右军心切，但也都知道不可恋战。于是，便向几处房屋扔了一阵手榴弹，翻墙而出。各制高点上的小分队，主要攻击院内重点房屋，射击奔跑的日方人员。总指挥感到大队人马打进院内全歼日军的可能性已不存在，再拖就会遭到日军援兵包围，当机立断，下令撤退，连夜潜出了城。

回去后，外婆多日沉默不语，常常偷偷落泪。她觉得，这次陈右军凶多吉少，不被日军枪杀，也会得传染病而死。然而，让她无从知晓的是，陈右军当时并没有死。他被那两个科研人员重重踢了几脚，昏死过去，天亮时才苏醒过来。他没敢动，心想，迟早要有人来处理这些尸体的，到时再见机行事。果然，上午来了七八个难民，把这些尸体装袋，扔到车上，拉出了医学院。当然，后面车上有日军押送，那是怕这些知情的难民逃跑。到了城外荒山野岭，便挖坑埋尸体。十几个日军站在高岗上，远远地看着难民埋尸体。他们并不下来监督，生怕被传染上病菌。一个难民把陈右军扔到坑里，陈右军早已用藏在鞋底的小刀划破了尸袋，爬出袋子，悄悄向那难民打手势。难民明白碰上了一个命大的，就在他身上随便埋了些土，扔下一把铁锹就走了。日军远离后，陈右军爬出来，又把那些尸体埋了厚土。他明白，埋不好会造成环境污染。那个难民之所以扔下一把铁锹，也是这个道理。而眼前一个可怕的现实是：人是从病尸堆里爬出来的，得上传染病可能是百分之百的概率。

故事就这样结束了。但老镜框里有一张令人疑惑的照片不得不提一提。这张照片的镜头语言是这个样子的。

外婆对爱情渴望至极。在傍晚的雨雾中，她走进了赵家西关大院的那座阁楼。发梢上的雨滴顺脸颊滚落而下，砸在了白皙的脚面上。她滑过楼梯扶手的右手微微颤抖，左手却果敢地捋了一把头发，甩出一串水珠划破炽热的空气，打在左墙壁画上，顿时，一个女人长泪奔流，砸在白皙的脚面上。同是白皙的脚面，前者甩掉高跟鞋，坚定地走向了一个男人。木质地板的嘎吱声，似是要把那个男人震落到床下。她走过穿衣镜时侧目自顾，脸颊红晕炽浓，眉目流光溢彩。男人跳下床奔过来，她则咬住红唇，不动声色地盯着男人的双眼，迷离的眼神"发射"出去，换来一长串闷雷滚滚。窗外照进来的湿润光线，在雷声中颤抖着，映在她的半边脸上，美得像一场梦。她一点都没觉得这仅仅是一场梦。她醉心体验着一种既安详又野蛮的欢愉；她庆幸他没在敌人的枪口下死去，也没在敌人研制的细菌病毒中身亡。一阵阵闷雷过后，她跳上洋溢着体温的新床，透过雨水与汗水沾湿的头发凝视着眼前的男人。望着她那别样的眼神，男人无动于衷，继而瘫倒在地板上。她下床去探其鼻息，这才明白，果真是一场梦。这个叫陈右军的男人被敌人害死了，他永远不会再活过来，她的爱也永久触不可及了。她躺在了西关大院的这张檀木大床上。镜头就此定格。她身着美艳如画的旗袍，侧身而卧，右腿弯蜷，白皙的脚面紧绷着，一股无形的力道像是要踢出自己身体里某种浓烈的情绪。

那么，外婆为什么会拍这么一张照片？它是不是在外公来广州搜集日军8604部队情报期间拍下的呢？我百思不得其解。令我百思不得其解的还有那个梦中之梦。多年之后，当外婆喃喃说出那几句让那位年轻警官半生都没有琢磨明白的话时，她脑海里浮现出的，便是这幅照片上的情形。